JN272940

L'ACASIA

Claude Simon

アカシア

クロード・シモン
平岡篤頼 訳

白水社

アカシア

Claude Simon : *L'ACACIA*
©Les Éditions de Minuit, 1989
This book is published in Japan by arrangement with
Les Éditions de Minuit,
through le Bureau des Copyrights Français, Tokyo.

現在という時間も過去という時間も
多分未来の時間のなかにともに現前していて
未来の時間も過去の時間のなかに含まれている

T・S・エリオット（『四つの四重奏曲』）

アカシア▾目次

Ⅰ　一九一九年　7
Ⅱ　一九四〇年五月十七日　25
Ⅲ　一九一四年八月二十七日　47
Ⅳ　一九四〇年五月十七日　81
Ⅴ　一八八〇年～一九一四年　101
Ⅵ　一九三九年八月二十七日　145

VII　一九八二年～一九一四年　195
VIII　一九三九年～一九四〇年　213
IX　一九一四年　253
X　一九四〇年　273
XI　一九一〇年～一九一四年～一九四〇年……　299
XII　一九四〇年　331

訳註　373
訳者あとがき　381

I　一九一九年

彼女たちは村から村へと、そしてそれぞれの村（というかすくなくとも村の名残り）では、家から家へと歩いていくのだったが、教えられるのは時には野原のなかにぽつんとある農家だったので、ひどい道に足をねじったりしながらやっと辿りつき、町歩き用の彼女たちの靴は黄色い泥で泥まみれになるので、時折姉妹の一方のほうが下女みたいにかがみこみ、自分の黒い手袋を片手にもち、一握りの草で不器用にそれを拭いながら、後家に叱りつけるような口調で話しかけ、そのあいだも後家のほうはじりじりしながら石とか道標とかの上に足をのせ、されるままになりながら依然として貪るような目つきであたりの風景、濡れそぼった牧場、五年来一度も鋤《すき》ですきかえされたことのない畑、ここかしこにひとかたまりの緑、時にはたった一本の木だけが残っている林を見まわしていて、その木もわずか一本の枝に、ぼろぼろになった樹皮を破って何本かの小枝が生えているだけだったりした。

だれもがしまいには、彼女たちの素性を知り、彼女たちの姿になじんだ。可能なときには彼女たちはタクシーを雇い、子供といっしょにぎゅう詰めになって乗りこむのだったが、運転手は貧者を

相手にする時の貧者のあの仮借のない強欲さで彼女たちを喰いものにして（といっても彼女たち――すくなくとも後家――が貧乏だったわけではなく、なにしろ、当時はどんな粗末なホテルの部屋でも――ホテルがあったとして――豪華ホテルの一室ぐらい高くついたこの地方を旅行するぐらいの余裕はあったのだから、彼（運転手）が見ぬいたのはその種の貧しさではなくて、それとは別の、不幸という貧しさで）、姉妹がおずおずと小声で不満をもらすのにも耳をかさず、そのあいだに後家が一枚また一枚と彼に払うために数える札は垢じみて、なにかけばだった物質でできているようで（まるでそれらの札もこの地方、住民も大地もふくめてこの地方全体をゆっくりと浸食したあの癩病じみたものに冒され、感染したみたいで、実際あたりには折れ残り、崩れ残りみたいな家しかなく、時には壁を補強しているのもほかの家の残骸から引っこぬいてきた梁で、それが波型トタンの屋根、あるいは包帯みたいにタールを塗っただけの厚紙の屋根をささえ）、そのうつろなというかむしろ幽霊じみた顔にたらした黒い服喪用ヴェールを、彼女がかかげて肩のうしろにはらいのけ、いくぶんぼってりした、締まりのなくなった肉をさらけだすのは、どこかのキャフェ、というかむしろ簡易食堂みたいな店、四つ辻におっ立てた、というかむしろちょこんと据えただけのあのアメリカ式バラックに立ち寄って食事するときだけで、その昔は街道だった道路もいまでは水たまりと化した穴だらけで、時折運転手が彼女たちを便乗させてくれるトラックもそんな穴に左右に揺れながら激しくバウンドするので、荷台に突ったったふたりの姉妹は右に左にとはじかれて荷台枠にしがみつき、後家と子供は助手席にいるのだが、運転手は（召集解除を待っている応召兵だったが）ハンドルさ

ばきも器用にそうしたくぼみをよけながら横目で、物珍しそうに、ヴェールごしに透けてみえる、傲岸で同時に屈辱にたえているかのような喪服の女の暗い横顔、年老いた女王たち、というか単純に気違い女たちの顔をきざんだメダルなどに見られるあの誇り高く、不屈の決意に満ちた横顔を盗み見するのだった。

彼女はまだ若く、四十代には間があるようで、そのたっぷりした肢体をつつむ衣服の好みは（黒い靴、黒いストッキング、黒いマント、細い縁どりからヴェールを垂らした黒い縁なし帽といい）その地味さにもかかわらず——というか、もしかしたら生地、裁ち方、付属の飾りが打ちけしているまさにそのいかめしさゆえに——どこかこれ見よがしの、芝居がかったところがあって、ちょうどあの修道女たち、サロンとかおおやけの儀式などで見かける、看護婦たちの一団に混じったり指揮をとったりする、どこかの社交界的な在家教団に属する修道女向きに仕立てられた制服が、石の寝棺にきざまれた聖女たちの顔みたいにきりりとヴェールで締めつけられ、愛想はいいが同時に厳格で、蠟みたいに白くてうつろな卵型の顔しか覗かせないのと似ていたのだった。彼女たちはある晩は修道院（だか女学校だか）の共同寝室に泊まったが、そこではベッドとベッドのあいだはカーテンレールから下がった白い布のカーテンで遮られていた。ある時はまたキャフェに泊まったが、そこの主人は三室分の料金を要求し（子供は数に入れないでおこうとは言ったが）、二人の女性が壁ぞいの席や椅子に横になり、後家と子供が玉突き台の緑のクロスにじかに寝たもので、後家は帽子だけぬぎ、ハンドバッグを少年の枕がわりにして、その上にヴェールをまるめてクッションにしてやった

ので、少年はヴェールのざらざらごわごわした感触とともにまどろみ、やはりざらざらした、とでもいえそうな彼女の匂いと、並んで横になった石のようにどっしりした体を感じることができた。玉突き室と店とのあいだには、上のほうが曇りガラスになった木の仕切りしかなかったので、深夜おそくまでがちゃがちゃグラスのぶつかりあう音や酔っぱらいの声が、仕切りごしに聞こえてきた。ある時だれかが跳ね扉の一方の板をおしたので、そこから一筋の黄色い明かりが流れこんで一瞬固定し、それからそのだれかの声がぶつくさ言うのと同時に消えたのだったが、はっと飛び起きた子供の網膜には横で身じろぎもせず、落ちつきはらって、虚空つまり暗闇にむかって目を見ひらいた、恐ろしい、ブルボン王家的な鼻の、ぶよぶよした横顔の映像がいつまでも残ったものだった。夜も更けてから（電気もその頃には消され、酔客も退散していたが）、彼女は用心深くマントをぬいで、子供の上にかけてやった。彼女たちはまた、廊下の一方の端が大急ぎで積みあげた煉瓦の仕切りでふさがれ、目地のプラスターがでこぼこにはみ出しているようなホテルにも泊まった。外側からだと建物の崩れた翼部が見てとれ、花柄とか花綏《はなずな》模様とかを散らした黄色、ピンク、水色などさまざまな色の壁紙が虚空にぶらさがっており、その真下では円錐状に積みあがったがらくたが川床をなかばふさいでいる川の灰色の水が、ほとんど淀んでいて、曇った錫《すず》の薄板みたいなその表面がひっそりと残骸のあいだを流れ、稀な陽ざしがそこに射しこむと濁った水を透かして懸濁《けんだく》した無数の埃がやはりゆっくりと流れてゆくさまを窺わせ、まるで水源からはじまり、うねりくねるその流れを一貫して、なにかの灰の雨、なにかの決定的な、全面的な天変地異のあとで舞い落ちた塵を押し流

しながら、不毛を運命づけられたこの大地、この瓦礫を終わりのあてもなく洗い清めることを強いられているかのようで、そんな瓦礫のなかを縫って、二人の女と一人の子供は、彼らを背後にしたがえた女の有無をいわさぬ彷徨につきしたがうのだった。

彼女は愚痴をこぼさず、不平をもらさなかった。まるでさまざまの不自由、荷馬車、トラック、不当な料金を請求するタクシーの運転手、くどい脂の匂いのする料理、不潔なトイレ、ボールに入れて出されるいがらっぽいコーヒーをも、一種の悲劇的な満足感をもって迎えるかのようなのだった。彼女は朝いちばんに起き、夜のしらしら明けにすでに着るものを着て用意万端とのえ、まるでベッドで眠ることができた夜でさえ服をぬがなかったかのようで、じりじりしながら（といっても食事しないのではないのだが、出発を急ぐせいか、それともそれが癖なのか、大急ぎですまし、それでもがつがつしたひもじさ、狂熱、意地汚なさにも似た野蛮なにかが、と言うこともできたかもしれないのだが、彼女の衣服の整え方、彼女の立ち居振舞同様、彼女の皿のなかにあるものを消え失せさせるやり方のなかにも、やはり彼女からあの厳正さ、気位の高い厳格さみたいなものを発散させていて、要するにあっという間に皿（ないしはカップ）が空になり、彼女が触ったように見えないナプキンがすでに折りたたまれており、彼女の手がここかしこに散らばったいくらかのパン屑をかき集めて小さな山にし、平然とした顔をしているのであって）ほかの二人の女（二人の姉妹）が固くなったパンを急いでボールに浸して食べるのを黙って待っていた。

まるでふたりが彼女の下女がわり、というかせいぜいのところ侍女がわりででもあるかのようで、

それでも朝顔を合わせたときとか夜別れるときにはそれぞれに接吻してやりはしたが、話しかけるときにも自分より身分が下の人間、居候の親戚、老人、子供にでもたいするようなしゃべり方をし、彼女たちは見たところ明らかに彼女より年上だったとはいえ、角ばった顔、角ばった手——それどころかあかぎれさえしている手——だけでなく服装の点でも彼女とちがっていて、その服装にはおなじくすんだ色とはいえ、あの芝居がかった黒々とした画一性もなければ、仕立屋が注文にあわせて裁断したドレスやマントといった体裁もなく、蠟びき布をかぶせた台の上で型紙にあわせて布を裁ち、じかに彼女たちの体にあてて しつけをかけ、仮縫いし、きつかろうがだぶだぶだろうがどうにか縫い上げ、それに中古の毛皮の襟や折り返しをつけただけの代物だった。

彼女が問いかけた相手の連中（キャフェの主人、修道院の尼たち、すえた油でオムレツを作ってくれた農家の主婦たち）は三人が義理の姉妹らしいと推測した。手帳かなにかからちぎった粗悪な紙に鉛筆でオムレツの値段を書きつけながら、彼らは後家が手袋をぬいだときに見えたダイヤの光度を値踏みしようと苦心し、なにかぶつぶつ言って台所に引っこんでは、訂正した勘定書をもってもどってきた。実際のところは、彼女は自分で質問を口にせずに、みすぼらしい身なりのふたりの女を通訳のように使い、まるで彼女自身はおなじ言語をしゃべらないとか、なにかのしきたりで直接見知らぬ人に声をかけることを禁じられているとでもいうふうで、連れのふたりのほうを向いては彼女たちがすべき質問を口移しに伝え、彼女たちがそれを繰り返すのを待ち、返答に聞きいり、クレープの網の目のかげでブルボン王家的なぶよぶよした顔は依然として無表情のままで、目だけ

が（いくぶん目玉の飛び出た、固定した、やはり黒い、ほとんど冷酷で、いくぶん小鳥の目、というかむしろ猛禽の目を思わせたが）一種の干からびた熱情、炭火のような、熱をもったような輝きをはなって、ヴェールの影のなかで光っていた。

時には、ふたりに会話をつづけさせながら、彼女がハンドバッグをあけ、中をごそごそやり、手紙と絵葉書のうすっぺらな束を取りだして百回目かの点検にとりかかり、そのなかの一枚をつかんで注意ぶかく読みかえし、それからそばにいるほうの女にひと言ふた言言ってから黙りこみ、彼女がそのまま繰り返すのを待つことがあった。判型の小さい二通の手紙には公用の頭書とスタンプがあり、やはり公用みたいな何行かのこまかい字がならび、軍隊の命令か通達みたいにそっけない文面で、それから女中たちの恋人や亭主がよく送ってよこすような絵葉書が三、四通あった。ある時彼女がそのうちの一枚を落したので、少年が拾いあげた。それは栗色の地にセピア色で写した、発射態勢にある七五センチ砲の写真で、そのそばに軍帽をかぶり、ズボンに縦に赤い筋のはいった兵士が控えていて、地面に片膝立て、片手を額にかざし、もう一方の手の人さし指を、大砲自身が向けられている方向に突きだしていた。左の隅の大砲からいくぶんうしろにさがったところに明るい楕円にかこまれて、薔薇の花束と、その上にブロンドの女性の笑顔が見えた。絵葉書の上のほうには白い大きな飾り文字で、「勝ち抜くとも」と書いてあり、感嘆符がついている。裏返すと、通信にあてられた部分にはへたくそで懸命な、まるで子供みたいな、混沌とした、鉛筆で書いて半分消えた文字が乱雑に押しあいへしあいする字体が波うち、というかむしろよろめいていて、少年から絵

葉書を取りあげた後家は、いまは眉をしかめて、やっとのことで書かれた字のまるい線や縦棒を注意深くのぞきこみ、やがて顔をあげ、人さし指でとんとんと絵葉書をたたきながら「この人はジョルネーの森がどうのこうのと書いてるわ。でもゴルネーかもしれないわね。それともグルノワかも。彼らに聞いてちょうだい、知ってるか、どうか……」といったようなことを言い、それからすでに身を起こし、頭にかぶった縁なし帽をなおし、ヴェールをととのえ、手紙の束をふたたびしまってバッグを閉じてから、「さあ」と言い、「遠いのかどうか聞いてちょうだい。車が見つかるかどうか聞きなさい。だれか自動車か馬車をもっている人を知らないか聞きなさい。荷物はここに置いていくからって。そう彼らに……」と言うのだった。時には（つまり彼らがあるホテルに泊まった三日間だが、そのホテルも一部の部屋の名残りとして、甘美な色あいの長方形の壁紙が、円錐状のがらくたを見おろす断崖にはりついているだけだったが）……時には彼女は姉妹の一方とだけ出かけて、一日中留守し、少年の守りをしたのは若いほうで、（というか年とっていないほうで――とはいえ彼女も実際には年寄りではなかったが、それでも皺々の彼女の顔は女神からとった彼女の名前のおどけて非情な否定ともみえ、それはちょうど顎ががっちりと張り、目にやにのたまった姉のほうの顔もやはり彼女が名乗っている女帝、ないしは豪奢な遊女の名前の滑稽な否定にみえたのとおなじで）その妹のほうが午後になって少年を町の古い城門、壮大な切り石がところどころ欠けてこぼれている城門のほうへ連れていくと、そのむこうにはどことなく散歩道めいた場所がひろがっていて、まだ葉をつけた樹木や子供たちのためのちっぽけな回転木馬があり、吹きさらしのバラックの陳列台

では砲弾の薬莢《やっきょう》でつくった花瓶とか、絵葉書とか、ピンクと黄色の縞のセルロイドの風車、パラフィン紙にくるんだ粗悪な糖菓などを売っていた。ホテルにもどると彼女は、農家の家畜の絵のはいった絵本で少年に読み方を教えようとしたが、それも諦め、それからあるお話のつづきをして聞かせようとするのだったが、それはまるで終わりのないかのような物語で、受け身の悲嘆にひたって疲れきった顔にもかかわらず、彼女は倦《う》むことなく毎日それに新しい挿話をつけくわえた。

まだ夏の終わりだったにもかかわらず、ずいぶんと雨が降った。雨は腹をえぐられ、パステル・カラーの壁紙がすこしずつはがれてゆく家々の壁面に降り、滴が銀色の小さな輪をひろげる一様で、灰色の、緩慢に流れる川面にも降り、灰色がかった風景、そのふもとで三十万の兵士のぼろぼろにちぎれた死体が腐りおえつつある、円形に連なる丘々の上、灰色がかった野原の上、灰色がかった家々——というかむしろその名残りの上にも降っていて、言うなればまるで丘々、野原、森、村々といったすべてを、なにか巨大な馬鍬《まぐわ》、歯と歯の間隔もまちまちな馬鍬が掘りかえした、というか搔きむしって、背後にいくつかの壁面とか折れた何本かの木の幹しか残さなかったかのようで、ここかしこに無傷のまま残った一軒の家とかひとかたまりの家（ないしは一本の木あるいはひとかたまりの木）はいかにも唐突で、そのまわりから（というかそこから）なにか幼生的な、というかむしろ原生的な、活気のない、まるで呆然自失した生命とでもいったものがスローモーションで湧きだしてくるかのようで、その彼方と手前には一本の木、一本の草も生えていない、どこの畑にも種が蒔かれていない地域がひろがっていて、そこでは石も不定形な山積みの形でしか存在せず、地面

も大きさがまちまちで互いに端が重なったくぼみの連続にすぎず、淀んだ水がたまり、雲をなす蚊の大群が立ちのぼっていた。

道路――というかむしろどうにかこうにか砂利を敷きつめた通路――が野原のなか、ないしは丘々の中腹をうねうねと蛇行していたが、何台かの二輪馬車や稀な荷車を別にすれば、通るのはやはり数すくない、幌つきで、塗料自体も土色をしたトラックで、時にはぽつんと一台、時には緩慢な列を組んでがたぴし揺れながら走るのだったが、運転しているのはほとんどが髭も生えていない若い兵士たちで、彼らは唾で濡れて腹ぼてになった煙草に、やはり薬莢からつくったライターでたえず火をつけなおし、そのあいだも運転席の床には大きなペダルや変速レバーのあいだに、紫色をしたワインのリットル瓶がごろごろしていたが、気泡が液面にちらばっているそれらの緑色の瓶は、姉妹のどちらかが十字路に店を構えている立ち飲みスタンドか小さなキャフェで買いこんだものだった。ある時三人の女たちが便乗したトラックは、これまた泥土色だが金属部分をぴかぴかに磨いた三台の車を通すために脇によけなければならなかったが、そのうちの一台の後部座席に坐っていたのは、車椅子に乗せて歩く病人などに見られるような、蒼ざめて凝固し、眼窩のおちくぼんだ顔に金モールのついた帽子をかぶった老人で、後家がほかのふたりの女のほうに身をかがめてある名前を言って、彼女たちが三台の車とその結核患者みたいな顔の男を見つめたうつろで無関心な目つきは、ちょうど彼女たちの通りがかるのを眺める人々、あるいは彼女たちが問いかけると時には貧者のあの支離滅裂でやたらと饒舌な善意をこめて質問に答えたりするものの、たいていはうんざりし

いらいらして、というかむしろ仕事の邪魔をされた人間のあの口数少ない敵意をもって答え、彼女たちの黒いヴェールやダイヤのきらきらする手、綾織のあたたかい毛のマントにくるまった子供を見つめ、それからくるりとむこう向きになり、仕事にもどる人々とおなじ目つきなのだった。別のある時には、ひとりの女が一種の憤怒めいたものをこめて彼女たちをどなりつけ、ののしり、彼女たちが遠ざかってゆく——というか逃げてゆく——背後から呪詛《じゅそ》の言葉を投げつづけたことさえあったが、それでも後家はヴェールのかげでいつにもまして無表情で、いつにもましてブルボン王家ふうにかまえ、姉妹の一方が子供のほうにかがみこんで早口にまくしたてて、くすんだ前掛をかけた女の痩せたシルエットがタールを塗った厚紙の屋根の農家の戸口に立って、がなりたてる侮辱的な言葉が彼の耳にはいらないようにとつとめるのだった。彼女たちが修道院（というか女学校）に泊まった日は、夜子供が寝てからずいぶんたって、後家は彼女たちを泊めてくれた修道女たちと長時間話しあったが、連れのふたりは黙って椅子に坐って、体を硬直させ、あかぎれのある両手を腿のくぼみに重ね、男っぽいふたつの顔になんの表情も浮かべず、ただじっと聞いているだけだった。

ホテルのサロンには長椅子と、暗紅色のフラシ天でおおった、脚の湾曲した黒檀の肘掛椅子が置いてあった。すこしずつ、終わりのない話を少年に話して聞かせる声の調子はスピードが落ち、時折、外の車の音や玄関での話し声に中断するのだったが、そのあいだも女はそれとなく置時計に目をやり、言葉につまり、子供に催促されて我にかえってはすこし前にもどってから話をつづけ、バッグの留め金をいじったり、わけもなくスカートの縁をなでたりするまめだらけの手の動きをお

さえて、話は断片的に、とぎれとぎれにつづくのだったが、あるセンテンスの途中でふたたび放棄され、ふたたびつづけられ、そのうちにいよいよきっぱりと声がとまり、いまは立ちあがった女が「だめ。あとは明日」と言い、「いよいよ今度こそ……」と言い、「やっぱりそうだわ」と言うと、彼女の凝視している玄関に面したドアがあき、姉妹のもう一方を連れた後家がはいってきたが、ふたりともへとへとに疲れ、靴は泥だらけ、スカートも時には泥で汚れていて、後家は一言も言わずに子供のほうに向かい、かがみこみ、彼を引きよせ、両腕に抱きしめ、その動きにはあいかわらず彼女のすべての動作を支配するあの、どこか肩肘はった、痙攣的な、仰々しくて同時に沈鬱で悲劇的なところがあり、一方あとにしたがう女のほうは自分に釘づけになった問いかけるような視線に、おなじ否定的な、無言の、観念しきった表情で首を横に振るのだった。夜になると、照明のくらい食堂で、三人の将校や、土建業者か旅回りのセールスマンといった風情の男たちといっしょに食事するのだったが（ある日などはかなり年配の、肩に毛皮のストールをかけ、役人めいた物腰の二人の人物に付きそわれた騒々しいアメリカ人の一団もいて）、彼女たちはポタージュ・スープをスプーンですくう合間あいまに、まるで恥じいり、みじめな思いを嚙みしめるかのように、ほとんど小声で短い言葉をかわし、姉妹のやつれた顔にはおなじおだやかで絶対的な絶望の表情が浮かんでいたが、それにたいして後家のほうはいつもの習慣どおり、空っぽの皿を前にして身動きひとつせず、平然とかまえていた。時折、デザートになって、彼女が買ってきた絵葉書をバッグから取りだして子供に見せ、部屋にもどり、子供が寝てから、それに両親や知り合いあてに便りを書くこともあっ

た。
わずかの違いをのぞけば、それらの絵葉書はすべて似たり寄ったり、ほとんどおなじと言っていいくらいで、ということは一様に灰色がかり、粗悪な長方形の厚紙にお粗末な印刷で灰色がかった丘々とか廃墟とか形もはっきりしない地形、ひっそりと静まりかえると同時に騒ぎたつ川の両岸に積みあがった瓦礫とかを写していて、その早い流れは洪水のひいたあとに残るような漂流物のふたつの筋のあいだを流れ、それをまたいで水面すれすれに、工兵隊の手で急造された木の橋がかかり、板ぎれやこわれた車輪や荷車の轅《ながえ》や石のかたまりなどが雑然と無秩序にちらばったこちらの土手と、おなじように自動車や建材や瓦やばらばらになったいろんなものが茫然となるくらいに黙示録的にからまりあったむこうの土手をつないでおり、もしかしたらその先にあるのが、べつの絵葉書にある、道路の両側に積みあがり、道路上にもはみ出している切り石や煉瓦や、またしてもでこぼこしたなにかの非対称的な堆積かもしれず、そこに唯一植物なみに生えているものといえば、錆びた鉄線のとげだらけの茂みと思われた。三人の兵士（そのうちの二人は警察の縁なし帽子、三人目は軍帽をかぶっていて――きっと鉄条網撤去作業の雑役兵だろう）がカメラにむかってポーズしていたが、そこは小山というよりは町はずれで市のダンプカーがぶちまける塵埃《じんあい》の山に似たものの脇腹にあけたトンネルとでもいったものの入口だった。
絵葉書の裏面は色がさめたみたいな薄緑色をしていて、斜めにかしいだ、とげだらけの字で相手のアドレスのとなりに何行か書くにつれて、彼女は薄い色のオレンジがかったピンクの切手を貼っ

ていくのだったが、その切手にはふわふわした襞のはいった長いチュニックを着た女の絵がかいてあって、フリジア帽からはみだした髪を風にはためかせ、種を蒔くしぐさで片手をうしろに突きだしていた。一枚一枚と、オレンジ色の切手を貼り、書体そのものも鉄条網に似ている文字でおおわれた小さな緑色の長方形がテーブルの隅に重なってゆくあいだも、やっと縁なし帽とヴェールから解放されてそれを丁寧に椅子の上に置いて、彼女はいかめしく、いくぶんぶよぶよした横顔をフリルのついた小さなスタンドのほの明かりの下でかしげ、物思わしげに、煤けたというか灰色がかった写真にしばらく見いり、それからそれを裏返してそこに紫色の文字の縞をつけるのだったが、そのあいだも生死を越えた落ちつきを見せ、圧倒的で、黒々とし、生死を越えて決然として、常にかわらずあの鎮められることのない悲嘆、その不屈の決意に満ちていて、そんな決意が雨もよいの空のもとで瓦礫の原から瓦礫の原へ、肉弾戦の跡から跡へとさまようことを彼女に強いたのであった。

そして最後に彼女は見つけた。というかむしろ最後を見つけた——というかすくなくとも十日前から掘りかえされた道や、半分こわれた農家や、酒びたりの男たちの臭いのする居酒屋をかけずりまわることを強いてきたものに、けりをつけると彼女がみなすことができた（というか彼女の体力の消耗、彼女が達した疲労の度合いが彼女にそうみなすことを命じた）ものを見つけたのだった。それはごく小さな、円形で、直径がせいぜい二十メートル程度の墓地で、郊外の瀟洒《しょうしゃ》な住宅などに見かけるような珪石《けいせき》の塀で囲まれ、門の両側の柱の頂には黒塗りの鉄の十字架が立っていた。墓の大部分はドイツ兵のものだったが、彼女がまっすぐに歩いていったのは、すこし離れたところにあ

るそのうちのひとつの墓で、きっとだれか（彼女を――というかむしろ彼女たちを――あわれんだ、というかもしかしたらたんに彼女たちを厄介払いしようとしただれか）が彼女に教えたにちがいないのだが、その墓には金属のプレートにドイツ語で、それからもっと最近貼りつけた小さな板にフランス語で、氏名不詳の二人のフランス人将校の遺体が埋葬されているとだけ書きつけてあった。やっと雨もあがって、夏の終わりの陽光が塀のむこうの小さな森の葉群の上で躍り（墓地は通り道のいっさいを破壊しつくすあの巨大な竜巻みたいなものが通過したと思われる幅およそ十キロの地帯の後方、東側に位置していたが）、その枝の一部は黄金色に色づきはじめていた。彼女は碑文の書いてあるところまで進み、それを読み、おおよそのところ死者たちの足があると思われる位置まで後ずさってから膝を折り、ついで体を起こし、バッグの中をごそごそやって、ハンカチを取りだし、それを地面にひろげ、それからひざまずき、少年も自分と並んでひざまずかせ、頭《こうべ》を垂れ、じっと瞑目し、黒々としたヴェールのかげで唇がかすかにひくひくと動いた。まだ濡れて陽光にきらめく葉群のどこかで、小鳥が一声するどく鳴いた。墓地のなかには三人の女と子供、つまりひざまずいた後家と少年、そしてそのうしろに突ったって、ハンドバッグと閉じた傘を手に持ち、じっと動かず、深い皺をきざんだ不動の顔のなかで唇も動かず、磁器の色の干からびた目のふちが赤く、たるみだけが目立つほかの二人の女しかいなかった。

II　一九四〇年五月十七日

彼が縦隊を遡りながら追いこしていった消耗しきった騎兵たちはというと、陰気で、薄汚なく（栄光に満ちた、伝説的な塹壕の泥ではなくて、ただ汚なく、それはまさに六日前から服をぬぐひまも体を洗うひまもなく、交互に汗をかいたり寒さで震えたりし――この五月のはじめ夜はまだ冷えたから――着たきり雀で、数時間しか――時には数分間しか――眠れなかった人間ならではの汚なさで、行きあたりばったりに納屋や打ちすてられた家、拍車のバックルをはずすひまもなく彼らが赤い羽根布団の上にばったり倒れこんだ農家のベッドとか、塹壕とかで眠っただけだからで）、朝の光のなかで眠い目をしばたたき、鞍の上に麻袋みたいにへたりこみ、猫背になってほとんど背中に瘤がついたみたいで、鉄兜は泥にまみれ（水筒が空っぽなのに水汲み場にも小川にも出会わなかった連中は立ち小便してから鉄兜をぬぎ、濡れた栗色の土のかたまりをそれに塗りつけただけで、それも乾くと黄色くなり、ひび割れ、兜飾りの切りこみにだけ厚くこびりつき）、汚れた頬には六日前からの無精髭がそそけだち、目も熱をもった瞼のあいだで埃にまみれてやはり汚れているかのようで、動きを失い（一度思いがけなく、夜が明けようとするとき、彼らは闇のなかから浮かびあがるむき

だしの、身をかくす場所もない、あちこちにぽつんと木立が散在するだけの広々とした平野を発見し、様子をさぐり――そしてしばらくしてみんなの顔がおなじ動きでいっせいに空を見あげ、飛行クラブ用の小型機とか村祭りの際のオープニング飛行に使う機種以上には大きくない小さな飛行機が近づきついで急がずに彼らの頭上で旋回するのを眺め、それがあんまりゆっくり飛ぶのでどうして空気がそいつを支えることができるのか、いまにもそいつが落ちるのではないかと気をもんだくらいで、減速したそのエンジンの音はスズメバチのぶんぶんいう音に似ていて、あんまり低空なので機体にかいた白と黒の鉤十字まで見え、機体そのものもどっちつかずの灰色に塗られ（といってもほかの軍事用の機材や建物のように、黄土色とかオリーブがかった灰色に薄塗りされているのでなくて、黒と白とを混ぜただけの鉄灰色、葬式じみた不吉な色で）、怠惰で、横着そうで（横柄ではなくて横着なのであって、彼らをあざわらう気配すらなく、おそらくは敵意すらなく）、まるでパイロットまで見えるかのようで（やはり悪意もなく、彼らを監視し、牛飼いが柵囲いの上か小山の上にのぼって群れの牛たちの数と価値をたしかめるみたいに彼らを数え、値踏みしていて）そのパイロットも目が覚めきらず、まだあくびし、まだ胃の中につい先刻《さっき》下士官食堂の食卓でそそくさと飲みこんだ一杯のコーヒーとバター付きパン（かソーセージ）が残っており、彼のうしろでは偵察将校（かもしかしたらパイロット自身かもしれず、彼らにはわからなかった）がモールス式無線機のレバーを叩いている最中で（それとも直接マイクに語りかけている最中なのか、やはり正確にはわからなかったが、そんなことはどっちみちたいして重要なことではなく、暁の薔薇色にまだうっす

らと染まった、雲ひとつない空を、失速寸前の速度で頭上でそんなふうに怠惰そうに旋回しているものが彼らの死の予兆だということだけわかっていて）依然として行軍をつづけながらそれを目で追い、逃げ出すとかちりぢりになるとかするわけでもなく、上体が従順に鞍の上で前後に揺れつづけ、のけぞった頭もそろっておなじテンポで旋転し、彼らは一言もしゃべらず、叫びもあげず、呪咀《じゅそ》のことばすら吐かず、疲れはてた無表情な顔の眉根すらしかめず、同時にまったくの受け身の姿勢でもあり、無言のまま魅了されているようでもある態度で、いまにもこわれそうで不吉なその子供のおもちゃじみた飛行機を見つめるだけにとどめ、やがてそのうちに最後の円を描きおわるとパイロットは高度を上げて遠ざかり、そこで彼らはまた麻痺状態に落ち）……というわけで騎兵たちはというと、突然蹄《ひづめ》のあわただしい響きにはっとし、それはまるで漠とした物音にうしろから追いつかれ、横をかすめ、その場に置きざりにされでもしたかのようで、ヒュッと空をきる鋭い音が、それといっしょにかすかに鋼鉄のかちあう無意味でうきうきした音を運び去り、まるで乗り手と馬とがなにか金属に似た材料でできたおなじひとつの神話的な生き物をなしているみたいで、金属の羽根の生えた目に見えない翼をそなえ（だから地面を踏むのではなくてわずかにその上を移動し、ワックスを塗った華奢な蹄で地面を打つというよりはかすかに掠《かす》め、それも地面に支えを求めるためというよりは軽やかでリズミカルな打撃を加えて、ブロンズでできた響きのいい丸天井みたいに地面を軽快に共鳴させるためみたいで）、走りながら（つまり彼ではなくて、彼がそのなかを運ばれる一種の目に見えない雲みたいなものが）ほとんど彼らと接触しそうになったのだったが、彼らの

乗る疲れはてた馬たちのほうは背中の生皮がはげ（鞍をはずすことができたのは二回だけだったが、皮膚が鞍下マットにちぎれちぎれに引っかかったままで、一回目はそれがコインぐらいの大きさだったが、二回目は手の平大で、紫がかってすでに膿をもった生肉のかたまりを覗かせたもので）、何人かは戦死したか行方不明の騎兵の馬の手綱を引っぱっていて（そんなわけで中隊、というか生者のこの縦隊はもうひとつの縦隊、いわば幽霊みたいな馬の縦隊で二列になっていて、乗り手のいない鞍からたれさがった主のない鐙《あぶみ》がぶらんぶらん揺れてべったり毛がはりついた脇腹に単調にぶつかっているだけで）、筋骨たくましい彼らの軍馬たちもいまは馬の亡霊、きっと習慣の力でしかひとつにまとまっていない、動いていない重い骨と筋肉の集合にすぎず、それでもまだもう一度血まみれの脇腹を拍車がぐりぐりえぐるとギャロップすることができ、それほど従順で、痛々しく、悲劇的に前進しつづけ、やがてそのうち一回目につまずき、それでも拍車の力で引き起こされ、ついで二回目につまずき、そしてついになんの前触れもなく後脚からへたり、ぐらりと倒れこんで横倒しになったまま動かなくなり、生きた部分、というかむしろ人間的な部分といえばエジプトの踊り子みたいにぱっちり見ひらき、物思いにふけるような、うつろで痛々しい目しか残らなくなる。

馬たちが、彼ら（騎兵たち）同様ほとんどなにも食べていないのは六日前から（ほんとは五日前からで、第一日目、騎兵たちは冷たい配給食をむさぼり、馬たちにも飼葉袋のなかの燕麦《えんばく》を与えたが——たいして食欲もなしに（のちにはごみの山のなかをごそごそやり、キャベツのへたとか腐りかけの臭いジャガイモとかにまで意地汚なく飛びつき、何グラムかのパンのせいで喧嘩し、憎しみ

をもって殴りあいさえするようになった彼らであるのに）庭園の木蔭で食事していると、こういうことが起こった。突然凝固し、缶詰の缶を片手に、ナイフを口までもってゆく途中で身動きをやめて、口に頬ばったものを噛むこともやめ、耳もがんとして、そのまま肘のくぼみに手綱をはさんで塩の彫刻さながらにじっとしていたもので、馬のほうも後脚で跳ねあがったり、すねたりするひまさえなく、氷結し（まるで——彼らの半分は二十歳《はたち》をそれほど越していなくて——冬の何か月かでやっと古色がついたカーキ色のごわごわの軍服といい、初々《ういうい》しい顔といい、前夜念入りにワックスをかけたマホガニー色の革脚絆《かわきゃはん》といい、ピクニックに出かけた陸軍幼年学校かどこかの寄宿生みたいだったが）、いわば化石化して、そのあいだにエンジンの錯乱したような音は彼らに襲いかかったのとおなじ速度であっという間に小さくなり、消えていったので、彼らはまだ信じられずに、ふたたびなにも見えなくなった汚れひとつない、今朝はただ灰色なだけの空を葉群ごしに見つめつづけたのだったが、まるで木々の梢《こずえ》すれすれに咆哮とともに通りすぎたばかりの三つの十文字型の影が、その空にあっさり溶解し、具体化するやいなや吸収されたとでもいうみたいで、まるで彼らが立ち会ったのは、稲妻とか雷鳴のように自然的な破局の轟音とともに突如凝縮された空気そのものから、すさまじい唸り声をあげる物質を生みだす現象、不活性の分子から猛り狂う暴風雨への転換といったたぐいの宇宙的な現象でもあるかのようなのであった。第三日（三日目）、移動炊事車が彼らのところまでねばねばした米と、斧でぶつぎりにした冷凍牛肉とをまぜた冷たい糧食を届けてきた——それ以後、二度と炊事車のお目にかからなかった。後になってだれかがこういう話を伍長にした——だれ

か、つまり伍長とおなじように坊主頭で、伍長とおなじようにその昔軍服であったものを着た幽霊、飢えと怨みと屈辱のしるしをきざみつけられ、夜になると鉄条網の囲いの内側のバラックのあいだをそぞろ歩くほかのすべての幽霊たちと似た顔をした幽霊で、その男と伍長はお互いを顔だちによってではなく――実際のところ、ふたりはそれまで会ったことはなかったから――彼らの上着（それを彼らは、いまはベルトも締めずに、しみだらけのままただだらりと垂らして着ていて、まるで労働者か農民――というかむしろ浮浪者みたいなのだが、その上着）の襟にまだ縫いつけたままのマリア〔二〕会系学校の記章（紺地に白）で見分けたのであって、彼（幽霊、亡霊）は伍長にこういう話をした。爆撃を受けたあと、兵站部《へいたんぶ》が宿営していた家の（農家の？）地下室に退避した炊事車のトラックの運転手は、死にもしないし負傷もせず、ただ死ぬほどの恐怖に襲われただけだった。つまり、腹ばいになり、折り曲げた両腕で頭をかくしていて、知らせを受けた炊事車の指揮をとっている下士官が地下室におりてゆき、起きろと命令しても、トラック運転手は依然として横たわったまま、身動きさせず、返事もせず、顔をこちらに向けさえせず、下士官が足蹴《あしげ》をくらわせはじめても呻きさえせず、鋲を打った靴がぐったりとした体を痛めつけるたびに、糠《ぬか》を詰めた案山子《かかし》とかジャガイモの袋が蹴りあげられるみたいにびくんとなるだけで、とうとう下士官もあきらめ、頭を抱えている腕に最後に一発ぶちかまして、なおもう一度罵り、地下室を出た次第で、だから炊事兵のひとり（ないしは下士官自身）がトラックを運転することになった――そして翌朝撤退命令が出、資材もトラックに積みおわり、トラックのエンジンもすでにうなりはじめてから、下士官（ないしは炊事兵

のひとり）が二段飛びで地下室への階段を駆けおりてゆくと、運転手はあいかわらずおなじ姿勢で横たわり、両腕であいかわらず頭を保護し、下士官の最後の足蹴で傷ついた手も拭きとりさえせず、凝結した血で黒くなったままだったが、炊事兵（ないしは下士官）が「さあ、ずらかるぞ。撤退するぞ。国へ帰るんだぞ。貴様は……」と怒鳴ると、トラック運転手は最後まで言わせず、気違いみたいに飛び起きるや、下士官（ないしは炊事兵）を押しのけ、階段に突進し、家の外に出て、依然として走りやめずにトラックのドアをあけ、そこによじ登ってハンドルを摑んだのだったが、その男（その幽霊）の語るところによると、飛行機の編隊がやってくる音を聞いて、とっさにうしろに飛びのき、壁の根もとに伏せる余裕があるかなしかだったが、体を起こしてみると、その時にはトラックの跡には、焼け焦げたゴムの臭いとともにぱちぱちと燃えつづける屑鉄の山しか残っていなかったということで）……乗り手同様馬たちが飲んだり食ったりするのも、行きあたりばったりに湧き水や川や住民のいなくなった村の広場の水飼い場、銃床で扉を叩き破る秣納屋《まぐさ》などに出会ったときだけで、すでに略奪された食料品の店や台所を見つけると、彼らは空っぽの戸棚や食器棚を怒り狂ったように蹴飛ばしてこわしてまわったのだった。そして今度は彼、人馬一体の男。赤銅色をして、鍋の内側みたいにつるつるでぴかぴか光り、天かけるような筋骨隆々たる馬。泥だらけの軍帽ではなくきらきら光る鋼《はがね》の鉄兜をかぶり、プレッシングから出てきたばかりみたいなマントの袖にもきらきら光る金色の五本のモールがつき、装具の革や股ではさんだ下鞍に溶接されたみたいな長靴《ちょうか》もやはり光っていて、まるで全体がなにかの合金でいっぺんに鋳造されでもしたみたいで、低

い踵、膝もびくともせず、彼が鞍の上で腰をもちあげることなどばかにし、ただ運ばれるがままになっているあいだも骨ばった上半身、細い肩だけがトロットの早いテンポでがくがく揺れ、まるでなにかかくれたばねで馬に接続されてでもいるみたいで……、それが彼らの左側に出現し、正確には彼らをかすめるというのでもなくて、いわば彼らを押しやり、脇にどけさせ（というか彼らのほうが、突然麻痺状態から覚め、びくっとして、本能的に脇へ寄ったのであって）、騎馬のながい列がそれとなく屈折し、ちょうどカーテンの裾が隙間風に吹かれて端から順に波うっていくみたいで、それからまたもと通りの隊列にもどったときには、彼はすでに遠ざかり、背後に馬の汗と、ぴかぴかに磨いた革と、騎兵たちにはオーデコロンの匂いと感じられたが実際には悪臭の欠如にすぎないものとの、貴族的な残り香を漂わせていて、あとには押し殺した罵倒と尊敬と嫌悪からなる、無言の狂暴などよめきが残った。

　人間というのではなく、ひとつの観念的実体、象徴、ついに可視的となった化身（兵営で彼に会ったことのない半数の騎兵たち、予備役部隊の連中にとっては、演習場での二度の閲兵式の際にほかの上級将校たちにまじってちらと見かけただけなので、彼はなにか神話、抽象めいたものになっていたから）、あの摩訶不思議で顔のない全能の存在の具体化した代表だったわけで、彼らはその全能の存在のなかにいっしょくたに将軍たち、政治家たち、新聞の論説委員たちといったあの《伏魔殿《パンデモニオム》》（二二）に多かれ少なかれ関係あるすべての人間をひっくるめていて、そのなかに彼らはさらに我が身のことは忘れて（彼らこそそれらの政治家たちを選び、その仲介で将軍たちを昇進させ、彼らの気に入ろうと

する論説委員たちの書くことを信じたのであるが）将軍や連隊長の車を運転する運転手たち（すくなくとも彼らはそう想像していたが、それはそういう連中も遠くからしか見たことがないからで）、参謀本部の将校たち、新聞社の主幹たち、外交官たち、大臣官房長たち、局長たち、大使館員たち、帰休兵の列車の到着の際に駅の周辺を警戒するため、わざわざセネガルから連れてきたかのような、頬におきまりの刀傷のあるのっぽの野蛮人たち、彼らが撤退のため渡りきらないうちにでも橋を爆破しかねない工兵科の火工手たち、オートバイに乗って撤退命令を持参する伝令兵たちをも含めていて、そんな命令も作成された時すでにそうであったから、いわんや二時間後に彼らの手もとに届いたときにはまったく意味を失っていて、それを伝達した伝令兵は埃と油にまみれ、汗だくで、憤然として、狂ったようにオートバイのスターターをがちゃがちゃやりながら彼らを罵ったもので、参謀長からはじまり、彼らの名簿をチェックした動員本部の役人にいたるそんな連中がみんなして、賭博台に札束をばらまき、その下の番号や枠が何であるかなど気にしない賭博者なみの気楽さで彼らをこんなところへ放りだし（もっと正確に言えば、その命令（彼らをなんにもない平野に送りこみ、戦車や飛行機と対決するために騎馬行軍させる命令）を出したのは一種の小人みたいな男、サーカスでよく見かける小人にくらべてもそれほど背が高くなく、首がめりこみ、鼻がとんがって耳がやたらと大きく、ネズミみたいな顔をした男で、大統領官邸の石段に立って写真を撮らせるときは高級帽子店の売場主任みたいなモーニングを着、唇もゆるめずにひけらかす不変の微笑が人形的な顔を横に引き伸ばし、細い目を皺で見えなくし、胸をそっくり返らせ、腰をぴんとのばしたその様

子は、キャフェのボーイめいたまん中分け、平べったい頭蓋、ぴったり撫でつけた髪、横に突きでた耳といい、なにかうまいペテンに成功したばかりの香具師《てきや》といった感じで）、彼らが投げこまれたのは彼らが（そして彼らとともにきっとその売場主任とやらも）期待しえたいかなる出来事とも似ていなかったなにかの只中、つまり、勝ち目の多かれ少なかれ均等な――それどころか不均等な――、いや……なんと言えばいいのだろう？　というのも彼らには勝ち目など絶無だったのだが、二つの軍隊の衝突、激突の只中だった。彼らもだれしもとおなじようにどの部隊、どの連隊あるいはどの師団をおとりに使ったとか、それも戦略上の計算だとか、分断作戦なのだとかいうのは聞いていて、最初のうち、彼らもそれを信じ、「仕方がない！　ついてないのさ。たまたまわるい籤《くじ》をひいたのさ。駆け引きだからな……」とだけ考えたのだったが、それから彼らが理解したのは、彼らが所属している連隊、旅団、兵科（騎兵）だけでなく、師団、さらには軍団、軍団が属していた方面軍だけでなく、隣接する軍隊、それから予備軍（そんなものがあるとすれば）、そのあとは予備軍につづいて国中のどんな辺鄙な地域の集結地、作業場、ちっぽけな兵舎からもかき集められたあらゆる兵員が、騎兵、歩兵、砲兵、戦車兵、トラック運転手、火工手、偵察兵、看護兵、兵器係を問わず（ただし、官房長たちの縁者だけはもちろん別で、それからさらに官房長の門番とか愛人の縁者も別で、そういった連中は船で運ばれてきたセネガル兵たちに保護され、南仏の駐屯地のキャフェで変わり型の軍服をひけらかしていて、そうした駐屯地の住民たち（キャフェの主人、葡萄酒商人、アペリティフ醸造業者、被服廠の将校、憲兵隊の隊長など）にとっては、戦争というのはいつでもどこか遠い

ところで起こる、なんとなくエキゾチックで、フランドルとかアルトワとかモゼルといった、ことさらそのために作られた地方の運の悪い民衆だけが見舞われる出来事だったが）緊急に動員され、つぎつぎに投入され、生贄《いけにえ》に供され（したがって連隊だけでなく、軍団だけでなく、第一予備軍、ついで第二予備軍といった具合で、いよいよ最後には――そもそも彼らに万一その意志があったとしても、出発する暇さえなかったのだが――被服廠の将校たちまで動員され、それはまるであの処女だか探検家だかが彼らを追跡して突進してくる怪物の到着を遅らせるために、つぎからつぎへと肩ごしに宝石だとか最後の缶詰だとかを投げつけ、相手がそれを拾うとか食べおわるとかするあいだだけ時間を稼いだという格言めいたお噺《はなし》とおなじで、別の大陸の銀行家たち、実業家たち、自動車製造業者たちがそのあいだに彼らの資本のもっと効率のいい投資法を決め、そこでまずその飽くことを知らない怪物の接近をくい止め、ついでそいつを粉砕するのに十分の大砲や、トラックや、機関銃や、飛行機や、艦船や、爆弾を製造しはじめたのではあったが）、みんながつぎからつぎへと送りこまれ、呑みこまれ、痕跡も残さずかき消え、兵員名簿から抹消され、実際にそれでいて起こったこと（彼ら（騎兵たち）が経験しつつあったこと）といえば、なにか戦争といったたぐいのもの、というかすくなくとも彼らが漠然とながら、戦争というのはこういうもののはずと想像していたものとは、およそ似ても似つかず、それらしい背景、せめて自分たちがここに送りこまれたのは戦うためであって、あっさりとただ殺されるためではないのだと信じることができるような最小限の演出、厳粛さ（ないしは真面目さすら）もなかった。砲兵隊の援護すらなく（たしかに時折若干の砲

弾が降ってはきたが、それもピントはずれで、まるで行きあたりばったりに、理由もなく発射されたみたいで、畑とかだれもいない牧草地とかに突然汚い綿の玉みたいなのができるのが見えたりし、ある時などはトーチカとか鋼鉄の丸屋根とかを粉砕するためにつくられたような怪物じみた口径の一発が、まったく不可解に落下して土埃をまきあげ、まっすぐの巨大な煙の柱が赤みがかって黒く、晴れわたった大気のなかにじっと直立して、羽毛のようにほっそりとしているのだが三十階建てのビルのように高く、無用な飾りみたいにいつまでも残ってその埃の尾をゆっくりと種を蒔いたばかりの畑やトウモロコシの新芽の上にたなびかせたのであって、彼らが鞍にまたがったまま振りかえってもながいあいだ、丘々の上空に投げられた謎めいた感嘆符みたいに見えたもので）べつに攻略したり守ったりすべき塹壕があるわけでもなく、対決、というかむしろ各自が、勇敢であれ臆病であれ、自分の勇気や臆病さの度合いをはかることができる肉弾戦もなく（例外は一日——ただの一日、損失がいちばん少なく、伍長の班ではだれもやられなかった日だけで——その日は彼らはある村のはずれに配置され、果樹園に穴を掘って待機し、それから川の対岸の森のはずれで動くもの、動かないものいっさいに向かってめったやたらに撃ちまくり、周囲で迫撃砲の砲弾が炸裂するたびに首をすくめたものだったが、——だが夜になると、理由もなく、彼らは撤退の命令を受けたもので）、よく肥えた牧場、緑なす丘々しかなく、彼らの前にも、左手にも右手にもだれもいず、連隊の他の中隊すらいず、すくなくとも目に見える人影はなく、わずかに二度か三度だけそれもいかにも突然にそれもずいぶん遠くにあらわれ（彼らがある斜面の中腹を一列縦隊をなして並み足で下って

いたときに、平行して走っている道でばらばらと人影がサイドカーや小型自動車から飛びおり、物陰にかくれる手間さえかけずに彼らに銃弾を見舞ったもので）味方であれ敵であれやはりうっかりして森や牧草地で迷子になったかのようで、ただ時々、だしぬけに轟音と破壊と暴力の、狂気じみた、耳を聾し、一気に絶頂に向かう、信じられないような爆発が、はじまったときとおなじようにだしぬけに終わり、その時にはすでに最後の飛行機も消えてゆくところで、そうした轟音を生みだした空のなかに吸いこまれ、溶けていって、ひとつの点、色素となり、ついでなんでもなくなり、エンジンの唸りも遠ざかって、消えてゆくのだった。そして沈黙がおとずれ、そのあと彼らは春の日ざしとすこしずつもとにもどる小鳥のさえずりのなか、乗り手のいなくなった馬をつかまえ、ふたたび集合（というか相互確認）しようとつとめ、欠員を数えさえすればいいのだった。そして戦死者はなく（ただ乗り手のいなくなった馬がいるだけで）、負傷者もやはりなく、ただ軽度の被害を受けた何名かがまだ馬上にどうにかとどまっているだけで、彼らは鞍頭にしがみつき、鞍の上でぐらぐら揺れながら歯を食いしばり、麻酔でもかけられたかのように、というかむしろ茫然自失でもしたかのように、目がすわり、熱を帯び、心ここになく、何人かはすでに時々うわごとを口走っており、そのあいだにも彼らのマントやズボンの破れた生地の上にすこしずつ濃い血のしみが大きくなり、凝固し、それも川まで、そして仮設の橋を渡って病院車が待っている森まで早跑足で（時にはギャロップで）走った五キロ（ないしは十キロ、ないしは十二キロ）のあいだにしだいにしだいに乾いてゆき（ついで炊事車同様、病院車も話題にならなくなり、それと同期化されたかのように、

II 一九四〇年五月十七日

39

負傷者の話も聞かなくなった。まるですべてが早く進行しすぎ、まるで（だれにもそうと通達されたわけではないが、災害の餌食になる人間のあのあやまたない予知能力で彼らは自力でそうと知り、そうと推察したのであって）病院車の消失は必然的に負傷者がないことを意味し、というか負傷することの無用さ、というかすくなくとも鞍にしがみついて馬上で苦しむことの無用さを意味したかのようで）、そしてある時期から先はもはやただの欠員騎兵、ただの欠員兵、行方不明兵しかいず、まるで肥沃で緑あふれる田野がすこしずつ携帯食のように彼らを吸収し、食虫花みたいに獣も人間もがつがつ平らげることを可能にするあの恬淡《てんたん》として貪欲な行儀のよさで彼らを呑みこみ、消化したかのようで（一度など、堀のなかに――この時にはもはや彼らは、連隊長、二人の中隊長のうちの片方と二名の騎兵の四人しかいなかったはずだが――彼らは一頭の馬がほとんど完全にキャフェ・オ・レみたいな黄色い泥でおおわれているのを見たことがあって、それはまるで田野（自然）が一種の唾みたいなもの、ねばねばした消化液みたいなものを分泌し、その馬をゆっくりと尻からむさぼる一方ですでにそれを溶かしはじめていたみたいで）だからといって田野の配置が葉っぱ一枚、雑草の茎一本影響を受けるわけではなく、かりに一本の木とか何本かの枝が折れたり、草がくろずんだかさぶたを少々見せていたとしても、そんな傷（ひっかき傷）もあのおなじ豪奢な無関心さ、あの永続性をもって耐え、おなじ態度で爆発や一斉射撃のこだま、みみっちく、束の間の挿話じみて丘から丘へと反響し、森のなかに消えてゆくこだまを吸収し、よく繁った森林、よく肥えた牧場がだんだんと夕べの青みがかった靄に包まれていって闇に沈み、それからまたゆっくりと、汚染もされ

ず、みずみずしい緑にあふれて夜のなかから、危険を秘めた、油断のならない、謎めいた姿をあらわすのであって、まるでその不変の相によって、花の咲いた牧草地や生け垣や木立からなる洒落た背景も、彼ら（騎兵たち）がこうむりつつあった変換のようなものに参加し（みずからもはたらき、皮肉をこめて眺めて）いるかのようで、わずか七日間のあいだに（あたかも創造主が今度はその仕事を完成し、ついで冗談半分にそれをこわすのにこの期間を使いでもしたかのようで）彼らは念入りに革脚絆にワックスをかけ、規定にしたがって武器を磨いた、従順で無邪気な兵隊（ないしは厳格な宗教系学校の生徒）という身分から、疲れはてた馬の背でぶらぶら揺れる生命のない物体の身分に移行し（警報の出た朝彼ら（騎兵たち）はシャワーを浴びに行く準備をしていたところで、それは町中だか近くの工場だか（彼らにはいつでもなにひとつ教えられず、ただ前日、消灯前の夜の点呼の際に、当番下士官が「明朝、シャワー。九時に用意のこと！」と言っただけで）、とにかく公共の場所だから、下士官たちの引率のもとにそこにおもむく前に当然のことながら大尉（つまり中隊を指揮していた例の大男、クラナッハかデューラー〔三〕の絵から――足りないのは金銀を象嵌《ぞうがん》した甲冑《かっちゅう》、裏地が見えるように作ったビロードの袖の開口部、兜の頂の羽飾りだけで――直接出てきたドイツ人歩兵、ドイツ人騎兵みたいな男）が彼らを念入りに点検するはずだったので、ついに葉におおわれるにいたった樫の大木の林に囲まれた空き地に彼らはテーブルとベンチをしつらえたのだが、そこで彼（伍長）は以下のような場面を覚えていた。すなわち、ベンチに片方の足をのせて革脚絆のワックスを塗りおえ、先任軍曹と二人の騎兵が耕作や種蒔きについて議論するのをぼんやり

と聞いていた（というかそばで聞こえていた）のだが、その時日直の伍長が息を切らせ、腕を振りまわしながら駆け足でやってきて、彼らのそばに来る前からすでに「警報発令！　一時間後に集合！　ケイホ……」と叫んでいたので、彼は動きを止め、腕をあげた動作を中断したまま、ベンチの上の彼の足の横の丸い小さな缶の蓋、その黒地に赤の絵をじっと凝視し（いまでもその絵柄、ライオンの絵、くねくねした装飾入りの文字、地色の金属的輝き、太陽の光線のようにたてがみのまわりに扇型にひろがる光の矢が目に浮かび）、缶の蓋を閉じようとするあいだも先任軍曹の声がずいぶん遠くからのように届くのを、漠然と聞いていて、その声が「警報演習か？」と聞くと、日直伍長は呼吸を整えようとして、二度息を吸うその合間に「いえ、警報です！　集合！　一時間後に全員準備！」と言い、先任軍曹はすでに立ちあがっていて（黒地に赤の缶が不器用な両手のなかで滑り、それは金色のかねのつまみのついた小さな回転レバーで開け閉めする缶だが、きっと引っかかっているのか彼の指がそれと格闘し、それで伍長は断念せざるをえず、缶をテーブルの上に置いて、両方の親指でそのまま蓋を押しこみ）、先任軍曹の顔が突然、もしかしたら普段よりもいくらか余計に赤くなり（もしかしたらというだけで、十年前に軍隊志願する以前は、この男は山岳地方の作男か木こりみたいなことをしていて、いつも大気にさらされて日焼けし、赤いというよりはむしろ紫色がかった、正確には煉瓦色の顔をしており、眉毛のあたりも、頬骨も、突き出た顎骨もごつごつしていて）すでに兵たちに命令を叫んでいて、騎兵たちは動きをとめて、一瞬狼狽に似た表情で彼を見つめたが、それからあわただしくテントに駆けこむかと思うとまた出たりして、テントを

畳みはじめ、外出日か閲兵式の日みたいにぴかぴかの装備でいまは四方八方に走ったのであって）、そしてそれが（その変換が）経由するいくつかの局面の連続のうちに、彼らはまず最初突然に成長し、全速力で思春期の段階に達したかのようで（変化は最初の飛行機の来襲からはじまったが）、ついで成人の段階（彼らが戦うことのできた唯一の日）、ついで（言語のあの悩ましいからくりによって、それが言おうとすることに則して言語が調整されるのかその反対なのかはわからないのだが）言葉のあらゆる意味で廃人の段階に達し、ということは、たんに負けた軍隊に所属しているからというだけでなく（しかし彼らはまだなにかに所属していただろうか、というかむしろ彼らが所属できるようななにかがまだ存在していたろうか？）個人としても解体されてしまったということで、ちょうどあの包みとか袋とかをしばっていた紐がほどけるか切れるかすると中身がこぼれ、転がり、四方八方に散らばるのとおなじで、あたかも情念とか、欲望とか、粗暴さとか、優しさとか、恐怖とか、誇りとか、所有欲とか、打算といった、被造物としてのすべての人間を構成するあの矛盾にみちたマグマを、どうにかこうにかひとつにまとめていた目に見えない結び目がいきなりぷつんと切れたとでもいうふうで、潰走兵というのでも、落伍兵というのでもなく、もっとひどいものになっていた。すなわち、敗走という観念、自己保存、潰走のなかでの自己救済の本能すら、もはや彼らのなかに住みえなくなった段階に達していて、べつに訓練の結果、彼らの頭にたたきこまれた反射の結果というよりは、この六日間のあいだにしだいに強固になった、どこにも逃げ場所がなく、どこにであれ、だれからであれ、いかなる救いも期待できないという事実の確認のせいであって、だ

から連隊長（あの政治家たち、情け容赦のない平和主義の闘士たち、金糸のはいった軍帽をかぶった将軍たちからなる、彼らにたいして有無をいわさぬ生殺与奪《せいさつよだつ》の権限をにぎり、彼らをここに送りこんだ絶対的権力の権化）が騎兵たちの長い列を逆方向に通過したとき、順ぐりに、兵士から兵士へとひろがり、走りぬけたのは、声のない憤怒の身震いですらなく、茫然自失の、信じられないという驚きの戦慄みたいなもので（ある者は鞍の上で振りかえって、彼がそれに乗って移動するという噂の自動車——それといっしょに運搬車、言うなれば個人用寝室とどうやらそれにつづいて彼にいっさいの疲労を避けさせるための付属装備みたいに、貴重な家具みたいに、すべすべしたマホガニー色の毛並のまぶしい馬を運んでいるはずの運搬車を目で探したものだったが、彼らは明証に屈しなければならなかった。彼につきしたがって跑足《だくあし》を踏む副官と通信下士官をのぞけば、彼はひとりきりで）、突然中断された、というかむしろ詰まった呼吸がもとにもどり、空気が歯のあいだからかすかなシュッという音、というか怒りの、というよりは憤怒の彼方の（彼らが疲労の彼方にいたのとおなじで）なにかの洩らすヒュッという音がし、どこか上のほうから響く、怒りっぽい、単調な声が鉄兜の下から聞こえたかのようで（というかむしろ仮面の下からといった感じで、あたかも彼がルネッサンスの武具製造の名手たちの傑作さながら顔のかたちに細工されたボール紙、ないしブリキ板ごしに、無表情で、目鼻立ちも凝固し、頰はくぼんではいないとしても平べったく、サーベルで切りつけたみたいな細い口をかすかに開き、腹話術師みたいに唇をほとんど動かさずにしゃべったとでもいうふうで）、彼らの服装、彼らの鐙の錆、マントの汚れ、彼らの靴にこびりついてい

る埃とか泥、六日前からの無精髭などについての一連の小言を切れ目なしに繰りだし、ついですでに通り過ぎていて、骨だらけの背中がぴくんぴくんと揺れながらたちまち遠ざかっていって、やがて遠くに消え、それは彼がやってきたときとおなじように、きっとまたしてもあのはるか彼方の漠とした天上界《アンピレ》へと運ばれ、もどっていったにちがいなく、どうやら彼がそこから出てきた（翼のついた、がちゃがちゃ金属音のする雲に乗っておりてきた）のももっぱら、すぐかっとなるとてつもない特務曹長みたいな形相《ぎようそう》で彼らの前にあらわれるためにすぎなかったかのようなのだった。だがそれも彼らの勘ちがいで、ほどなく、ある四つ辻で列の先頭が右に曲がると、ふたたび彼の姿を見ることができ、いまは彼は馬を並み足にもどして、孤独で、敗北というものを知らず、屈辱に堪えた風情で、お雇いドイツ歩兵的中隊長の何メートルか先を歩み、何名かの貧相な騎兵をしたがえていて、地面の起伏のせいで乗馬が腹までかくれ、体はじっとしたまま、なにかの機械仕掛で引っぱっていかれるみたいで、ちょうどあの縁日の射的小屋のトタン板に切りぬいたシルエットがかすかに揺れながら、やはりトタン板に切りぬいた何列かの書割のあいだを行列してゆくのに似て、平野の連続的でなだらかな起伏、青々とした麦畑、ボール紙でできた村とその窪地から出たとがった鐘楼がつづき、道がしだいにその窪地に下ってゆくと同時にちいさなシルエットの列も下ってゆき、いまはその上半身だけが将棋の駒みたいに、馬のまるみを帯びた首のうしろに突ったって見えるだけで、中隊全体がまたしてもおなじみの半睡状態、というかむしろ麻痺状態におちいり、疲れきって、夢遊病にかかったみたいで、だから叫び声が背後からやってきて、口移しに伝えられ、下士官たち

のすりきれた声でわめかれたとき、それ（叫び声）は意味もなく、たんなる空気の振動、というか海鳥の、カモメの、あの不可解なキーキーいう声みたいに、不安におびえ、しゃがれ、同時に訴えるようで、平然とした沈黙を引き裂きながらそれをかき乱すでもなく、各自によって一種の平然とした従順さ、陰気な倦怠感をもってわめかれ、そのあいだも彼らは前進し、疲れきった乗馬の歩みを早めつづけていて、わずかに顔をあげて前を行く兵の背中にむかって単調で無用な通達を投げ、それが黙示録的な惨事とか天災とかを予告するあのカッサンドラ〔四〕的な執拗さで反復されるのだった。

「先頭に伝達せよ。ドイツ軍が村にいるぞ！　伝達せよ、ドイツ軍！　ドイツ軍の装甲部隊が村にいる！　停止！　村に装甲部隊！　伝達せよ！　ドイッ……」

III

一九一四年八月二十七日

旅は一夜と一日、そしてさらにまる一夜つづいた。この移動は準備が不十分だったのか構想がまずかったのか、それともまたその計画が可能的な渋滞を考慮に入れて、他の部隊の輸送に優先権をあたえられるような余裕を見こんであったのか、列車は時に何時間ものあいだ待避線で停止したまのことがあった。いずれにしろ連隊は（兵員は家畜運搬車に詰めこまれ、連隊長と将校たちは刺子になった灰色のラシャを張り、網になった頭当てクッションで保護された長椅子つきの一等車に乗っていたが）ムーズ県のあるちいさな駅でおりるまでに三十六時間以上かかり、そこからベルギーを目ざして強行軍に移り、各中隊長は馬に乗って中隊のやや前方を行き、若い中尉や少尉たちが殿《しんがり》をつとめた。兵員は大部分が片側が海に望み、内陸部はピレネー山脈の最初の峰々にまでひろがっている南仏のあの県の新兵からなり、総司令官もその地方出身で（でっぷりとした――肥満したというのではなくてでっぷりとした――すでに白い豊かな口髭をたくわえ、黒い軍服と修道参事会員の短いマントに似た頭巾つき外套を着た男で、参謀本部やフリーメーソンの支部やサン＝ジェルマン界隈(五)のサロンのこみいった陰謀のおかげで、もしかしたら平静さとほとんど無際限の睡眠能力

を考慮して、この軍団の頭に据えられたのかもしれず）、兵員の大部分のそのまた大部分は頭がまるく、坊主刈りで、筋肉のごわごわした農民たち、庭師たちや農場の日雇たちや木こりたち、ないしは高地の村からおりてきた羊飼いたちから成っていて、軍事教練の際をのぞけば、彼らの村そのものとまでは言わなくても郡の境界から外へ出たことがなく、文盲《もんもう》で、彼ら同士ではその地方独特の方言で話し、下士官の命令を理解するのにかつがつ十分のフランス語しか知らず、その下士官たちにしてもこれまたいがぐり頭で、監獄の番人みたいな黒い口髭をはやし、熱帯さながらの太陽に肌も黄色くなり、アプサン〔六〕で肝臓をすっかりやられていた。

一等車で連隊長や将校たちが肩帯を投げだし、上着のホックをはずして、クッションを背にのけぞって葉巻をふかしているその間も、家畜運搬車の板張の床にうずくまったり横になったりした兵士たちは、ごつごつした彼らの方言で、刈りとる暇なしに残してきた作物のことなど話しあい、時折列車の通過の際にわき起こる歓呼の声に機械的に答えたり、酔いつぶれて、自分たちの吐瀉物にまみれて眠ったりした。これは海兵隊に属する連隊で、将校のだれ一人としてそれまでに、大規模の戦争に参加した経験はなかったが、連隊長とか大隊長、それに中隊長の何人かといった階級がいちばん上の将校たちは、それでもぞっとするような気候のせいでなおいっそうつらい条件のもとで戦ったことがあり、時には包囲され、飢えと渇きで死にそうになりながら竹とか砕石とかでできた砦に立てこもったし、戦友の何人かが待ち伏せにあって虐殺されたり、野蛮な拷問にかけられたりしたこともあった。サン＝シール〔七〕を優秀な成績で卒業した彼らが、将軍の養成所として通っている羨

望の的のこの兵科を選んだのは、冒険の魅力に惹かれたせいもあるが、同時に生まれのあまり裕福でない連中にとっては、そこで授かる俸給の有利さという動機もあった。彼らが指揮する若い農民たちや、若い羊飼いたちあるいは若い山育ちの連中が目に一丁字《いっちょうじ》なく、小学生みたいないがぐり頭をしていて、子供の頃から自然の猛威や気むずかしい大地と戦うことに慣れていたのと同様、彼らの大部分も頑健で、頭が弱く、自分の勇気に信頼をもっていて、いちばん年長の連中に関していえば、手もちの兵力の乏しさが初歩的な戦略の使用を容易にした遠い国での作戦のあいだに得た経験が、戦争に関する古典の研究にもとづいた確乎とした自信を強化し、さらにそれが四十年来黒板の上で、あるいは士官食堂での議論で繰り返された分析でいっそう権威を認められたのだった。もっと若い連中はというと、いまは平定された地方で土地の収用とか、土木工事とか、地図作成といった任務に配属され、戦闘の場面で力量を発揮する機会はなかったとしても、時には何年にもわたって、現地人新兵や監獄の番人めいたその軍曹たちだけに取りまかれ、あの修道院的な禁欲生活、教団の新弟子に強要されて、それに堪えたあかつきには合格者たちが（というかむしろ生き残った者たちが）ラバの頑丈さとトラピスト会修道士の耐久力を誇れるようになるあの非人間的な精神修行にも似たなにかを経験していた。それゆえどちらの連中も、彼らのあとから《学校》を出て、本土のあちこちの駐屯地にだけとどまった同窓生たちにたいしては、ともにプロがただのアマチュアにたいして抱くような軽蔑のまじった見くだすような慇懃さを感じていたのだった。

それゆえ彼らが（まず列車で、ついで街道を）北上してゆくにつれ、開始された戦いに関する情

報（すくなくともすすんで彼らに伝達された情報――ないしは公式通達《コミユニケ》ごしに彼らが推測できた情報）をつぎつぎに入手しても、せいぜい起こったことといえばきっと彼らの会話、彼らの葉巻の吸い方のなかに（依然としてハノイの阿片窟や総督邸でのレセプションやコロンボの淫売宿の思い出話などをまじえ、通人ぶってたがいの翡翠《ひすい》のシガレット・ホールダーや彫刻をほどこした象牙のアクセサリーなどを褒めあい――彼らのひとりは仕切りのついた七宝でできていて、トルコ石色と薔薇色の小鳥が藺草《いぐさ》やスイレンのあいだを飛びまわっている喫煙具セットを所有していたが）、せいぜい起こったことといえば、彼らの言動のなかになにかが、かすかな変化をうかがわせたということだけで、まだ不安というのでもなく、ただ心配だけしていて――それも自分のため、つまり自分の命のためではなく、じっさい彼らにとってはマレンゴとかマラコフとかバゼイユとかラン・ソン〔八〕といった地名を構成する響きのいい音は、勝ち戦《いく》さであれ負け戦《いく》さであれ、生きぬき死んでゆくための唯一のまっとうなあり方以外のなにものをも意味せず、どんな軍隊を指揮するにしろ、できれば障害物のない、よく目立つ場所で、双眼鏡片手に突ったたって指揮することしか考えられなかったのであって――だから自分のためではなくて、あたかも彼らの頭のなかでなにかが、百度も黒板に書いて検討したプランを妨害し、混乱させたとでもいうふうで、同様に彼らが撤退する軍隊の最初の残存兵力、暗い顔をしたその将校たち、憔悴しきって、埃にまみれ、うつろな目をした兵士たちと行きあった時にも、彼らはそのおなじ心配げな、注意深い、厳しいというよりは控えめな様子で、しかしプロとしての軽蔑を表に出すまいとして苦労して、上級兵たちの報告に耳を傾け、彼らの苛

だち、じれったさをできるだけ隠したもので、やがて最後の負傷兵も足を引きずりながら遠ざかってゆき（村の通りが突然空っぽになり、人影が絶え、といっても日曜日の午後とか野良仕事の時間に村の通りが空になったり人影が絶えたりするようにではなく、戦いの前に市街が、丘が、橋が、なにげない林が呈する、あの脅威を秘めた、厳粛な人けのなさ、空虚、異様な様子であって）するとほとんど即座に、ラッパの音もどよめきもなく彼らに襲いかかったのが、突撃とも似ず、それまでに彼らが本や戦場、乾ききった石の砦や水田の土手やどこかの王宮の城壁の下であれ、戦場で経験したものにいささかも似ていないなにか、つまりただの砲火の壁、というかむしろ城壁で、それがゆっくりと、いわばおだやかに、だが容赦なく進んできて、ただなにかの障害物に出会うとそれを始末し、消化しつくすあいだだけ短く停止し、ついでまた前進をはじめたのだった。

八月二十二日にベルギーのジャモワーニュ＝レ＝ベルの村に到達した連隊は二十四日一日だけで総員数将校四十四名、兵士三千のうち将校十一名、兵五百四十六名を失った。二十五、二十六の両日のあいだに後退してから、連隊はジョルネーの森のほとりに展開せよという命令を受け、その地で二十七日にまじえた戦闘のあいだに、損失は将校九名、兵五百五十二名に達した。四週間後に庭師ふうの口髭をたくわえたでっぷりした将軍が（その時間の大部分を眠ってすごし、目覚めると電文を読みあげさせ、しばし地図に見いり、予備兵力を調べさせ、命令を与えてからまた眠りこむのだったが）砲火の城壁を阻止し、一部の地点では後退さえさせることに成功したときには、将校であれ兵士であれ、うだるような夏の日の午後、群衆の歓呼を受けながら駅にむかい、彼らを国境に向け

て運ぶ列車に乗るために、連隊の駐留していた町を横ぎったただの一人も、連隊長をふくめて残っていなかったのであるが、あのときには彼らは、まず城砦を出、四基の巨人像のあいだを抜けてカルル大帝〔九〕が築いた城壁の門をくぐり、山の手町のせまい路地を通り、煉瓦づくりの古い邸宅や中世のままの市場、箱植えのアジサイの花が咲き、アイリスのような女たちが華やぐキャフェの前を通過したもので、クラブのバルコニーではしばしブリッジのテーブルとロッキング・チェアーから離れた老紳士たちが皺だらけの黄ばんだ手で拍手を送ってきたが、そのかぼそい声も並んで覗きこんでいる伊達女《だておんな》たちの甲高い万歳にかき消され、彼女たちもまるで籠に盛ったようにその眩しい胸乳《むなぢ》をさらし、唇がまぶしい歯のきらめく口の濡れた薔薇色の洞窟を覗かせ、そして花を投げてきたものだった。

数々の戦闘を経て守りぬかれた軍旗の絹の上に（ある反撃の勢いに乗じて、ひとつかみの果敢な兵士たちは、敵の軍旗を奪取することにさえ成功したくらいで）国家元首は法令によって、考えられる最高の勲章をピンで留めることを命令した。その儀式は少し後、十月も終わりにさしかかった頃、前線の後方ヴァルミー〔一〇〕の台地で行われ、百二十年前にやはり同じ場所で侵略軍を敗走に追いこんだ将軍の彫像が灰色の空をバックに黒々と浮きだしていた。霧雨が降り、むきだしになった広場を突風となって吹きぬける秋風が、代表として派遣されたおなじ軍団の他の連隊の旗をはためかせて、濡れた絹地の音をばたばたさせ、斜めにかしいだ旗竿がときどきゆらめき、気をつけの姿勢で、左手を腿のところでサーベルの鍔《つば》の上においた旗手たちによってやっとのことで支えられていて、

彼らの背後にはサーベルの硬直した鞘《さや》がながく突きだし、上級将校たちもやはり気をつけの姿勢をとり、鞘《さや》をはらって顔のところに垂直に突きたてているサーベルの刃が光り、円筒形の軍帽の顎紐が彼らの顎にくいこみ、きらきら光る黒い長靴《ちょうか》の踵の拍車が濡れた草のなかで銀色の輝きをはなっていて、ツルなどの渉禽類《しょうきんるい》とか、奇怪な小鳥みたいに反り身になって、硬直し、尊大で、厳めしく、それでいて同時にもろそうにも見えた。方陣に整列して地平線をくろずんだ線でさえぎっている各部隊の代表の正面に、旅団や師団の将軍たちが、やはり硬直し、馬上でいくぶんへたった感じにみえ、丈の高い円筒帽といい、分厚くなった体といい、彼らのひとりが重い体重で押しつぶしている、毛並みが白く、鬣《たてがみ》のながい純血のアラブ馬といい、現地人騎兵の服装をして銃を肩からはすかいにかけ、くず馬にまたがった護衛の副官たちの列といい、どこかの野蛮で戦争の好きな豪族を思わせて、《歴史》の奥深くから、あるいはどこかの大草原の彼方からまっすぐにやってきたかのようで（彼らもまた若いときには、戦いながら、アジアとアフリカの両大陸を駆けめぐったものだが）彼らもまた口髭をはやし、舞台衣裳みたいに窮屈な軍服を着てずんぐりし、金糸でおおわれていた。騎兵たちの列を見おろしながら、ブロンズの戦士が依然として空にむかって剣をかざし、雨に濡れても表情を変えず、口をあけてブロンズの叫び声をあげ、ブロンズの二角帽〔二〕をかぶりブロンズのフロックを着て、躍りあがるような、熱狂的な、そして死を超越した姿勢をとっていた。軍旗にばたばた音を立てさせつづける風が、ぽつんと離れて立って、なぜそこに生えたのかわからない（もしかしたら最近――だからこそこの儀式のために切り倒さなかった訳もわかるのだが――なにかの愛国的な

委員会が植えたのか）一本の低い木を断続的に揺るがせていて、苗木林とか空き地のまわりとかに見られるような、人の背丈もあるかないかの矮小な木だったが、秋になって葉を落とし、先端がほそい二股になり、まるでぶるぶる震えるペンで一筆書きされたみたいで、雨もよいの空に入れた亀裂、裂け目ともみえた。その横に総司令官のどっしりとした体軀《たいく》が浮きだしていた。ここまで乗ってきた自動車からおりると雨をものともせず、彼の頭巾つきマントをはためかせ、広袖のながい外套に吹きこむ時おりの突風にもびくともせずに、旗手たちの前面に突ったっていた。直立不動の姿勢で、白手袋をはめた片手をステッキの握りの上におき、顔をかすかに右にむけて、彼は全部隊が形成している広大な方陣の中央にいる、全滅した連隊の旗手を見つめていた。

それはひどく小柄で孤独で、ひよわそうな風貌の下士官で、ウエストのところをふくらませる弾薬盒と燕尾服の垂れみたいに後ろがもちあがった長外套のために、彼のシルエットはでこぼこになっていた。風ががむしゃらによじりつづけている他の旗とはちがって、彼が捧げている軍旗がじっと垂れたまま動かないのは、雨の水をふくんで重くなったせいか（その旗手は将軍の到着するずいぶん前からずっとその位置についていたから）、それとも儀式のためになんらかの重りをつけたせいか。あらん限りの大声を張りあげていたとはいえ、軍の表彰状を朗読する将校の声は突風と濡れた他の連隊旗のばたばた鳴る音にさえぎられて、かぼそく、ちいさくなり、まるで子供の声みたいに遥《はる》けく、非現実的に聞こえた。その声がとだえると、隊列の前で軍楽隊が組んでいた方陣からラッパ手が出てきて、何歩か前へすすみ出た。金管を一瞬ひらりときらめかせながら、彼は器用ですばやい、

これまた野蛮な動作でラッパを一回転させ、規定の《葬送曲》の音色が、いわばしゃがれ、膜をかけられ、おなじ非現実的な彼方からやってきて、秋の灰色の雨のなかに吸いこまれるかのように響きわたった。ついで旗手がゆっくりと旗竿を倒してゆくと、参謀将校は濡れた表彰状を折りたたんでから、ケースから勲章を取りだし、近づいていって穂先の下のリボンにピンで留め、そのあと四歩さがって敬礼し、それと同時に将軍も白手袋をはめた手を帽子にもってゆき、抜刀した将校たちはなおも直立したままだった。しばしのあいだ降りつづける雨の非物質的なさらさらという音と、銃声みたいに風に鳴る連隊旗の怒り狂った抗議の声しか聞こえなかったが、やがていきなり軍楽隊が、ほとんどうきうきしたとでも言っていいシンバルの響きでリズムをとった、気をそそるような行進曲を吹奏しはじめ、それと同時に指揮にしたがって、各連隊の分遣隊が次から次へと不動の姿勢をくずし、行進を開始した。拍子をとったきびきびとした歩調で、兵たちは栄誉を受けた軍旗の前を行進し、いまは立てなおされたその軍旗は、あいかわらずひよわそうな小柄の兵によって捧げられて、かすかにひくついていたが、くすんだ色の軍服がつくる広大な方陣がくずれてゆき、分遣隊がつぎつぎに通過してゆき、軍楽隊は最後の小隊の最後の兵たちが遠ざかってしまうまで吹奏をやめなかった。そのときになってほかの二人の下士官が旗手に近づき、彼が連隊旗を巻くのを女みたいな仕草で手つだい、黒い防水布でできた鞘《さや》に滑りこませ、そのあいだに総司令官は専用車に乗りこみ、それが台地のでこぼこの地面の上をがたがた揺れながら遠ざかってゆき、それで万事終了した。

連隊はべつに特別扱いされたわけではなかったが（何度も再編成され、補充され、たしかにめったに実戦に参加しなかったし、あの古兵たちの部隊、年功を積んだ親衛隊、ないしはまさにいちばん犠牲の多く出るような作戦のために温存される選抜部隊みたいに、平穏な区域に配置されたりはしたが）、その後一度も、準備不足だったある攻撃の際に、午前中だけで将校たちの四分の三と千名あまりの兵を失ったのをのぞけば、この最初の四週間ほどの深刻な損失をこうむったことはなく、その四週間に、連隊は戦争がつづいた四年間のどの一年よりも多くの死者を戦場に残したのだった。八月二十七日の戦闘で戦死した者のなかに四十歳の中尉がいて、彼のまだ温《ぬく》もりのある体を、一本の木にもたせかけたまま放置せざるをえなかった。それはかなり長身で、頑健で、ととのった顔立ちをし、口髭の端を鉤《かぎ》型にはねあげ、四角い顎鬚をはやした男で、血まみれのおだやかな顔のなかで大きく見ひらいた、磁器みたいな青い目が銃弾でずたずたになった頭上の葉群を凝視していて、そこに夏の午後の日差しがたわむれていた。ねばねばした血が軍服の上にあざやかな赤いしみをつくり、その縁はすでに乾きはじめて茶色っぽくなり、ほとんど一面にハエの群れにおおわれていて、胴体に縞がはいり、灰色の羽にくろい斑点が散ったハエが、ちょうど森の下草のなかの糞便におそいかかるときみたいに押しあいへしあいし、たがいに相手の上に乗ったりした。銃弾が円筒帽をはね飛ばしていたので、血でねばついた髪のなかにまだ櫛の跡が見え、まさにその朝両側の髪の波うつまんまん中に筋を入れていたのである。用心ぶかく体を二つに折り、銃の引き金に指をかけたまま進んできて、金モールに惹きつけられ、死体の上にかがみこんだ敵の兵士が大いに失望したこと

には、ハエの群れを払いながらあちこち探ってみても、上着のポケットは空っぽで、目覚ましつきの金時計も、財布も、そのほか値打ちのある品物はなにひとつ見つからなかった。財布といっしょに全部がその後未亡人に送り返され、死者の名前を記入し、ほそい鎖で手首に付けられていた小さなプレートの半券も送られてきたが、その目的のために型打ち器で点線状に開けられた穴にそって折りとられた残りの半券は動員局に保管された。早急を要するので、結婚指輪を指からゆっくり抜きとる暇がなく、緑色がかった軍服を着、埃と泥まみれの長靴をはいた、その憔悴しきった兵士はきっと戦友か上官に見つからないうちに、銃剣の刃で急いで指を切断しなければならなかったのにちがいない。腹がピンクでスイレンの上を飛びかう、中国の藍色の小鳥を描いた七宝の喫煙具セットはというと、こちらはくすんだ緑色に塗られ、革紐でしばった規定の荷物ケースに戦闘の前にしまわれ、中隊の荷物といっしょにトラックに運びこまれていた。

こうして二十五年前だか三十年前だかにはじまった冒険は幕を閉じたのだが、その冒険のはじまりとは山のちいさな集落の小学校教師が（というかむしろ隣町の中学の校長だったにちがいないが）まだ下級クラスにいる奨学生の父親に会いにきて（というか彼を校長室に呼びつけて）彼に（農民で、せいぜい読み書きと、モレスキン表紙の手帳にへたくそな足し算を書きこむのがやっとという男で、ゆっくりゆっくり灰色の数字を鉛筆で書きこみ——時には唾で芯を湿した鉛筆なので、その薄紫色の書き跡がインクが乾くにつれて薄れ——、方眼のはいった灰色がかった紙そのものも、原料に鉋屑《かんなくず》みたいな微小な赤っぽい斑点がちらばっていて）息子を小学校教員にすることをあきらめ

（姉たちはすでに冬になると雪に埋もれる小学校で教えていたが）高等教育に進むことができるよう、バカロレア[一二]まで中学をやめさせないようにと説得したことだった。もしかしたらその晩帰宅してから、あるいはじっくりと一晩考えてから、一生をいくばくかの畑、というかむしろせまい盆地の奥や山裾のここかしこにちらばっていて、たがいにあまり離れているのでそこへ行くのにそこで働くのとほとんどおなじくらい時間がかかるいくつかのこまぎれの地所をひっかくのに一生を費やしてきた男は決心し、というかむしろすでに決めていた決意、雹《ひょう》の急襲や旱魃《かんばつ》やコロラドハムシやライ麦の麦角病《ばっかくびょう》やハマキ蛾といった、定期的に、数時間か数日のうちに、一年間の汗と労力の果実をフイにするような被害から家名を決定的に安全なところに置く身分に、子供たちを到達させたいという決意をあらためて固めたのかもしれない。それに中学の校長が彼に垣間見させたところのものは、彼が子供たちのために願っていたすべてとあまりにもかけ離れていたので、それにくらべれば小学校教員の身分も、それと並べた農民の身分とほぼおなじくらい貧相なものと思えたのだ。それがきっと彼が、休暇のために学校からやってきた、といっても家族のもとで休息するためではなく、ジャガイモやトウモロコシの畑、あるいはほんの何アルパンかの葡萄畑で、毎日十時間働くために帰ってきた二人の娘に説明したことにちがいない。というかもしかしたら（だいいち彼はほどなく死んだが）何であれ彼女たちに説明する必要も、説得する必要もなかったのかもしれず、もしかしたら彼女たちは自発的に自分で決心した、それどころかもしかしたら中学の校長が彼女たちの弟に（それが一家で唯一の男子で、何歳も年が離れていたが）関心をもつずっと前から決めていたことなのか

もしれず、もしかしたら彼女たちが幼い牝牛の番人や木靴をはいた少女たち相手に授業をしていた学校で、女教員の身分についてすでに身をもって知ったことが、すでに少年におなじような運命を避けさせたいというおなじ決心に導いたのかもしれず、彼の学費とか、彼が挑戦すべき入学試験や選抜試験のための何年間かの受験勉強のあいだの生活費ばかりでなく、そのあとさらに彼がしかるべき社会環境にうまく溶けこむのに必要な期間の生活費として、どれだけの犠牲を払わねばならないとしても覚悟のうえだったのであって、すくなくともはじめのうち、そんな環境で体裁を保つためには、彼が自力でかせぐ金額はあきらかに十分どころではなかった。

彼ら一家は硬直した厳格な伝統のなかで育てられてきた。アリのような綿密さで支出を帳面につけ、つぎだらけの衣服をまとい、台所で食事し、夜の団欒には唯一の火をかこんで集まり、寝る前にその火のいぶる薪に水をかけて氷のように冷えきった部屋で寝るなど、倹約一途を強いられた農民たちに生得のあの厳格さだけでなく、それは（その厳格さは）正義と節度と品位へのあの誇り高い渇望、スイスに近いこの山岳地帯で、何世紀か前例のジュネーヴのきびしい改革論者〔一三〕に追随するようにしむけたあの一徹な不服従の精神によっていっそう露骨になった、というかむしろ強化された厳格さであって、そんな不服従の精神がいまは鉄縁の眼鏡をかけ、彼ら自身学校の先生とか印刷工の顔をした髭面の理論家たちの思想のなかに（すくなくとも父親はそんな連中の書き物を読む力はなかったろうが）、いずれにしろ、いま終わろうとする世紀が誕生と発展をまのあたりにした思想への漠然とではあるががむしゃらな賛同のなかに力を見出していた。一家は隣人たちとも仲がよく、

だれとも俺お前呼ばわりし、彼らから尊重され、居酒屋のベンチに坐ったこともなければ（といっても同時に食料品店と飲み屋と煙草屋を兼ねた集落の唯一のせまい店のなかの、ごってりと栗色のペンキを塗った二台のテーブルに、そんな名称を与えることができればの話だが）、男であれ女であれ、一家のだれかが教会のベンチに腰かけるのを見かけたことも一度もなかったが、灰色の、冷たい、味気ない石で建てられたその教会こそ、過ぎた前世紀に鉄縁眼鏡の思想家たちの思想にたいするこれまた監視哨、防壁という意味あいで、王政復古とともに再登場した胸飾りと三角帽子と祭服の聖職者たちの建築的シンボルとなり、川にそっていくらか下流に位置するレザークロス工場の工場主たちと結託して、この盆地の雇用と貧民救済と住民の投票を左右していたものである。

自分たちが受けた教育、夜の村の通りを千鳥足で歩く人影や、ぶたれる女たちの悲鳴や、時によじれながら鉄色の細い革紐〔一四〕が垂れていた刈穂積み、雪がやむ時はかならず雨にかわる山の小学校での何年間や、血で汚れたハンカチをいまでも覚えているある従妹の死などの思い出にたいして、ふたりの女教員は死ぬまで、恐怖と同時に内臓からくる嫌悪のまじったほとんど迷信的な感情を抱いていて、そのせいで彼女たちはおなじ脅えのうちに（万一そんな話をすることでもあれば声を低め、まるで言葉そのものが不吉でけがらわしい、いわば猥褻な力をもってでもいるみたいで）泥酔とマムシと泥と僧侶たちと結核とをいっしょくたにして恐れていた。

父親が死ぬと、彼女たちは学校にしばられている間猫のひたいほどの畑と葡萄園を耕しつづけるために作男を雇ってみたが（土曜の夕方最後の授業がおわるやいなや雪のなか、あるいは濡れて

ずくずくになった道を、何キロも歩いて木のベンチの列車に乗り、それを真夜中にちいさなランプがともった駅などで乗り換えねばならなかったが、日曜日はラバみたいにはたらいて過ごし、夜になるとおなじ道のりを逆方向にたどって、念入りにブラシをかけた長いスカートをはき、顎までぴっちりボタンをはめたブラウスを着、手編みのショールを肩にかけ、月曜日の朝には黒板の前に立ったのだったが)、金をくすねられた。ふたりはそこで土地を賃貸しすることを考えたが（その土地と、父親が町に買っておいたたいそうな家を売りはらうこともできるなど、夢にも思いつかず、半分廃墟になったその家を後になって、彼女たちは床板一枚また一枚、天井を一室また一室、屋根瓦一枚また一枚と、何年もかけて地下室から屋根裏までほとんど全面的に改修することになるのだが）、大部分の土地はいかにも行き来が不便で効率がわるいので借り手がつかず、だれかが借りることを承諾した土地はというと、またしても金をごまかされ、そこで最終的に、やはり日曜日に、古ズボンをはいて彼女たちと並んで働いた少年が抗議したにもかかわらず、そのうちのひとり、姉のほうが（たしかに母親もいたのであって――というかむしろほぼ拳ほどの大きさの黄色いかたまり（球）がいて、フリルのついたナイト・キャップをかぶり、枕の上にじっと頭をのせ、汚れのないシーツを首まで引っぱりあげていて、あまり平べったいので下になにもないかのようで、無数の皺のまん中に開いている口に、ちいさなスプーンで白っぽい粥をすこし注ぎこんでやると、すこし下から排泄物のかたちでまた出てくるのを、毎日綺麗にしてやっていて）……というわけで最終的に姉のほうが観念して、父親がそこから彼らを永久に脱出させようとした身分にもどることに決め、父親が

使っていた道具をさげ、トウモロコシ畑や葡萄畑や果樹園への道をたどったのであったが、果樹園の木には、熟する前に虫がはいり、木のように固い梨しかならなかった。

いまでは彼女も重い男ものの半長靴をはき、いくらか四角い顔もしだいに男の顔に変わってゆき（のちには、切り傷みたいに何本かの垂直の小皺でひび割れ、皮膚の傷んだ上唇の上のほうにかすかな口髭まで生えてきて）日雇人夫たちといっしょにはたらいたので、彼らを監視することはできたが、それにしても力のいる作業には彼らを雇わざるをえず、同時に二頭の牛も雇い（きっとただで借りることだってできただろうが、なんとしても借りをつくるまいとしたからで）、秋になると鋤で耕した葡萄畑の収穫物をこの牛たちが運びいれた。彼女が（いまは父親の役割を代行しているほうが）敢行した唯一の改善、唯一の贅沢は中古の自転車を買うということだったが、たいていの場合ながいスカートが邪魔で下り坂のときにしかそれにもまたがらず、たいていの場合荷台にでこぼこの袋や農具類を積み、ハンドルにへばりついて引っぱってゆくだけで、そのうしろにつけた小さい箱型荷物車も彼女が何枚かの板と屑鉄屋のごみ置き場から見つけてきた車輪をもとに自分ででっちあげたケースでできていて、おなじようにして彼女は自分で割れた窓ガラスを取りかえ、石垣のこわれたのや鶏小屋のぐらぐらになった戸を補修し、細い鋼針《はがねばり》で自分の毛糸の黒靴下を編み、自分たちのドレスを裁断して縫いあげ、少年の衣類につぎをあてたのだった。

この少年が依然として奨学金を受けながら県庁所在地の高等中学で《ポリテクニック》〔一五〕の入試の準備をしていたその頃、ある事件が起きて、その後の彼の一生を決定し、やがては約二十年後の八

月のある日森のはずれで、彼の頭蓋骨を破砕するために飛んできた弾丸の弾道上に彼を位置させるということになった。二月頃馬場で（というのも彼女たちは、この時も彼が抗議したにもかかわらず彼が乗馬のレッスンを受ける費用まで払ったからだが）、彼は落馬して片脚を折った。骨折はずれをともなわない単純なものだったが、ギブスで動けなくなったベッドの上でも勉強をつづけたとはいえ、回復のために必要な時間がこの年そんなにもきびしい入試という試練に成功裡に立ちむかえる可能性をいっさい排除してしまったので、彼女たちが病院に見舞いにきたとき、彼はふたりにむかって、万一そのときまでに元気になったらの話だが、もうこれ以上待たずにサン＝シール士官学校を受験することに決めたと告げたのだった。

のちになって彼女たちはそのことを（その事件、つまり落馬という事故ではなくてふたりにとっては自分たちの野望の崩壊を意味したその決心を）まるで貧乏人たちが病気とか身体障害とか、雹害《ひょうがい》とか旱魃といっただれしもの生活にふりかかる自然の災害の話でもするように話し、その声もおだやかで落ち着いていて、眼にはやにを溜め、オールドミスの皺だらけの顔には歳月も不幸も変えることができなかったいわば子供っぽい無邪気さがきざまれていて、彼女らの話を聞いていても想像できるのは、ふたりともかすかに樟脳《しょうのう》の匂いのするマントに身をくるみ、男の役目をつとめるほうが器用に撚《よ》りあわせた絹かビロードの布で自分でつくった婦人帽（というよりは縁なし帽）に人造宝石のバックルか何かから再利用した羽根毛の飾りとかをつけたのをかぶって、病院のベッドの脇に突ったたち、さわさわとスカートの音をたて、糊のきいた頭巾をかぶった修道女たちがそばを

行ったり来たりするのを、多かれ少なかれ宗教とかかわりあるすべてにたいして父親が彼女たちのなかに植えつけたあの不安げな反発をもって眺め、患者の少年がむりに作り笑いを浮かべながら、もう一方の試験の準備をするのにまだ十分時間があるなんてなんと運がいいかということを説明するのを聞いて動転している姿で、少年のほうはふたりのすりきれた外套やマフのなかに不器用にかくしているあかぎれした赤い手、姉のほうの男みたいな顔とか、もはやほとんど夫の見つかる年齢ではなくなったもう一方の女の色あせつつある顔を見まいとしていて、まるで彼の決めたこと（サン=シールを受験するという決心）が理の当然で、たんに偶然の不運から生じたとるにたりない方向転換を意味し、なにもなお一年間彼女たちに乗馬レッスンの月謝を出してもらうのが堪えられないからではないとでもいうふうなのであった。

もちろん、彼女たちはそんなふうには話さなかった。彼女たちはただたんに、彼が冬のあいだに脚を骨折したのでそれでサン=シールを受験する道を選んだのだと言った。そんな口振りを聞いていると、失望（というかむしろ動転）ではなくてせいぜい遠慮がちな落胆、遠慮がちな未練を感じたのではないかと推測できる程度だった。ちょうど農民の一家でべつに運命を呪うわけでもなく、梯子だか脱穀機だかから落ちて以来弟がせむしになったと話すのとおなじ調子なのだった。ただの事実の確認。それ以上のなにものでもなく。彼女たちにはその打撃（つまり彼が彼女たちに告げた決心）は一瞬運命の皮肉たっぷりな冷笑と映ったにちがいないにもかかわらずである。それはまるで、ただに彼女たちがこころよく犠牲に供し断念してきたあまたのものばかりでなく、さらには一家の

精神そのもの、誇り高い伝統すらふいに無視され、嘲弄されたかのようで、なにしろこの一家では曾祖父の兄弟の一人が（彼女たちの話では子供のころ、その老人が薪割り台に腰かけ、壁にもたれて日向ぼっこしているのを見たことがあるということだが）五年間も森のなかにかくれ、村々をまわって虱《しらみ》つぶしに農家の青年たちをさらってゆく憲兵の目を逃れたという思い出が誇りをもって語り伝えられていたからで、その青年たちは何大隊もまとめて食人鬼とやらに喰い殺されたかそれとも凍てついた大草原の彼方へ送りこまれて死んだのである。じっさい、彼女たちは法衣や軍服を着たいっさいの人間を見さかいなしに悪の相補的化身ときめつけてしまうあの迷信的嫌悪を克服して、きっとたいして心配のいらない転身（蝶のサナギが絢爛たる羽をひろげるという絶頂に達する前余儀なくされる通過点）としてしか、弟がかの有名な二角帽をかぶり、しばらくとはいえ赤の飾り紐で縁どった黒の軍服を着ることを容認しなかったからにちがいなく、滑稽なサーベルにもかかわらず彼女たちはおそらくはそうしたいでたちをしまいには一種の反宗教な身分の属性、労働と知との特権的地位への到達のきびしい象徴とみなすにいたったのにちがいない。

もしかしたらその病院の白塗りの大部屋で彼女たちが彼に言おうとしたのもそういうことかもしれず、そこへ見舞にかけつけたふたりは緊張し、顔も年より早く老けこみ、体を硬直させていて、蠟のような無表情な顔のまわりにはためく両翼に糊をきかせた角頭巾たちの無言のざわつく行き来を無視しようとつとめ（まるで義務と処女性の両立できない権化である女たちが無言の、おし黙った、本能的な敵対心にかられて、両側から衝突し力をきそいあってでもいたみたいで）、彼女たちの

声もささやき以上にそれほど大きくはなく、一方彼のほうは彼女たちの異論（ないしは哀願）にたいして寛大な、子供に話しかけるみたいに幾分たしなめる感じの微笑で答え、下の姉とくらべてもほとんど十歳は年下なのにしまいに彼女たちが、羊の群れみたいに戸口のほうへ押しだされるほかの見舞客にまじって退出したときにもおなじ微笑をかかげつづけ、もしかしたらふたりのうちの一方がなおも振りかえったのだったが、彼は依然として枕の上で微笑んでいて、ナイトテーブルの上には彼女たちがもってきたオレンジがのっており、陽気に手を振り、どうしたら彼女たちから自分をでなく、言うなれば彼から彼女たちを解放できるかと計算していたのかもしれなかったが、彼にはまだ自分がどれだけ勘ちがいしているか、二人のかよわい女、というかむしろ二頭の雌ラバのがむしゃらな決意を前にしては、男の意志力などどれだけ取るに足りないかが予見できていなかった。

というのもなにひとつ変わりはしなかったからだ。今となっては事態は進行しすぎていて（つまり姉妹の生き方のなかに喰いこみすぎていて）彼女たちとしてはたとえ一瞬たりともオールドミスのままでいて、牛馬のように苛酷な労働の生活を送りつづけ、果てしなくつぎをあてた衣類をまとって彼に為替を送れるだけの貯金をすること以外のあり方など思いもよらず、彼がそんな為替を返送してもふたりは判でおしたように彼のような地位（つまり彼が到達した地位、海兵隊の士官候補生ついで将校の地位）にある若者が所有すべきだと彼女たちの想定するありとあらゆる品、手袋からはじまり柔らかい革のブーツをへてさまざまのよけいな付属品のついた化粧道具入れにいたる品物のかたちで送り返してきて、ブーツに添えた手紙にはもしもサイズがぴったりでなかったら次の店

にいけば取り替えてくれますとあり、黒板向けの彼女たちの書体でシックな専門店のアドレスが書いてあったのだが、ふたりの住んでいる片田舎でいったいだれに聞いてそんなアドレスを入手できたのかはわからなかった。

それから何年もの歳月がたち、きっとそんな経緯のすべて（事故、病院への見舞い、進路変更）も忘れられ（というかすくなくとも彼女たちの記憶とまではいわなくても会話から暗黙のうちに抹消され）、雹害《ひょうがい》や畑にふかい溝をつくる洪水なみに損益勘定上処理済みとなっていたのにちがいない。というのも彼女たちはいまではおなじ盲目的で無条件の執拗さをもって本来なら彼女たちにとって裏切りとかなにかそういったものにあたるはずのものにその近親相姦的な厳格な情熱とでもいったものを振りむけていたからであった。ちょうど、彼が殺人でも犯そうものなら最後に残ったわずかの土地すら売り払い柱のかげにかくしておいた最後の何枚かの金貨すらもちだして最良の弁護士を雇い、獄中の彼に面会に行き、徒刑場へむかう船が出る桟橋まではるばる彼の見送りに出向いたにちがいないのとおなじで、その二十五年後にはおなじように、彼女たちは真っ赤な目をしながらも涙も涸れて、とてつもない大龍巻みたいなものに荒らされた野や森をさまよい頭のおかしくなった女をなだめようとつとめながら彼の遺骸を（というかせめてその名残りでも）捜して墓をつくってやろうとすることになり、それは死刑囚の身内の女たちが深夜絞首台の足元へおもむき番人どもを酔わせるか賄賂《わいろ》をつかませるかして、遺体をおろして運び去るのにも似ていて、ただこの場合、絞首台もなく買収すべき番人もいなかったし、カラスに目玉をえぐられた死体すらないという点だけ

がちがっていた。目にはいるのはただ耕作もされず掘っくりかえされいわば腐乱した（それほどにもまだ火薬の臭いがしみついていてだれも鋤を入れる勇気のなかった）漠とした荒野で、瓦礫のなかからまだ立ったままの壁面に屋根まがいの覆いでもかける材料を探している、幽霊じみた人影だけしかなく、それが顔をあげて無関心に（時には憐れみをこめ、時には苛だちを見せながら）幼い少年を引っぱって歩く三人の女たちを眺め、ついでまた煉瓦や切り石の山からのぞいている半分焼けた垂木《たるき》を選りわけだすのだった。

だがそれもずっと後のことで、彼女たちのラバとしての生涯をいわば締めくくり、最後を飾る出来事なのであった。差しあたっては、きっと彼女たちにとっては、彼がどこかで生存していることを知るだけで十分だったのであり（ちょうど彼の死後、彼女たちが彼の記憶だけで（糧にして）生きつづけたのとおなじで、といってもミサを挙げさせ、彼をしのぶために黒枠で縁どった厚紙にオシアン〔一六〕の詩句を印刷させるといった、クレープのヴェールをかけた後家の尊大でいわば大げさなやり方でではなく、言うなればおだやかに、というかむしろ習慣として彼の記憶を生きたのであって、それはちょうど彼女たちが習慣として（諦めではなく習慣として）彼女たちの果樹園でなる石みたいに固い虫くいだらけのちっぽけな梨を食べつづけたのとおなじで、きっと彼女たちにとっては、彼に為替を送ることができるどこかに、自分たちと血を分けた肉親が変化のつぎつぎの局面をたどりつづけているだけで満足だったにちがいなく、たとえそれが彼女たち自身の生を規制しているあの非妥協主義に反し、彼女たちを顰蹙《ひんしゅく》させるものであっても、それはそれでひとつの社会的地位向

上――いずれにしろ彼女たちの父親、母親、祖父たち、祖母たち、曾祖父たち、曾祖母たち、それに彼女たち自身が堪えしのんできた、今も堪えしのんでいるものから決定的に守ってくれる生活の保証を意味することには変わりはなかった。

そしてきっと彼も彼女たちと同様にそんな忍耐と熱中の能力、それにあの動じることのない生き方を相続したにちがいなく、体を酷使し、一生懸命石膏で固定された脚のしなやかさを取りもどそうとつとめると同時に必死に勉強して、精神のほうも酷使したはずで、わずか二か月で言うなれば補欠入試に合格してはいったその学校というのが、じっさいはおまけ程度に自習室や階段教室をそなえただけの兵営にすぎなくて、合格といってもすれすれだったのだが、すぐさま必死の勉強に取りかかり、一段また一段とトップグループまで這いあがり、最後には優等賞をもらって海兵の錨《いかり》を刺繍した記章が羨望の的であるこの兵科をえらぶ権利を手に入れたのだったが、それまでの二年間というものはほとんど蟄居《ちっきょ》、幽閉同然で（五人か六人の――というかもしかしたら九人、それとも十人……の――同じ学年の同類、つまり、貧乏とはいえなくてもすくなくとも打算し、計算することを余儀なくされた、曹長とか村の巡査の息子で、革ベルトで引っぱたかれて育ったとか、軍人の子弟のいく幼年学校、子供たちの監獄とでもいったどこかから来た仲間と同じで、日曜になると、がらんとした大部屋のなか、柩《ひつぎ》をならべたみたいに茶色っぽい官給の毛布をたたんだ長方形のせまいベッドが二列にならぶなかで、閲兵式用のきらきらする制服をズックの作業服に着がえて、彼は銃器の油や艶出し粉がしみこんだごつごつした木のテーブルの上で、姉たちが送ってよこした小包

の中身、パテとかテリーヌに仕立てた肉、なんだか鋼とテレビン油のいやな匂いがしみているみたいで、鋼そのものと同じくらい固い、冷たいテリーヌを分けあうくらいで）、演習とか短期の賜暇のときしか外出せず、賜暇となると、衛兵詰所の前を過ぎるやいなやいちばん早い列車に飛びのり、翌日は腕まくりし、木靴をはいて、麦の束をしばり、秣《まぐさ》を取りこみ、薪を割り、男二人分の仕事を――それで姉ふたりの量とあわせて男四人分になるわけで――こなそうと奮闘し、もどってまた屈託のない良家の子弟や将軍の息子たちと一緒になるのだったが、彼らのほうはというと盛装用の軍服のうえに勲章みたいに、というかむしろ繊細な花の花粉みたいに、パステルカラーの白粉《おしろい》の跡、陰刻で捺したみたいに、乳房や腹や腿のかぐわしい薔薇色の目に見えない押し型をなおもとどめているかのようで、嬉々として、法螺《ほら》をふきまくり、大部屋をつんとくる発情期の執拗な匂いでいっぱいにし、やれ競馬がどうした、女優がどうした、シャンペンがどうの、淫売宿がどうの、サン＝ジェルマン界隈の噂話がどうのとしゃべりまくるのだったが、彼はそんな連中の酒盛りの話、プリアポス〔一七〕的快挙の話を、ちょうど病院の彼のベッドの足もとに立ったふたりの悲嘆の彫像にむかって見せたのとおなじあの、楽しげで寛大な微笑を浮かべて聞き、いまはこれら若い種馬たちのだぼらを、まるで騒々しい餓鬼どもと対した年上の人間みたいにあしらい（彼だって彼らと同い年ではあるが、きっと経験といっても藪蔭でガチョウの番をする小娘かだれかをころがした経験――いや、彼が成長したきびしい家庭環境からすれば、もっと確実にはそれすらなかったにちがいなく）、きっと雑役修道女みたいな姉たち同様に無垢でけがれを知らない思春期の肉体の抗議に沈黙を強いたのにちが

いないのだが、彼女たちの為替も、国家の給与を受けている今では、彼は返送することができ、――あるいはもしかしたら時折そのうちの一枚を現金に替え（すでに彼女たちから借りた金額欄に几帳面にその額を書きくわえ）、彼に酒をおごる番がまわってきた日に、おなじ楽しげな、慎重な微笑を浮かべておごりながら、その背後にまずしい、田舎まるだしの少年を隠し、すこしずつ抹消してゆくことを学びつづけていき、観察すると同時に観察されることも自覚し、その一統、階級、党派とでもいったものにだんだんと同化していったのであって、それはクラブ、私的なサークルというか、厳密に閉鎖的で、自立して機能する世界で、まさに釉《うわぐすり》とでもいったもので糊塗した原始時代の遺物さながら、独自の作法、しきたりをそなえており、まるで見世物の世界同様ふたつの顔をもっているかのようだった。すなわち、ひとつはひび割れのない外むけの顔、軍服地と、口髭と、入念にブラシをかけ、ワックスを塗った長靴からなる優雅で非の打ちどころのない甲羅、きりりとして行儀のいい都会的な外づらであり、もう一方はその裏面というか、内輪むきの、融通のきかない、さすがに乱暴とまではいえないが、きびしい顔で、クレオソート、馬糞、汗、銃器用グリース、便所の臭いなどが石灰で白く塗ったまっすぐな兵舎のあいだに漂っていて、それはちょうど彼に給与を支給する国家が彼とのあいだに、言うなれば契約をむすび、その期限がきたときに交換条件として彼に要求される唯一のことは、疲労にも無感覚になり、銃器の操作にも熟達して、野戦士官心得書を暗誦できるようになったあかつき、ただ戦うとか死ぬとかいうよりは、ある特定のやり方で死ぬこと、つまり（つぎのあたったタイツをはいた花形アクロバット芸人とかダンサーが、楽屋の調子の

おかしいピアノの音にあわせ、あるいは猛獣たちの発散するアンモニアくさい臭いのなかで汗をかき、柔軟体操をするのが、もっぱら束の間の短い、不安定なバランスの瞬間、オーケストラの最高潮のフィナーレ、太鼓の連打の瞬間のためであるのとおなじで、その時だけ彼らは腕をまるく曲げ、体にぴったりのスパンコールをきらめかせ、微笑を浮かべ、万雷の拍手のなかであでやかに、はかなく、重さの感じられない停止姿勢をとるわけだが)、二十年後に、十分目立つところで、軍帽の金モールに日光を反射させ、役に立たない双眼鏡片手に突ったって、金属のひとかけらが彼の頭蓋を破裂させるまで、辛抱づよく待つことだけというのと同じなのだった。

すでに落馬事故のずっと前から、二人の姉たちは町に転出していて、妹のほうがついにそこへの転勤を認められた——つまり、毎年彼女が見えざる全能者あてに公用箋にしたためてきた、氷と泥の地獄からこの辺で彼女を救いだし、彼女自身のものである家に住む権利を享受させてほしいという申請に、さんざん待たされたあげく答えてもらえたわけで、そのおかげで教室へ出るにもいくつかの通りを横ぎるだけでたり、そこにも時に氷がはったり雪がつもったりするものの、すくなくとも舗装され、十分に勾配を計算されているので、溶けかかった雪や雨水がその場でよどんで泥まじりの霜になったり、水たまりをつくったりしないで両脇の側溝を流れてくれた。町自体はというと、それはむしろ大きめの集落で、いままでの集落から数キロのところにあって、せまい谷間の傾斜がそこで平野にむかってひらけ、単線の鉄道が通じていて、その線路が山の最後のいくつかの隆起のはずれにあるこの町めざしてながいカーブを描いており、ひっそりとして、稜角をトタンで補強し

た紫色がかった褐色のながい屋根といい、冷んやりとした軒下通りといい、いまだに中世の名残りをとどめ、その広すぎる家、というか建物もがらんとしていて、でこぼこの床板の上を歩く足音がまるで弦楽器の反響箱みたいにこだましたもので、彼女たちはそれを何年もかけ、ひと部屋またひと部屋と、あのおなじ倦《う》むことのないねばり強さをつぎこんで、家らしい家に似たなにかに変え、ついには浴室に似たなにかさえ（流しを使ってしか体を洗ったことのない彼女たちなのに）設けられ、亜鉛メッキしたトタンの浴槽、リノリュームばりの長方形の洗い場、薪でわかすボイラーがついて、サロンとほぼおなじくらいの広さだったが、職人たちと議論し、彼女たちの女の（というかむしろ農家の娘の）力でできることは全部自分たちでやって、彼女たちの企て――というか死んだ父親の大それた夢――を完遂したのだったが、そのときには、父親が夢を託した息子が戦死してからずいぶん経っていた。その何年間ものあいだ、ほんとの意味で居住可能なたったふたつの部屋というのは、ながいあいだ生けるミイラ（つまり呼吸し、やっとシーツを上下させるもの）とでもいった老女が寝ていた部屋と、いちばん上等の、たいていの場合鍵をかけたままの部屋、彼女たちがいわば自分たちの代理として生きてもらうことを選んだ人物が束の間姿をあらわす何日間かのためにとってあった部屋で、はじめは比較的頻繁だったその出現も、やがて間遠になり、しまいには何年間もの間隔があき、そのあいだ彼女たちには、時たま撮られた写真のもたらす映像しか彼をしのぶ手がかりがなかったが、それでもそれらの写真が送られてくるにつれて、病院のベッドで彼女たちに抵抗したひよわな少年が一連の変貌、というかむしろ何度かの出しぬけの変容を経由してゆく

さまがたどれ、まるでいまは彼があの手品師の芝居の楽屋かどこか、というかむしろ漠然とした彼方、地図の上でピンクや黄色に色わけされた紙の上の広がり程度にしか、彼女たちにとって現実性のないあの世界、あの未知の国々に控えているかのようなのに、そこに突然彼が物質化してあらわれ、まだしばらくはあの勉強好きな中学生の従順な見かけをたもっており、袖を飾る少尉の金モールにもかかわらず将校というよりは一兵卒といった感じで、当時好まれたあの集合写真のために、庭の丸テーブルのまわりにいくつか並べた椅子のひとつにぎごちなく腰かけていて、どの人物もかしこまり、あのうわべだけの自然な姿勢で息をとめ、絹の横うねのあるドレスを着た婦人と、軍服を着たほかの二人の客、飲物をくばる二人の娘がいたが、彼自身磁器みたいにすきとおった目、すべすべした顔といい、生えかけの山羊髯といい、よごれひとつないズボンといい、ふざけて煤《すす》で黒くしたコルクでかすかに顎髯や口髭をかき、変装した三人目の娘みたいな感じで、ながい脚や手袋をもてあましていて、片手にちいさなリキュールのグラスを持ち、その写真の裏には《ロリアン、(一八)一八九七》とあり、ついでいきなり飛んで、自信に満ち、毅然として直立した男となって、コルセットみたいにぴっちりした軍服を着てそっくりかえり、長靴をはき（もしかしたら彼女たちが例のはやりの仕立屋に注文してやった靴かもしれないが）、踵には拍車がつき、さりげなく握った、革紐のまきついた鞭がななめに乗馬ズボンと交差していて、皇帝ふうに尖った短い顎髯とぴんとはねた口髭が、炭でおずおずと隈どりした髭にとってかわり、写真館の背景布は、竹やナツメヤシ、切りこみのはいった幅広の葉の茂るバナナの木などの、うっすらとした植物的書割をあらわしており（《マ

ルチニック〔一九〕、一八九九》)、ついで灌木《かんぼく》状のシダの茂みの、巨大で、つやつやして、肉厚で、深い筋がはいった葉群が、房をなして垂れ、四方八方に散らばり、花綵《はなずな》状にむすぼれ、浮き織りになり、細縞がはいったり、ちぎれたりし、宙に浮いて、ごちゃごちゃに入りまじり、押しあいへしあいしながら、溢れるばかりに繁茂した枠で、大きな岩壁や滝を取りかこんでいて、その滝壺から四角い顎鬚をはやし、腰に両手をあてた男の乳色の裸の上半身が伸びあがっていて(《マダガスカル〔二〇〕》)、ついで刺《とげ》のある植物、干からび、赤茶けた草の茂みと、土をこねてつくった小屋が見え、そこにひろげたパラソルの下に、おなじ四角い顎鬚をはやし、ただの袖なしシャツと足首でしぼったズック地のズボンを着ただけの男がいて、メロン・カバー型〔二一〕のヘルメットをかぶり、顔を日焼けさせ、地形測量用器具の台になっているふたつの三脚の横に突ったっていて、そのまわりで、ぼろぼろの上っ張りからバッタみたいな脚をだした黒人が一人立ちはたらいている。そしてさらに、四角い髯をはやしたおなじ男が、今度は馬にまたがり、全身に白衣をまとい、あいかわらずおなじ鐘型のヘルメットをかぶっていて、脚の短い、頑丈そうで、ふさふさした鬣《たてがみ》がざんばらに乱れた馬たちは、まっすぐあの洞窟絵画か、アジアの野蛮な奥地から出てきたかのようで、騎馬の男たちがいる平野のここかしこには、円錐状の砂糖の山ふうに、歯とか、骨のかたまりとか、翡翠《ひすい》のかたまりみたいに、背の高い石灰岩の尖鋒が見え、その根もとにいくつかの小屋、軒の先端が突きでたほっそりとしたパゴダが識別できて(《ラン・ソン〔二二〕、一九〇六》)、あいかわらず床板一枚、天井板一枚、軒樋《とゆ》一本の値段の計算にこだわる二人の姉妹(いまでは二人の老嬢)は、一方が農機具やジャガイモを積んだ運搬

車つきの自転車を足をふんばって押し、他方はずらりと並んだいがぐり頭の子供たちと向きあって、毎朝黒板の前に立つのだったが、どちらかが夕方帰宅して、鍵をさがし、郵便箱をあけると、便により、彼がその船の写真も送ってくるのろい汽船の運行次第で、なじみの筆跡の封筒が見つかり、しばしエキゾチックな切手を眺め、それから買物籠のネギの束かキャベツのあいだに滑りこませて、外套を脱ぎ、籠を台所に置いてから、テーブルに向かって腰をおろし、眼鏡をかけ、そこでようやく封筒をあけ、黄色みがかった防水クロスの上に平らに手紙を伸ばして、読みにかかると、時折そこからだれかの写真が出てきて、それは多かれ少なかれ肌がくすみ、多かれ少なかれ細い目をした、繊細で、小石みたいにつるつるし、すべすべした顔が、薄い布地をかぶったり、黒髪を編んだりし、聖母像などに着せる大げさなドレスみたいなレースや、胸飾りや、ギャザーのなかから出ていて、人形みたいな両手しかのぞかせず、その片手を写真館の籐《とう》の肘掛け椅子の背とか丸テーブルにのせ、黄金か青銅の子供っぽい顔をした彫像さながら、全身がやはり糊をきかせたみたいに硬直し、凝固して、カモシカとかつかまった小鳥とか、野生の動物や変装した少女ふうのどこかおびえた様子をしていて、ふたりの女のうちの手紙をもっているほうがそれを読みおえ、眼鏡をはずして、薔薇色の隈ができた瞼《まぶた》を人さし指でこすってから、もういちど写真を調べるために眼鏡をかけると、例の長靴とか、四角い顎鬚とか、磁器みたいな澄んだ目を見つけた時に表情を明るませる、あのおなじ無言の得意そうな満足を味わいながら、その初々しい顔も調べたものであって、暗色の飾りのない服を着て、そのたびごとにすこしよけいに衰えのみえる無感動な顔のふたりの姉妹は、それから標

本箱にしまうみたいに、肉体をレースのかげにかくしたそれら熱帯の繊細な花々を、家族アルバムに、やせこけた幼女たち、鯨骨のはいった硬直した胸着を着た従姉妹《いとこ》たち、伯叔母《おば》たち、太りすぎの子供たちや晴れ着を着た葡萄園の農夫たちの写真といっしょに、大事にしまいこむのであって、それはちょうど彼女たちが、もとの状態にもどして家具を揃えることに決めたサロンに（彼女たち自身はあいかわらず漆喰のはげた寝室で寝ていたが）、マホガニーのテーブルを中央に、黒檀の肘掛けのついた数脚の椅子と、ふたりのどちらも弾けないピアノをしまい、詰めこんだのとおなじで、それに大理石の上板をのせたガラスケースがあって、いわば彼女たちが釘を抜いた木箱から取りだすにつれて、順ぐりに、珊瑚《さんご》や、どでかい貝殻や、虎の皮や、未開人の長槍など、現地民の市場《いちば》や寄港先で行きあたりばったりに買ったものを待ちかまえていたみたいで、フラシ天のカーテンで濾《こ》された薄明かりのなかで、それらがここで落ちあい、煤《すす》けたブロンズの植木鉢かくし側面の金粉でみがかれた浮き彫りのなかでは、龍みたいにうねりくねる川や丘々の上で、大羽をひろげて追いつ追われつするアオサギの群れがほのかに光っており、まるでほぼあらゆるところ、彼女たちが代理人をつかって経めぐった（地図の上で客船の巡行の跡をたどり、その煙突の煙がほの青い紙の上の大洋の上にたなびき、やがて消え、岬を曲がり、島々のあいだ、サフラン色とかアーモンド色とかに色わけされた陸地にはさまれた海峡を越え）五大陸の地表のここかしこからもぎとってきたものが、ふたりの女たちのもとに、矢羽根とか槍とか、磁器とか七宝とか、ゴクラク鳥、絹のような光沢のある菊、一連の甘美な女性の顔などを刺繍した衝立などとなって集まったかのようで、そうし

た野蛮な世界からまきあげた雑多な分捕品と同時に、写真から写真へと、彼女たちはその昔の少年が変貌をとげおえ、まるでいまでは彼自身野蛮人となり、日に焼けた顔のなかでますます目が澄んできて、その野性的な顎鬚といい、山賊か海賊みたいな口髭といい、ちょうど征服者がすこしずつ自分の征服したものに同化してゆくのとおなじで、ますます肌が渋紙色になり、口髭がますますそけだってくる経過を追うことができたのであって、そのあげくにある日、植物がむやみと繁茂したり、砂が焼けるように熱かったりする、エキゾチックな名前のあの遥かな国々からではなくて、出張と出張のあいまに彼が勤務していた南仏の駐屯地から、彼が結婚を決意したという手紙を受け取ったのだった。

IV　一九四〇年五月十七日

もう銃声は聞こえない。いまは彼はうずくまって、彼のまわり、道路上や野原のあちこちにちらばっている馬や騎兵の死体を見まわし、一瞬彼に話しかけている（それとも叫んでいるのかもしれなかったが）、塹壕《ざんごう》のかげに坐りこみ、血まみれの腕をもう一方の手で支えている男に目をやり、その負傷兵が彼に言おうとしていることを（というかその気もなく――もしかしたら自分相手にただしゃべっている――か、叫んでいる――のかもしれず、苦痛に――それとも怒りに口をゆがめ、まるで罵詈雑言《ばりぞうごん》をわめいているかのようなのを）理解しようとさえせずに、しばらく眺めつづけるが、ついで、後になっても決心したことなど思い出せなかったのだが、身を躍らせ、体をふたつに折りまげていまは走っていて、下で両脚が狂ったように動きまわり、窪地から傾斜をのぼる牧草地ぞいの生け垣を目ざしていく。すぐには発砲してこず、射撃がはじまった時にもまるでいい加減で、うわの空で、言うなれば本気でないかのようで、まるで射撃手が反射的に行動し、ろくに狙いもさだめていないみたいで（もっとも彼にむかって撃っていないのかもしれず？・）、弾丸《たま》が空《くう》をきる音もせず、重機関銃の断続的でかなり緩慢なかたかたいう音しか聞こえず、それもいわば形だけで、間がぬけ、

どうやらかなり遠いようで、すくなくとも彼の血と呼吸の騒音ごしに判断するかぎりではそうなのだが、ついで生け垣に倒れこみ、体を一回転させ、向こう側に手をついて自分の体を受けとめ、脚を引きよせ、そうしたことを一秒の何分の一かですませ、ついでじっと動かずに身をひそめると、いまは吸ったり吐いたりする呼吸と、耳のなかで脈打つ血管の音がものすごくて、頭がぼうっとなる。

重機関銃の音がやんだものの、彼は振りむかず、かすかな地面の傾斜のここかしこに茶色がかった、動かなくなったかたまりがちらばっているほうを眺めようともしない。彼が見つめるのは、つぎの生け垣なのだ。たぶん、いまは朝の八時ごろなのだが、ずいぶん前から時間の観念は、食事のためであろうと寝るためであろうと、夜間は飛行機が攻撃してこないという認識をのぞけば、いっさいの意味を失ってしまっていた。いずれにしろ三日前から、彼はほとんどなにも食べていないし、眠るほうはというと、睡眠と覚醒状態との区別があまりつかなくなり、たとえ行動中だろうと、馬に乗っているときとかぎらず徒歩で歩いているときでも、夢遊病者のような動き方をし、筋肉が勝手に収縮したり弛緩したりし、ロボットの反射運動に支配されているみたいなので、立ち上がって、不意に走りださせたのが彼の理性、彼の意志だったのか、それともなにか動物的本能だったのか、彼にも言うことはできなかったろう。同様に、どれだけのあいだ彼が、正確には戦場とは言えないようなところで（青々とした麦畑と花盛りの草原のまん中の村道の交差点で）意識を失ったままでいたのかも、言うことができなかったはずで、彼が覚えているすべては（というかむしろ、覚えていない——思い出したのはもっとあと、時間的余裕ができてからのことで、その時点では彼はもっ

ぱら、用心ぶかく周囲の景色を監視し、つぎの生け垣までの距離を目測することに没頭していて、その一方で頭ごしにムスクトン銃〔一三〕の負い革をはずし、遊底《ゆうてい》をあけ、ぐるっと回転させてそれを引きぬいていたのであって）、それはやや右手前方の地面に映る、まだうっすらとして透き通った馬たちの影で、射しはじめたばかりの日光のためにむやみとながく伸びているので、動いていても前進するようにみえず、竹馬にでも乗っているかのようで、バッタみたいにひょろながい脚をもちあげても、言うなれば同じ場所におろして、まるで幻想的な動物が立ったまま行軍の運動を真似しているだけみたいで、後退する騎兵のながい縦隊がまだ夜を抜けだしたばかりでうとうとして、背中をまるめ、鞍のうえで上体を前へ後ろへとゆらゆらさせていて、縦隊の先頭が十字路で右折し、ついで突然叫び声と、重機関銃の一斉射撃が起こり、縦隊の先頭が逆もどりすると、今度はべつの重機の音が後方でおこり、縦隊の後尾がギャロップをかけ、騎兵たちが入りみだれ、ぶつかりあい、混乱、騒ぎ、無秩序、さらに叫び声、銃声、矛盾する命令が飛びかい、ついで彼自身も無秩序、悪態《あくたい》そのものと化し、いま飛びおりたばかりの牝馬にもういちど乗ろうとして、片足を鐙《あぶみ》にかけるのだが、鞍がぐるりとまわり、今度は足を踏んばって、それをもと通りにしようとして、全身の力をこめて引っぱったり押したりし、左肘のくぼに手綱をかけて重いサーベルや鞍袋と格闘し、揉みあい、バックルの針で掌に切り傷をつくり、炸裂音、叫び声、ギャロップの音で耳がつんぼになり、というかむしろつぎつぎに継起し、取ってかわり、正体をあらわし、衝突しあいながら、ぐるぐる旋回する断片として知覚（聴覚、視覚）したのが、馬の脇腹、長靴、蹄、臀部、落馬、叫び声の断片、騒音

の断片で、空気、空間自体も、断片として、重機のかたかたいう音で切りきざまれ、微細な切れはしに分けられ、引きちぎられ——ついであきらめ、あいかわらず罵りながら、狂った馬たちや叫び声や騒音のなかを走りだし、彼が馬衘《はみ》をつかんでいる牝馬も、鞍を腹の下にぶらさげながら小きざみにギャロップしていて、ついで突然なにも（衝撃すら感じず、痛みもなく、よろめき、倒れるという意識さえなく、なにひとつ）わからなくなったのであって、まっ暗になり、音もしなくなり（というか、もしかしたら耳をつんざくような騒がしい音がそれ自体で相殺《そうさい》されたのかもしれず）、耳も聞こえず、目も見えず、わけがわからなくなり、そのあげくにやがてゆっくりと、にごった水の表面に泡が浮かぶように、すこしずつ浮上して、輪郭のぼやけたぼんやりとした色のものがあらわれ、消え、ついでまたあらわれ、ついではっきりとしてきた。三角形、多角形のもの、小石、ちっぽけな草の葉、道路に敷いた砂利といったもので、彼はいまはその道路上に、犬みたいに四つんばいになっていて、彼の頭脳（というかもっと生き生きした、もっと敏速で、もっと利口ななにか）がはたらきはじめたのであり、きっとそれは、彼の四つ足動物めいた姿勢にふさわしく、動物界に属するものにちがいなくて、あたかも彼のうちのけもの（犬やオオカミやウサギ）に、無関心と同時に知性と俊敏さをあたえるものが甦ったかのごとくで、そんな完全な無関心をもって（彼のなかの動物的な部分は全速力で機能していたが）、彼は叫んでいる最中の負傷兵を眺め、すぐそばの土手の斜面に、頭を下に、腕を十文字にひろげ、凝固した顔が不意を打たれ、信じられないといった間ぬけな表情を浮かべて、息絶えた死体を見つめていたが、それはついさっきまで彼とならんで馬を走

らせていた騎兵で、八か月前から彼はそのそばで暮らし、食事したり眠ったりしてきたもので、ついで出しぬけに彼はその男を見るのもやめ、すると生け垣がえがく水平の横線しか目にはいらず、首を肩にめりこませ、それを目ざして息をきらせて走ってゆく。

猛烈な勢いで投げたムスクトン銃の遊底が、その軌道のてっぺんでいわば一瞬停止して、日にきらめきながら回転し、やがて遠くに落ち、ムスクトン銃そのものもどうにかこうにか、生け垣の根もとの草のなかに押しこみ、彼の体をふたたびふたつに折り曲げ、猿みたいに両手で地面をこすり、つまずいた時など必要とあればその片方をついて体をささえながら、彼はすでに生け垣にそって敏捷《びんしょう》に（ちょうど壁の根もとを走るネズミみたいに）移動し、ついで牧草地の端に着くと、直角にまがり、こんどはおなじようにもう一方の側を縁どる生け垣にそってゆき、ついで突然地面にぺたんとながく腹ばいになり、衝撃で胸から猛烈な勢いで空気が吐きだされ、ついで中断の間もおかず、ちょうど壁にぶつかって跳ねかえるゴムまりが逆方向に飛ぶのとおなじで、腰をひねり、肘と膝をつかって大急ぎで這って後ずさりし、ついで後ずさりもやめ、かすかな横方向の移動、かすかな収縮運動をのぞけばいっさいの動きを停止し、まるで体を縮めよう、厚みをへらそうとでもするみたいに、山査子《さんざし》の細かい葉が茂る生け垣の根もとにちぢこまり、最後にはまったく動かなくなる。

彼には、牧草地のまだ生け垣の影になっている部分に、露がのこした微小なダイヤモンドの粒も見えず、彼の体重で押しつぶされた草の葉の植物特有のさわやかな匂いも嗅がず、同様に彼の体、彼の衣類、垢と汗とたまった疲労でごわごわになった下着から発散する臭気もにおわず、小鳥のさ

えずりも、透明な大気のなかでそよぐかすかな葉ずれの音も聞こえず、牧草地に散在する花も、生け垣の若芽が朝の微風にかすかに揺れるのも見えず、調子の狂った心臓の鼓動や耳につぎつぎに打ちよせてくる血液の脈動すら聞こえなかった。いまや彼が知覚する唯一のものといえば（というかすくなくとも恐怖というものを知らず、というかむしろ恐怖の彼方にあり、ただ有効で、実際的であるだけという、彼自身の有効な部分だけだが）……知覚する唯一のものといえば、彼の右手からやってくる、ほとんど聞こえるか聞こえないかのにぶい轟音だったが、それがすこしずつ大きくなり、近づき、いよいよ大きくなってきて、そして不意に、生け垣ごしに彼は、すでにすぐそばに来ている一台目を見る。それは全体が平面と角々からなる、おおまかに鉄板を鋲《びょう》でとめてできたなにかで、一種の甲殻類に似ており、ちがうのはトラックほどの大きさだということだけで、どこにも開口部がなく、ずんぐりとし、まがまがしく、鉄灰色のペンキを塗られて、どことなく棺桶にも似ており、道路上を十分に油をさしたエンジンのうなりを立てながら移動し、そのあとから二台目、ついで三台目がつづいて、さわやかで平和な春の自然のなかで突飛で非現実的な三台の戦車が、たがいに二十メートルほどの間隔をおいて、ゆっくりと、徒歩の人間よりもわずかに早い程度の速度で進んできて、そのあいだ彼はますます背中をまるめ、急いで鉄兜をぬぎ、顔の下半分を折りまげた腕のなかにかくし、そんな恰好で、先頭の戦車がちょうど胸壁の上でも通過するみたいに、生け垣の真上を通過するのを見つめたが、砲塔の蓋は開いていて、そこから黒い軍服を着た上半身が乗りだし、片方の手を屈託なげに縁にのせ、もう一方の手が時折口もとまで煙草をもっていくので、

その煙がおだやかな大気のなかに青みがかったちいさな雲となって消えてゆき、葉群をとおってちぎれちぎれになった日光のまるいちいさな斑点が、装甲鉄板の上をすべって、だしぬけに高さを変え、ながく伸びたり平面の折れ目で縮んだり、砲塔によじ登ったりし、まるで三台の戦車のそれぞれがぶちのある非物質的な絨毯、非物質的なカムフラージュ用の網の下を這い、それを順ぐりに持ちあげ、たるませたり、引っぱったりでもしているみたいで、それが終わるとすべてがもと通りになり、エンジンのうなりが小さくなり、空気が震動するのをやめ、ガソリンと焼けた油の鉱物質の匂いが、不動の大気のなかに、つんと漂いつづけ、ついでそれも消えていって、つかのま攪乱《かくらん》された世界が、自然が、ふたたび平和を取りもどし、一方彼のほうはあいかわらず生け垣の根もとに伏せたまま、ふたたび自分の血液のどよめきを知覚しはじめ、筋肉の緊張がすこしずつ解けはじめ、そこで用心ぶかく体をおこし、目を最後の戦車が消えた方角にやって、なおも耳を傾け、ついで決心して立ちあがり、ふたたびネズミの恰好で生け垣ぞいに移動し、道路に近づくにつれて速度をおとし、立ちどまり、また耳を傾け、牧草地をかぎる柵ごしに身を伸ばして、がらんとした道路全体を吟味し、ついですばやく柵をよじのぼり、むこう側に転げおちて身を躍らせる。

彼は道路を横断するときに撃ってきた重機関銃がどこにひそんでいるか調べようとはせず、ふたつ目の堀を飛びこえ、あいかわらず走りながら種を蒔いたあとの畑を横ぎり、その畑のへりに繋った雑木林に飛びこみ、走るのをやめ（というかむしろ走れなくなり）、よろめき、いまは並み足よりそれほど早くは進めないにもかかわらず、ふたたびあらあらしい息を吐き、小枝にびしっとはたか

れ、顔の前に腕を折りまげて目を守り、イバラにひっかかったり、体重の重みで折れる枯れ枝に足をとられたりしないように、注意して足をもちあげ、地面がでこぼこなのでバランスがとれず、連続的な突進というよりは断続的なリズムで前進してゆく。重機はいまでは射撃をやめているが、依然として彼は恐怖は感じない。考えもしない。疲労、飢えも感じてはいない。後になって思い出そうとしても、こうしたどれかの時点で彼が、どこかの茂みのかげか堀のなかでしゃがみこむ必要を感じたかどうか、どうしても思い出すことができなかった。まるでこのあいだ中ずっと、彼の腸が中身を押しだす必要がなく、まるで彼が呑みこんだわずかの食料（はじめの何日かはトラックが運んできた、冷えてべとべとしたもの、ついでべとべとしたものさえ、トラックさえ姿を消して、あとはただ住民が打ちすてた家のすでに荒らされた食器棚や台所の戸棚をさがして見つかったもの）も、余剰物や老廃物もなく、あますところなく消化吸収されたとでもいうかのようで、肉体が、それにたいして要求されたこと、つまり馬にまたがり、馬から飛びおり、爆弾の落ちてくるなかで身を伏せ、また馬にまたがり、ギャロップし、そうでなければ馬から落ちて、走るなどということにいっさいを捧げたのであって、だからまるで何日も前から走りつづけ、言うなれば、眠っているときでさえギャロップすること、走ることをやめなかったような気がし、時にしかたなく（息がきれ、肺がなかば窒息して、火がついたようになって）観念して、歩くだけにし、弾丸が彼を追ってくる音が聞こえ、衝撃が彼の背中をえぐるのを待ちかまえ、それでも歩きつづけて（あるいは、馬上なら跑足《だくあし》をかけるだけで、牝馬のほうもすっかり消耗して、息がきれ、つまずき、よろめき）やがて彼

道の砂利が彼の体の内側にまでくいこんだのだったが、動作を支配する彼自身の冷酷非情な部分はにぶつかり、顎紐が半分彼の首を絞め、喉頭《こうとう》が押しつぶされ、同時に彼の左肩が爆発したみたいで、いうかむしろ彼を打ちのめすために全速力でもちあがってきて、鉄床《かなとこ》の金属的な音響をたてて鉄兜に、彼も頭を先に倒れこみ、道の白っぽくて固い表面が彼にむかって突進し、彼に殴りかかる、とて、ある陰険な力の総体でもあるみたいで）、すべて（森、谷間、小川）が一回転するのといっしょえられたみたいに土手の上のほうにとどまり（まるで彼が闘う相手は人間や火器や爆薬だけでなくついで足が木の根っこに引っかかったのか、跳躍の計算をあやまったのか、踝《くるぶし》がだれかの手で押さこえず）、道と藺草《いぐさ》にかこまれた川との距離、ついで川と谷の向こう側の斜面の森との距離を目測し、カーブをたどり、静寂に耳を傾け（あいかわらず、小鳥のさえずりも葉群のかさこそという音も聞きわけ、おなじ細心な警戒心をこめて道を、谷間をさぐり、谷間のカーブ、谷間の底の川がえがくても凝固し、あいかわらずけものみたいにあえぎながら、道にかぶさる雑木林のはずれの小枝をか何故などといったことに無駄に気をつかわず、いかに生きつづけるかだけ考えていて、突然またし考したり決定したりすることは、狡智と集中のできる彼自身のなかのあの冷静な部分にまかせて、つまり恐怖だけでなく、いまでは反抗心も、怒りも、絶望も感じず、完全に落ちつきはらって、熟るしゃがれて騒々しい空気のヒューヒューいう音も聞きなれ、いっさいの感動らしきものも失せ、る）ことができる余力を感じるまで待つのだったが、いまでは彼の喉（あるいは馬の喉）を往復すのうちにふたたび走りだす（あるいは、拍車で蹴りつけて、牝馬にいやおうなしにギャロップさせ

痛みも意に介さず、彼の頭にこだまする、耳をつんざくような鐘の乱打も意に介さず、その時にはすでに彼はびっこを引き、傷ついた肩に手をあてながら走っていて、藺草までたどりつくと、ふいに冷たい液体、水が靴のなかにあって、踝をとりかこみ、同時に彼のまわりで水しぶきが跳ねあがり、ついで冷たい水がふくらはぎまで、ついで膝まで浸していて、彼が考えていたような小川ではなく、藺草のかげで見えなかったが、そこは小さなダムの下の貯水池であり、彼の両脚はいままでは水の分厚い抵抗とたたかうことを余儀なくされ、足が水草にからまって、一瞬パニックになり、じたばたし、腿を高々ともちあげ、足で思いっきり底の泥を押しのけ、水面を音をたてて叩きまくり、左右の肩を交互に前方へと突きだし、腕も前方へと放りだして、まるでボクシングでもやっているかのようだったが、このむきだしの空間で、クモの巣のまん中でもがくハエほどにも無防備で、無力であって、ついでふたたび四つんばいになり、灰色の泥でべとつく重い靴が反対側の岸ですべり、横にずれ、両手と両膝をつかってやっと湿った岸辺に這いあがり、まるで自分の体を大地から、原初の泥からもぎはなそうとでもするようで、ついでアヒルさながら、傾斜にとっかかりをつけるため両足をがに股にひらきながら走り、目の前で自分のぼってりとした影が、雫《しずく》をしたたらせたながい外套をまとい、まるで女の影みたいにぐらりぐらりと前へ進むのを目にしながら、ようやく森のはずれまでたどり着き、なかへ入りこんで、そこで走るのをやめる。

カッコウの声が聞こえるのは、それからしばらくしてからのことである。すなわち、彼の呼吸のすさまじい騒音がしずまり（いまは彼は歩いていて、しっかりとした足どりで、といっても急いでは

めきがまじったそんな静寂がまた逆流してくるのに聞きいり、といっても戦争のどよめきではなくうで)、耳を傾けて、カッコウの声がふたたび聞こえてくるのを待っていて、ついでいまは広大などよりつくマスクみたいに、焼けるように熱い薄膜で外側の世界から、大気からへだてられているかのよで睡眠不足のため霞がかかった彼の頭脳自体、泥みたいなものでいっぱいで、顔もぴったり肌に張差異を失った土とでもいった物質から成る、汚れと疲労との密度高いかたまりを形成していて、まるじっとその場に立ちつくして（といっても、彼はそんな甲羅も感じず、それと一体となり、いわばそのため彼は歩くのもやめ、水を吸って重くなった服地や革の悪臭をはなつ甲羅をかぶったまま、に積もり、厚みを増していき、そのあげくにやがてそれもつぎの鳴き声で解放されるといった感じで、ためというよりはその間あいをとり、時の堆積を解きはなち、別の質量をもったものがそのかわりそれをいっそう際立たせようとでもするみたいで、時計の規則正しさで投げ出されて、静寂を乱す声などは、まるでいったんひびいてから、さらにその不在自体で存在しつづけて、静寂を強調し、そして規則的な間隔をおいて聞こえてくる、垂直の幹のあいだで反響して二重にひびく小鳥の鳴きの地面、堆積した腐葉土の弾力のある絨毯を踏むふわりとした自身の足音を聞きわけることができ、るちいさな物音、木々の梢《こずえ》で鳴るシューシューという音や、どれかの葉群のそよぎや、スポンジ状択一とはちがった形ですこしずつもどってきていて、そこで不動の背のたかい樹林の静寂《しじま》を構成するいるので、外界にたいする意識も、庇護されている場所と露出している場所という、初歩的な二者いず、したがってだんだんと、心臓も肺も正常の機能をとりもどしてゆき）、いまは安全なところに

（ある瞬間、はるか遠く、まるで別世界からやってくるかのように、いわば時代錯誤的に、小馬鹿にしたような、腹立たしいと同時に野蛮な音をたてて、ひとつづきの爆発音が響いたが、厳密にいって音でもなく（というか、音に対すること、灰色が色に対するのとおなじようななにかで）、人間的ななにか、つまり人間がコントロールできるなにかではなく、むしろ宇宙的ななにかで、空気が何度も揺さぶられ、巨大で怒り狂った痙攣のなかで、乱暴に圧縮されたり、減圧されたりし、ついでなにも聞こえなくなり）、ゆらりゆらりと揺れる小枝のざわめきでも、葉群の丸天井を吹きすぎる微風のかすかなシューシューいう音でもなくて、もっと秘めやかな、もっと広大で、四方八方から彼を取りかこむ、連続的で、平然とした音、樹液の目に見えない、勝ち誇った上昇とか、光のなかでの蕾の、花冠のほとんど感じとれないほどの緩慢な開花とか、複雑な折り目がほどけ、皺がのび、ひくひく脈うつ、もろい、それでいて無敵の勢いで、薄い緑色をひろげてゆく木の葉などが立てる音なのだ。そこで彼はまた歩きはじめ（というかむしろ、命令したことを彼が覚えていないのに、彼の足がふたたび、ひとりでのように、習慣にしたがうみたいに彼の目の下で動きだし）、彼の目が（これも彼ではなくて目が）、自分の影がずっと前方のわずか右に寄ったところにあるように気を配り、右手が痛めた肩や外套の破れ目をまさぐり、ついでしばらくして、そこを離れて、あいかわらず歩きつづけながらポケットの中をごそごそやり、そこからなにかを取りだして、よく見もせずにかぶりつき、顎が胡椒入りのすえた固い物質を咀嚼し、親指と人さし指が最後に、歯のあいだから腸の端をしばる紐の先端を引っぱりだし、それを捨て、あいかわらず歩くのをやめずに、その手が

おなじ仕草のつづきとして水筒を引きよせ、あたりの様子をうかがい、力にみちた植物的静寂に聞きいり、カッコウがふたたび例の鳴き声をあげるのを待つことだけに気をとられながら、水筒を口もとまでもっていき、頭をうしろにのけぞらせるのだが、舌が何滴かの鉄の匂いのする雫で湿されただけで、片手が水筒を口からはなして、揺さぶり、逆さまにし、ついでまた栓をして、もとの場所にもどすが、怒りも怨みもなく、あいかわらず落ちつきはらい、あいかわらず感覚ないしは衝動のあのまったき欠如を宿していて、残るはただ彼にもわからないあのなにかが（それがなにかを彼は考えさえしないのだが）彼に歩きつづけさせているだけで、口だけがいまは胡椒でひりついて、火がついたように熱く、裏切られた舌が唇の上を行ったり来たりし、いまはカッコウの声も後方になり、その声はますますかぼそく、ついですこしずつ消えてゆき、ついでべつのカッコウに引き継がれ（後になって、彼が計算したところでは、およそ一時間ほど歩き、ほぼ四キロ、というかむしろ、木の下道《こしたみち》を歩く速度の緩慢さとか、迂回しなければならない藪とかを考慮にいれると、三キロ踏破したはずで）、そのあげくにふたたび光が、といっても切れぎれにちぎれ、まだらで、不統一な光ではなくて、むらのない、均質な光が木々の幹ごしに見え、まるで木々が突然一種の壁みたいなものにぶつかり、はたと停止したとでもいうふうで、彼がまだいる森の内部からみると、その壁は日光の凝結物みたいに見え、——そしていまは彼はながながと腹ばいになり、手が水面にひしめいている薄い緑色をしたちいさな弓形のものを掻きわけていて、ついで顔をその水の冷たさに浸すと同時に、彼は舌に泥の味を感じ、その一方で、自分が犬でないことをくやしがりながら、ある時は

口と鼻を半分水浸しにしてすすり、ある時は手のくぼみに水をすくおうとつとめ、貪るように飲み、それでも犬みたいに、あたりを監視することはやめず、様子をうかがい、物音というかむしろ新しい性質をおびたあの静寂、いわば前よりも風通しのいい、まだはるか背後から聞こえるカッコウの呼び声が間あいをとっている静寂に聞きいるのだったが、そのカッコウの声もいまでは騒然としたかぼそい小鳥たちのさえずりに圧倒されていて、いまは彼はまるで薄い刺繍ごしみたいに、そのさえずりごしに、かなり近く、カッコウと同様の規則正しい間隔をおいて、なにか時計仕掛のばかげた装置に組みこまれたみたいに、意味も失い、威嚇的でさえなく、きまじめで、のどかな自然のなかでいわばのどかに、怠け者の木こりの作業の音みたいに、たった一門の大砲の間遠な砲声を聞くことができ、そのあいだも彼はあいかわらず腹ばいになって、いまでは両腕でささえながら上体だけおこして、啞然とした信じられないような表情で、傷一つない鉄条網が日向に輝き、まるで金属性の繭草の敷物をひろげたみたいに、がらんとした風景の曲線をなぞって、ちいさな池のなかに消えては、対岸でまた姿をあらわし、道路を通す箇所だけとぎれているのを眺めていて、その道路ぞいにも閲兵のためみたいに防ぎ馬〔二四〕が並んでいて、いまは彼が両手ですくっている水が彼にぶつかり、顔から雫がしたたり、外套の前や弾薬盒にはねが飛び（いまでは彼は鉄兜をぬぎ、ひざまずいて前かがみになっていて）、あわせた両手が一種の狂熱をこめて、機械人形の手みたいに何度も往復し、彼の髪、額、頰がざぶざぶ水をかぶり、それでも彼は、なおも（あいかわらず落ちつきはらい、悠然としていて辛辣な怒りがわずかにかすめるだけで）じっと鉄条網、道路、すこし先の、無傷で、

放置されたトーチカを凝視することをやめず、ようやく水をかぶることをやめて、焼けるような瞼を人さし指ですすぎ、ついでぐいと上体をおこして、踵を尻の下に坐ったまま、いまでは小さなカエルたちの頭が、つぎつぎにあらわれ、ふたたび平らになった水面の緑色の泡をつぶすのを眺めていて、そのうちの一匹を目で追いながら、彼は念入りに、時間をかけて、両手の指を一本ずつ拭いてゆき、それから鼻汁と垢でまるで糊をきかせたみたいになった、皺々で灰色がかったハンカチを念入りに四つにたたみ、ついでそれをさらに二つに折って、それからもとのポケットにしまい、かすかなエンジンの轟音に顔をあげるが、空のはるか高みに銀色のきらめきを見つけただけで、一瞬それを目で追い、ついでそれにも興味を失って、いまは注意力のすべてを、ぐったりして、死んだみたいに、水掻きのついた華奢な脚をひろげて、ゆるやかな流れに浮かんでいる一匹のカエルの上に集め、その一方で機械的な仕草で、彼は弾薬盒のひとつの蓋をぱちんとあけ（カエルはバネみたいに勢いよく二度脚を引きよせ、跳ねのばしてから見えなくなり）、形の崩れた皺々の紙箱をとりだし、そこからやはり灰色がかった、よれよれの煙草を一本抜きとり、どうにかこうにかそれをまっすぐにし、おなじ白痴の偏執狂じみた入念さで皺をのばすのだが、彼が先端に近づけた炎がぼっと燃えあがるまでに四回試さざるをえず、それでも消えるまでに二、三服吸いこむことに成功し、それからさらに吸ってもかすかなバルブ音以外の結果は得られず、そのあいだもずっと、べつに注意を払っていたわけではないが、ただ一門の大砲の規則的な発射音が、間のぬけたテンポで連続するのが聞こえ、彼はそこで煙草を口からはなし、それを調べて小さな裂け目を見つけ、唾で濡らし、今度

は人さし指で穴をふさぐようにして煙草をつまむと、炎と接触して煙草の葉がかすかにジリジリッという音を立て、ついでふたたび消え、そこであらためて、おなじ淡々として、注意深く、真面目くさった目つきで煙草を調べ、ついで捨てるというのではなくて、たんに指をゆるめてそれをぽんと落としただけで、またカエルを観察しはじめ、先ほどからの猿がしゃがんだ姿勢で完全にじっとして、時間の経過も感じず、頭も空っぽになり（放心とちがって空っぽで）、依然としてあたりを警戒し、見張りをゆるめない彼自身の例の部分だけが例外だったが、その部分が突然、彼に茂みのかげに這いつくばらせ、いまは彼はだしぬけに二人の騎兵が、右手の道路の角にあらわれ、日光がきらめくさわやかな五月の朝ののんきな散歩者みたいに、馬の悠然とした並み足につれて、なだらかな傾斜を下ってくるのを注意深く観察していて、二頭の引き馬の手綱を握った三人目の騎兵がその後につづいてあらわれ、最初の二人が近づき、ついでいまは立ちどまって、彼らのほうが彼を見つめ、その一方で彼は自分から出る訳のわからない叫び声に自分で耳ががんがんしながら、池にそって狂ったように走り、ちいさな橋を見つけてそれを渡り、何歩かで道路に出、ついで息をきらせながら気をつけの姿勢をとり、つぎつぎと一気に、階級、氏名、中隊名、小隊名をまくしたて、その後でなおも息をきらせながら、放心したようで、どうやら迷惑そうな、どことなく非難するような視線を浴びたままでいて、鉄兜のかげから、その視線は彼を吟味し——というかむしろ彼を通りぬけるようで、まるであいかわらずおなじ孤独な砲弾の炸裂が規則的に間あいをとるなかで、この場面が一種の非現実、相互的な信じられないといった感覚のなかで展開しているみたいで、片や、彼

のほうは肩のところが破れ、裾がずぶぬれで、前が水でよごれた外套を着て、薄ぎたなく、鉄兜も泥にまみれてでこぼこになっており、靴も革脚絆《かわぎゃはん》も泥だらけだし、拍車も錆びていたが——片や、馬に乗ったほうは、一時間前プレッシングの店から出てきたばかりみたいに非のうちどころのない外套を着て、いま磨かれたばかりみたいにぴかぴかの長靴《ちょうか》をはき、拍車もぴかぴかで、袖の折り返しの五本の金筋にも日光がぴかぴか反射していて、骨ばった顔はまったき興味の欠如というのでなければ、完全に表情を欠いていて（まるですでに死んでいるかのようだった、と後になって彼は考えたものだが、まるであの伏兵の邀撃《ようげき》から助かったのも、いずれ殺されることを余儀なくされるためだけだったかのようで……ちょうどはた迷惑な人間、あかの他人が、すでに当人が念入りに遺書をしたためおわってピストルに弾丸をこめている最中に、部屋にはいってきて邪魔だてしたみたいな……）、だからその目が脳まで、道路に直立して待っている男の映像を伝達しているのかどうか、疑えたくらいで、そのうちに唇の薄い口が、ひび割れみたいにほんのわずかに開き、唇がかすかに動いて、乾いた、よそよそしい、いらいらしたとまではいえなくてもうんざりしたような声が、「よろしい」と言い、「うしろの馬のどっちかに乗って、ついてきたまえ」と言い、ぴかぴか光る長靴がそれとなく馬の脇腹を締めつけ、馬がまた歩きはじめて、ふたりの将校は振り返りもせずに遠ざかってゆき、いまはこちらに背を向け、スマートで、あたかもコルセットで体を締めつけてでもいるみたいで、大佐の乗っている副馬《そえうま》(一二五)の切りとられた引き綱が、その背後の埃のなかをひきずっていて、ついで（彼は自分の一連の動作、つまり、差しだされた手綱をつかみ、鐙に足をかけ、体をせりあげ、

鞍をまたぐという動作を、はっきりとは意識しないのだが）ふたたび馬上にあって、あいかわらずあのおなじ非現実の感覚にとらわれ、夢遊病者みたいで、長すぎる鐙を短くしなくちゃと考え、あいかわらず唖然として、コルセットをはめたみたいな二人が、乗馬の並み足につれてぐらりぐらりと揺れるのを眺め、ついで彼自身の声がふたたび彼から出て、「なんてこった！」と言い、「いったい、どうやったってんだ、あれは？　縦隊の先頭にいたじゃねえか、連中が撃ちはじ……なんてこった、どうやって……」と言うのを聞き、引き馬を引いている兵士（彼が見たことのない騎兵）が一瞬こちらを向き、厄介な人間か知恵おくれでも見るみたいに、やはり愛想のない、うつろな、敵意さえこもった視線を彼にそそぐのだったが、そのうちその兵士も興味を失い、顔をそむけ、相手にしなくなり、一方彼のほうは鞍の上で振りむいて後方を見るが、五十メートルほどむこうで彼らについてくる、二人の自転車に乗った兵士がゆっくりペダルを踏み、並み足の馬の速度にあわせるために、道路上で左右にカーブをえがきながらくるのしか見あたらず、ふたたび自分が（まるで彼自身の声がガラスの厚みごしに聞こえてでもくるみたいに、突飛で、はるか彼方から）「じゃ、ほかの奴らは、ほかの？……どこへ行ったんだ……これが残りのゼン……？」と言うのを聞き、すると引き馬の騎兵が、憤激し、怒り狂ったみたいに、ちらっと彼に一瞥を投げ、ついで罵声をあげ、引き馬がカニみたいに、横へすすみはじめ、苛だって蹄をばたばたさせるので乱暴に手綱をひっぱり、激しい揺さぶりで馬の口を引き裂くようにして、叫ぶ、「オー、ラー！　ウー！……この、淫売の、おいぼれの、ばか野郎め！　いい加減に、おれを困らせるのをやめねえか？　やめねえか、やめねえってのか？……」

V　一八八〇年〜一九一四年

ずいぶん前にすでに、三人姉妹のうちの二人（長女と三女）は結婚しており（そのうちの一人——三女——はすでに死んでさえいて、豪勢な御霊舎《みたまや》の下に埋葬され（つまり、ほんとに豪勢な、ということで、エジプト式の墓のかたちに機械で切り、磨き、ついで金文字をきざんだ黒大理石でできているのではなくて、一世紀以上の古い自然石から成り、碑銘もなにもなく、鉄柵と、うんと古い旧家が所有するようなやはり一世紀以上古いイトスギにかこまれていて）、あとに残ったやもめの夫は、月に一回クラブとブリッジの試合をふって、陰気でだだっぴろい食堂でのディナーにくるのだったが、ヴェネツィア風の赤に塗られたその食堂の壁には、帯状装飾の絵があり、からみあう葉群をぬって、曲芸師や吟遊詩人や猿や熊使いが果てしなく飛びはね踊っていて、それは娘の祖父の手書きによるものだが、当時はロマン派好みの黒髪をケシ色の優雅なフロックコートの襟にたらしていた祖父も、いまでは老人となり、白いいかめしい口髭をはやし、いつも判でおしたようにダークスーツを着て、いずれは三女のあとを追って死んで、彼自身も村の墓地のやはりうんと古い自然石の敷石の下に眠るにちがいなかったが、彼はその村に、彼の遺骨をおおうための二トンの御影石《みかげいし》だけでなく、

一軒の、というかむしろひとかたまりの家屋も所有しており、農夫たちのなかでもいちばん古い連中と領地の差配が住んでいて、彼は年に二度か三度、町を出て、四輪馬車に乗って領地を一巡し、それからおなじ馬車に乗って、隣の県との境にあるふたつ目の領地へ行って一泊し、翌日もどってきたもので）……というわけで、ずいぶん前にすでに、彼女の二人の姉妹は結婚し、彼女も三十に近くなっていたそのころ、彼と出会ったのだった。

体がしだいに厚みをまし、顔もすこしずつぽっちゃりしてきたが、ふたつのおだやかでつぶらな瞳は、それを讃えるために何度も、アルプスの眺めやロワール河沿岸のシャトーや白亜質の絶壁を写した絵葉書の裏に、お世辞たっぷりの冗漫な四行詩が書かれたもので、いまでもまだ、そんな雪をいただいた山巓《さんてん》や、大聖堂や、漁船や、民俗衣裳をつけた村の女たち、それに添えた遠足や、ピクニックや、ドライブの話や、ブルターニュ地方のこぬか雨についての嘆きを受けとるに値した往時の輝きをしのばせていた。彼女はいまでは母親とふたりで暮らし、この老婦人の哀れっぽい顔には、やもめ暮らしと末娘をなくしたせいで慢性的な悲嘆の表情がきざみこまれていて、言うなれば家長たる祖父とおなじくらい老けてみえたのだったが、この家長の仕事というのも（いまでは曲芸師や猿や熊の絵をかくには年とりすぎていたから）領地まで馬車に乗っていくことだけで、それも監督するためではなく（それには差配がいて）、彼の命令どおり、前世紀の終わりごろ根アブラムシにやられた二百ヘクタールの葡萄の木を引きぬいて植えかえていることを確認するためで、つまりは泰然として、六種類か七種類のオードゥーブルにつづいて、差配の女房が調理した幾皿もの料理

やデザートを平らげたあと（その場面は糊のきいてごわごわした、白すぎるあまり青くみえるテーブルクロスをかこんで、壁に白い硝石《しょうせき》が吹き出ていて、床には二世紀前に敷きつめた赤と黒の格子縞のタイルを張った食堂で展開されるのだったが、あかあかと火が燃えるどでかい彫刻入り大理石の暖炉もやはり二世紀前のもので、白髪の老人は頭に薄灰色の、頂上がまるくなったフェルトのかぶり物、あるいは冷えこみがきびしいときはアストラカンの縁なし帽《トック》をかぶり、奴隷商人の仮借のない顔をした老差配の声を聞くともなく聞くのだが、灰色の平べったい鍔《つば》つき帽がいわば顔そのものの一部を成し、それを補完している（服飾品としてではなく、いわば付属の構成要素とでもいったものとしてで、鍔が嘴《くちばし》みたいだし、四輪馬車を出迎えてちらと帽子を持ちあげるときに見える、禿げた頭蓋の肌も青白く、土色をしてひび割れた顔の上でどことなく猥褻で、どことなく哀れっぽくみえ、ちょうど一瞬むき出しにされ、ついですぐおおわれる体内の器官かなにかのもろい膜みたいで）老差配はいまは進行中の作業を報告している最中で、ふたりの老人が差しむかいに坐っている部屋は宴会用サロンの広さがあり、壁の塗料がはげ、タイル張りの床や暖炉は古物商がひと財産提供しそうな代物だったが、どちらもそんなことは意に介さず、というのも一方は売る気がなく、他方は買う気がなかったからで、全身黒ずくめの差配の細君がドアの脇に立って、食卓に気をくばり、廊下のほうへ上体をひねってはつぎつぎに料理を命令したもので）、そのあと道端にとめた四輪馬車のなかから、彼（家長）はだまって、平行してながくたなびく埃の雲が、火山の中腹の噴気みたいに、農夫たちの列のあとに水平に凪に流されてゆくのを眺めるのであって、農夫たちというよりは無数

の脚をそなえた、オケラみたいに土を掘る昆虫程度に小さいシルエット（馬と鋤《すき》と人間）の列は、まるで鋤の刃で大地にピン止めされたみたいで、時折日の光がその刃をぴかぴか光らせるのだったが、それだけのことで、あとは秋になって、避暑のための別荘からもどって、葡萄の取り入れの時に、あいかわらずおなじ四輪馬車に乗り、おなじフロックコートを着て白ネクタイでやってくるだけで、葡萄畑まで馬車を走らせると、あいかわらず馬車からはおりずに、スペイン人やジプシーの季節労働者の家族、ミイラみたいに痩せているか象みたいに太って、日焼けした顔がひび割れた女たちとか、桶の重みで足がふらつく子供たちとか、絞殺犯みたいな顔つきの男たちが、生い茂った葉に腰までかくれて、入りまじって立ちはたらくのを眺めるのであって、ついで御者に命令して、すこしたって酒蔵のぽっかり開いた戸口の前に馬車をとめさせると、彼は薄暗がりのなかでおぼろな影が行ったり来たりするのを眺め、ついでふたたび白い硝石がぼろぼろ吹きでた壁にかこまれ、彫刻入りの暖炉を前に、今度はひとりで、冷いやりとした薄明かりのなかでテーブルに向かって坐っていて、ひとつまたひとつと細心にイチジクの皮を剝《む》いてはゆっくりと、果物入れ《コンポート》のではないが、彼の前に積みあげた最後の一個まで咀嚼し、それから指をすすぎ、彼のイニシアルを刺繡したダマスク織りのナプキンで指と同時に口髭を拭き、立ちあがり、戸口で待機している馬車にもどり、町に帰館するのだった。

　地区の土地台帳のかなり大きな部分が、フランス大革命やナポレオン帝政の軍隊の陣頭に立って、家長の祖父が轟かせた家名をになっていたが、それは一種の大男で、たんに巨人みたいに背が高かっ

ただけでなく、怪物じみた体重の持ち主で、いまでもそれが当時の文書に記録されて残っており、彼の孫、鼻が嘴《くちばし》みたいな形をし、手が骨ばってごつごつしている、ひからびて痩せた老人とは反対に、暴力と勇気と果敢さのなかで、それらを発揮することによってしか生きなかった男だったが、いまは食器とか、引き出しや納戸にしまわれたナプキン、シーツのたぐいに彫られたり刺繡された りした組み合わせ頭文字にしか、その名残りは見られず、まるで帝政時代以来無尽蔵の戦利品、無尽蔵の銀食器、食卓用ないし家事用クロス類の貯蔵品が、忍耐づよく形成されてきた（というか寄せあつめられ、蓄積されてきた）とはいうものの、いまではその唯一の存在理由が蓄積そのもの、戸棚や押入れや金庫の占拠そのものとなっているかのようなのだった。

三十代に近づいてそれとなくぽっちゃりしてきたつぶらな瞳の娘（氷河やブルターニュの漁港の裏に走りがきした四行詩の作者たちが、時たま大胆にもそう呼んだ呼称をかりれば、若きサルタンの妃《きさき》）はいまだかつて（彼女の祖父同様、また従兄弟たち、そのうちの一人は相続権で選ばれた代議士で、暇な時に詩をつくり、もう一人は騎兵将校だったが、彼ら同様）生涯を通じて、スペイン語と同時に、ギターの棹《さお》でいくつかの和音をかき鳴らすことを習う以外、自分の家族や闘牛の試合の写真、真夜中になったら囲っている愛人とか、町の高級売春宿に住みこむ女たちのところへしけこむくせに、彼女をとりまく愛想のいい青年たちの一団が、娘たちを楽しませるために参加してくれる、他愛のないジェスチャー・ゲームなどの写真を飽くことなく撮りつづけ、現像し、焼きつける以外、なにもしたことがなかった。

いまだかつて、といってももしかしたら、彼女のような身分の娘が貧民のために産着を縫う共同作業場ではべつかもしれないが、彼女が針に糸を通したり、ボタンをかがったり、靴下をつくろったり、なにか煮るものを火にかけたりしたことは一度もなく、散歩や、訪問や、晩餐会とか夜会とかに出席する以外、家を出たことさえなく、いまだかつて（時折立ちどまって、ショーウィンドーや陳列棚を眺めることはあったが）たぶんその店のなかへはいっていったこともなかったようで、ほかの出入り商人や絨毯屋同様、洋服屋も家までやってきて、どんな型がいいかを提案し、重い見本帳を繰るようにすすめ、再度来て、仮縫いのために、口にピンをいっぱいくわえてひざまずき、四隅をしばった黒サージの風呂敷に包んでドレスや外套を持ってきたり、持って帰ったりしただけだった。

まるで彼女には欲望もなく、未練もなく、考えも計画もないかのようだった。ふさぎこむことも、憂いにしずむこともなく、夢見がちになることもなかった。むしろ陽気で、と当時の彼女を知っている連中は話したのだったが、食欲も旺盛（したがってきっと官能的）だった。彼女がときたまメルセス会の──ないしはもっと近いフィゲーラスの──祭礼の際に出かけるスペインから、バルセロナから、彼女は、まん中に突っこんだスプーンがそのまま立つほど濃いココアの好みと、闘牛場のがらんとしたサフラン色のひろがりに、闘牛のどっしりとした体軀をかこむ馬と人間のちっぽけなシルエットが見える、黄色い写真を持ちかえった。目隠しされ、角でさんざん突かれて腹が裂けた馬を、大急ぎで藁といっしょに腸を詰めもどして、もとどおりに縫い、ふたたび闘牛に見せつける様

[二六]
[二七]

108

子などの話をするとき、あれほど讃えられた瞳に、せいぜいちらっときらめきが認められるぐらいで、しかもそれが嫌悪なのか興奮なのかを言うことはできなかった。彼女自身に肉体があるということ、それが美味しいものを食べることとか、レースや刺繍入りのショールを肩にかけ、もうひとりの女友だちといっしょに、腰をそらせ、腕に籠をかけ、尻をつきだし、片方の腿をなかばもちあげて、贋のカスタネット・ダンサーのポーズをとること以外、なにに使えるのかさえ知らなかったかのようで、そんなダンサーの淫蕩ぶりも知らないらしかった。彼女は金持ちの地主と結婚した姉を（おかげでもう一軒夏に出かけられる別荘ができ、こちらは海に近かったし）羨《うらや》む様子もなく、その四人の子供たち、男二人女二人の子供たちを、あのにこやかで底知れない愛想のよさで、まるで自分の子供みたいに可愛がり、同様に愛を語る四行詩を読んだり、青年たちのお世辞を聞いても、かすかに顔を横にかしげ、漠とした微笑を浮かべて唇を横にひろげるだけにとどめて、視線はやはり宙をさまよい、なにかはわからないが言葉にならないもの――というか存在しないもの――に注がれるのだった。年に二回――秋と夏のはじめの競馬のとき、ディアーヌ賞[二八]の際に――彼女は三週間パリに出て、伯父の上院議員（相続権で選ばれた代議士と推薦でなった騎兵中尉の父親）の家に泊まるか、家長と年老いた未亡人に付きそわれて、グランド・ホテルに宿泊して、オペラや競馬やコメディー・フランセーズの芝居に出かけたり、デパートを見たりしたあげく、古い町の迷路みたいな旧市街のまん中にある沈黙と威厳の城砦ともいうべき広い家に舞いもどったもので、その家自身も六百年前にアラゴン王[二九]によって建造された城砦のたもとのもうひとつの城砦みたいなもので、カル

ル五世によって要塞化され、ヴォーバン〔三〇〕によって眩暈《めまい》するほどの巨大な城壁をめぐらされたこの城砦都市は内部に、ジプシーの居住区や売春宿のある通りと同時に、バロック風装飾衝立の金泥がきらめく六つか七つの教会、ルネッサンス様式の窓の縦仕切りがある邸宅、昔の市場、壁が陶器張りで、アイリスを思わせる女たちや緑の草花で飾られたキャフェ、ブロンズの銅像が立っている広場、コリント様式の切妻のある裁判所などを抱え、キャフェ、広場、裁判所をむすぶ子供の玩具とそれほど大きさの変わらない市電が、時代錯誤的ながたごという音をたてて、ゴチック風のアーチ、アジサイの花が咲くバルコニー、金物屋、リボン屋、アニス・リキュールやチョコレートや石鹸や葉巻の広告、どぎつい色の巡業芝居のポスターの前を走っていた。

それに公園もあって（城壁の囲いの外だが）、ツバキやシュロや葉っぱのつやつやしたモクレン、すべすべした幹にうろこ状の斑点がある巨大なプラタナスなどが植わっており、それらの木蔭を彼女は、キャミゾールに似て、裾が地面を掃くあのながいドレスをまとい、姉といっしょにその子供たちの散歩につきあい、生まれたばかりの子供の乳母車のあとをついていったり、彼女自身が押したりしたのだが、同時にあの電気スタンドみたいな大げさな帽子をかぶり、まるで仮面みたいに、黒いながい睫毛《まつげ》のかげに晴れやかな視線をたたえた、あの泰然とした顔をさらして歩いた。彼女はすくなくとも当座は、なにかを待っているようには見えなかった。ある時、年老いた未亡人は彼女のうちに、ロワン川〔三一〕の風光明媚な岸辺やフィレンツェの眺望の裏に詩を書き送ってくる、金持で暇な青年たちのひとりにたいする好意を読みとったような気がしたが、慎重に問いただしてみると、

おかしそうな微笑を浮かべて、だって滑稽な苗字《みょうじ》なんですものとだけ答えた。彼女は焦っていなかったのだ。まるで牡牛たちから離された若い牝牛が、牡牛の存在すら知らず、愛情をこめて犠牲の儀式かなにかのために餌で太らされるのとおなじで（というか、彼女が闘牛場のスタンドで扇子《せんす》をゆらめかせ、塩煎りアーモンドをかじりながら断末魔を眺める闘牛自体とおなじで）、彼女は自分が、時期がきたらやってくるはずのなにか壮麗で、同時に迅速で残忍でもあるものに捧げられる運命にあることを承知していた。彼女は敬虔だった。すくなくとも日曜日ごとに、母や姉に付きそって大聖堂へ出かけ、規則正しく懺悔し——といっても彼女が、木の格子のむこうに控えている神父にむかって、どんな些細な罪を告白したのか不思議なくらいだが——、金曜日には肉を絶ち（といってもたいした意味はなく、その日は魚問屋がみずから届けてくる、妙なる味の大きな魚が食卓に出る日なので）、四旬節[三二]の節制も守ったのだったが、こちらのほうが彼女の美食癖を考慮にいれれば、なによりも辛かったはずだ。彼女は清純だったのではなくて、いわば性がなかったのだった。それはまるで、彼女のキャミゾール風ドレスがかくしている雪のように白い腹と、その下で太腿が左右に分かれているあたりのすべすべした茂みの秘めているものが、消化吸収と排泄という生理的機能以外のなにか、彼女の乳房が授乳以外のなにかに役に立とうとは、夢にも思いおよばないかのようなのだった。とはいえ、彼女の崇拝者のひとり（というか質《たち》のわるい冗談好きな男）が図々しくも、当時のポスター画家のスタイルで、黒のストッキング、レースのパンティをはき、コルセットだけはめて、黄色の椅子にうしろむきにまたがりながら、天井にむけて煙草の煙を吹きあげている女を

かいた絵葉書を送ってきたとき、彼女はそれをコードベック[三三]の教会の正面玄関や、暴徒に荒らされたリモージュ[三四]の街路や、シャテル＝ギュイヨン[三五]の温泉場やトラファルガー広場[三六]とおなじように保存した。あたかも彼女に、晩餐の席などでココアやフォワ・グラやホロホロ鳥やシャーベットを平らげさせ、美食家の入念さでそのとんでもないメニューを保存させた桁はずれの食欲が、大聖堂やランド地方[三七]の羊飼たちやロンドンの株式取引所やルルドの洞窟[三八]と、パンティ一枚のすれっからしの女どもをも、牛などののどかな反芻動物さながら、ぺろっと平らげ、区別なしに消化することを許したかのようであった。もしかしたら彼女は、姉が就寝前の子供たちに風呂をつかわせるのを手伝ったかもしれなかったが、明らかにそれ以上のことはしなかった。それ以外のことに関しては、彼女の主要な関心は、家長と彼女自身の深い皺だらけの顔の母親の手本が、きっと彼女に、特権などではなくて、言うなればひとつの家庭的美徳、彼女の階級と社会環境の弁別的特徴をなす義務とみなさせるにいたったはずの、あの怠惰を身をもって体現することだとも言えたろう。彼女は読書した。というかむしろ（モンマルトルのえせ画家がふたりをかいた絵では、姉は刺繍の仕事に没頭し、彼女は黄色い表紙の本を手に肘掛椅子に腰かけ、その本を顔の高さの読みやすい距離にひろげていて）、本のページを繰るのだった。その死後、彼女の蔵書の中身をつめた箱には、生涯のどの時期にそれを読んだのかは不明だったが、セギュール伯爵夫人[三九]やアンデルセン[四〇]の作品、何冊かのバルザック、ヴェルレーヌ、アルベール・サマン[四一]、アナトール・フランスと二、三人のアカデミー・フランセーズ会員の本が見つかった。いちばんの親友とは、スペイン語で手紙をやりとりした。もしかしたらこの言語に本来

的な誇張のせいか（それとも、それを操るのが下手なせいか）、語調は時たま官能的で、いかがわしくさえ感じられ、たとえば《あなたを抱擁するわ》（**je t'embrase**）というかわりに《あなたに接吻《くちづけ》するわ》（**te beso**）と書いていて、ある時など、ふたりはふざけて、男に変装して写真を撮らせたのだった。しかし、姉と同様、女友だちも結婚した。彼女はカマルグ地方[四二]に移り住み、たがいに手紙をやりとりしつづけたが、調子は変わった。そのあとで親しくなった女友だちは、さかんに旅行し、たいていの場合絵葉書の書きだしに、おなじ決まり文句を使った。「いちばん怠け者のお友達に、あたしの愛情をこめたディエップ[四三]（とかヴィシー、とかフィレンツェ、とかブライトン[四四]）の思い出を送るわ……」およそ彼女の体型とか衣服とかと同様、彼女の精神を搔きみだすものなどなにもないかのようだった。彼女はおなじ地面を掃くようなロングスカートをつけ、花の帽子をかぶってテニスした（すくなくとも一枚の写真が、ネットをはったラケットを手に、コートに立った彼女を写していた）。膝のところで締めつけるキュロットの上に、彼女のパートナーたちは下腹部と胃のところでふくらみ、整形用の包帯とでもいった感じの、どことなく猥褻な幅広の布の腹帯をしめていた。彼女の怠惰ぶりに匹敵するものといえば、その好奇心の欠如しかなく、例外はオペラ座とかシャンティイ[四五]のパドックで見惚れるファッションぐらいだった。それ以外のことに関しては、その場にいるというだけにとどめ、静的な無気力のなかに閉じこもり、日傘でおずおずと太陽から顔を保護しながら、乳色の肌をし、植物的な無為にひたって、まるで彼女の住む――なにを待つというのでさえなく――ただ住んでいるどこか不在の王国のなかばまどろむ女王みたいなものだった。四人の子

供がいるにもかかわらず、彼女の姉は毎日何時間もピアノの前に坐り、驚異的な練達のわざでどんなソナタでも、三重奏曲でも、コンチェルトでも初見で弾くことができ、彫刻をほどこした細い中柱のある黒檀の楽譜棚だけでは、赤いモロッコ革の背表紙をつけて製本した楽譜を収めきれなかった。彼女はギターを断念した。彼女はそれでも、光が良好な露出を可能にするヴェランダで、いかめしい家長を中心に、ついで彼が世を去ってからは、姉と孫たちにかこまれた、ぶよぶよの頰がたれた老女を中心に家族の集合写真を撮りつづけ、成長してセーラー服だったのが背広にネクタイになった男の子たち、ながい巻き毛を肩にたらし、髪にリボンをつけ、脚をくすんだ色のストッキングにつつんだ少女たちを撮った。彼女は子供を生まないことも、独身であることも後悔していないようだった。それはあたかも、自分には姉の子供を散歩させたり、写真を撮り、暗室の赤い光のなかで乾板を現像し、セピア色のポジを焼付け、それからそれを次亜硫酸塩溶液に漬けて定着したり、年に二度のパリ旅行をしたり、晩餐や祝宴で肩をむきだしにしたり、聴罪司祭からすすめられた何人かの貧者を訪問したりすることで十分だと、あらかじめ観念しているかのごとくであった。年をとることもまた恐れていないようだった。彼女に言いよった男たちが、何人も結婚した。式は彼女にとっては、衣裳を型なおしさせるいい機会で、女縫い師がひざまずいたまま、小びとか足を切断された女とでもいうふうに、唇にくわえたピンごしにしゃべりつづけながら彼女のまわりをぐるぐる回るのだったが、同時にまた彼女のメニューのコレクションに新しい一枚を追加する好機でもあって、ただの一回の食事にたいして、それらのメニューは舌平目のオランダ・ソース煮、ザリガニの

身の円形パイ、小鹿の腿肉、ナポリ風ケセット、フィナンシエール・ソースの鳩の煮込み、アスパラガスのクリーム入りオランダ・ソース、円錐形多層アイスクリームなどを案内しているといった具合だった。彼女は（四十代になってもまだそうだったが）豊満な肩をしていて、女縫い師はそれを絹やチュールの張り出しや泡だちの感じの細工でむき出しにした。彼女の姉の夫は町で最初に見かけた自動車の一台で、車台の高い、黄色に塗った、金属の飾りがぴかぴか光るのを買ったのだったが、そのヘッドライトともども、まるでどでかい昆虫かなにかみたいで、葡萄畑で株の上に身をかがめ、風に背をむけ、つぎのあたった短いコートの襟を立ててはたらく日雇い労働者たちは、腰をのばしてせまい道路の上を、巨大な黄金虫みたいなものが埃の雲をかき立てながら通過するのを眺めたもので、その背にはどでかい眼鏡にほとんどかくれた顔、あるいは――これは女たちだが――キノコみたいな帽子をおさえるため、顎の下でしばったヴェールで保護された顔の乗客、といった子供の黄金虫をのせていた。荷馬車の御者が泥除けの下にぶらさがったズック地のハンモックのなかで居眠りしているのを起こすためには、並み足程度に減速してながいあいだ警笛を鳴らさねばならなかったが、すると御者は器用に飛びおりて、輓《ひ》き馬の馬勒《ばろく》に走り寄り、馬を脇に寄らせるのだった。馬は重い胸繋《むながい》を首にはめ、その上に釘や真鍮板がきらめく丈の高いラッパがついていた。彼女は荷馬車がとまっていて、そのあいだに葡萄のはいった桶を酒蔵の上の階の床まで、チェーンと滑車を使った仕掛でもちあげて空けるところを写真に撮った。彼女はまた夏の別荘の庭園で、調教係が演技させるピレネーのクマたちの写真も撮った。とまっている自動車と、小道の埃にまみれた

ゲッケイジュの茂みに舞いおりるまで長いあいだたなびいている埃の雲も撮影した。ある時、酒蔵ではたらいている男の一人が桶に足をつぶされたが、その男に彼女は最初の手当てをしてやり、つぶれた肉から流れだす血でたちまち水が赤く染まる盥《たらい》の前にひざまずいて、垢だらけのズック靴の紐をほどき、傷口を洗い、けものか神話のなかの生き物みたいに青白くて毛ぶかい脛《すね》のズボンをまくりあげ、爪が角質化して黄色い、節だらけの足を洗ってやった。ウエストが太くなり、顔がぽっちゃりしてくるのを意に介さなかったのとおなじように、彼女は自分の暮らしの空虚さも気にしないようだった。彼女は陽気な従兄弟たちやその友人たち、自費出版の詩人とか、万年法学生、アーチスト風に長髪をなびかせ、ふんわりとした玉結びにネクタイを締めたえせモンマルトル画家らの写真を撮った。彼女は家長の最後の写真も撮ったが、そのなかでは彼はいつもながらのアングリカン教会の牧師風のいかめしいフロックコートを着、あいかわらずの白ネクタイで、いかめしい骨ばった顔にバッファロー・ビル〔四六〕ふうのいかめしい顎鬚をはやして、堅苦しく直立し、ゲッケイジュを描いたカーテンの前で、薄灰色のおきまりの帽子と黒檀のステッキを手にしていた。そんなわけで、こうしたあいだ中彼女は依然としてなにも期待しなかったのであって、ちょうど旅行者が列車を待ち、それは鉄道時刻表に指定された時間に発車するのが当然で、機関車の汽笛が鳴る数秒前に乗車しさえすればいいのだと考えるのとおなじで、まるで、彼女自身そうと自分に言い聞かせず、たとえ漠然とであれそんなことなど思いもしないままに、なにか空中浮揚《レヴィタシヨン》にも似たもの、小天使たちにささえられて雲に乗り、彼女が変身して陶然となるような栄誉の絶頂かなにか、そしてそこから

彼女が、その後猛烈な勢いで虚無に突き落とされるなにかが、彼女を待ちかまえていたとでもいうふうなのであった。不安に思い、婉曲な言い回しで問いかける老女にむかって、彼女は崇拝者たちに見せるのとおなじいつもながらの謎めいた微笑で答えつづけた。それは尊大だからでも無関心だからでもなく、彼女は謝肉祭《カーニバル》やバカンスの時期に、従兄弟たちやその騒々しい友人の一団がやってくるのを歓迎した。彼女はためらいも後ろめたさもなしに、彼らが連れてくる異色の仲間たち、たとえばある年やって来た小柄で百万長者のサロニカ生まれのユダヤ系トルコ人みたいに、やはり彼女に言いよってひどく楽しませた男とか、ビヤホール〔四七〕のオーケストラのへっぽこヴァイオリン弾きなど、時に家長の眉をひそめさせた連中もいたが、そういう連中とも一気に仲良くなった。彼らが彼女やほかの娘たちのために、美校とかインターン生たちのダンス・パーティの男根的どんちゃん騒ぎを他愛のない無邪気な仮面劇に脚色しなおした時にも、彼女は心《しん》から面白がって、活人画に出演して、ベッドのシーツに身をくるみ、額に鉢巻をし、ほどいたながい髪を腰までたらしてドゥルイド教〔四八〕の女司祭に扮装したものだった。ある時期、彼女は代議士＝詩人に旅行のあいだ毎日絵葉書の裏に気の利いた何行かを書いてよこすよう、要求した。彼は音《ね》をあげた。ほかの男たちが、もっと才気がおとるくせに、彼にとって代わった。それは、多かれ少なかれ倒錯したコケットリー、多かれ少なかれ残酷なゲームだというのではなかった。一瞬といえども、彼女は彼らをばかにしようなどとは思わなかった。彼らみんなを愛していたのだ。ただ、歳月が経過するにつれ老女が心配したことに関しては、彼らは存在していないも同然なのだった。

彼女がある日、今までに出会ったことのないような、まさかそんな男が存在しようとは夢想だにしなかったような男と、食卓で隣りあわせになったのも、まさしくある結婚式の折りだった。すなわち、新郎の付添人のひとりで、襟に赤で刺繍したふたつの海兵隊の錨《いかり》マークが浮きだしている濃紺の軍服を着た将校で、どこか（四角い顎鬚といい、鉤型のカイゼル髭といい、透きとおっていて、うるみ、日焼けした顔のなかで磁器みたいな色をしていた目といい、寡黙というのではないが控えめで、毅然とした態度といい）文明化された野蛮人といった様子をしていて、おだやかな自信がきざまれていたが、これもまた、彼女が言いよられることの多い娘の満足心からというよりは、ほかの人間が切手やマッチ箱を蒐集《しゅうしゅう》するのとおなじ気安さで、彼女が蒐集していた絵葉書の裏の走り書きのマドリガルや四行詩が明かすものと、まさに正反対のものなのだった。のちに、彼もまた世界中のあちこちから出した絵葉書をよこすようになっても、彼は年月日を示す三つの数字の下に、さりげなく自分の名前を書くだけにとどめ――まるですでにいっさいの言説のぶしつけさとまではいわなくても、無用さを確信していたみたいで、まるで彼同様彼女もすでに、きっと日付と名前だけで（はじめのころのは、いちおう型通り、署名の前に《最良の思い出を》、ついで《最良の友情を》、ついで《最良の思いを》とあったが、ついで名前だけしかなくなり）事足りる段階に到達しているにちがいないとでもいうふうで――おなじように、この最初のときも彼らはたいしたことを話しあわず、自分のこと以外の当たりさわりのないことを話題にし、おまけに互いのいうことをどちらも聞いていず、聞こうともしなかったにちがいなく、もしかしたら顔を見ることさえ避けたか

もしれないのであって、その一方彼らをかこむ会話やグラスのかちあう音がかもす漠としたがやがやに耳をふさがれながらも、彼女は汚れひとつないカフスから出た褐色の筋骨たくましい手がナイフやフォークを操り、パンをちぎる——もっと後では煙草に火をつける——のを見ることができたのであって、彼女はすぐさま、ことさら彼のほうから言うまでもなく、軍服と中尉としての給料をのぞけば彼がなにひとつ、もしかして借金でないとすれば、なにひとつ所有していないということを察知したのだが——しかし借金という点に関しても、彼女はきっとすぐさま、彼が用心深く閉じこもっている都会人らしい洗練さとにこやかな礼節の鎧とでもいったものに、裂け目を見つけることはできないだろうとも察知したのであって（なにしろ彼女は定期的にパリから、ドラマチックな電報に先触れさせて、豪勢な上院議員が豪勢な議員としての歳費やふたつの工場とか無数の小作農地からのあがりにもかかわらず、ためらわずに往復二千キロ近い道のりを踏破して乗りこんできて、憤然とし、抗議するが最後には自殺するという脅迫に負ける家長から、何百ルイをせしめて、二度とその金の顔は見ないということを知っていたからで）、というわけでテーブルに花が飾られ、グラスにシャンペンが注《つ》がれ、香水やシルクのドレスや黒の燕尾服や軍服、笑い声、さんざめく声、それにもしかしたらオーケストラ、もしかしたらワルツが踊られたなにか、そしてもしかしたらデートではなくて気をきかせた友人たちが設定してくれた散歩道とか競馬見物の際の偶然の出会いかなにかがあって、それ以上はなにもなく、その後《ご》といえばポートサイド、アデン、コロンボ、ディエゴ＝シュアレス〔四九〕といった、アフリカとかアジアとかへ通う客船が航行する途中の各寄港地から、届く

のに一か月かかる灰色がかった、あるいは大ざっぱに彩色された絵葉書を彼女が受けとった四年間があっただけで、彼女はそれらの絵葉書を念入りに別にしまっておいたのだが、それでも彼女はレースの当て布をつけたドレスを着、花束というかむしろ花壇に似たあの信じられないような帽子をかぶって、依然として鑑賞用植物のものぐさな暮らし方をつづけたのだったが、その帽子の下、いわば黒いつぶらな瞳の背後に、いまでは鋼鉄の決意がいすわっていて――そんな果てしない頑固な独身生活、あらゆる甘言にたいして向けられたにこやかな拒絶からも推測できたように、前からそれを宿していなかったというのではないが（実際彼女は、のちに、止めをさすために、病気が彼女に襲いかかり、外科医たちが手並みあざやかに彼女を寸断しはじめたときに、その断乎さのほどを示すことになるのだが）、ただ違うのはいまではそれ（鋼鉄）がなにに拠りどころを求めるべきか、それを予測して（というか期待して）彼女が自分を大切にしてきたその《目指すもの》なるものが現実的な実質、顔、体をもつにいたったと悟ったということで、そこで、こういうことになる。すなわち、片方には四年間秣《まぐさ》納屋だか森の仮小屋だかにじっとかくれて、男たちをむさぼり食う食人鬼の手配師たちからのがれたあの農民、あの徴兵忌避者の曾孫甥がいて、もう一方の側には帝政時代の将軍の曾孫娘がおり、ライオンみたいな大理石の髪、もじゃもじゃの大理石の眉毛、大理石の眼差しからなる、衣類の襞《ひだ》まできざんだ大理石の将軍の胸像が、一家のサロンの片隅におどろおどろしく、皮肉っぽく、いかめしく屹立《きつりつ》していたものだが、彼らが双方ともどれだけの根気強さ、どれほどの粘り強さを発揮したかをどう推し量ればいいものか、彼女のほうはそれにそって育てられたあ

る何百万もの若者たちと同時に死に絶えようとする世界のたそがれのなかで、きっと欲求と必要とわしい雌のなかで、死後も生きつづける道を選択したとでもいうふうで、いわば泥の下に埋葬されれ、死ぬ前に種を蒔いて、無気力と豊満さと生殖力などの能力によって保証された種《しゅ》の再生にふさつけられ――というか彼のほうが、まるで一種の予兆みたいなものに見舞われ、時間にせき立てらの先生の――身分からのし上がることで、すでに彼が克服した物事の秩序にたいしても同時につきにつきつけた挑戦状にも似たなにかだったが、それは腕力ひとつで農民の――せいぜい言って学校の肌のしなやかで従順な裸女の反対物とも見えたにちがいなく、つまりひとつの賭、彼がみずからの湿っぽさのなかで、彼のかたわらに滑りこみ、蚊帳のなかで体をひらいた、赤銅色ないしは金色はじめた体つきは、きっと彼には自分が育った粗野で苛酷な世界ばかりでなく、さらには熱帯の夜い姫が彼を待っていたわけで、彼女の豊かで乳色の肩、日光から守られた肌の血色、どっしりとし宦官《かんがん》の一団も及ばぬほどの固い警備のなかで、すべてに受け身だが気もそぞろに、あの近づきがたくんだのであって、そこに家長の亡霊と脅えきった老女によって外の世界の騒擾《そうじょう》から保護され、に用心に用心をかさねながら、偏見と懶惰《らんだ》と浮薄さと不遜さの砦とでもいったものの攻城戦に取りか喜んで）古ズボンにつぎのあたった上着を着て、苛酷このうえない労働を手伝ったものの、同時を掘りかえし、荷車で堆肥を運んできた彼は、賜暇で実家へ帰った時はためらわずに（それどころ身にたいして裏返したものだが、そういったものに忠実であったたし、それにたいしてシャベルで土の原則のきびしさとか、あの階級的というかむしろカースト的誇り高さ、いまはそれを自分たち自

緊急性がひとつに混じりあったものにちがいなく、事実その世界では、軍事パレードやホブルスカート[五〇]や四輪馬車に乗った政治家たち、花を飾った帽子や羽根毛をつけた鉄兜、フレンチ・カンカン、ほろ酔い機嫌の王侯、滑稽な兵士たちといった逆説的で戯画的な、凝固したり踊り跳ねたりするイメージが入りまじっていた。

というわけで四年間があり、そのあいだ彼は手もとにある唯一の武器、つまり忍耐強さ、粘り強さを駆使したのだったが、きっと留守するという、もうひとつの決定的ですばらしい威力のある誘惑の決め手に助けられていたということは知らなかったにちがいなく、おそらくは彼はそんな強いられた別離を呪っていたろうし、それにたいしては長距離航海の客船が、うねくねした煙突の煙の尾を引きながら、地球の蒸し暑い帯状地帯ぞいに彼を運んでいったときに、港々から送りつけたあの絵葉書以外打つ手がなかったわけだが、それらの絵葉書はつぎつぎに（暴力と尊厳と弱肉強食の世界からの証言みたいに、入れ替わったり、混じりあったりしながら）雨と霧との国からそっくりそのまま運ばれ、石も一個ずつ（草の葉も一本ずつ）砂漠やジャングルのまん中に再建された（移植された）長老派教会や緑なす芝生や銀行の映像とか、先史時代からまっすぐ出てきたみたいに無愛想で、半裸で、ぼろをまとい、屈辱に耐え、皮膚が日に焼け、他愛ない弓や矢をもった毛むくじゃらの人間たちの映像を届けてきて、それを受けとると彼女は、リムザン地方[五一]の民俗衣裳の百姓女たちや、シャンボールとかポルニシェ[五二]の眺望を見るときとおなじあの謎めいて、みたところ無関心そうな目つきでじっと見つめたもので、彼女はあいかわらず落ちつきはらい、にこやかに、泰然自若

として（それでもある時、ふたりのあいだには、散歩道でのただの出会い、ただの視線のやりとり、ただの月並みな挨拶以上のなにかが、間違いなく起こり、取り交わされ、言われたはずで――そのなにかのおかげで、彼はありきたりの礼儀正しい表現のかわりに、簡潔で雄弁な署名だけしか書かなくなったのであるが）、召使がもってきたお盆の上に、薄緑色だかピンクだかの切手を貼ったその長方形を見ても、はっとするでもなしにそれに一瞥を投げ、ほとんどすぐに彼女と向かいあって朝食のテーブルについている老女に手渡して、ただこう言うだけで（はじめの頃のは緑豊かな国から来た滝や岩や古い家屋の絵葉書で――ついでマルセイユからで――ついでつぎつぎとポートサイド、スエズ、アデン、コロンボから来て）……というわけで最初はただ「……の結婚式の付添いだったあの中尉からよ」とだけ言い、ついで「……中尉からよ」とこの時は姓をはっきり言い、ついで姓に下の名前をつけたし、ついで中尉を省き、ついでもはや下の名前しか言わなくなったので、老女も最初はうわの空で聞いていたが、ついでいぶかしみ、ついで心配になって、もしかしたら「とうとう！　とうとう！」と考え、それでもある日、どれもこれもおなじ日付（12/7/08）で、《海峡植民地》という銘の下に翡翠《ひすい》色のシュロの木で縁どられ、おなじ禿げて顎鬚をはやし王冠をかぶった横顔が印刷された切手を貼った葉書がなだれこんだのを見て狼狽し、心ならずもその数をかぞえ（正確には十九枚あって――きっと同じ日のちがった時間に町のちがった箇所で投函されたにちがいなく、じっさいおなじ船に乗らなかったので、回をわけて二束になって届いたのだが、最初のは《シンガポール、ポート・ケイ――シンガポール、クラブと郵便局――シンガポール、カレッジ・ケイ――シ

ンガポール、長老派教会――シンガポール、グループ・オヴ・ボイヤニーズ――シンガポール、植物園――シンガポール、バタリー・ロード――シンガポール、インディアン・ジャグラーズ――シンガポール、植物園（別の眺望）――シンガポール、ラッフルズ広場――シンガポール、セント・アンドルース大聖堂――シンガポール、マリー・ウイメン――シンガポール、香港上海銀行とあり、ついでシンガポール、植物園（さらに別の眺望）――シンガポール、チャイニーズ・テンプル――シンガポール、街頭風景――シンガポール、タンユン・カトン――シンガポール、グループ・オヴ・サケイズ――シンガポール、セント・ジェイムズとあって）ついで（老女が）ぎょっとするのをおさえ、震えあがったとまでは言えなくとも、（娘が手をつくして心の用意をさせようとしたにもかかわらず）なおいっそう脅えたのは列車のなかで一夜をすごして、彼女たちふたりが（最初の出会いからおよそ二年後だったが）ちいさな駅のホームにおりたったときで、密猟監視人みたいな編上長靴にズボンの裾を押しこんだ、優雅さに欠けた服を着て、それまで老女が軍服と切り離せないと考えていた（つまり、装飾的いでたちという、その上にのっているのがどんな顔であれ、とどのつまりはサロンの飾りとなりうるような気のおけない外観によって、保証された）四角い顎鬚と尖ったカイゼル髭の男が彼女たちを待っていたのだが、その思いがけない人物が自分で彼女たちの荷物をつかんで借りてきた馬車まで運び、黴《かび》臭い細長い木の箱にすぎないその馬車はエナメル革の鍔つき帽をかぶり、山岳地帯のふしぎな訛《なまり》のあるしゃべり方の御者に操られて、がたりと揺れ、一頭の駄馬に引かれて水たまり道をがたびし走り（彼女は雨と、針金ぞいに葡萄が植えられた丘々と、石灰岩の断崖絶壁

が見える山々の国の思い出を、あとあとまで忘れずにいたはずで）、痩せ馬は細長い通りの坂がはじまると並み足にもどり、そのあいだ馬の毛のベンチに坐って、敷石の上をがたがた揺られながらも、彼女（老女）は窓枠のなかでガラスがたてるすさまじい騒音ごしに、急傾斜の屋根に守られた冷ややかな家々が過ぎてゆくのを眺め、その屋根の上にここかしこで、枝が水をふくんで重くなり、雫《しずく》をたらしているモミの木の梢《こずえ》が、黒く、しっぽりと濡れてあらわれるのだったが、馬車（箱）がようやく止まり、御者がおまえ呼ばわりしている密猟監視人の装束の男が、彼女たちがおりるのを助け、ふたたびトランクを引き受け、歩道を横断して（彼のほうがつよく主張し、そんな会見についてたしかに不安はあったものの、頑固にこの旅行、この訪問にこだわったので）、四十代はとうに越えてたふたりの女が控えている戸口に向かったのだったが、角ばって、正確にはきびしいというのではないが擦りきれた、男みたいな顔をし、手も角ばっているそのふたりは、あきらかにふだん着る習慣のないような服を着ており（つまりそれは（服は）、いかにもま新しく、糊でもきかせたみたいにごわごわしていたので、着るというよりは体をくるんで運んでいるみたいで）一瞬、ふたりの物腰や緊張ぶりやそんな顔を見て、老女は召使と勘ちがいし、そのうちにやっと姉たちだと悟って、そこでまるで夢のなかでみたいにたこだらけの手と握手し、ぶつぶつなにか言ったが、その顔にはあのパニックの、目も虚ろで茫然となった驚愕の表情が、それまでにもまして深くきざまれたのであって、まさにこのふたりの女、この連中こそ、彼女にはおそらく二つの社会階級のみならず、二つのちがった人種をへだてる水準と、彼女がずっとみなしてきた（みなすことに慣らされてきた）

ものより下とみえたのだった。実際、彼（いまは森番みたいな恰好をした髭面の男）は彼女たちになにもかも、手にあかぎれを切らした二人の老嬢だけでなく、壁のくぼみのベッドに生きたまま保存されたミイラみたいな老婆、やっとのことで家屋の骸骨だけというのではなくなりはじめた家ばかりでなく、集落に残って、ウサギのための草を積んだがたびしの乳母車を押して道を行き来し、鶏にやるのと似た黄色っぽい粥みたいなものを食べて暮らしている、半分目の見えなくなった年老いた伯母まで、全部見せることにこだわったのだった。そしてこの後さらに二年たち、そのあいだ（もしかしたらそれが彼女（老女）が承諾にあたってつけた条件——か、彼自身が自分に課した条件か）彼は三本目の階級章をもらえるのを待ち、それがあれば白人の女が月の三十日のうち二十五日汗水垂らすこともいらず、息子を生ませるために彼が選んだ女性を破産の心配なしに連れていける国に配属してもらえるというので、絵葉書もそこで間遠になり（といってもいままではふたりは手紙もやりとりしたらしく、何通かには下の名前だけのサインの下に、《手紙つづく》と記されていて）シナの奥地からきて、それは水牛が水浴びしている小川の上に、文明が鉄骨だけの橋をかけ、ほかに五十軒ほどの家と、何棟かの藁小屋のわきに地面にじかに建てた兵舎があり、背景の丘々の上にひときわ高く、いちばん高い山が円錐形に聳《そび》えている土地で、文面には「マオ＝ソン[五三]はぼくが横に×印をつけた、右手後方のいちばん大きい山です。草々」とあり、そしてやっと（四年間が経過し、結婚式が挙行され、彼は金の総《ふさ》のついた重い肩章が見える軍服を着、彼女は総レースのドレスを着て、彼女自身があれほどたびたび家族や自分の娘時代の映像をフィルムにおさめたあのヴェランダで写真

じっとりと汗ばんで、軽やかな麻布ごしに筋肉を感じることのできるあの腕にふたたびもたれて、彼女がまだ内側と外側とを区別できるとしたらの話だが、日傘をかざしながら、まだ息をはずませ打ちよせ、彼女の肉体の境界内でさえとまらず、さらに外側へと波及したのであって、といっても楽に対すること、一杯のアルコールがアーモンドシロップに対するようななにかが、荒波となってまれ、その中心にあるのは彼女の下腹部だったが、そこからこれまで彼女が味わったことのある快欲さでめくるめく大渦潮《マエルストローム》とでもいったもののなかに投げだされ、というかむしろ発射され、突っこともなかったろう彼女が、いきなりお行儀のいい植物的な生活から拉致《らち》され、三十女ならではの貪らなかった彼女、おそらくはどんな男もまだ唇に接吻したことも、それどころかかすかに触ったこ奮や異国趣味に関していえば、シャンティイのパドックや闘牛の試合やオペラ座の夜の公演しか知まで一度もバルセロナ、パリ、あるいはボルドーよりそれほど遠くへ行ったことがなく、離郷や興んでていて）……というわけでやっと、今度は彼女が絵葉書を送るようになったのだったが、それみ、悠々とした磁器の目で、彼をとりまく燕尾服に白ネクタイの親戚や友人たちから頭ひとつ抜きれはじめた顔にそれまで忍んできたさまざまな風土の痕跡をとどめていて、きちんと顎髯を刈りこきしめる権利を手に入れたその腕にもたれかかり、彼のほうはひときわ背が高く、頑健で、すりきてっとたるんで、光り輝くようで、というかむしろ失神しそうで、いまはみんなの見ている前で抱あの美しいつぶらな目も、いまではすこし玉状になって飛びだし、顎がぼてっとたるみ、上体もぼを撮ったものだが、ふたりとも出会ってから四つ年をとり、あれほどたくさん下手な詩を書かせた

ぐったりして（というかむしろ満たされ、堪能し、自失して）彼女はタラップをおり、寄港地をぶらつき（というかむしろ、まるでまともでない夢遊病的な状態にいるみたいに、ふわふわ漂い）マーケットの陳列台や現地人の市場をぬって歩き、終わりのないオルガスムのなかでみたいに、港や町やピラミッドやラクダやぼろをまとった野蛮な群衆を眺めては、老女に「……これがあたしたちとおなじ人類なのかとふしぎなくらいだわ、あたしたちは今朝六時に上陸して、いま九時、アドゥール号は十時に出帆するのよ、いまキャフェで冷たいもの飲んでいるところよ。ではまた」と書いてよこしたものだが、絵葉書は三人の黒人、というより三体の骸骨（というか添え木、というか案山子《かかし》）、植物界と人間界の中間にある三つの雑種的なものをあらわしていて、つまり植物界に属するものと人間界に属するものとをあまりはっきり区別できず、どこで前者と後者が分かれるかもわからず、というか干からびた木切れみたいな手足とそれを半分しかおおっていないだらんと垂れた繊維とをどこで区別していいのかわからず、そのぼろの下から風船みたいにふくらんだ腹部、飛びだした、円錐形をした臍《へそ》、飛びだした肋骨が覗き（なかの一人は片手で生殖器をかくし――それともささえ？――）、三体の添え木みたいな体の上には、頭を丸刈りにした顔がのっていて、コーヒー豆みたいな目をなかば閉じ、大きな唇がソーセージみたいにむくみ、そのうちの一人のむこうずねには口がはじけた細長い傷が開いたままになっており、まるで木の幹につけた切り傷が閉じないでそのまま乾いたみたいで、というかさらには聖人とか殉教者の彫像の手足にあけて、ガラスの奥に骨の断片が見えるあの覗き窓を思わせ、《ビュロガス》〔五四〕――ピンクの切手にはあいかわらずおきまりの

頭が禿げ、王冠をかぶった横顔が描かれていたが、今度はその上に《インド国税庁》という表記があり、それからすこしたって（あいかわらずおなじ茫然自失、怠惰な飽食状態のなかにあったようだが）別の絵葉書の表に書いてきたのは（今度は何人もの男が、やはりおなじくらい色が黒く、おなじくらい骸骨じみて、上の門歯が死人の顔とかネズミなどの齧歯類《げっしるい》みたいに飛びだしており、髪がちぢれてふくらみ、聖書をしのばせる、肩でとめた長衣《ペプラム》とでもいった経帷子《きょうかたびら》みたいな衣に身をつつみ、これまた骸骨みたいな何頭かのヒツジを追い立てている。《ソマリー人たち》〔五五〕「たいしてつけ加えることはないわ、詳しいことは……」（と、いっさいの努力にたいする根本的な無能力のせいで、いまは彼女が――三十年間家長と老女に押しつけてきたのと同様――面倒とか責任とかにつながるすべてを押しつけている男の名があって）「が昨日書いたとおりです。あたしはただ……」――というのもそんなこと、彼女自身の母親との関係ですら、いまでは彼女は彼に頼っていて、自分はオルガスム的で生暖かい至福の大海に漂いつづけていたからで、彼のほうは寸のつまった、鮮明で、放ち書きの、命令とか指令とかを書く書体で、何頁にもわたって綿密に、老女を満足させ、安心させるような細々したことを書きつらねていて、たとえば家のなかの各部屋の位置と配置とか、召使の数とか、その性質、気候についての情報、日中と夜間の温度差、水の成分、その地方の衛生状態といったことを（そして子供が生まれると、母乳の質とか乳母――かすくなくとも子供に専属の下女を雇えるかどうかとか）、いわば階級上の上官あてにキャンプとか、奥地の駐屯地、ないしは宿舎とかの設営に関して報告するみたいに報告してくるのであって、もしかしたら最後に《あなたの息子》と

か《あなたの息子から尊敬をこめて》とか、《心からの尊敬をこめて》、あるいはほかのそういった結びの文句があるので、老女もしだいしだいに、雨に濡れたちいさな寂れた駅のホームに立っていた密猟監視人のイメージを忘れて、いつとはなしに、彼女がもしかしたらもちたいと願ったかもしれない息子の装飾的で（軍服、肩章など）いとしいイメージにすり替え、もしかしたらほかの婿たちをさしおいてさえ、ほとんど可能と思わなくなっていたあの結婚のために彼を贔屓目《ひいきめ》で見るようになって、まるでおそく生まれた、予期しなかった末息子みたいに彼を受け入れ、身内扱いし、従兄弟たちや陽気な友人たちの一団もやはり、彼女にたいする愛情のためばかりでなく（もしかしたら難攻不落のこの無気力の砦を攻めおとした男へのある種の好奇心、ある種の畏敬、ある種の讃嘆にかられてか）たとえばユダヤ系トルコ人やビヤホールのへぼヴァイオリン弾きみたいに、およそ欄外的でエキセントリックに見える一切のものにたいする、暇で金ぴかの若者たちのあの無条件の熱狂をもって、やはり彼を受け入れたのであって、容易には近づけない、無精なサルタンの妃《きさき》を誘惑した男というこの役柄なら、おなじように彼らはトゥールーズ生まれのバリトン歌手だろうとポーランドの伯爵だろうと熱狂的に受け入れはしたろうが、おまけにいまの地位を家柄や財産やなにかの偶然、幸運のおかげで獲得したのではないとなると、きっと彼らの目には、そんな男はとくべつ驚異的で魅力ある珍種と映ったにちがいなく、彼らのなかでただひとり軍服（それも彼らの社会で唯一考えられる軍服、つまり騎兵の軍服）を着ていた男にしても、金モールを手に入れたのはもっぱら父親の上院議員の強力なコネのおかげで、いくぶん太ったこの青年にとっては（無為と肥満と

いうおなじ傾向を従妹と共有していたので）だれの目から見ても、サン＝シール士官学校の入試は明白に越えがたい障壁を意味していたから、妙な言い方だが、最後には彼はむりやり志願入隊させられ、といってもいっさい努力というものが嫌いだったので、人がかわりに決めてくれたことにも反対などできなかったのだが、ついでただの騎兵卒から龍騎兵中尉の身分まで（あいかわらずむりやりに、これでもかこれでもかという晩餐や、葉巻の贈り物や、ありとあらゆる将軍や大臣への手紙のおかげで）ひきずり上げられ、その後形ばかりのソミュール〔五六〕生活があって、そこでも彼はあいかわらず受け身の姿勢で、ちょうど歯医者の待合室で坐っているあの子供たちみたいに、じっと待っていただけで（ただ違うのは、彼は馬の背に坐っていて、縁のめくれた雑誌をぱらぱらめくるかわりに、朋輩たちにシャンペンを奢《おご》っていたということで）、そのあいだに父親の全能の権力が議会筋をとおして、伍長の飾り紐を軍曹のそれに、ついで士官候補生、ついで少尉のそれに替えさせるよう働きかけたのだが、当人はそれらが軍服の袖につぎつぎにつけ替えられるのも、シャンペンの瓶や高級売春宿の住み込み女たちに払う金と同様、無関心な目でながめ、怠けぐせが（彼が従妹に、韻をふんだ甘い言葉かなにかを一度も捧げたことのない珍しい男のひとりだったのも、きっと怠けぐせからだったにちがいなく、もしかしら気がきかなかったために、署名なしで、パンティと黒のストッキングだけの小生意気な女が煙の輪を吐いている絵葉書を送ったのも彼かもしれず）彼に、そんな売春宿でも、若い種馬としての彼の難問にいちばん疲れない解決法を見つけさせたのであって、平然として刺子のはいった壁際の席かなにかに坐り、女家庭教師に育てられたいくぶん太った子供の

おなじ平然とした態度で、膝の上に腰かけた女たちが笑いながら、彼の上着の襟ホックをはずし、ついで金ばりの真鍮のボタンをつぎからつぎへとはじきとばし、ついにはさらさらした下着のなかから、透きとおった皮膚に青い縞目がはしった、彼自身の体から出たあの茎を取りだすのにまかせたもので、怒張してピンク色になったその新芽みたいなものに、彼はおなじ平然として受け身の感嘆、罪のない満足の表情をもって見いり、クッションを背にそりかえって、繊細なブロンドの口髭をシャンペンで湿しながら、嬌声にかこまれ、手だれの舌かなにかにもてあそばれてそれがますます膨らみ、ついに飲みこまれて見えなくなるのを眺め、そのあいだ空いたほうの手はゆっくりと上下する褐色とか、ブロンドとか、赤茶けた髪の毛の渦のなかでいくらか痙攣したのであったが、のちになってもそのおなじもろい新芽、おなじ器官と金紙で首をつつんだおなじファロス的なかたちの儀礼的な瓶は（まるで彼にとっては、そのどちらもが彼の信条とする男らしさの美質を、後者（シャンペンの瓶）はあらゆる儀式に不可欠の小道具として、前者は勃起しているにしろぐんにゃりしているにしろ、それの状態と放出される液体の性質で、相補的に具現しているかのように対になっていて、こちらがぐんにゃりしている時には、普通便所のつやつやした壁面に映るあのおぞましい仕草で侮蔑的に露出されるのだが）……そんなわけでおなじ器官、といっても萎縮し、縮こまったものが、指がしびれ、凍えた彼の手袋をぬいだ手で、洒落た乗馬ズボンからやっとのことで引っぱりだされ、他方顔はおなじ底知れない平然とした表情、おなじ動物的で幼い満足を見せているのだが、布と木の機体から体の四分の三がはみだし、片手で緊張線だかなにか、あるいは翼の縦通材かなにか

かにしがみつき、胸に双眼鏡を垂らして、彼は金色の雫《しずく》の数珠《じゅず》がプロペラの風に運ばれ、散らばり、爆発のあとの黒雲のかたまりのなかに消えてゆくのを眺めたもので、夜になって彼の最初の出撃、彼のたてた手柄を（果敢さの行為というより落ちつきはらった憤怒の行為だが）一本というかむしろ何本かの秘儀的な瓶を前にして祝うことになり（彼が前もって、《自分が帰還しなくても飲むこと》と但し書きをつけて、一ケース冷やさせておいたのであって）、ただちがうのは、金紙でくるんだ首が、爪が四角く黒い整備士の持ってきた農家のバケツから出ていて、彼もビロードの壁際の席にふんわり仰向けになっているのではなく、いまは木のベンチ（よくいって藁の出ている椅子）に腰かけ、荒けずりのテーブルに向かっているということだけで、ふたたび湿して露のついたブロンドの繊細な口髭の上で、蠟燭のほの明かりがきらめき、片眼鏡がふたたび目にはめこまれ、食い道楽めいた唇がふたたび、漠とした満足と多幸感とのおなじ微笑で横に引き裂かれるのだが、ただ操縦士の話に答える陽気な騒ぎや甲高い爆笑のなかでも、彼の眼差し、犬みたいな、というかむしろゾウアザラシみたいな彼の目は、もはやどんな手だれの舌、どんなに香水の匂う器用な手でも消すことのできないなにかの膜がかかっていて、まるでこの煙のたちこめる将校食堂に、現にいると同時にいないとでもいうふうで、例の古い椅子か、もしかしたら逆さにした箱かに腰かけ、拍車のなくなった長靴をはき、まだかわりを見つける暇のなかったオーダーメイドの乗馬ズボン、龍騎兵の上着をつけて、ゾウみたいに肥満していて、そこまで来たというのもまたしても上院議員の推薦のおかげで、ただ（短期の賜暇のあいだに、彼は喪服をまとった父親と短い会見しかできなかったが、

その結果老いさらばえた議員はふたたび必要な手紙を書いてくれたのだが）……というわけで、ただ、今度は彼の上着の袖を飾る飾り紐にもう一本つけたすためではなくて、当時騎兵とか砲兵とか歩兵とかの古い制服の上にホックで留められたような翼のついた記章をつけるためで、その着用はほぼ死への片道便に匹敵していたのだった。あたかもなにか、それまで娼家の常連だった平然としたでぶの青年のうちにだれも想像しなかったもの、要するに、もしかしたらやはり彼の体のあの勃起する部分、いわば万能の用途や機能をもったあの器官に（憎しみや嫌悪も体の機能のひとつとみなすことが許されればだが）本拠をもつなにかが父親に向かって、一通ないしは何通かの強力このうえない手紙の文面を指示させたのかもしれず、さらにもうすこし後で、あの絵葉書を買わせたのであり、といってもあの頃商魂がさかんに製造していた、着色刷りの、愛国的で、センチメンタルな絵葉書ではなくて、いわんや好みによって選ばれたというほどでもなく――美女という点では、曖昧宿で見つかる美女で十分彼の必要には事足りたから――彼女がしょっちゅう受けとっていると彼が知っていた種類の絵葉書だったからで――あるいはさらに言えば、もっと単純に、彼が偵察兵という新しい任務を（操縦士となるにはすでに年とりすぎていたから）まなんでいた訓練所がその地方にあったからで、半壊した大聖堂の有名な天使の微笑のセピア色の複製で、その表に彼は従妹の名前と宛名を書き、左側の通信にあてた部分には、簡単に「ぼくが仇《かたき》をとります。あなたに抱擁を」とだけ書いて、署名を添えたのだった。というのも、最終的に死が彼を相手にしなかったといってもに（彼の操縦士がどうにかこうにか、砲弾の痕だらけの畑のなかに、凧みたいな、というかさらに言えば

真鍮の針金と目のつんだ金巾《かなきん》だけででっちあげたトンボとしか見えないものを着陸させることに成功したからで、それに乗って（とうてい《中に《ダン》》とは言えなかったが）彼は毎日双眼鏡とピストルだけ携帯し、榴散弾の炸裂するなかをぶらぶら飛んでまわったのだが――その上ドイツの野戦憲兵隊《フェルト・ジャンダルムリー》のパトロールが来る前に、そいつにうまく火をつけることができたからで）……死が彼を相手にしなかったといっても（運命のいたずらとでもいうのだろうか、彼が死ぬのは――というかむしろゆっくりと末期にむかい、ゆっくりと喉をつまらせるのは――その後二十年たって、ひとりぼっちで、ますますゾウアザラシみたいに太り、ますます象肌になってからで、洒落たスカーフが彼の首を膨らませている途方もない水腫をおおい、咆哮みたいな咳の発作に体を揺さぶられて、小さな町のまん中のモクレンにかこまれた先祖代々の家でその肉体的衰えを隠していたが、町の人々は彼が祖父と同様薄灰色のソフトをかぶり、きっと帝政時代の巨人的な将軍から遺伝したにちがいないその肥満体にあわせて、名人仕立屋が仕立てた三つ揃いを着用し、象牙の把手のついたステッキを颯爽とあやつりながら行き来するのをみかけたもので、死の直前までティールームやケーキ屋に出没しては、店の奥で思いやりのあるウェイトレス（か年取った女主人）がひざまずき、言うなれば彼の生涯の基軸をなしてきた例のファロス的器官に、金銭ずくで口腔だけの敬意を表明するのだったが、それにたいして彼は大型の安楽椅子にへたりこみ、片手でスカートの下をなでまわしながら、ちびりちびりと痛めつけられた喉にポルトを流しこんでは、苦しげにクリームケーキを嚥下《えんか》しようと努力したもので）……というわけで、死が彼を相手にしなかったといっても、出征した一家

の三人のうち二人が、それも一月と間《ま》をおかずにすでに戦死しており、最初のは八月の天気のいい日だったが、ほどなくそれにつづいて、もう一発の弾丸《たま》が代議士＝詩人の頸動脈を貫いたのであって、といっても実のところ、数年前からすでに、彼は代議士ではなく、再選されなかったのだが（つまるところ、そのための何ひとつせず、請願者たちの手紙をデスクの周囲に積みあがるまま放っておき、公共の集会では彼にかわってしゃべってくれる上院議員に拍手するだけで）、取りもどした自由をつかって詩を書き、モン・ブランに登り、ニューヨークを訪ね、マジョルカ島〔五七〕で冬をすごし、水彩画をかくなどして、あちらこちらから絵葉書を送りつづけてきたが、その裏面では彼の弟で、例の内気な軍人的簡潔さとシャンペンの瓶がつきもののでぶの青年とは反対に、彼はつとめて（もしかしたら気まぐれな娘が彼に、毎朝手紙で笑わせるよう求めた――彼を挑発した――頃の名残りかもしれず、あるいは別種の照れのせいかもしれなかったが）すでに彼らみんなをおおっていた不安の影の下にあってもなお、モンマルトルのえせ画学生や愛すべき良家の息子たちの一団がこのんだ例の無頓着な軽薄さの調子を維持しようとして、たとえば兵舎の前で番兵と何人かの子供たちがカメラにむかって愛想よくポーズしている葉書の裏面には、「マニャック＝ラヴァル〔五八〕、一九一二年四月十八日――大尉殿、小生はこの裏面に素晴らしい外容をご覧に入れる小生の連隊に復帰したいという、止むに止まれぬ願望に駆られて再度准尉《じゅんい》として志願したことを、ここにつつしんでご報告いたします。どうやら戦争になりそうで、軍旗のために死ぬチャンスが来そうですね。尊敬を。献身を。C……准尉」などと書いてよこしたもので、その葉書をさっと読み、陽気な（陽気すぎる？）哄笑

とともに、テーブルごしに差しだした、日焼けした顔に四角い顎髯をはやした男の、まぶしいくらい白い麻の上着の肩には金色の肩章がついていたが、彼の向かい側にいる彼女はいまは毎日、若い黒人娘が給仕する朝食をとっており、その娘に糊のきいたエプロンを着せると同時に、いまでも毎朝判で捺したように飲みつづけている、あのスペイン風の濃いココアの作り方も教え、同様に熱帯の太陽の下では電気スタンドみたいな形の、あるいは花の展覧会みたいな帽子をかぶり、首をめりこませるみたいな堅苦しい高襟をつけていて、まだ朝のうちなのに食堂の鎧戸はすでに閉め、まるで外から押し寄せてくるなにか緊密で、がっちりして、白熱したものがはいりこむのを防ぎ、堰《せ》きとめ、喰いとめようとでもするみたいで、それでもブラインドの板の隙間から、圧延《あつえん》された、ぴんと張った金属板みたいにそれは滑りこんできて、そこでゆっくりと、触知できないほどちいさい光の粒子が渦巻いていたりしたもので、写真の裏面には老女向けの説明があるのだが（「……一階には食堂の窓、それからテラスをかこむ手すり、そのもっと左に小サロンの閉じた窓があって、そこでこれを書いているのですけれど、それから……」）、その写真自体光に喰い荒らされ、脱色し、ぼけて、一様な硫黄かサフランの色になっていて、まるで仮借のない埃の積みかさなり、埃っぽい黄色の時の厚みが家や、ちらりと見える庭の一部やテラスを埋めてしまったみたいで、そのテラスの煉瓦の手すりにもたれて、彼女はいまは白い麻の上着が庭を横ぎり、竹藪のむこうを通って、尖ってかわいたちいさな葉の影で切りきざまれて、そして消えてゆくのを目で追っていて——あいかわらず葉書を手にしたまま、その顔は突然物思いに沈み、張りつめ、かすかに揺れる葉群のそよぎが、

一瞬紙みたいな音を立て、ひくつき、ついでまたもとの不動の状態にもどるのが聞きとれた。

あるいは、そうでないかもしれない。もしかしたらあの嗜眠《しみん》状態、生暖かい涅槃《ニルヴァーナ》の境地とでもいったもの、あの植物が花や葉を開いてゆくオルガスム的状態、あのどことなく伝説的な、言うなればもう一方の世界とは離れたところにあって、武器の音や戦争のどよめきも鈍い、はるかな、信じにくい音としてしか届かないような世界のなかで、傷つくことも知らず、危険の圏外で漂いつづけていたのかもしれない。のちになって、彼女の話したところによれば、あちらでは、ヨーロッパで犬や猫を飼うように、庭に王蛇《ボア》*を飼う習慣があって、それは（王蛇《ボア》*が）ネズミを駆除する最良の手段だからだが、彼女はまずは本能的な嫌悪から、ついですこしずつ王蛇《ボア》*を見ることに慣れてからも、子供のために、怖くてとても飼う気になれなかったという。雨期のあいだは毎日規則正しく雨がやってきて（彼女の話では、毎日五時きっかりに降るので、その十五分前までテニスすることができ——というのもそこでも、彼女はテニスをした、というかすくなくとも彼女が保存していた写真には、ラケットを片手に、あいかわらず例の押しつぶされそうな帽子をかぶって、おきまりの地面を掃くようなスカート姿の彼女が、なおも写っていたからで、黙って遠くから、そんな彼女とスポーツマン装束の男性パートナーたちを観察している、白い衣をまとい、黒檀みたいな無表情な顔をした人影のじっと動かない列が見え——それを過ぎるとやっと帰宅し屋根の下にはいるかいなかに、密度の濃い豪雨が通りを激流に、庭を池に変えてしまうのであって）、それにたそがれも短く、一挙に夜が昼にとってかわり、それと彼女が黒人のポーターの足並みにあわせてゆらりゆらり揺れ

ながら運ばれた駕籠《かご》とか、飼いならされた王蛇《ボア》とか、総督邸での晩餐の豪勢な献立とかが、ほぼ彼女が記憶にとどめたすべて、というかむしろ外側の世界から、あの至福の防禦的な厚みごしに彼女のところまで届いたすべてをなしていたようで、彼女はそんな至福のふところで、重さもなく、言うなれば胎児の状態とでもいったもののなかで浮遊していたのであって、彼女自身まもなく腹の生暖かい闇のなかに胚の段階の、というかむしろ原初的な段階の生命を宿すことになる。あたかも(日曜ごとに彼女は、あいかわらず、カトリック布教団《ミッション》の教会に出かけ、彼女のいかめしい高襟の上にガーネットの十字架をかけ、祈禱の文句を機械的にとなえ、黄色い表紙の小説類を読みつづけたけれども)野性的な顎鬚をはやした男のかたわらで、ひとしく飼いならされた蛇や未開人たちにかこまれて、めくるめく勢いで時間をさかのぼり、原始的なエデンの園、原始的な自然状態のなかに運ばれたとでもいうふうで、従卒のほかに彼女はこの未開人を三名、男二人と女一人雇っていて、彼女が愛犬の背に片手をおき、にこやかに籐の肘掛椅子に坐っている背後に突ったっているときなど、彼らの黒い顔が柱廊の暗がりにほのかに光ったもので、まるで撮影者が不動、均衡のあのはかない一瞬をキャッチしたみたいで、空中ぶらんこ乗りはそんな瞬間、ふたたび重力の法則にくわえこまれる前に軌道の頂点に達して、いわば無重力状態にはいり、物質としての制約から解放され、目がくらむ一時《いっとき》、自分は決して落ちないはずだ、虚無と暗黒の上で、そんなふうにスポットの眩しい光を浴びて永久に宙づりになったままでいるだろうと思ったりする。そしてもしかしたら彼女もそう信じ、そう信じること、そう自分に説得することに成功したのかもしれず、あるいはもしかし

たら彼のほうが、彼女になおもそう信じさせることに成功したのであるが、その時にはすでに軌道のカーブはぐらりと変わり、ついでたわみはじめ、ついで思いっきり落下して、上昇のときに支配したのとおなじめくるめくような速度で下へと彼女を突きおとしたのであって、それでもなおしばらくのあいだはすべてが、なにも変わりなどしなかったかのようにつづき、すなわち、子供を抱いた黒人女に付きそわれて、彼女が彼らをフランスに連れもどす船の遊歩甲板上を、スカートの裾で掃いていたときも、おなじ服装、レースをはめこんだおなじドレス、いまではちいさなヴェールを顎の下で結んだおなじ帽子を身にまとっていて、おなじトビウオ、船長との食卓でのおなじ月なみな甘い言葉、寄港地で青銅貨を拾うために海に飛びこむおなじ黒人の子供たち、彼女のかたわらにはおなじ心やすまる微笑があり、船ももしかしたらその四年前、いまは反対方向に走っているおなじ洋上を、彼女を運んだ喫水《きっすい》の深い、甲板が布テントで保護されたおなじ長距離客船かもしれず、女子供を乗せたこれが最後の航海のひとつになるかもしれないその船は、魚雷にやられるまでは、以後四年間の長期にわたって、中甲板《アントルポン》に大砲なんかとまぜこぜに、まるで家畜みたいに詰めこんだ、これから死ににゆく男たちしか運ばなくなるのだが、ほどなくふたつの野性的な大陸の焼けた岸と岸のあいだに〔五九〕滑りこみ、そこを出るとあの海、というかむしろ陸地にかこまれた湖、沼、アルファベットや数字や縦溝装飾の円柱や大理石などを生みだしたあの液体状母胎にふたたび巡りあい、同時に暑さもすこしずつやわらぎ、遠くに見える島々や岬や海峡や山々の名前もへんてこな、あるいは野蛮な響きでなくなり、船室ではすでにトランクの底に麻服や薄すぎるドレスをしまっていて、朝ごと

にさわやかさが増し、甲板に出るにはスカーフ、ショールが必要となり、もしかしたら彼らはその甲板を一緒に散歩し、ゆっくりとした足どりで歩いたり、立ちどまったりし、もしかしたら並んで手すりに肘をついて、舳先《へさき》の下で燐光をはなつ泡がわきあがり、彼らの真下を流れ去る音、エンジンの鈍い震動音、やはり流れ去りつつある時の音に聞きいったのかもしれず、そのあいだにも一日ごとに、一時間ごとに、スクリューの一回転ごとに、彼女が漠然と、まだ危険の圏外にあると感じることができたあの水のひろがりは狭まっていって、あるいはもしかしたらひそひそと、すくなくとも彼がささやき、彼女のほうは港で買った大きな見出し入りの新聞を両手でこねていたかもしれず、無関心な星屑の下でマストの先端がゆっくりと揺れ、彼はいっそうかがみこんで、彼女に彼の痩せた、というかやつれた、燃えるような顔を近づけ、いまは短く刈りこんでいる顎髯が病人の生やす無精髭みたいに頬をえぐっていて、磁器みたいに透きとおった眼差しもすでにうつろで、まるで彼の言葉の否認みたいで、時にあかあかと燃える火花の束がいくつか頭上の煙突から飛びだし、狂ったみたいに旋回し、渦巻型の黒い煙に運ばれて消えてゆき、依然としてエンジンの仮借のないにぶい震動、じっと動かない冷たい星座、きっと彼女の聞いていない燃えるような虚しいささやきがつづき、同様に彼女は新聞をこねつづける自分の手の神経質な動きも自覚していず、きっとそれをつかんでいることすら知らずに、正面の闇のなかで動きやめないつやつやした海面にたわむれるかすかな反射に見いっているのであって、はりつめ、こわばり、夜のなかで青みがかったおぼろなその横顔は大理石さながら、目はかわき、固定していて、彼女は返事さえせず、「あなたのみたいな連隊が！

彼女は水のひろがりが、いまは動かなくなった長距離客船の舷側《げんそく》と埠頭をへだてる三角形をつくっそれと同時にそこから淀んだもの、泥の臭いが立ちのぼる。彼女は甲板の震えがとまるのを感じる。がたがた震えるのを感じることができる。攪拌《かくはん》された水が大きな泡だちとなって浮上するのが見え、よゆっくりと横に流れてゆく。彼女はベルが鳴るのを聞き、船の肋材がスクリューの推力を受けてぼんやりとした重なりしか見えない。彼女のまわりでは、家々や埠頭やクレーンが、いまはいよいはいらない。彼女には明るい色やくすんだ色など、さまざまな色の粒子がくっついて揺れている、

群衆が税関の鉄柵ぞいにひしめき、いくつもの手がハンカチを振っている。彼女には群衆は目に灰色の岩のつらなり、崖っぷちの道路、何台かの自動車、家々、突堤が見えてくる。

増し、いやおうなしに動かなくなり、近づき、右手に灯台が見え、おだやかな泡がその足もとを洗い、の革ベルトのバックルも締められ、水平線上の陸地の細い線もすこしずつ、いやおうなしに太さをいよ最後の日、最後の時刻が来て、いまは船室のなかでトランクの紐がかけられ、規定の荷物ケースますますあやふやな、他愛のないものになってゆきつつあるのが感じとれるかのようで、ついでいよるで彼女にも水のひろがりが《あら皮》〔一〇〕さながらに縮まり、収縮し、ますます面積がちいさくなり、り、雨となって降りかかり、泡がめまぐるしく走りさり、よじれて、消えていって、またはじまり、まうなるんだと……」と考え、海水のかたまりは依然として規則的に舳先で砕け、破裂し、舞いあがだと思っていたわ、わかっていたわ、最初からわかっていたわ、最初からあたしが結婚する相手はそあたしにわからないとでも思っているの、あたしが……」とさえ言わず、黙りこくり、「そんなこと

ているのを見つめる。彼女は船尾から重りのついたロープが投げられ、すばやくくくりつけられた繋留用大索がたるみ、水中にもぐり、ついでまた現われ、ずぶ濡れで、縁どりの水滴を日にきらめかせながら、電動カブスタンのエンジンのぶんぶん唸る音につれ、すこしずつぴんと張ってくるのを見ることができる。ゆっくりと、ながい船体がそのまま旋回し、三角形の二辺が接近してゆく。短い時間、日差しが黒く塗られた舷側に反射し、そこを青銅色の部分が移動してゆく。いまでは彼女は、煙突と上部甲板の影が埠頭にひろがってゆくのを見ることができる。影は税関の鉄柵にとどき、そこにひしめいている群衆をおおう。彼女は肘をつつかれるのを感じて、手をあげる。彼女はハンカチで合図している、くすんだ服を着た二人の女のしなびた顔を見わけることができる。船体と埠頭のあいだの水面は、いまでは鋭角をなしている。彼女は頭の上で高々と持ちあげられた子供が動き、脚を宙に伸ばしたり縮めたりしているのを感じる。彼女は手を振りつづける。微笑しようとつとめる、彼女は泣いている。カブスタンのぶんぶん唸る音がとまる。喜びの叫びや名前を呼びあう声が、長距離客船の甲板と、税関の鉄柵のむこうにかたまった群衆とからわき起こる。涙がゆっくりと彼女の頰を流れる。いまはまったく動かなくなった船の黒い舷側と、埠頭とのあいだには、深い堀の底に、ごみの浮かんでいる狭い帯状の水面しか残っていない。

VI　一九三九年八月二十七日

天かけるようでもあり同時にどっしりととてつもない偉容をみせ、まるで雲に乗って運ばれるみたいに減速しながら進んできて、黄色っぽい油を塗りたくった連結棒のあいだから蒸気を噴出し、その巨体の下で地面をゆるがせ、きっとこの日を予測してしまってあった車両倉庫から見つけてきたにちがいない旧式の（板ばりで栗色に塗った塗料がはげ、どの車両の先端にも展望台がついている）客車のつらなりを引っぱって、機関車がにぶい轟音とともにガラス天井の駅にはいってくると、ホームにびっしりひしめいた群衆の最前列が、その接近とともに一歩あとずさりするのだったが、それも蒸気に蒸されたり車輪の下に転げおちたりするのが怖いからではなくて、本能的な嫌悪、直観的な反発の本能が自分たちと、ますますゆっくりと繰りだしてくる車両の垂直な外壁とのあいだに、かりそめとはいえ最後の空っぽの間隔、堀というか峡谷というかむしろ目に見えない壁、目に見えない城壁みたいなものをできるだけながく維持することを命じたからで、一旦それを越えると、なにかとりかえしのつかない、決定的で恐ろしいものが封印されるような気がしたからなのだ。

眼鏡を額にずりあげ、服も顔も煤《すす》でまっ黒になった機関士と運転手が、釜焚きデッキの手すりに

肘をついて、縁の赤くなった目で、目の下で男女のぼんやりとしたうごめきが横に滑ってゆくのを眺めていたが、ながい軋《きし》み音をたてて列車のつらなりが動かなくなると、それも動かなくなり、どの顔も彼らを見上げ、時に子供を腕に抱いたりして、列車が停止してだいぶたってからも、いつもの突進とちがって、一種の疑いぶかい茫然自失、疑いぶかい狼狽といった表情で、客車の茶色っぽい脇腹を凝視しつづけていた。なおしばらくのあいだ、ふたつの壁（まだらに塗料のはげた木の壁と、ホームにひしめく人間のつくる壁）が沈黙のなかで向きあい、その沈黙をみだすのは、渦巻型の煙が立ちぎえてゆくガラス天井をはずれたずっとむこうで拍子をつけてあえぐ機関車の音だけで、規則的な間隔をおいて吐きだされる蒸気の噴射が、灰色がまじって白く、日光のなかを立ちのぼって消えてゆくのだった。ついで突然、ここかしこでいくつかの人影が群衆から離れて（きっとこの町に縁のない、あるいは家族のいない男たちか、それとも見送りをことわった男たちにちがいないが）、客車のステップによじのぼりはじめるのと同時に、ガラス天井の下で、叫び声とか抗議の声ではなくてむしろ、一種の嘆き、呻きとでもいった、おずおずとして、遠慮がちな、それでいて同時に圧倒的な、何百もの祈り、何百もの嗚咽、何百もの無力な呪いからなる漠としたざわめきが立ちのぼった。駅は南仏の中規模都市の駅で、薔薇色の煉瓦壁にホームや待合室や食堂や事務室への入口の切り石組みが浮きだしていた。季節は夏で、目の下にまるめたハンカチを当てた女たちは、大部分が袖なしの明るい色のワンピースをひらひらさせ、中には一部の男たち同様海浜着の女もいた。晴れ着を着ているかと思うと肌をはだけたりして、まるで結婚披露宴か野外パーティの最中に夕立

とかなにかの天変地異に不意打ちされた連中みたいで、そんな夏の軽装や名残りの夏の暑さのなか、近隣の村とか町の貧しい街区から来た何人かの老婆も混じっていて、心もとなげで、黙りこくり、全身をおきまりの黒装束でつつみ、顎の下でしばった黒い肩掛が皺だらけの黄色い顔、溢れる涙も意に介さず、弱者や貧者に特有のあの虚脱と、恐怖と、諦めの表情をきざんだ顔を縁どっていた。いまは、まるで列車の駅への入構以上に、最初の何人かが決心して客車に乗りこむのを見たことが、とりかえしのつかないものの口火を切ったかのように、密度が薄まるどころか、群衆は、というかむしろ、その中かからひとつまたひとつと新しい人影がステップに伸びあがる人間の団子状の集まりは、ますます緊密に凝縮するようで、まるでそれがばらばらに散らばること、傷を入れられることを拒むばかりでなく、さらに言うなれば内側にむかって収縮するかのようで、それを構成する粒子がおたがいに一種の結晶作用とでもいったもので溶接され、もつれた無数の抱擁も大部分はふたつのではなくていくつもの体の抱擁で、花輪型に中心をかこんでひとつにまとまり、その中心へと女たちの喉をつまらせた声や子供たちの涙が集中し、そのためそこから抜けだして列車にたどりつこうとする男たちのあとには行列がつづき、それも進むにつれてちいさくなりばらばらになるのだが、男たちはなおも引きとめられ、予測できない流れ、予測できない返し波にもまれた雑多な色の、統一を欠いたうごめき押し返す力、痙攣か膨張の動きかなにかに進む邪魔をされたり、さらには押しもどされ、ステップから遠ざけられたりした。ついには、まるで冷やかすかのように、というか混乱を助長するためみたいに、もう一本の列車がホームの反対側にはいってきて、そこから、たち

まち群衆に呑みこまれるのだが、おりてきたのはペタンク選手権試合の出場者たち、時に肥満した中年の男たちで、多かれ少なかれスポーティーな服装に白い鍔つき帽をかぶっていたが、その連中もほどなくちりぢりになりながらも、人波の表面にふわふわ浮かび、白さを際立たせながらやはり横に流れ、人波はいまは、先ほど後退したのとおなじ勢いで、逆方向に動いて客車の脇腹にはりつき、というかむしろなにか怒り狂った、粘りづよい、べとべとしたもので食らいつき、窓に向かって腕が赤子を抱えあげ、布袋や籠や、時には一本のパンだけを差しだし、ホイッスルや駅員の叫び声も無視し、機関車の合図が鳴り響いてもまだしがみついていて、そうこうするうちに一連の断続的な震動とともに、しゃっくりみたいに、緩衝装置と連結器とがぶつかって凄まじい音をたて、駆動力が車両から車両へと伝わり、まるで寄生虫におおわれた動物さながら、脇腹にしがみついた人間のかたまりをふるい落とそうとでもするみたいに、列車はぶるんぶるんと動きだしたのだった。

そんなわけで、しばらくのあいだはそれ（列車）は身を引きはがすことができないかのようで（彼らがホームの上を最初は並み足で、ついで走りながら追いかけはじめたからであるし、何人かはあいかわらずステップに乗ったままだったからだが）、逆説的なお祭り装束で顔を引きつらせたり涙を流しっぱなしだったりする男女の雑多な団子状の集まりは、その移動のなかにまるで濁り水の川面《かわも》に浮かぶ藁くずみたいに、というかただのごみみたいに、黒ずくめの老婆たちの枯れ木色をして、死人にも似たかさかさに乾いた仮面をも巻きこんでいて、列車は速度を増し、鈴なりの人間も一人また一人とそれから離れ、やがて残ったのは展望台のステップに、しがみついているというの

ではなくて両腕でかかえられ、しっかり抱きしめられて、細い肢体をそらせた若い女だけで、上体と顔をのけぞらせ、両腕を男の肩にまわして、男の唇が彼女の口に張りついており、安物の派手な色の生地に赤い花模様をプリントした薄ものの夏のワンピースが、彼女のウエストを締めつける腕でずり上げられ、両膝の後ろ側をむきだしにしていて、ふわふわとそよぎ、ついで風でまくられ、ついで太腿にばたばたはためき、恐怖の叫びが起こり、しばし彼女は虚空に言うなれば宙づりになって、二人の口が重なる場所でだけまだ男と、吸盤みたいなものでつながっていて、さながら一種の空中交接《コイトス》みたいで、ちょうど飛びながら交尾することのできるあの小鳥たちが、生殖器だけで結ばれながら石みたいに空を裂いて飛ぶのとおなじで、ひと束の手が彼女にむかって差しだされ、彼女を引っぱり（というか受けとめ）、列車はいまでは普通の男の駆け足の速度で走っていて、細い肢体は止める手を逃れ、すると彼女もあいかわらず客車の外に身を乗りだしている男とならんで走りだし、べつに自分で意識さえせずに、行く手を邪魔する人々の体を野獣みたいに乱暴に押しのけ、彼女と男をへだてる距離がすこしずつ伸びてくるので、いまでは彼女は、まだコンクリートで固められてはいるがガラス天井をはずれた部分を走っていて、ついで敷き砂利《バラスト》の上で足をくじき、よろめき、片方の靴がぬげて片足でぴょんぴょん跳ね、やっと走るのをやめて線路と線路のまん中で立ちつくして、あいかわらずわめき、窓から首を出した列車の男たちは、赤い服を着て、顔を娼婦みたいに（というかもしかしたら、化粧の下手なタイピストか売り子かもしれないが）塗りたくったほそい肢体の女が、依然としてわめきつづけながら遠ざかり、いまではたちまち小さくなって、やがては転轍機やぴかぴか光

るレールのまん中で、八月の日ざしを浴びてかすむシルエットに過ぎなくなり、いまでは貨物倉庫の横で点みたいになり、その倉庫もますます早くちっぽけになってゆくのを見ていた。

ついで列車はカーブにはいり、なにもかも見えなくなった。女も、女のうしろにぽっかり口を開けたガラス屋根も、貨物倉庫も、保線詰所も、転轍司令所も、石ころだらけの川も、アシの茂ったその河川敷も全部見えなくなり、列車はいまは野菜畑を見おろす土手の上を走っていて、畑の境界をなしているイトスギやゲッケイジュの垣根がタイル屋根の家々をかこんでおり、イチジクの木のかげになった中庭には野菜ケースや青い塗料を吹きつけた噴霧器や樽や馬をはずした荷車が散らばっているのが見えたりし、なにか音のない暴風が通過するついでに、あわててその場にそれらを置き去りにし、あとに無傷だが空っぽの、だれも住まない世界だけを存続させたとでもいうふうで、例外といえばここかしこで、雌鶏が行きあたりばったりに、まるで目でも見えないみたいに、ぼろ馬車の梶棒や放りだされた鋤《すき》のあいだをせかせかと、ぶざまにうろついているだけだった。ほどなく果樹園のかわりに葡萄を植えたひろびろとした畑が見え、とびとびに、道路を縁どるプラタナスの列が伸びていた。それからすこしたつと、線路は海から遠くない塩田のあいだを走り、波の背がまるまり、減速しぐらりと傾き、崩れ、つぎからつぎへと跳ねあがって横長の巻き波となるのが見え、その彼方で銀色の細い帯が朝の光りを受けてきらめいていた。

列車はどの駅にも全部とまり、ほんの小規模の駅でさえ停車して、ふたたび間歇《かんけつ》的な蒸気の噴射を出す機関車のあえぎを聞くことができ、静寂がわずかにベルの鳴る音と、日のあたったホーム沿いの

何本かの松の木を吹きぬけるシューシューいう音で乱されるだけで（ホームもコンクリートで固めてさえなく、駅といってもちいさな家ほどの大きさで、わずかに両面時計とベンチが二脚あるだけだったりし）、それでもわずかに人群れが――時にはひとつかふたつのかたまりだけで、あいかわらずどことなく晴れ着とでもいったものをまとい、黒ずくめの太古からの老婆たちがいまはただのシャツ姿の男たちやスモックを着ただけの女たちにかこまれ、古鉄まがいの老朽客車の列がしゃっくりし、がちゃんがちゃんという音を立て、がくんと動きだすのを見つめながら、身を寄せあってホームに立ちつくし、まるで最後の客車の塗料がはげた脇腹がだしぬけに消えても、あきらめて立ち去ることができないかのように、列車が遠ざかってゆくのを黙って目で追っていて、深い皺でひび割れた顔にはあのおなじ狼狽、信じがたさ、絶望の表情がきざまれており――ついでもはや顔ですらなくしみに――ついでもはやしみですらなく点に――すぎなくなって、ぼんやりとしたくすんだ色の点のかたまりが、八月のまぶしい光を浴びた葡萄畑の海原のまん中にまぎれたミニチュア的な駅のホームの上にあって、後方へと吸いこまれ、遠ざかり、さらに小さくなり、ついでしばらく前のぽかんと口をあけたガラス屋根やわめきつづける赤い服の女や町の家々同様、それも見えなくなった。

ある時からは、ふたたびガラス天井でおおわれたある程度大きな駅では、ホームにあふれた密な群衆から目に見えないながい呻き声、反抗や怒りではなく茫然自失のなかの哀訴のあのおなじどよめきが立ちのぼり（というか目に見えない霧のように彼らの上に立ちこめ）、客車はひっきりなしに乗客をとりかえ、おなじ雑嚢を――時にはちいさなトランクを――かかえ、まだ目が覚めきらないお

なじ顔をした新参の男たちと入れかわりに下車した男たちは、またしても出口のほうへと通路をひらくために奮闘し、その出口の脇には銃をかかえ、鉄兜をかぶった男たちが張り番に立っていた。

停車と停車のあいだ、列車はふたたび広々とした葡萄畑を縫って走り、何人かの酔っぱらいが歌をうたい、窓辺でワインの瓶を振りかざすのをのぞいて、車内の大部分の男たちはほとんどしゃべらなかった。時折、彼らのだれかが機械的に、その日の新聞の皺々になったのを床からひろいあげ（どの新聞も、言葉づかいの多少のちがいを別として、みんなどでかい太字のおなじ見出しをのせていて（その見出しも各紙がすでに何週間も前から――実は何か月も前から――実は何年も前から）印刷してきた（といってももっと小さい活字の）言葉、というかむしろ各紙が印刷してきた言葉の総体が措定する言葉を、言うなればたんに技術的に拡大しただけで）、まるでそれらの語に言うなれば作法にかなった、心安まる免疫的な順序を指定する文法の諸規則と同時に、そのほかのも（そのほかの語も、つまり平生彼らを取りまいている語も）突如いっさいの存在理由を失いでもしたみたいで、統辞法《サンタックス》も追放され、大見出しも（このあとの日々、これらの大見出しのあとには毎日ますます大きなポイントのいくつものほかの大見出しがつづいて、やがてついにはそれらの文字が頁の半分を占めるくらいになり）二つか三つの孤立した、とてつもなく拡大された名詞の集合にすぎなくなって――文字の輪郭もやはり単純化され、ぼてっとして、太い部分も細いはずの部分も肉厚でどっしりしていて――まるで近眼の人間とか白痴相手みたいだったが）、男はしばし受け身で震動にがたごと揺られ、ひろげた腿の上に前腕をのせて、新聞を開いたままじっと目を据えたが、印刷活字やや

はりとてつもなく拡大した写真に見いるものの目にはいらず、ついですべてを放りだす。あるひとつの駅は町のどまん中の陸橋の上にあって、列車がゆっくりと走りながら発車したときには、車中の男たちは遥か下の大通りの並木のかげにたいへんな数の馬が集められているのを見ることができ、それぞれの馬の横に立った飼主たちが、鞭を肘のくぼにはさんで、もう一方の手で、尻が連銭葦毛《れんぜんあしげ》とかオレンジがかった赤のふとったペルシュロン馬〔六二〕の馬勒とか引き綱をにぎって、時折馬の両耳ごしに燕麦《えんばく》の桶の柄をとおしていて、その底までとどくと、馬たちが勢いよく首を振りながら最後の麦粒をがっついたりした。太陽のもとで、それは市かなにかに見え、ただちがうところは軍帽軍服姿の下士官がボール紙にクリップでとめた紙を手に持ち、馬の群れから群れへと行ったり来たりし、集まっては彼らのリストを比べているということだった。ついで列車はまた速度を増し、すべてが（飼葉桶に頭が半分埋まったのどかな馬たちも、横に突ったった飼主たちも、リストを持った軍帽の男たちも）やはり見えなくなった。すこしずつ、車内を支配していた嗜眠性の茫然自失も（車室も仕切りもなく、昔ローカル線をよく走っていたのとおなじ、背もたれだけでへだてられた木のシートしかない客車で）いっそう重苦しくなって、わずかにだれかの酩酊した声が聞こえるだけで、その反響がレールの継ぎ目ごとに車輪のがたんごとんという音で間合いをとった静寂《しじま》に吸いこまれるのだった。絶え間ない停車で手間どって、列車はとてもゆっくりとしか進まず、日が暮れはじめた。夜の帷《とばり》とともに、酔っぱらいたちの歌声も消えたかのようで、胸せまるようなたそがれがいよいよ濃さを増し、そのうちにやがて引きずりあげた窓ガラスに（大気が突然冷えてきたからだが）あら

われはじめるのは、最初まず、つぎつぎにやってきては逃れさり、ふたたびやってきてはてらてらした表面に張りつく木々や家々や丘々の影に寸断されはするが、黄色っぽい明かりに照らしだされた客車内部の闇をたたえた反射像で、まるで外でも（最後には、東側は、なにもかもまっ黒になったが）、時折ゆっくりとひとつかふたつの明かりが横に流れる夜の田野のなかを、平行して、大見出し入りの破れた新聞を足もとに、シートに坐ったり横になったりしている男たちの非物質的で不動の分身たちが運ばれてゆくかのようなのだった。

＊＊＊

そしていまは彼は死ににゆくのだった。列車がリヨンに着いたときにはすでに夜はふけていた。駅員たちがホームを歩きながらこの列車はそこから先へは行かず、そこまで乗ってきた者は乗り換えなければならないと叫んでいた。駅の照明は大急ぎで光量を落とされ、ここかしこにとぼしい明かりがついて、いっそう闇を濃くしているようだった。煙で黒ずんだ鉄とガラスでできた大屋根は、その頂点が暗がりのなかにかすみ、ぶつかりあう緩衝器やブレーキの軋み音のこだまを反響させ、それが響く逆説的な静寂《しじま》のなかを、平行に停車した列車の壁にいわば挟みこまれるようにして、形のぼんやりした雑踏が流れていたが、朝あちこちの駅頭でひしめいていた雑踏とはちがって、いまはそこからはどんな叫び声、わめき声も起こらず、ほんの漠としたざわめき、つまりせいぜいのと

ころ何百という足、行きあたりばったりみたいにうろつく何百という人間がたてる、どことなく気味がわるいがかすかで、無害な音、摩擦音が聞こえるだけで、彼らはホームからホームへと追いたてられ、混じりあい、交差し、後もどりしたり、足を早めたり、時折走ったりさえして、暗がりのなかでぶつかり、また歩きだし、そんな一種の陰気な、無言の、従順な騒擾とでもいったなかには、もはや女たちはいず、涙もなく、いっぱいに腕を伸ばして差しだされる子供たちもいず、まるでたった一日という時間のあいだに変態《ミユタシヨン》のような出来事でも起こったかのようで、つまり、まるで、眠りこけた町（というかもしかしたら目覚めたまま、建物正面や閉じた窓のむこうで眠りを見つけることができないままの町）に取りかこまれているとはいえ、いまここにいる連中はすでに夜の闇のなかへ押しやられ、排除され、打ち捨てられたみたいで、地底からわきおこるひそかな音にも似たそんな無数の、目に見えない足踏みの音に四方から、といっても暗がりのどことも言えないのだがおいかぶさるようにして、鉄床《かなとこ》をたたくような緩衝器の騒々しい音が間歇的に間合いをとるなかで、操車中の機関車の音、客車を連結する音、蒸気の噴射する音が依然として響きつづけるのだった。

今では彼はながながと暗がりのなかに横になって（もしかしたら照明の電源がまだ入っていなかったか――それとももしかしたら故障だったか――それとももしかしたら意図的に切られていたのかもしれず、一等車は原則として将校用と決められてはいたが、もうひとりの予備役兵（鍔つき帽をかぶった、機械工か、肉屋の下働きか、食料品店の配達係といった感じの若者）は今となっては将校なんてくそくらえだ、ここにこうしているかぎりどっちみちみんなを待っているもの以上にひどい

目に合わせるってことができるってのか、え?……と言ったもので）じっと動かず、目を見ひらき、クッションの布から発散する冷えた煤と手垢の臭いをゆっくりとかいでいたが、それはまるでいっさいの根こぎといっさいの災厄の有毒で、正体不明で、煤けた臭いそのものみたいで、彼は体の下にやはり動かず、まるで溶接されたみたいだがそれでも脅威を秘めた、不活性でずしんと重い金属の集積（車輪や車軸やボギー）を感じとることができ、まるでまだしばらくは、朝以来はじめて彼にも一種の休憩、不安定な休息とでもいったものが与えられたかのようで（ホームにそって並んでいる客車の暗いつらなりを指示した駅員は、発車時刻も言わず、ただ肩をすくめ、くるりとむこう向きになっただけで、ただいきり立ち）、そのあいだ彼は望遠鏡的な遠近法のなかで（ちょうど首をかすかにもちあげ、組んだ両手で首筋をささえながらシートに平べったく横たわった自分の体を端から端まで、暗闇のなかでかすかに光る靴から、呼吸のリズムにあわせて高くなったり低くなったりするジャンパーの襞まで、すっかり見わたせたのとおなじで）いまはどう転んでも結末をむかえそうな二十六年の歳月に見いることができた。その二十六年間にわたって、まだ幼い時分見つかるはずのない骸骨を探して黙示録的な風景のなかを引きずりまわされたとき以来、彼はおなじむらのない、従順な驚きをもって、たいして訳もわからないままに、まず彼の母にほかならない、いつも黒ずくめの衣裳をまとっていた女がすこしずつ溶け、溶解してゆき、彼女のブルボン王朝的な顔を渉禽類的な顔に、ついでミイラの顔に、ついで（体をこれでもかこれでもかと切りきざんだメスのおかげで）さらにはミイラですらないものに取りかえ、まるでなにかメスそのものみたいな、ナイ

ツィードやフランネルを着て、あまりにも老化し、病んで、長靴と一斉射撃の音が響きわたる大陸を試着したこともあり、ついで依然としておなじ疑いぶかい懶惰《らんだ》、おなじ疑いぶかい驚きをもって、るまで、どれひとつそれを誘発できなかったのであって、その合い間にアナーキストのジャンパー最近の、これはいわばアクセサリーとして立体派画家の絵筆や絵具箱とセットになった服装にいたタン、それにエナメル革の鍔がついた帽子と揃いの窮屈な制服からはじまって、いちばん年代的にカシワの箱が消えうせたときに、十一歳の少年に着せられた軍服仕立てで、首枷《くびかせ》にも似た襟と金ボあることかもしれなかったのだが）つぎつぎに押しつけられたり、試みたりした変装のどれひとつ、こらなかったし（というかもしかしたら、と彼はさらに考えたが、それが実はいま現に起こりつつという歳月の取るに足らない名残りしか存続しておらず、むなしく期待していたなにかは決して起の名残りとさえ言えない、怠惰と呑気な無気力の――せいぜい言って優柔不断な期待の、二十六年するシートに横たわって、今ではなにか強烈な化学反応、対立矛盾する物質のなにか硫黄臭い沸騰とおなじで、と彼は考えたのだが、箱のなかみたいに鉄道列車の車室の内部の冷えた石炭の臭いのな芳香をはなつうず高い花の下のニス塗りのカシワの箱しか残らず、それ以外なにも残らず、それとんど持ちあげなくなり、ついで完全に姿を消してしまって、あとには蠟燭の匂いに混じって強烈ついで長椅子、ついでベッドに横たえられていたのだが、それがますます平べったく、シーツをほの削げおちた小鳥の頭だけ出していたなにか平べったいものが、最初は書見用ベッド・ジャケット、フの刃みたいな、生きた案山子みたいなものに変えてゆくのを見てきたのであり、ショールから肉

の周辺一帯を、それぞれのホテルのポーターがつぎつぎと色とりどりのラベルを貼ってゆくトランクについて回ったこともあって、そのあいだ彼がしなければならなかったことといえば、せいぜい、日付と支払うべき金額を書いたちいさな長方形の紙にサインしたり、彼のために何ヘクタールもの葡萄畑を歩きまわる人間や馬の汗の紙幣のかたちをとった結晶をポケットに、銀行や旅行社かどこかから出てくることだけで、彼はその葡萄畑の正確な場所すら知らず、およその見当がつくだけで（奴隷商人みたいな顔の老差配は死に、もっと若い別の男に代わっていたが、その男も帽子をぬぐと、やはり日焼けした顔と好対照をなす、おなじ禿げて白い、というか鉛色の頭蓋を見せたもので）、変わることのない父祖伝来の習慣にしたがって、年に五回遠くから、言うなれば上の空で、というかむしろうんざりした面もちで視察しただけで（そしてある時、トランクが廊下の壁にぶつかり、近づく音が聞こえ、ついでだれかがコンパートメントのドアを乱暴に引き開け、手探りでスイッチをさがし、あきらめ、同時にそっけない、きつい声がお前らはだれだ、そこで何してる、一等車は将校専用だぞ、出ていけ！ と言い、もうひとりの若者が身を起こしもせずにまさか！ と言うと、そっけない声はお前らはだれだ、身分証明を出せどこへ行くんだ？ と繰り返したので、若者は何の？と言い、そっけない声がわたしは将校だ起きてすぐさまここから出てゆくことを命令するこれは命令だと言い、若者がおれたちを寝かせといてくれませんかねえ？ と言ったので、そっけない声はいきりたち、憤然として、寝かせ……寝……こいつはおどろいた、こいつはおど、よし思い知らせてやる、思い……と言い、引き戸を開けはなったまま、猛り狂った声とぶつかりあうトランクとが

廊下を遠ざかり、そのあとすこしたって怒り狂った声が、といっても今では外で、おい衛兵！　衛兵！　と叫ぶのが聞こえ、若者がそらがんばれ！　と言い、そのあいだに彼らはふたりとも起きて、窓ガラスをおろし、身を乗りだして、ほっそりとしたシルエットがソフトをかぶり、脚絆がわりにレギンズをつけた脛《すね》を覗かせる短いギャバジンを羽織って、ホームをうろつく人影の暗い陰気な波立ちをかきわけ、かきわけ、遠ざかってゆくのを眺めていて、むこうのほうでひとかたまりの鉄兜におぼろに光が反射するのが見え、衛兵！　となおもますますかすかになった声が叫んだ。ふたりは男が黒い軍服を着た張り番の兵たちのそばで立ちどまり、彼らに話しかけながらふたりがいる客車のほうを腕で指し示すのを見たが、だれも動かなかった。間ぬけめ！　と、鍔つき帽をかぶった若者が言った。彼はまた窓ガラスを引きあげ、もどってきてシートに横になった）――そして彼もまたふたたび横になり、闇に沈んで静まりかえった列車のなかでふたたびぐったりして（といってもその将校の闖入はべつで、ある時、彼らはふたたびトランクが、なにか屈辱に堪えた、猛り狂った勢いで廊下の壁にぶつかり、彼らのところでとまらずに通りすぎ、ついですこし先でドアを引きあけ、ばたんと乱暴に閉める音が聞こえたが、それ以外は列車は空っぽでだれも乗っていないようにみえ、まるで引込線に放置され、忘れられ、引きずりあげた窓ガラスの厚みで外の世界から切りはなされたみたいで、その窓ごしに聞こえるのはもはや足踏みと彷徨のぼんやりとした、非現実的なざわめきだけで）、なかなか眠りにつくことができずに（というかそれを拒んで）いて（いまは暗がりのなかで眠りこんだ相棒の規則的で、かすかに乱れた呼吸を聞くことができ）――そしてある時が

くんと衝撃が来て、というかむしろ衝撃の短い反響があって（まるでひと繋がりの客車にしゃっくりのようなものが走り、一両また一両と伝わっていったかのようで）ずっと遠く、列車の先頭のほうで起こったのだろうが、そのあとは列車が依然として動かず、闇に沈んでいたにもかかわらず、あたかもそれを言うなれば外の世界にふたたび結びつけたかのようで、そこでまだ本当には存在しはじめてはいないなにかの二十六年間が、いよいよ決定的に存在することをやめようとしているのだと考え、したがって彼がまともに自問することができるすべてと言えば、せいぜい最初のゼロの右側の小数点のあとにどれだけゼロを並べてからどんな少数の数字、この二十六年のあいだに彼にとって生起したことに掛けるのに（つまり、割るのに、その本来のサイズにもどすのに）ふさわしい少数の数字をかきはじめるかということぐらいで（今では列車は走っていて、つまり、まず最初ぼんやりとした数すくない光が扇型にゆっくりと、ついでだんだんと早くコンパートメントの内部を掃いてまわり、したがって彼は相棒が帽子をかぶったまま寝ていて、ただ庇を目の上にかぶせているだけなのを見届けることができ、ついですべてがふたたびまっ暗になったのだが）……おなじこの時夜の闇のなかを、それぞれの恐怖という積荷を積んで走っているすべての列車のことを考え（いまはあたかも彼自身が収縮してゆくのが感じられるかのようで、まるでレモン汁をかけられた牡蠣《かき》みたいだ、と彼は考えたのだったが、まるで必死になって小さくなろう、彼自身のなかにもぐりこもう、傷つきやすい表面を縮小しようとでも努力しているみたいで、喜びもない笑いに身を震わせ）、そこで（依然として怒り狂ったようにぐったりして、水平に横たえた体をかすかな振動で揺さぶられて）もし

も耳をシートの布地に押しつけたら（といっても彼はびくとも動かず、眠れない状態――というか眠りの拒否――が彼を凝固させたそのおなじ姿勢を頑固にまもり、依然として頭のうしろで両手を組み、目を大きく見ひらいたままでいて）きっと彼の下の車輪がたてる騒々しい騒音やレールの継ぎ目ごとのその規則正しい衝撃をとおして、地面そのものから立ちのぼる広大でにぶい轟音が聞きとれるにちがいないと考え、まるでヨーロッパの端から端まで暗い大地が、夜の闇のなかを運ばれる無数の輸送列車の下でうち震え、静寂《しじま》をただひとつの耳には聞こえない不気味などよめきで満たし、やはり田野に散らばった農場や集落や明かりの消えた町の住民たちにもベッドで目覚めたまま、暗がりのなかで目を見ひらき、不安な自失状態、おなじ無気力な恐怖をもって夜の闇をうかがわせているまっ最中のようで、まるで人々の涙、そむけられ、駅を去っていった泣きぬれた顔がまずは陰気な雑踏となって、ついでばらばらにまた押しよせてきて、それがいくつにも分かれ、水源へとさかのぼる大河さながらに枝わかれし、ついで点々と散らばり、ついで乱れたままの冷たいベッドのある寝室の奥に逃げこんでゆき（いまは涙も涸れ、目もかわき、ただ赤くただれているだけで）、そこで彼はふたたび黙りこくったまま罵り、あの紙がいけない、せめて彼女がシルク・ペーパーだかライス・ペー[六二]パーだか、それともなんというのか知らんが、あんなひどい紙にくるみさえしなけりゃよかったんだ！　と考え、胃の中でサンドイッチが石みたいにもたれるのを感じることができ、実際彼はそのサンドイッチの半分にかぶりつき、それを果てしなく咀嚼してやっと呑みこむことができたのであり、そこで彼はあわてて残りの半切れ（と、彼が手をつけなかったあとの二切れ）を、女が念入りに包

んでよこしたあのなかば透明な紙にくるみなおしたのであったが、それはいつも彼の横で眠り、本を読みながら彼のそばにひかえていた女——まだほとんど娘といっていい女で——彼が立体派的な画塾の教師のレッスンどおりにタブローと呼んでいた（というか、そう呼べると自分にむりやり説得しようとつとめていた）ものに絵具を塗りたくろうとすると、彼女は従順に服をぬぎ、白とピンクの乳房や真珠母色の腹や透きとおった肌を露出して、忍耐強くじっと動かずに裸でいたもので、彼はそうやってふたりが夏をすごした漁港の舟の帆や小舟や岩を（あるいは乳房や太腿や腹や呼吸する柔らかい肉を）間ぬけた三角形や間ぬけた正方形や間ぬけたピラミッド（ないしは円錐形、球体、円筒形）に変換したのだったが——ついで、もっとあとになると、小説のはずだと彼が想定していたものの原稿をタイプするために（女は）タイプライターのレッスンに通い、そしていまはきっと彼女も平野を走る列車の音に耳を澄ましているにちがいなく——そしてふたたび彼はひそひそ声で罵り、シルク・ペーパーだなんて、彼女《あいつ》はいったいなにを……と考え、咀嚼したパンとハムのねばねばしたべとつく団子がいまは流しこんだコンクリートみたいに固まって、下へおりるのを拒むので、たとえ喉に指を突っこんだって、となおも罵りながら彼は考え、まるで怒りが（というかむしろ怒りや口汚なさの真似ごとが）いまでは唯一の頼みの綱となっているみたいで、それでもいよいよ覚悟して体を動かし、組んだ手をほどき、その手を腹までおろして、ベルトのバックルをはずし、列車がふたたび停まっていることに気がつくが、それでも駅の名前を見るために起きあがりさえせず、そこで緊急にほかのことを考えねばと考え……。

ポーランドでは、駅はどれもみんな木造で、見たところ理由もなく突然姿をあらわし（ただ列車が減速し、だんだんゆっくりと走って、ついでほかにはなにもないのに動かなくなるのであって、郊外町もどんな住居の痕跡もなく）果てしもない平野のただなかに（というかそれも理由がなく——まったくはだかの平野が駅をとりかこむ理由も、駅がまったくはだかの平野のまん中に建てられた理由も見あたらず）シラカバの林の横にぽつんとあって、そのシラカバの葉がまるでひとりでのように、なにしろ機関車の煙はまっすぐに立ちのぼるのだから、これまた理由もなくひっきりなしにそよいでいて、はだしの何人かのブロンドの子供たち、髪を三つ編みにした女の子たち、三頭の馬を横にならべてつないだ低い二輪馬車が何台かいるだけで、馬車は目の届くかぎり一軒の人家も見えない平坦なひろがりの上にもくもくとてつもない土煙をたてながら速歩で別々の方向に去ってゆき、ただそれだけで、ブロンドの三つ編みの子供たち、おののくシラカバ林、トロイカが巻きあげる土埃の雲、その雲はじっと動かぬ空気のなかを舞いおりるのになかなか時間がかかり、トロイカは地平線上の点となり、ついで点ですらなくなるのだが、そういったものが列車が完全に停車する前に見え、いやむしろそうではない、窓から冷たい大気のなかに身を乗りだして（日が暮れかかっていて）まず最初に彼が見たのは、おなじ果てしのない平野（というかおなじ大草原）とみえるものの連続のなかに運転手と機関手がおりたったことで、ただし線路の上にまたがるようにして凱旋門（というかむしろ凱旋門の骸骨〔六三〕）が建っていて、切り妻部分にブリキ（かそれともベニヤ板）を切りぬいた大きなキリル文字の標識が掲げられ、その上に鎌とハンマーを組みあわせ、さらにその

上に五稜の星が描かれ、そのどれもが（キリル文字も労働の道具も星も）赤く塗られていて（そして、一日の終わりの灰色の大草原や、勝利の門の骸骨や、血のように赤い標識、組み合わせ図案、星がいまでも目に浮かび）、紡錘型に蒸気が機関車から規則正しく噴出していて、先ほどそこからおりた二人にまさにそっくりのふたつの人影が、武装した哨兵たちにはさまれ、はだかの大草原のまん中に突ったった勝利の骸骨から出てきて、機関車のほうへあゆみ寄り、そのふたつの人影が炭水車《テンダー》の梯子をよじのぼると、汽笛がひと声鳴って、乗客のほとんどいない列車がふたたびゆっくりと動きだし、大げさな命令のもとに徐行に移り、ながい灰色の外套を着た四人の武装した哨兵たちに見送られ、ついでほとんどすぐに減速して、今度は駅らしい駅というよりはむしろちいさな貨物操車場に似たもののなかに（というのもまわりには町も村も見えず、ただいくつかの低い建物――というかむしろバラック――倉庫とか保線詰所とか兵舎といった感じのがあるだけだからだが）いよいよほんとに停車し、すると今度は彼ら、彼と彼の旅の道連れはおりるよう求められ（それもまた立体派を勉強している学生で、英語だけでなくスペイン語もしゃべり――それも言うなればメキシコ・シティで生まれたときからしゃべっていたので、わざわざ勉強する必要はなく、だから彼は立体派のほかにもさらにドイツ語で書かれた物質哲学の原理を勉強する（というかすくなくともそう称していたが）余裕があったとかで、それが幾何学的絵画の原理やウイスキーのいろいろな銘柄についての蘊蓄《うんちく》と組みあわさって、彼に反論をゆるさぬ演説をぶつことを可能にしたのだが）、その列車が停まったホームにそって、横長の仮小屋が建っているその中にテーブルに向かって、世界の

あらゆる国境で出入をつかさどるあのいくらでも交換可能な役人が、うんざりした、堅苦しい、それでいて同時に無表情なあまり表情豊かな、おなじいくらでも交換可能な顔をして坐っていて、部下がトランクの中身の目録を作成しているあいだ、ふたりの学生が提出した書類と写真をじっくりと吟味し、後者のほうは（つまり、後者の一組の写真のことだが、たっぷり十枚は必要だったのであって、それを彼（役人）は一枚一枚つぎつぎの用紙に留めていったが）髪を長髪にし、丈の長いコートを着た芸術写真家が、蛇腹のついたカメラを使い、黒い布を頭からかぶって撮ったもので、そのアトリエにはおなじ毛の質、おなじ衣裳のほかの人物たちのポートレートも飾られていて、どれもその店のある界隈を徘徊する連中とおなじで、そのあたりではおなじタイプの無数の複製《レプリカ》（老人たち、大人たち、餓鬼）がうようよしていて、みんな黒い服を着、成人していれば顎髯をはやし、黒い帽子からはみだした細い編み髪が顔をかこっていたし、十二、三、四歳でもすでに（走ったり、ボールを蹴ったり、辻公園で追いかけっこをしたりしていてさえ、一様にあの衣、というかむしろ鞘《さや》みたいなものを着ていて、裾が踵のあたりでばたばたし）、どこか神学校の生徒か修道士みたいな様子をし、物思いに耽ったような、わびしい、それでいて穏やかな顔がまるで喪に服しているようで、まるで永久に彼ら自身の喪と同時に、どこかはるかなエデンの園、約束され、ついでまき上げられた土地の喪に服することを宣告され、以後は祈りと儀式用の肉と毛皮の取引と嘆きに捧げられたとでもいうみたいで――そこはまるで都市の内部のもうひとつの都市のような界隈（というか避難所、というか保存所、というか貯蔵所、というか共同組合的地域《ファランステール》）で、彼ら（二人の学生）が、

彼らを凱旋門まで運ぶはずの列車に乗る前に足をとめた最後の首都で、嫌悪をもってその列車を教えてくれたのは（ある宗教的祭日――つまりドアマンらの宗教の祭日だったが）、ホテルの玄関に控えていた金モールの大男で、そこにはナポレオン一世が（戦闘と戦闘の合い間、あの永続する友好を約した永続する条約と条約の合い間、その手で彼は地図の紙を破るみたいにヨーロッパを分割してみせたわけだが）泊まったと書いたプレートがあって、泊まっただけでなく、裸の肌を薔薇色に染めたブロンドの伯爵夫人たちや、羽根飾りをつけた侍従が連れてきた図ぶとい策謀家の女たちをベッドに迎えたもので、ドアマンの嫌悪は（まさに彼が床にぺっと唾を吐き、拳が握りしめてしまったチップを突っかえしたくなるのを、抑えるのにひと苦労したくらいだったが）写真がどういう用途に供されるか知った時にさらに増大したもので、なにしろポーランドのホテルの肘まで金モールをつけ、顎まで飾りをつけたまともなドアマンたる者、たとえ売春宿のアドレスを刷ったカードをそっと滑りこませるとか（それこそまさに、このすこし前彼のしたことで）、そうでなくてもせいぜい、キリスト昇天祭の汚れなき日にも仕事するユダヤ人の写真屋のアドレスを教えるくらいは（ポーランドの娼婦たちも、やはりどうやらそれくらいは断らなかったようで――メキシコ人の学生は彼女たちが首にちいさな十字架をかけたままあれをやるかどうか、ためしに見にゆくべきだと言ったが……）堕落とも思っていなかったが、二人の立体派とやらを勉強する学生で、おまけにその一方がインディアンみたいな顔をしたのが、赤い星をいただいた凱旋門の骸骨を両側からはさむ鉄条網のむこうへ行くために列車に乗るというのが我慢できなかったのであって――そしてその手前にも

鉄や石炭や鋼や動力ハンマーみたいな名前の都市があり、地平線には森の樹木みたいに工場の煙突が林立していて、丁寧に掃除された駅のホームは鉄灰色をしていて（つまり、ほかのどこともおなじようにセメントでできているのだが、きっと鉄に似た特別のセメントにちがいなく）、そこで待っていたり、列車からおりたり、無秩序に乗りこんだりしたのは、男も女も、かならずしもはっきりともったいぶっているとか、硬直しているとか、いかついとか、陰気だとかいうのではないが、木で（というかもしかしたらやはり鋼鉄で）きざまれた（外套も、ギャバジンのレインコートも、帽子も、顔も、トランクや書類鞄も）乗客たちで、時折そのなかにはこれまた木で（というかもしかしたら鋼鉄で）きざまれた、褐色や黒の制服に体を締めつけられ、鋼鉄の顔――または豚の顔――をした男たちもまじっており、蝶の羽みたいに横が出た乗馬ズボンにぴかぴか光る長靴《ちょうか》をはき、袖を飾る赤い腕章の白い丸のまん中には黒い大きなクモに似たものがかいてあって〔六四〕――、そしてあのむくんだみたいな首都と、ギリシア寺院の一個ずつ運んできた切り石がぎっしり詰まったその博物館、そのボダイジュの並木道、ぼてっとした円屋根、バロック風の宮殿、ギリシア哲学に首まで漬かった哲学者たち、鉄できざんだ動物をいただいた円柱や凱旋門、オペラ座、交響楽団、薔薇色のちいさな電気スタンドで照らされたレストランの夜のテラスがあって、鉄でできた造花みたいな女たちがあの、なんというのだろうあのケーキは、いくぶんぶよぶよして、ゼラチン質で、ピンク、クリーム色、薄紫色と何層か重なっていて、ぶるんぶるん震えるのをお上品に食べていて、「ババロアさ」とメキシコ人学生が言い――「それそれ、そいつを探してたのさ！……お前みたいに哲学に通じてい

るってことはたいしたことだな！　メルシー！　ベルリンの女たちがババロアのケーキを食べるってわけだ〔六五〕。はっはっは！　いや、失敬、あんまり面白くないな。ごめんごめん。くだらないと言っていいくらいだ。ちょっとふざけようとしただけさ。なにしろあのクモ印の男たちにはえらく脅えたんでな……」（彼の横たわっている、煤の冷えたいがらっぽい臭いのする客車は夜の闇のなかを走っていたのだが——その闇のなかを、おなじその瞬間、うら若い肉をぎっしり詰めこんだ老いたるヨーロッパのありとあらゆる列車が、耳には聞こえないが脅迫するような轟音を立てて走っていて、「いやはや、おれたちのなんて若かったことよ、なんて若かったことよ！……」と考え、まるでたったの二年ではなくて、目に見えない壁、取りかえしのつかない断絶が、いまは彼とその春とをへだてているとでもいう風で——ほとんど夏に近かったが——彼らはその時うっとりするような薔薇色の鋼鉄の女たちのいる、薔薇色のちいさな電気スタンドに照らされたテラスに坐っていたもので、いかついと同時に浮薄なその都市には、どこかロココ様式、ドリア式建築、フロックコートを着た哲学とワグナーのオペラのあいだの一連のこみいった性交の産物みたいなところがあって、「まるで老貴婦人、と彼は言ったもので、いくぶん太ってもったいぶった老貴婦人だな……」（「そうとも、奥様然としたばあさんだ、とメキシコ男は言ったのだった、ソーセージみたいにぷちんぷちんの、な！」）——「いいだろう、ソーセージみたいにぷちんぷちんの奥様然としたばあさんが、だな、身体中に宝石だの、丸天井だの、切妻だのをつけ、小説によく出てくるような読書のお相手をする女だか、腰元だか、跡取りだか、うっとりするような娘たちを引き連れていて、まあ鉄の将軍の年とった

未亡人てところだが、それがいまはぞっこん……（「もっとほかの言い方はできねえのか」とメキシコ人は言ったが）……自分の下僕頭だか、第二御者だかに魅入られちまってさ……」――「むしろ森番だな、とメキシコ人は言い、要するに調教頭、というかむしろ　馬丁に誘惑されたチャタレー夫人みたいなもんだな、脅えると同時に痺れちまってさ……」（「おれたちのなんて若かったことよ、なんて若かったことよ！……」とふたたび考え）「そしていまは」ともうすこしあとで彼は言ったもので（この時には、特徴がなさすぎるためにかえって表情豊かな役人が、彼らにパスポートを返し、部下が彼らのトランクをまた閉めてくれたので、彼らはふたたび走りつつある列車のなかにいたのだが）「……おれたちは物質哲学が（というか、なんなら哲学的物質が、と言ってもいいが）大草原のどまん中におったてられた凱旋門の骸骨というかたちで物質化されたのにお目にかかる特権を有したわけだが……そんな変な顔をするなよ。またちょっとふざけたくなったんだ。あの写真ばかり蒐集する男にも脅えちまったなあ……」（コーヒー豆みたいな目をなかば閉じ、横を向いた、無感動なインディアン的な顔が目に浮かぶのだったが、その顔は自分の反射像以外なんにも見えない（日が暮れていたから）窓の外を眺めるふりをしていて、鼻孔の大きいワシみたいな鼻といい、女にもてるつやつやした黒い髪といい、野性的でそれでいて同時に居眠りしているような感じで）、そこで彼のほうはまたつづけて、「あらためて謝る、ごめん。そりゃあ、あいつはユダヤ人かもしれん。それにしても、ドイツ人でもあるんじゃないか、え？」、それからさらに、「いいよ。わかった。きっとおれが哲学を勉強しなかったせいだろうなあ。いずれにしろ、連中はみんな長靴や、制服や、お

なじあのうんこ色の美学にたいしておなじ熱狂的な情熱をもっているようだと思わないかい。さらに言えば、赤にたいする共通の、これまた熱狂的な情熱をもってやがる。ただし、帽子はブルーだのグリーンだの、きれいな奴をかぶってるな。それがきっと、区別する目じるしなんだろうな。君は哲学をやったから教えてくれ、警官の色はブルーなのかい、グリーンなのかい……」と言い、いまはあいかわらず、「いやはや、いやはや！　おれたちのなんて若かったことか！……」と考え、まるで彼が旅の道連れを悩ましていた時から何年も何年も経過したかのようだったが、あの時も列車は果てしのない平野の闇のなかを走っていて、彼らが後にした凱旋門の骸骨をのぞけば、そこにはヨーロッパとアジア、というかむしろ完全にヨーロッパではもはやないがまだ完全にアジアでもない地域との境界をしるすものはなにひとつなかった。

ロシアの列車のなかでは、夜は乗客はみんな横になり、たとえ三等車でも木のシートが簡易寝台に変わった。まだ帝政時代そのままの古い客車だったが、それでもフランスの同類のものにくらべてはるかに快適だった。追加料金をはらえば、薄っぺらな毛布と枕を借りることもできた。車室にはドアがなくて、日中は人々がたえず行ったり来たりし、サモワールがあるいちばん端へ行っては、熱いお茶を入れた大きなコップを持ってもどってきて、おしゃべりしたり、ちびりちびり啜《すす》ったりしながら、ゆっくり時間をかけてそれを飲み、ついでふたたびそのコップにお茶を注《つ》ぎに行った。彼の目には、一人の老人が不器用に手探りしながら、空っぽのお茶のコップの底から、濡れて貼りつき、茶色がかった、ふたつ折りになったレモンの輪ぎりをつまもうとし、そしてそれを口の中に

滑りこませたときの骨ばった長い指を思い浮かべることができた。お茶を飲んでいるあいだもずっと、乗客たちは好奇の目でふたりの外国人を見つめたもので、その片方は脂っぽい黒髪といい、汚れひとつないシャツの襟の蝶ネクタイの上にひょっこり浮きだした素焼きの仮面に似た顔といい、飼い馴らされた未開人みたいな感じなのだった。ジェスチャーをまじえ、指を折って数字を示したりし、そのあいだもずっとツィードの上着やフランネルのズボンに見いりながら、彼らはその老人が百歳以上なのだということをふたりに理解させた。何人かが生地に触ってみたりした上着やズボン以上に、彼らはふたりの靴に興味があるようだった。あいかわらずジェスチャーをまじえて、席の近いひとりが彼らに、寝るために横になるときはそれを枕の下にかくしたほうが安全だろうということを理解させた。しかし、たんに言語だけでなく——たしかにメキシコ人（というかインディアンの）学生はある天賦の才、どうやら第六感みたいなものを（彼は両親がヨーロッパ人だからと称していて——しかしだれか（やはり立体派を勉強していた別の学生、器用な教師がモデル台に坐ったりぐったり横になったうら若い蒼白の裸女たちを鋼鉄のパイプや円錐や球体に変換することを教えてくれた、あのレッスン代の高い学校（《アカデミー》）に通っていた別の男）がある日言ったところによれば、それなら彼の尊敬すべきヨーロッパ人の母親は熱狂的な美術館愛好者のカテゴリーに属する女のはずで、だからきっと模倣衝動の一症例とみなすべきで——考古学的な、と彼は言ったのだが、模倣衝動と呼べるもので）……表意文字を使っていた祖先からうけついだある感覚をもっていて、どうやらそのおかげで、居眠りしているような彼の様子にもかかわらず、わざわざ単語な

ど使わなくても、どんな国でどんな外国人ともながながと会話をかわすことができたらしいが、それだけでなく別に、いわば不透過性みたいなもの、受け身で、忍耐づよく、言うなれば純真でいながら、いっさいに抵抗でき、百歳の老人の年齢に関する基礎的で精彩ある情報とか、靴をぬすまれないために取るべき予防措置とかから先へはいかせない（たとえ例の表意的言語表現を達者に駆使しても）なにかがあって、あたかもみじめとははっきりは言えなくても（ではなんと言うべきか？）一様に地味で、一様に着古され（見たところあきらかに新調したばかりであっても）、つねにきつすぎるかだぶだぶに見え、あるいは短すぎるか長すぎるように見える彼らの衣服からして（彼らがそれを買った店——国家の店——から出てくるものはすでによれよれで皺くちゃ（そしてどうしようもなくよれよれも皺もなおせないよう）に見え、着用される前からそうなのであって）、……まるで列車のなかで出会った話好きで気のいい乗客たち（ないしは街頭ですれちがったそれほど話し好きではない——とはいえやはり執拗にじろじろふたりの靴を見つめた——通行人たち）も、たんに、彼らが越えることを禁止されていて、近隣の国から来た列車の運転士や機関士も二十メートル以内に近づく権利がなかった鉄条網の内側で暮らすことを余儀なくされていたというだけでなくて、それがノーマルな事態で、彼らの父たち、祖父たち、祖父の祖父たちもずっと経験してきたことを変えるものではないとでもいうふうで、だからある不透過性、ある遮蔽幕があって、ちょうどふたりが、一部の通行人のかぶっているちいさな縁なし丸帽《キャロット》を買おうとした店——国家の店——の売り子が（顔が皺だらけで黄色く、砂漠の土の色をし、切れ長の目の通行人たちも、腹の底の知れな

い山岳民族や羊飼たちの顔つきで、派手な色の花を刺繍した縁なし丸帽《キャロット》をのぞけば、やはりよれよれの皺なおし不可能なおなじ形のくずれた衣裳を着ていて、はるか遠くのどこかの地方、これまた皺だらけで、黄色くて、彼ら同様腹の底の知れないはるか遠くの哲学的共和国から来たのだろうが、なかには時折長い衣をまとい、シナの高級官吏《マンダラン》みたいな細い山羊髯をはやして、偶像みたいに、絹布にかいた絵みたいに、泰然自若として、ホテルの、というかむしろ隊商宿の玄関の肘掛椅子に坐って待っているのもいて、そこは近東風の壁掛をドアがわりにたらして、算盤《そろばん》のぱちぱちいう音がたえまなく交錯している長いアーケードで）、売り子がつぎからつぎへとおなじひとつの縁なし丸帽《キャロット》をカウンターの上に置き、同時にすばやく前のを引っこめることしかせず、全体がうわの空の機械的なやり方で、自分のしていることにたいしても買い手にたいしても、スロット・マシーンとか自動販売機とかが示す以上にも、苛だちも、焦りも、興味もうかがわせず、もっぱら自分が差しだした縁なし丸帽《キャロット》から手を放さぬこと、ふたりの客の手を監視することにだけ注意を凝らしたのとおなじで、そのうち二人の男（といっても、実際は彼らとほぼ同年の二人の若者）がまるで無から忽然と姿をあらわし、不意に物質化して、彼らの彩りあざやかな言語でひと言ふた言ささやくと、そのあとは彼女も、カウンターの上にずらりと並べた何種類もの縁なし丸帽《キャロット》のあいだでの選択に同意し、それでも自分の手がすぐ届くところに並べて、ますます増大した警戒心をもってむかい側にいるふたりの手を監視していて、あらたに現れた二人はにこやかに、慇懃な口調で自己紹介して、学生なんです、と言ったもので、すこしフランス語をしゃべれるので嬉しいですとのことだったが、

ほぼキツネが雌鶏らしく見える程度にしか学生らしくは見えず、裕福そうな、というのではないがすくなくとも街や列車のなかで見かける連中ほどにはよれよれでない服を着ており、ますます親切に、丁重になり、うきうきしだして、いまも刺繍入りの縁なし丸帽《キャロット》の購入にあたってお役に立ったように、彼らの新しい友人であるおふたりの便宜を計って、ほかの買物の手助けもして差しあげたい、なにしろ十分想像できることだが、いくら着心地のいいツィードを着て、蝶ネクタイをしておられても、学生の身でたくさんのお土産を買うなどということは、このむちゃくちゃな公定レートでは（親しい仲だから言えるのだが、とそう言ったのは、すなわちメキシコ人の学生が、国にいるほかの友人たちにも労働の道具と星と赤で刺繍したキリル文字のはいった本場の赤旗を土産にもって帰りたいという願望を打ち明けたからなのだが）無理だからということで、それにひきかえ、彼らの腕時計のたった一個でも売れば（彼ら——無から忽然と物質化したこの新しい友人たち——はどこで売ればいいかも知っているが）彼らの購買力を四で反転させることが（そうすることで十六倍にすることが）できるはずで——すこしあとで実際その通りになり、この愛想のいい見知らぬ男たちがメキシコ人の時計をもってしばらくいなくなると、ほとんどすぐに垢じみた薔薇色やオレンジ色や緑色の、けばだった紙質の札束をもってもどってきて、あまりに（札束が）分厚いので彼ら（ふたりの立体派）は、二つに分けてもどこへ突っこんでいいかわからず、メキシコ人は「だから言ったろう。泥棒でもなければデカでもないのさ。デカならおれたちを逮捕したろうからな」と言い、そこで彼も「泥棒ならトンズラしたろうからな。しかし、参ったな。こんな都合のいい両替所が、

どうやら街のいたるところにあるみたいだな。なにしろ、あいつ、ひょいとその角を曲がっただけで、すぐもどってきたからな。あの愛想のいい売り子にしたって、あいつらがひと言ふた言耳打ちしただけで大急ぎで、手持ちの縁なし帽《キャロット》ひと揃いを全部出してきたしな。ほんとに役に立つ、感じのいい連中だよ」と言ったが、メキシコ人は返事せず、はっきりとそっぽを向いていて、居眠りしている神様みたいな顔といい、分厚い唇といい、目を半眼に閉じたマスクは何時《いつ》にもまして博物館などで見かけるあの素焼の人形に似ていて、煉瓦の壁の壮大な門にはめこんだ大時計がこの時カーンカーンと鳴りはじめ、まだごく若いブロンドの三人の衛兵があらわれ、グレーの服に淡い黄色のベルトを締め、左手で銃を垂直にまっすぐにおっ立て、機械仕掛の人形みたいに、長靴をはいた硬直した足を高々とはね上げながら、拍子をつけて歩いてきたので、彼が「そんな顔をするなってば。デカなんて、この国にはいないってことは、先刻ご承知じゃないか。いるのはあんなかわいらしい、背中の鍵をきりきりまわしてネジを巻く玩具の兵隊さんだけさ。あの顎鬚をはやしたユダヤ人哲学者は、なんてったってしっかりしたドイツ的教養の土台をもってたんだなあ！……おい、来いよ、おれたちのチャーミングなガイドさんが合図しているぜ……」と言い（ガイドというのは老女、というかむしろ老夫人で——もしかしたら、実際はそれほど年をとっていなかったかもしれないが——疲れたような灰色の顔をしていて、品位そのものも打ちしおれ、冴えない、これまた機械的な声でしゃべるのだったが）、長方形の紙切れの下のほうにサインするだけでいい金持の外国人というので、彼女は彼らを、赤い大理石の立方体の足もとでうねって一向に進まない男女のながい行列を横ぎり、

鏡みたいにぴかぴかに磨いた銃を携帯したべつの二人の衛兵が左右に控えている門まで連れていったが、その兵たちも蠟を流しこまれたみたいにじっと動かず、ただちがうのはこちらは（蠟は）それとなく呼吸しているということだけで、それにたいして衛兵たちが張り番していた当のものはただの干からびたミイラにしか見えず、モンゴル人めいた面貌の黄色いちいさな顔に短い山羊髯を生やしていて、きっと毎朝防腐処理人が櫛を入れているにちがいなく、高等中学の校長みたいな感じで、同時にまた野蛮でペダンチックで情け容赦のない東方の悪代官みたいでもあって、投光機の光りを浴びて、まるで聖遺物箱みたいなものの中に横たわり、地下納骨堂みたいな静寂が大理石の床をひきずるシューシューという信心めいた足音でなおいっそう森閑とし、それと同時に薄明かりのなかを人魂みたいにおぼろに、魅入られかつおずおずとして、錣つきの帽子をかぶったりショールにくるまったりした、頬骨の突き出た幅広の顔、アジアの奥地からやってきた焼き林檎みたいな色の皺だらけの顔、子供たちのブロンドの頭が行列して、見えない糸で吊るされたみたいにゆっくりと交代し、あとに酸っぱいキャベツや酸敗した油やあまり洗ってない体の生暖かくてむっとする残り香をただよわせ、そして彼は覚えているのだが、外へ出て、大気、光にあらためて触れると、「これもきっと、おれが哲学を勉強しなかったせいなんだなあ。さあ、頼むよ、そんな仏頂面《ぶっちょうづら》をするのはいい加減にやめてくれ。今夜はぱっとやろうぜ。いまはしこたまデカが、いや間違えた、カネがはいったんだから、お大盡《だいじん》ごっこをしようぜ」と言ったもので、じっさい彼らをホテルまで呼びにきた新しい友人たちは二人の娘を連れてきたが、スカートやブラウスはアイロンをかけた——とい

うかよれよれを直した――ばかりとはいえ、彼女たち自身はそれほど初々《ういうい》しくはなく、といっても厚化粧が心配させたほどの代物《しろもの》でもなくて、ただ若くてもよれよれなだけで、打ちしおれているというほどではなく、ほとんど目に見えないけれども皺にはちがいない小皺を口のまわりにきざんで、しなびているだけで、どちらかといえば秘書かタイピストというか、昼食は辻公園のベンチでサンドイッチをかじるだけで我慢するタイプの女で、「かりに二切れのパンの間に少々のラードとか豚の脂身がはさまっているとしても、だな。ハムは無理だろうよ。それどころか、二切れのパンでもあれば御《おん》の字か。例の柄もなく刃もついていないナイフとおんなじでな」と、彼は考えたもので、はっきりと声に出して（そしてほとんどすぐに、そんなことを言う自分を軽蔑したものだったが）「もしかしてやつらが、今度も売り子にしたようになにか耳打ちすると、この女たち、さっと売り物を全部おっぴろげるんじゃないか？……」と言い、そこでメキシコ人が「ばか、いい加減にしろ！糞ったれ！」と言い、彼も「今度こそあやまるよ。心底からな、ごめん……」と言ったのだったが、お大盡どころか、ギャンブルも、快楽すらもなくて（ただ晩餐の客たちがいるだけで、よれよれではない服を着て、いくぶん幅広で、いくぶんぼってりし、いくぶんしゃちこばった顔をしており、下手に優雅さをよそおった女たちを連れていて――というか連れているのではなくて、ちょうど委員会とか商談をおえたあとの男たちみたいに、黙りこくったり、ぽつりぽつり言葉をかわしながら何人もでシャンペン桶をかこんでいて）、そのレストランでは香りをつけた生の小タマネギをそえたシャシュニックが出たが、それは世界中のロシアレストランやコーカサス風地下キャバレーとおなじ

で、やはりここでもドアがわりに近東風壁掛をたらし、枝つき燭台やテーブルの上の蠟燭をともし、バラライカ楽団の演奏で、アストラカンの円筒帽《トック》をかぶり、しなやかな長靴をはいたコサック風の民俗衣裳のダンサーが踊っていて、その黒い長上着の襞が、彼が旋回したりびっくりするほど高く飛びあがったりするたびに短いスカートみたいにひらひらし、二本の松明《たいまつ》らしきものを（というか、あれは火をつけた焼き串だったか？）両手に持ち、バラライカの演奏がだんだん音高く、だんだん早くなると、歌手たちのロシア人的な（ないしはコサック的、ないしはジプシー的な）声もだんだん大きく（何人かのバスと女声一人で）、重々しく、深みを増し、胸せまるようで、何人かの客（よれよれではない、むしろ裕福そうな客たち、さらにはネクタイを締めていなくて、シャツの襟がボタンだけで留められた客たち）の声がそれに和し、何人もがますます急速になる手拍子を打ち、メキシコ人も手拍子を打ち、ウォッカをもう一瓶注文してまたグラスに注いでまわり（そしておなじこの晩、おなじ時刻に――といってもそれを知ったのはふたりがヨーロッパにもどってからだが――国軍の総司令官を銃殺していた〔六六〕（というかピストルの一発で地下室の奥にほうりこんでいた）のであり、連日連夜と同様、この夜も何百という家、アパルトマン、ないしはただの農家でどんどんという音（足蹴の音）がドアの鏡板に響いていたのであって――もしかしたらしゃちこばった顔つきの何人かの客たちの家、あるいはコサック衣裳のダンサーの家、あるいは給仕のだれかの家、とにかくだれかの家のドアでもそうで）、それからすこしたって四人の男と二人の娘がぎゅう詰めになったタクシーが穴ぼこだらけの車道のわだちにバウンドしながら走っていて、ついで車道さえなくな

り、前後も左右もあまりにも広々とした泥まみれの（工事現場みたいな）空地がビル群のあいだの何本かの街燈のとぼしい光の下にひろがっていて、いくつかのビルは真新しくてコンクリートも打ちっぱなしだったが、ほかのいくつかはきっと去年は真新しかったにちがいないが、すでに荒廃し、ぼろぼろ崩れるみたいに壁面がはげていて、ついでタクシーをおりてわだちにつまずきながら泥だらけの空間を横ぎり、ついでポーチをくぐり、ふたたび暗い中庭でつまずき、ついでもうひとつポーチをくぐり、ついで六人とも部屋のなかにいた。といってもきっとこの時には彼はすでに酔っていたにちがいなく、黄色い壁以外なにひとつ覚えていず、兵営のなかみたいで（というかもしかしたら彼らが横ぎった台所の黄色っぽい光のせいかもしれず、そのドアは開けたままだったので、レンジの上でがちゃがちゃやる鍋の音などが筒ぬけで）、栗色の布でおおった背のないソファーと何脚かの椅子――とにかく坐れるもの――があったが、数が足りず、というのもいまはどうやら六人ではなく、十人か、それとも十二人か、それとも十五人かいて、しかもおなじ顔ではなかった。つまり、見知らぬ顔が戸口にひしめいていて、子供っぽい好奇心とでもいったものを見せて蝶ネクタイや靴を見つめ、入れ代わり、ドアが通じている台所もどうやらいくつもの住居の共用らしく、ちょうどどうやらおなじ階の住人だけでなくて、建物全体の住人が男も女も子供もつぎつぎに姿を見せ、交代し、部屋にはいってきたかと思うと出てゆき、ふたたびはいってくるみたいで、それでもそこにいる人間は意に介さないかのようで、まるでそれもノーマルな事態みたいで、まるでこんな夜更けにだれも寝ていないのも、だれかが台所でいろんなもの（キャベツや酸敗した油の臭いのするもの）を煮

炊きするのもノーマルなことみたいで、メキシコ人はあいかわらず、レストランを出る時に買ったウォッカの瓶を片手に、二人の男相手に哲学的な問題について議論していて（「じゃあ、かりに株式ブローカーとしてもいいさ」と彼は言ったもので、「なにしろ、そういった問題を扱うのは警察官僚らしいからな。いいさ、神の摂理のブローカーだ。だけど、おい、頼むからその仏頂面はやめてくれ」）、彼のほうは差しあたって低すぎるソファーに腰をおろし、たまらない眠気に打ちひしがれていて、背中と壁のあいだに小さすぎる二個のクッションをなんとか挟みこもうとしながら、唖然とした面もちでべらべらしゃべりかけてくる片方の娘の顔を見つめ、二人のロシア男の片方が一瞬哲学的議論を中断して、彼に「この娘が君に（というのも、いまは彼らは君僕呼ばわりしていたからだが）……自分と結婚する気がないかって聞いてるんだ」と言い、そこで彼は「結婚？　ぼくと……だって……」と言い、酔っぱらいすぎ、疲れすぎていたので、あいかわらずふたつのクッションを背中に挟もうとしていて、そしてもっと後になると、彼に結婚を申しこんだ娘と二人のロシア男だけになって、この家の住人たちは行ったり来たりし、彼に物見高い視線を投げつづけていたが、娘はいまはソファーの反対の端で彼が箱ごと与えた煙草を吸っていて、どうやら彼のことなど忘れたらしく、というのも今では彼が株式ブローカーと呼んだ二人の間でロシア語でつづいていた議論のほうに興味があるみたいだったからで、メキシコ人学生のほうはもう一人の娘と隣の部屋へ消え、娘のほうがドアに鍵をかけ、それから察すると、この建物——というかアパルトマン——のいくつかの部屋はそれでも鍵をかけられるらしく、いずれにしろその娘がメキシコ人の着ている服の裏地に、

音に聞こえたあの金の刺繍入り赤旗を縫いつけるあいだ邪魔されたくないのだとかいう部屋は鍵がかかったのであって（彼は房縁《ふさべり》（やはり金色）のついた赤旗を買うことはあきらめたのだが、それは裏地がぼってりしすぎて、メキシコ人がなおも帰国するまでに横断しなければならない敵意にみちた国々の国境で税関吏（ないし警察官）の注意を引きかねなかったからで）、彼が株式ブローカーと呼んだ男たちは煙草を吸う娘に傾聴されていて（それは半分が厚紙の筒になっている長いシガレットで、筒を二度逆方向に押しつぶすとフィルターの役を果たすのだったが）、リトアニア人とか言っていた二人のうち背の高いほうが、鍵をかけたドアのほうにだんだん頻繁に視線を投げ、人々はあいかわらず部屋にはいったり出たりしつづけていてまるでわが家にいるみたいだったが（そしてもしかしたら、ほんとにそうだったかもしれないが）、リトアニア人の顔がしだいに元気がなくなり、表情が変わり、会話そのものも活気がなくなって、空まわりしたり、沈黙がまじったりし、リトアニア人の顔はますます緊張し、いまでは引きつり、悲劇的になっていて、彼のほうもいまはもう坐り心地のわるいソファーではなくて客車のシートに横たわっていて、それはどれもが一緒におなじ瞬間に鉄橋の上で轟音を立て、トンネルに吸いこまれ、河を渡り、沈痛な汽笛の音を響かせて、無数の傷痕をきざんだ大陸のあちこちの平野をあえぎながら走っている列車のひとつで、その傷痕はちょうど闘牛の角で引き裂かれた馬の腹や胸先をどうにかこうにか縫い合わせてまた闘牛に見せつけるのに似て、どうにかこうにか縫ってはまた縫い合わせてはあるのだが、「もちろん、やつらは警察だったさ！　もちろんだとも！……おそらくは女たちだって。だが、それだけじゃなかったんだ

な……そうとも。もっとなにかがあった。もっとずっと込み入ったなにか、もっとずっと……」と考え、さらに「それにしても、おれたちは若かったなあ！　いやはや、なんて若かったことか、なんて若かったか！……」と考えるのだった。

＊＊＊

そしていまは、そうしたことすべても遠くはるかで、お終《しま》いで、彼は死ににいくのだ。といってもそれは、ほんの二年とちょっと前のことで——その二年間新聞の記事をとおして読みとれる事態をやってこないものと思おうとし、それでいてやってこないわけがないとも承知していて——ほんの二年とちょっと前彼はあそこで、それ自体穴ぼこだらけの郊外の奥の夜の奥底にいて、その郊外自体ヨーロッパのほとんど奥の奥、もうひとつの大陸との境目近くなのだったが、壁のはげたコンクリートのかたまりの内部で、坐り心地のわるいソファーに女と——しなびた若い娘と——ならんで坐り心地わるく坐っていたもので、彼はそうと意図せずに彼女をはずかしめ、なかば酩酊して、眠くてたまらなくて転がり落ち、議論する（というか議論するふりをする）ふたりに耳を傾けていたのだったが（しかし何者だったのか？　密告者、警察のスパイ？——しかし何を密告するのか、だれをスパイするのか？　二人のひよっこ、蝶ネクタイを締め、ツィードの背広を着て、仔牛の革の靴をはき、まるで動物園にめずらしい動物でも見にゆくみたいな恰好でやってきた二人の立体派の

学生で、動物園の見物人ほどにも遠慮がなく、買った時の四倍の値段で腕時計を売るだけで、コサックに扮装したダンサーが旋回するのを眺めながら、タマネギぞえのシャクニックやウォッカの瓶を十六倍安く払えたわけではあるが）——そして三年もまだたっていないあの日には、今度は蝶ネクタイもせずツィードの上着も着ていなくて、古ぼけたジャンパー——釣りに行く時にひっかけるジャンパーを着ていて（というかむしろ、それで変装していて）、まさにそのおなじジャンパーを着て、いまは死体みたいに、といっても目を大きく見ひらき、彼が乗る権利のない、将校専用の車室の詰め物をしたシートに横たわって、夜の闇のなかを水平に滑ってゆくところなのだが、あの時は木のシートで、車室も三等で、といっても本当のところそれにも（道徳的にであれ、しきたりのためであれ）彼は乗る権利などなかったのだが、乗車にあたってあの時もまた偽造文書と呼べるもの、つまり彼の名前（彼が下のほうに署名するだけで気のいい出納係が札束を渡してくれた、長方形のちいさな紙切れにのっているのとおなじ名前）のいんちきな組替えとある政党の党員証を提示したのであって、その政党が公然とかかげる目標とは銀行とその顧客を同時に抹殺することであり、この党員証が（彼自身賛成という確信がそれほどなかった思想（とりわけ銀行を抹殺するという思想）への彼の信奉のあかしとして党費支払い済みの印紙がべたべた貼ってあったが）手に入ったのも（彼は印紙代を全部いっぺんに——といっても小切手でだが——まさに前日払いこんだもので）いわばぺてん、たくみな説得、当時立体派の学生にあっては（義務的とはいえなくても）人気の高かったこの銀行閉鎖計画にたいする賛同の誇示、騒々しいひけらかしによるもので、だから自分自身を

もごまかし（つまり半分ごまかし、つまりこの銀行閉鎖という哲学的プログラムが半分しか彼を誘惑しなかったその割合だけごまかしたわけで）、そこで国境駅のホームで（それとも事務所だったか？）それ（その偽造文書）を吟味した連中が彼をもじろじろ吟味するあいだ、じっと突ったっていたのだが、相手も二人で、逆説的なことに、彼が入国しようとする（というかむしろ潜りこもうとする）国にとっての外国人であって、一人はシャツ姿で大砲みたいな太い口径の拳銃をズボンのベルトに差しこんだアメリカ人で、まさしく銀行強盗みたいな様子をしており（それに確率から言ってほんとにそうのようで――あるいは過去にそうだった――あるいは信念にもとづいてそうありたいと願っていたようで）、もう一方は素裸の上につなぎを着て、体より大きい銃をかかえたイタリア人であり、アメリカ人のほうはしかめ面をして、疑いぶかく、柔和なところのない、軽蔑的とさえいえる態度で、彼にとっては党員証もべたべた貼った印紙もことさら信用できる身元証明とは映らないらしく（最悪のとまでいうのでもないが――べつに偽造を疑っているのではなくて、まさに、あらゆる真正さの徴《しるし》を呈していたからこそなのだが）、イタリア人のほうは反対に打ちとけた、親しげな態度を見せ、これはパリのどまん中で、レストランのテーブルについていた彼の国の政治的指導者を倒した殺し屋、というかピストル撃ち《ピストレーロ》で（彼はその事件を、彼に説得されてアメリカ人が最終的に新参者を乗車させることにし、彼もいっしょに乗りこんだ、国境とバルセロナのあいだの列車のなかで話して聞かせたもので――その列車にはどうやら彼ら二人しか客がなく、したがってもっぱら栗色の木のシートをそなえた三等車から成っていたにもかかわらず、またほぼ定刻に発車したにも

かかわらず（というかもしかしたら一日の仕事を終えて自宅に帰る——といっても自宅があったとしての話だが——イタリア人の命令で発車したのかもしれないが）、それは国家元首のためにチャーターするような、いわば特別列車の役目を果たしていたかのようで、日が暮れ、彼がしゃべっているあいだ車室の暗い窓ガラスに彼の顔が反射するのが見えたもので（拳骨よりもそれほど大きくはない顔の上に（というか光背みたいに顔をかこんで）ちょうどヴァイオリンの名手やズールー族の戦士などによく見かける、縮れ、逆だち、まっ黒な髪のかさばるかたまりがのっかっていて）、というわけで冗漫で、親しげで、ほぼ十二歳の頭脳をそなえたイタリア人だったが——ついでふたたび（正真正銘の贋通行許可証を携帯した旅行者には、見たかったことを見、知りたかったことを知るのに何日間かしか必要ではなくて、それは同時に悲壮でもあり、無邪気でもあり、腹だたしくも情けなくもあることばかりだったが）、ふたたびずるい手を使い、いわば精神的なあらたな従属という代価をはらって（今度の相手は赤むくれのひどい顔をした（祖国でむちゃくちゃに殴られた）オーストリア人で、彼もやはり素裸の上につなぎを着て、持ちものといえばバスク風のベレー帽と、踵のつぶれた一足の靴と、警察とのコネだけで）、というわけで、ふたたび彼が来たところへ彼を連れもどすそっくりおなじ列車に乗っていて、どんなちっぽけな駅、どんなちいさな停車地点、勝利を盲信した文句や略語で壁の汚れた照明もとぼしい駅にも停車するのだったが、ホームには機械工のつなぎを着て長い銃をかかえたいくつかの人影のほかには、農民みたいな服装で雑然とした荷物のまわりに集まり、いったいなにを待っているのかよくわからない人の群れがここかしこに見えるだけ

で、なにしろほとんどだれも（必要書類を携帯していないかぎり）乗車することはできなかったのだ。ある駅では、ホームのいちばん端、客車が停止した場所のほぼ真正面に、雨に濡れそぼった旗がたれさがっていて、それは駅員たちがまるめて脇の下に挟んで歩き、発車のときに振りまわすあの赤旗だったかもしれないのだが、それがだれの脇の下にもなく、だれが振りまわすでもなく、ただそこの保線詰所の屋根の角にひっかけられているだけで、竿が重みで斜めにかしぎ、赤くはなくて（いまは水を吸い、だらんと垂れさがったままで色を区別できるかぎりでは）長方形の対角線にそって半分赤く半分黒くて（喪の、絶望の、死の黒で）、近くの屋外燈の明かりのなかではそれはただのくすんだ色のぼろきれにすぎず、そのまわりに縞状のまだらをつくってやむことなく降りつづける雨の粉末がきらめいていて、旗はあまりにも水を含んでいるため、時折客車の窓に雨をたたきつける風もそれをかすかに揺らめかせる以上のことはあまりできず、その先端に大きな雫ができて、それがすこしずつふくらみ、屋外燈の明かりのなかでダイヤモンドのように光りながら西洋梨のかたちに長く伸びてゆき、ひとつまたひとつと規則正しく離れるのが見えたもので、がたんと動き出す前に機関車の汽笛が訴えるような、陰惨な、二度繰り返される唸り声とでもいったものを響かせ、最西部《ファー・ウエスト》を舞台にしたアメリカ映画のなかで機関車がたてる音を連想させた。

三年が経った。そしていまはきっと彼も、まがりなりにも眠りに落ちたのにちがいなく、というのもはっと目が覚めたからで、車室のドアが突然すさまじい音をたてて開けられ、光が荒々しく、眩しく、彼をひたし、それと呼応して一人また一人と狭い空間にはいりこんできて（といってもそ

れがあまりだしぬけに起こったので、彼らが全員一度にはいってきて、電気がついた時にはすでにそこにいたみたいで、いかにもどでかく（場所の狭隘《きょうあい》さのせいかもしれないが）見え、黒い軍服を着て革装具を身につけていたが、まるで夜の闇と戦争が生みおとしたみたいで、外の新鮮な空気といっしょに大災害の匂い（ワックスや銃磨き用グリースや飽食した体の匂い）までもちこみ、網棚になにか金属音をたててぶつかりあう固いものをほうり上げながら大声でしゃべり、ざらついた声が呼びかけあい、負い革のバックルをはずしてそれも鉄兜やムスクトン銃のあとを追わせ（列車は停車していて客車全体がいまでは足音や、鋲を打った軍靴や、網棚に投げられ仕切り壁にぶつかるいろいろなものの音で反響し）、ついですでに腰をおろし、上着のボタンをはずし（いまは列車はふたたび走っていて）、雑嚢から固いチーズをとりだしてパンを切ったのにのせると、チーズがぼろぼろこぼれ、それからそれを咀嚼し――そうしたすべて（どたどたと侵入し、装具をはずし、腰をおろし、チーズの缶をあけ、咀嚼すること）が一種の落ち着きはらった、生得の、いわば機械的な乱暴さとでもいったもの、つまり昔ながらの農場の雇い人、耕作者、労務者ならではの自然な乱暴さで連結され（赤らんだまるい顔もおなじ、咀嚼するとき飛びでる顎の筋肉もおなじ、爪が角ばった手の恰好もおなじ、親指でナイフの刃の上のチーズをおさえて口へ持ってゆくときの手つきもおなじで）、まるで飼い馴らされたみたいで、ちょうど薬莢の筒のなかに詰めこまれた火薬も、撃鉄が雷管をはじかないかぎり飼い馴らされ、弾丸をこめていない拳銃や小銃におとらず安全無害であるのとおなじで――銃尾はそれでも肋骨をくだいたり足（とか顔）を叩きつぶしたりするための金属板

で補強されてはいたが）――、ふたりの予備兵はだしぬけに起こされて辛そうに光のなかで目をしばたたき、さっきまで横になっていたシートの隅にいまでは押しやられ――とはいえ新来者のだれも彼らに注意をはらう様子はなく、彼らを追いだそうとする振りもみせず、それどころか正直言って彼らの姿さえ目にはいらないかのようで（ただ、はいるよう指示された車室で席がふたつ足りなかっただけで）、おなじようにさまざまの出来事（苦悶の表情を浮かべた群衆、涙にかきくれた女たち、引きつった顔、彼らの弁当が包まれていた新聞紙の黒いでっかい見出し）にもことさら関心をもったり、心配したりもしていない様子で、ただそれらが（出来事が）真夜中に列車に乗りこんで、命令が出たらまた列車から（おそらくはまた真夜中に）おりることを強いているのだとだけ承知していて、いつ何どきでも都合がつけばその瞬間を有効に使ってチーズや、パンや、ソーセージを取りだし、口一杯に頬ばったまま仲間同士冗談を叩きあうのだったが、それも衛兵詰所の下品な冗談ではなく、小学生なみの他愛のない冗談で、小学生なみにふざけあい、トトとかシャルロとか呼びあい、まるで彼らのあいだには秘儀に通じた人間のというほどではないが、特殊な、限られた数の単語と冗談からなる初歩的な言語でも存在しているかのようで、まるで呻きもだえ、不安におびえる人類の枠の外の別個の世界に属しているみたいで、さながら（ボタンをはずした彼らの上着のくすんだ左右の合わせから覗く、薄紫色の縞がはいったり水玉だったりする甘美な色あいの逆説的な変わり型のシャツといい、闘牛みたいな彼らの首に巻きつけた甘美な色あいのハンカチといい）人間と（というかむしろ中央市場の荒くれ男とか馬喰《ばくろう》と）あの初歩的な消化機能や初歩的なニューロ

ン中継組織でできた、内側が紫がかった甲殻動物との中間に位置する動物にも似ており、廊下から聞こえた命令がひびくや、あのおなじ乱暴さ、おなじ荒々しい従順さで、彼らは食べるのをやめ、チーズをしまい、上着のボタンをはめ、負い革に肩をとおし、ふたたび完全装備になって、鉄兜もかぶり、犬の口籠《くつこ》みたいに顎紐を顎にとおし、ムスクトン銃を腰にかかえて、またしても金属のかちかちいう音をたてながら先を争ってもみあい、ちょうど列車がブレーキをかけ、あらたな停車駅で停止したとき、彼らは一列になって車室から出ていった。

ほどなく彼らががらんとしたホームの鉱滓《スラグ》を踏んで足ぶみし、銃尾の音をたてながら整列するのが聞こえた。屋外燈のかすかな光が彼らの黒い鉄兜の上に、まるでずらっとならんだ亀の甲みたいにきらめいていた。それもまたちいさな駅で、客車がとまっている場所からはきらめくレールと貨車以外なにも見えなかった。しばらくすると列車はまた発車し、ゆっくりと速度を増してゆき、支柱の上の琺瑯《ほうろう》びきのプレートの上に予備役兵は（革ジャンパーを着た彼の相棒は、すでにふたたびシートに横になっていたが）《キュルモン＝シャランドレー》と読みとることができ、その駅名は突然夜の闇のなかからあらわれ、目の前をすばやく通過して、ふたたび呑みこまれ、それはまるで、さっきの機動憲兵隊と同様、暗闇によって意図的に生みおとされ、作りだされ、鉄床《かなとこ》をたたくようでいてシューシューというその重苦しい響きといい、どことなく脅迫的なまま、どこか一切《いっさい》から（光や海原や人の住む地域から）離れたところ、列車がなおも走りつづけている無形の時間の奥にひそんでいるかのようだった。彼（予備役兵）が目を凝らしてもむだで、家々も川も丘々も空も見え

なかった。あたかも牧草地も、森も、丘々も、空も、ただひとつの底知れない暗さのなかで接合されてでもいるかのようで、そのなかをぽつんと、黄色っぽいいくつかの電球に照らされて、星型をした建物がゆっくりと横に流れ、そのそれぞれの枝の先がはいりこんでゆく格納庫のなかに、まるで巣穴にひそむように、機関車の形が見てとれた。二、三台が半分外に出ていた。星型の中央の回転台の上で停止しているもう一台の車輪の下からは、灰色の蒸気が噴出していた。ついで、星座とか港の灯火とかが消えるように、なにもかもが消えて、ふたたびまっ暗になった。あたかも時刻表の規定を尊重するために停車したあとで、列車が夜には決して終わりがなく、ここかしこで製鉄所とか機関車車庫とかの異様なほの明かりで照らされるだけの世界にはいりこんでゆくかのごとくで、変わり型のシャツや弾薬盒につっこんだ固いチーズやてらてら光る鉄兜、ワックスを塗った革、重い靴、鋼の銃身が茶色くなった銃を身につけた機動憲兵隊員がその世界の、どことなく神話的、伝説的で、黒装束をまとい、馬みたいな装具をつけた番人と見えるのだった。

つぎの停車駅で、その代わりに乗りこんできたのは、暗がりのなかで（彼らは電気をつけず、ドアも開けはなして、席が見つからずに廊下に立ったままでいる仲間と呼びかわし）ピーピー鳴く小鳥の群れが突然屋根か庭の片隅に舞いおりたのに似たなにかだったが、ただ彼らはどたばた騒ぎたてはせず、子供たちが闇のなかで励ましあうときみたいにキャーキャー声をあげるだけで、下町なまりのあるみずみずしい声とわざとらしい陽気さ、がさつさをつき混ぜ、法螺《ほら》を吹いたり、自慢話をしたりし、彼らをこんな夜の闇のなかに迷いこませ、つぎからつぎへと訳もわからずにローカル

線を乗り換えたり、逆方向の列車にまた乗らせたりする国家元首や駅員たちを呪ったりするのだったが、とにかく消耗しきっていて、半分酔っぱらい、暗がりのなかで四分の三は空になったリットル瓶をまわし飲みし、抗議したり罵ったりし、ついでつぎの停車駅でみんないっしょに突進して、姿を消し、機動憲兵隊員たちがしたのとおなじように、夜の闇に生みおとされたかと思うとまたそれに呑みこまれたのだった。彼らの耳障りな声が、照明のとぼしいホームのむこうの端でちいさくなるのが聞こえた。もどってきた静寂のなかで、停止したままの機関車が吐く蒸気の噴射と、水門の放水口のさわやかな水音が聞きとれ、それに目には見えないが、すぐ近くで、身震いみたいに、樹木のカーテンの壮大なそよぎが聞こえ、それはなにか狂乱した、慎ましやかだが、癒されることのない、脅迫的な、広大などよめきにも似ていた。彼は窓枠を引っぱりあげてふたたび横になった。

目が覚めたとき彼は車室にひとりっきりで、夜が明けるところだった。すなわち、窓ガラスのむこうに、淡い灰色の霧が見え、そのなかをおぼろな人影が動いていた。外では、列車をおりたとき、彼はすぐに身震いしはじめた。彼はシャツの上に軽い夏のジャンパーしか羽織っていなかったので、一旦駅舎にもどってセーターを着こみ、ついで空っぽの、冷たい、まるですでに被災したみたいな室内を見まわし、呆気にとられて立ちつくしたのだったが、といってなにも壊されたり砕かれたりしてはいず、新聞売りの女性が窓をおおっていた黒いカーテンを巻きあげているところだったが、すでにそれは習慣的な動作みたいで、まるでたった二十四時間のあいだに、彼はだしぬけに日向から寒さへと移行しただけでなくて、ノーマルな世界（群衆や涙にかきくれた女たちを含む）から喪

に服した、厳粛な、きっぱりした世界へでも飛び移ったみたいで、外に面したドアがあくと、鋲を打った靴の軋む音とともに二人の在郷軍人がはいってきたが、すでに中年に達した男たちで、空色の古いフードつき外套を着こみ、鉄兜をかぶって、ズックの雑嚢に入れた防毒マスクを肩から斜めに背負っていた。彼らを見て、木のベンチに横になっていた二人の男の一方が坐りなおして、連れを揺りおこした。いまはいってきた二人と同様、この二人もフードつきの古い軍用外套を着ていて、あくびをしながら鉄兜をかぶりなおした。彼らも中年の男で、その一方の顔には鮮やかな薔薇色の深い傷痕があって、鼻を上下に切りわけていた。彼はその鼻と目をこすって、早くはないぜ、さあコーヒーだと言って、斜めにかけたマスクの位置をなおし、そのあいだ、連れは彼らと交代しにきた男たちとふた言み言かわし、そして彼らは出ていった。電燈にも、最近つけたばかりらしい、黒い厚紙の円筒形のカバーがかけてあった。皺々の汚れた紙が床に散らばっていた。予備役兵は新聞売りの女がカーテンを巻きあげた売店に近づき、見出しを眺めたが、どれも昨夜のとおなじだった。そこで彼はホームに出て、しばらく立ちつくしたが、そのあいだに半分空っぽの特急が二本停車せずに通過した。ようやく鈍行が来たので、彼はそれに乗りこんだ。鈍行もほとんど空だった。しばらくすると、霧が完全に晴れた。地平線上には、白い空を背景に、溶鉱炉や工場の煙突が灰色の影となって浮き出していて、時折バロック風の装飾をつけた高い鐘楼が見えた。

VII

一九八二年〜一九一四年

道中彼はずっと徐行運転し、それどころかある時には車をとめ、道路脇に駐車してスイッチをきり、小型の葉巻に火をつけ、ハンドルに両手をのせたままじっとして、すでに初雪におおわれて凍りついた山巓《さんてん》のつらなりのかなたに太陽の最後の明るみが消えてゆくのを眺めたもので、やがて谷の切れ込みのなかにちょうど溶鉱炉みたいに、溶けて沸きたつささやかな黄金色しか見えなくなり、それもせばまり、というか収縮し、まるで輝きを増したかと思うと、ついでそれも消え、それでも一瞬くらんだ目はなおも暗くなってゆき、浅緑色で海のほうはすでに灰色になっている空を背景にいまは強烈なブルーに染まった稜線をじっと見つめつづけていて、そのあいだにもつぎからつぎへと（ちょうど劇場で道具方がつぎつぎに並んだフットライトの列に点燈し、光度を調整するのとおなじで、まるで空がすこしずつ燃えあがるかのようで）いまでは散らばった雲が、下から最後の光線を受けてブロンド色に、ついでブロンズ色、ついで真鍮色に染めあげられ、ついで淡いブルーの空のなかで黒ずんでゆき、斜めにながく尾をひいてたなびいて、ガーゼみたいにその薔薇色の房べりを平野の上にたらしていて、平野では葡萄の木がすっかり葉を落として、まるで皮をむかれ、疲

弊し、夜の闇と沈黙と眠りにゆだねられたみたいな冬の大地をむきだしにしていたのだった。

彼が運河を渡ったときはまだ、暗い両岸のあいだに流しこんだみたいな光の帯が残っていて、翡翠《ひすい》がかった銀色にきらきら光り、河岸にそってぽつんぽつんと点《つ》きだした電球の活気のない薄明かりとコントラストをなし、その薄明かりはプラタナスのところどころ皮がむけた幹に黄色いしぶきを浴びせ、目をくらくらさせる攻撃的な車の行き交うライトと赤信号の点滅の上に澱んでいたが、ごったがえした車の団子状のかたまりは、装飾的なシュロの木のまわりや映画館とか商店とかのネオンの下を数珠《じゅず》つなぎになりながらすこしも進まず、まるで 不毛の、盲目的な、脈絡を欠いた空騒ぎみたいで、他方家々の屋根の上では、暗くなってゆく空にやっと見わけられるくらいだが、ムクドリの群れがその編隊をながく引きのばし、旋回し、かと思うと集まって炭みたいに黒い日輪模様をつくり、ついでまるで破裂でもしたみたいに無数の微小でひくひく息づく粒となってふたたび散らばっていった。

ついでふたたび沈黙が、平和がおとずれた。まるで旧市街のどまん中で（いまは狭い通りは車で混雑し、排気ガスの匂いが鼻をつき、古い館の一階はくりぬかれてけばけばしいマネキン人形のあふれるイルミネーション入りのショーウィンドーに様がわりし、やはり輸入され、にせのリヴィエラ〔六七〕のけばけばしさと符牒をあわせたシュロの木もいわば模造品みたいで、けばけばしい缶詰音楽が戸口から洩れ、けばけばしい男女の店員も米軍余剰物資の缶詰からそっくりそのまま出てきたかと思われる服とか、西部の罠猟師の上着とか、シカゴや香港から直輸入の毛皮とかを着ていて、

シカゴや香港への誘惑的な旅行ポスターが貼ってあったが）、その家はいわば離れ小島、空間と時間のなかで大めにみられ、保護された場所とでもいったものを構成していて（娘時代に、のちに彼を腹にやどすことになる女が暮らした家、彼自身も子供のころ、高さ五メートルの天井の下、二人の後家にはさまれて大きくなった家で、ふたりの片方はいつでもかたくなに黒いものを着、どうやら固めた蠟の涙でできた不変の悲嘆のマスクみたいにしなびきった顔をしたたいへん年とった女で、このふたり（娘と母親）は言うなれば寡婦《やもめ》という身分のうちに一体になって、一種凶暴で独占欲のつよい情熱とでもいったもので少年の世話をし、そのうちにやがて娘（つまり娘のほうの後家）もイトスギにかこまれた一トンもの石の下の母親のところへ行ったので、そのあとは（まず最初いかめしいカトリック系学校のいかめしい制服を着用し、ついでがむしゃらに制服の反対を気どったジャケットとズボンに替え、オックスフォードのにせ学生とか立体派の弟子とかの念入りに凝った無頓着な略装（ツィードとフランネル）を着こんで、彼はもはや時たましか帰ってこなくなり、ほとんど余所者《よそもの》として、行きずりに彼が相続した家（つまり、中庭や裏庭やテラスをかこむほぼ一〇〇〇平米《へいべい》の建物（車置場、厩舎、地下室、階段、ヴェランダ、いくつかのサロン、食堂、寝室、廊下、台所、布類整理室、配膳室、屋根裏部屋）の半分しか使わなくなり——そしていまでは彼のほうも老人になり、その御霊舎《みたまや》の半分を売ってしまい、逆らいがたいジューク・ボックスやアメリカ風の衣類の店の洪水を避けて、田舎へ行ってもう一軒の、やはり彼が、こちらはまるごと相続した家に住んでいるのであって、それは赤と黒の花模様のタイルを張った、かつてその前に坐って老いたる家長が

ピラミッド状に積みあげたイチジクをゆっくりと食べていった彫刻入り大理石の暖炉のある家で、いまでは、昔そこで暮らしたすべての男女のなかで残っているのは、二人の老女だけだったが、これまた象牙色の顔をした白髪の寡婦《やもめ》で、彼がまだ歩けず、王蛇《ボア》の棲む島から連れてきた黒人女に抱かれていたころ、このふたりはすでにスカートにプリーツのはいった服を着て、思春期にはいったばかりの少女の巻き髪をセーラー風の襟にたらし、まだ膝小僧をむきだしにし、脛《すね》に暗色のソックスをはき、それでも十分大きかったからいまでもはっきりと（それに彼女たちだけではなく、それはまるで家そのもの、そのどでかい石組みの積み重なり、いまは彼ら三人がいる部屋も（その部屋へ、いまからおよそ二百年前ある戦いに破れた夜、遠い祖先がやってきて頭にピストルをぶっ放したものだったが）、ごわごわした綴れ織の肘掛椅子に腰かけた彼の横には小型の丸テーブルがあって、彼女たちがその上にクリスタルの瓶とビスケットの皿を置いてくれたのだが、四方の壁、煉瓦、モルタル、石材、言い伝えによれば敗北した将軍がピストルをこめかみに当てるためにもたれたとかいう白大理石の暖炉、床の六角形のタイルもまた、あのどっしりとしたマホガニーの箱とか宝石箱とかにも、そこから取りだされた銃器とか宝石の形がへこみ具合で読みとれるのとおなじように、記憶をとどめているかのようで）六十八年前にそこで起こったことを覚えていて、その情景、その場面こそは、笑い声、楽しげな叫び、花束の芳香のまっ只中への、外からきたあの暴力のいきなりの侵入の序奏となったもので、それまで死はしずしずと忍び足で、年とった人か病人を連れ去るだけだと思っていたうら若い彼女たちの日常のなかに、突如闖入したのが、その生々しさ、無遠慮さ

むきだしで彼女たちに襲いかかったもので、そのために妹のほうの少女は子供の鎮まることのない絶望のとりこになって逃げだし、両手で顔をおおい、嗚咽に肩を震わせながら海ぞいに走り去ったものだった。

そして彼女たちは、その時の話をして聞かせたのであって、時折彼に質問を繰り返させては耳を澄まし、思い出そうとしては注意をこらす象牙みたいな色の顔をしかめながら、夢想するみたいな、いくぶん放心した声で代わり番こにしゃべるのだったが、それはもはや悲しみではなくて——いまはあまりに昔の話だったから——同情、憐れみのこもった声で、つまり、おなじこの部屋で彼女たちが帰らぬ旅に出発する男を見送ってから三週間たつかたたないかのころのことだが、もともとそれは、言うなれば不法侵入によって、いやさらに言えば略奪によって、というのも要するに一種のかどわかし、婦女誘拐であったものを言葉の二重の意味〔六八〕でそう呼べるならばの話だが、家族のなかにはいりこんだ男で、顎鬚をはやし、闇夜の色の軍服を着、長靴をはいて遠くはるかな、どことなく伝説的な国から忽然とあらわれ、怠け者の雌牛を誘惑し、彼女と結婚し、七つの海、熱帯の暑い海を、しまいには未開の黒人たちがあふれる島まで連れまわしたあげく、生ませた子供といっしょに彼女を連れもどして、彼女をあらためてこの城砦、この半分眠っている威厳の砦に据え、置きざりにし、一個の金属の破片に出会うためにどこかの森かビート畑の片隅へ去ったのであったが、そこでこういう場面があったのだ。すなわち、夏の終わりの灼熱の午後のこと、浜辺は（彼も当時のその浜辺をほぼそのまま、つまり、その浜辺ぞいにもまた耳をつんざくようなジューク・ボックス

とかコンクリートのビル（というかミルフーイユ）〔六九〕とか、ファーストフードの店とか、飼い馴らされたシュロの木、金ラメの水着やヨット用品を売る店、ネオンや気をそそる看板、ショッピングセンター、駐車場、バーなどが氾濫していなくて、巻きあがる波が寄せてきては息絶えるただのながい砂浜であった頃のことを覚えているが、わずかに低い砂丘で保護され、彼らの家のテラスや一階が砂でなかば埋まってしまい、場ちがいの破風屋根や場ちがいのちいさな塔屋がある二十か三十の別荘が市電の路線の終点の両側に並んでいたもので、その停留場も貨物駅などに見かけられるような、茶色っぽい、潮風でペンキもはげたただの吹き抜けの木小屋にすぎず、レールがぶつかって見えなくなる車止めもなかば砂に埋まっていて、板をつらねた通路が、休憩場、というか廃材でできていて四角い地面を三方からかこむひとかたまりのバラックに通じ、日曜など、風向きによっては、そこから楽団の演奏のこだまがとどき、町のハイカラな店の売り子や商店員たちがそれにあわせて踊ったものの、しかし平日はがらんとしていて）……その夏（というかむしろその夏の終わりごろ）浜辺はがらんとしていたのでなくて見限られていて、別荘の大部分も同様にせっぱ詰まって放置され、陸に引っぱり揚げられた五、六隻の小舟とそのかげで網をつくろう黒ずくめの女たちをのぞけば、だだっぴろいひろがりのなかに六つか七つの人群れしか見られず、彼女たち（いましゃべっている二人の老女たち）は当時のあのドレスに似た、首まできっちりボタンでとめ、上着がふわふわふくらみ、キュロットは膝の下で締めつけた水着を着、花綵《はなずな》状の縁飾りをつけた帽子をかぶって、たがいに手をつなぎ、巻きあがる波が彼女たちのほうへ迫り、打ちよせてくるたびごとに跳びあがっ

たのであって、波は彼女たちの背後でくだけて、時折彼女たちを引っくりかえし、なかば溺れさせることもあり、したがって海の広大なとよもしに耳ががんがんして、彼女たちが見たことといえば（もしかしたらふたりのどちらかは渦巻に転がされ、咳きこみながら立ちあがったものの目がまわっていたかもしれず）まず最初、砂丘の稜線の上、ふたつの別荘の屋根と屋根のあいだの日傘、ついでこれも日傘かスタンドの笠に似た帽子、ついで頭、上半身、ついで市電をおりたときのままの町歩き用の靴が許すかぎりの早さで、砂に踵をひねったりしながら歩いてくる女の全身像で、それが浜辺を横断するにつれて大きくなり、形もはっきりしてくるのだったが、なにに取りつかれているのか操り人形さながらに身ぶり手ぶりし、合図するみたいに日傘を上げたり下げたりし、もしかしたらすでに叫んでいて（ただし声は巻き波のすさまじい音、滝のようにくだける泡、壮大なひろがりのなかにかき消え）、水際にくると日傘をさすことはやめないで、片足でぴょんぴょん跳ねながらはだしになり、靴を片方ずつ後方に撥ねとばし、ストッキングをぬぎもしないで彼女自身水のなかにはいり、長いスカートをまくりあげ、しぶきも意に介さず、ドレスの裾もすでに濡れているのだったが、それでも進みつづけ、あいかわらず叫んでいて、一方水浴びしていた女たちも歩みより、やがてきっと彼女が砂丘をよじ登った時からすでに叫んでいたこと、そんな脚のわるい女の腰の振り方、狂女とか、関節のはずれた操り人形みたいなジェスチャーを見せながら浜辺を横ぎるのにかかった時間のあいだ中ずっと叫ぶのをやめなかったことを理解したのだったが、叫びすぎたためにしゃがれた声がいまは返し波や泡だちや風の騒音を圧して、どこか脅えきって、興奮し、同時に不吉な調子

で、もしかしたら百回目かにその報せを繰り返していて、その時水のなかでたわむれていた彼女たちは六十八年後のいまでもその文句、すなわち「町では……大尉が」（そして打ちよせる波やカモメのぎすぎすした声のすさまじい音のなかで、その名前を聞く必要はなく、すでにだれかを知っていて、すでにつづきも知っていたのだが）……戦死したって言ってるのよ」と言う声が聞こえるような気がするのだった。

というわけで、このおなじ一室、彼ら三人がいま坐っているこのおなじ部屋（そしてふたりの一方があんたもうすこしグルナシュ[七〇]を飲むかい？　ビスケットをもう一個お取り、と言い、彼がビス……？　いや結構々々。ほんと。ぼくは……それであんたたちは……と答え、それで年下のほうが、パパが電報を受けとったのはその翌日でね、と言い、そこで彼、電報？　どこから？　それで彼女、市役所からよ。いやどこだったかな。それともパパが市役所へ行って、そこで言われたのかもしれない。町ではみんながその話をしていてね。あんたのお母さんとお祖母さんはあんたを山の温泉場に連れていってたのさ。あんたは暑さに弱くってね、すぐに病気になって……そこで彼、それで？そこで彼女、パパが自動車を出して、みんなに知らせに行ったのさ……）おなじ部屋、おなじ暖炉が百二十年の間隔をおいて三人の末期、つまりあの日自分が死んだことをすでに理解した女と、ふたりの男、まず最初鬘《かつら》をつけた（というかもしかしたら鬘なし、羽根毛をつけた突拍子もない二角帽なしで、髪もみだれ、汚なく、顔はやつれ、軍服は泥だか埃だかで汚れていた）男の最後、もう一方は四角い顎鬚、ぴんとはねたカイゼル髭をはやし、短い髪に念入りに櫛を入れ、磁器みたいな

目をして、すでに軍装もととのえ、あとはきっと負い革のバックルをとめ、拳銃を調べ、双眼鏡と地図入れを肩から斜めにかければいいだけで、そして中庭では前者の馬は疲れはて、泥まみれで、やはり埃で汚れていて、拍車で脇腹の皮がむけ、手綱は馬丁に投げ渡され（その場面がもしかしたら角燈で照らされ、長靴をはいたシルエットがすでに振りかえりもせずに階段に呑まれてゆき、ついで燭台（か、もしかしたらただの蠟燭）のぼんやりしたほの明かりが窓のむこうで行ったり来たりし、ついで動かなくなり、ついですこしあとできっと夜の闇のなかで（紙に何行かなぐり書きした――とか、書類を焼いた――とか、火の気のない暖炉のそばに身動きもせずに立ちつくして、もしかしたらじっと虚空を、虚無を見つめただけで――というかもしかしたらほとんどすぐ、拳銃に弾丸をこめるひまもあらばこそ、そのままの勢いで、まだ馬をギャロップさせていたあいだに決心され、すでに始められ、すでにほとんど達成されていた行為があり）銃声がし、ついでいくつかのほかのほの明かり、ばたんばたんとドアを閉める音、叫び声がひびき……）、後者の馬は（その後三週間たつかたたないうちに、やはりがりがりに痩せ、汚く、疲れはててのたりのたりと歩き、乗り手の重みではなくて戦死した兵たちの装備や、背嚢や、武器の重みでたわみ――というかもしかしたら自身も死んでいたのかもしれないのだが）まだみずみずしく、厩舎から引きだされたばかりで、毛なみがきらめき、鞍もきらめき、脇のサーベル差しもきらきら光っていて、そしてどちらの場合にも石畳を打つ蹄のかつかつという音がポーチの丸天井に火花のはじける音、ひとつかみのビー玉がブリキの板の上にばらばら落ちる音みたいに反響したもので、それが聞こえたとき、と彼女たちは

言ったが（つまり、その部屋で夫婦と子供のまわりに集まった人々に聞こえたときで、彼女たちの語るところによれば、それはまるで本などに出てくるロシアの家庭で、家族の一員が旅行に出かける前に、血縁の者がみんな、召使たちも――すくなくともこのときの黒人の女みたいに家族なみのが――ひと部屋に集まり、そうやって出発の時を待ちながら坐っている感じだったが）彼女たちをはっとさせ、身震いさせ、彼はすでに立ちあがって、しゃがれた、落ちつきはらった声で、まるで列車か乗合馬車にでも乗るみたいに、「さあ出かけるかな。時間だ。行こう」とだけ言って、腿の上にかかえていた子供を黒人女のほうへ差しだし、もしかしたら最後の夜をいっしょに過ごした女に助けられて身支度をととのえ――最後の夜といってももしかしたら数時間だけかもしれず、最後の点検のあとで夜更けに兵営から帰宅したからで、服をぬいで彼女の隣に横になって彼女を抱きしめ、彼女のほうは硬直して、声もなく、冷えきっていて――それとももしかしたらこれを最後と荒々しい貪欲さとでもいったもので、自分の上に彼を引きよせ、体をひらき、猛り狂った抗弁、猛り狂った、胸を引き裂くような最終の抱擁のうちに彼を受けいれ、しがみつき、すでに狂気し、しゃくりあげ、そしていまはふたたび体をこわばらせ、目もかわいて、ひとつまたひとつとベッドの上からその負い革、拳銃、双眼鏡を彼に差しだしながらも彼の顔、彼の唇から目をはなさず、ついで彼がガラスドアから出ると後について行くのであって、まさしく今から四年前に彼女はそのおなじドアの前で、幸福で気絶しそうになり、酔ったように彼の腕にもたれかかって、白ネクタイの陽気な従兄弟たちにかこまれ、サロンから聞こえる声やシャンペングラスのざわめきのなかで、花嫁衣裳を

まとって写真屋のためにポーズしたものだが、ほかのみんなもドアから出、ついで彼が振りむくと同時に立ちどまり、彼がひとりひとりに接吻し、かがみこみ、セーラー襟のドレスを着た二人の少女（いまは老女となったふたり）の年下のほうに、なかば叱るようななかばからかうような口調で、「お前はお転婆《てんば》だぞ！」と言って頬をはたき、微笑し、そうやってヴェランダの端から端まで歩いていったが、ついで立ちどまると、彼と向きあった、体をこわばらせ、顔から血の気のうせた幽霊が、彼と玄関のドアのあいだに立ちふさがって、「最後にあたしにして」とだけ言った。

もしかしたら彼がちょっと目配せしたのかもしれない。もしかしたらその必要さえなかったかもしれない。きっと黒人女はまだこの種の事態のかなり側近くで生きていた、つまり、闘争と死と不幸が快楽や飢えや眠りと同程度に馴染《なじ》みであるような世界の一部、というか宇宙からやって来たのかもしれなかった。それはともかくとして、彼が中庭に出、また姿をあらわした時（いまはヴェランダ中央の窓の両側の戸を開けはなって、みんなが明るい夏の服装でそこにいて、子供たちは重々しい、心配そうな、日焼けした顔をし、女たちは髪をこみいったシニョンに結い、出かけるには年とりすぎた男もいて、優雅な鋳物の渦巻き模様をめぐらしたバルコニーの手すりにひしめき）、黒人女が彼のすぐうしろを、おなじすばやい、毅然とした、しなやかで動物的な足どりで歩いていて、その神秘的な黒檀色の顔、子供を抱いた黒檀色の両手といい、一歩ごとに踵のあたりでひらひらするドレープ入りのながい長衣《トーガ》といい、歳月の奥の奥、世界の子宮の底からやってきた彫像かなにかに似ていて、そして彼女たち（いましゃべっているふたりの老女たち）の語るところによれば、彼

女は彼と同時に立ちどまり、じっとその場に立ちつくして、いまは手ぶらになった両腕を体の脇にだらりと垂らし、開いた手の平が茶色いピンクの明るい皮膚をのぞかせ、そのあいだに軍服の男が子供をつかみ、しばし頬ずりしていたが、ふたたび彼女に子供を差しだすと、木みたいな両腕、両手がその上で閉じ、ついであいかわらず長衣《トーガ》とでもいうべきものの長い垂直の襞をまとって大理石の円柱さながらに、その場に立ちつくすのであり、そしてこういう場面があった。すなわち群像で、従卒はあいかわらず馬の頭のところに立って、馬銜《はみ》の下のところで馬勒《ばろく》をおさえ、馬はもしかしたら苛だっているのか、その場で片足ずつ蹄を上げたり下ろしたりし、静寂のなかで蹄鉄が石畳にかつかつと鳴り、そして短い一瞬（二秒、もしかしたら三秒のあいだ——だれも暗い顎鬚と顔のなかで、一方ないし他方の唇が動いたかどうか見てとることができなかったが）戦争のための装備に身をかため、暗い上着を着て長靴《ちようか》をはき、革で体を締めつけた野蛮な男がその彫像、儀式的な平然とした仮面をのせたその円柱みたいな女の肩に手をのせたのだが、それは彼の命がぐらりと傾いたまさにこの瞬間にここへ、あの遠くはるかな、未開の土地、彼がそこから無言のまま、従順で、召使の資格で、だが同時にまがまがしく、なにかの祭式をつかさどるために連れ帰った未開の大陸から派遣されたかと見える女で、その祭式とはほかでもない過ぎた二十年の支払い期日、到達点であり、そのあいだにジャガイモ畑の草をむしり、家畜たちを（というかむしろ、彼ら（彼の一族）はたった一頭の牝牛しか飼ったことはなかったから、それを）水飼い場に引っぱっていき、もっと大きくなると鎌を使い、堆肥の手押し車を押し、夜のあいだは本を読み耽りながら昼は薪を割ったその昔

の農民の少年が、財産を追いかけたというのではなく（軍服の下には姉たちが縫ってくれた綿のざらざらしたシャツを着、蒸し暑い蚊帳のなかでやはり姉たちが寸法にあわせて仕立ててくれたパジャマを着て——あるいは裸で、どこかのお転婆娘の体を抱きしめて——眠り、ささやかな外地手当のために遠い辺地の駐屯地に配属してもらい、何か月ものあいだ文明社会から切りはなされ、遮断されて熱病とたたかい、淀んだ水を飲み、爪に火を灯すようにして貯金し——もしかしたら前借りさえして——そんな禁欲生活のあげくにやっと（それが金の問題ではないということ、このながい神明裁判[七二]以外のどんなこともこのカースト、この城砦の内側にはいりこむことを可能にしてくれなかったろうということは彼も承知していたが）、指輪、ダイヤモンド、魔法の小石を買うことができたのであり）、いわば資格証明、通行許可証、紹介状を、総《ふさ》べりのついた肩章、拍車、パレード用軍服のかたちで追い求めたのであって、それが難攻不落の姫君、無気力で暇をもてあましているこのサルタンの妃《きさき》に近づく手段を与え、彼女のうちに種を蒔いて、そこから息子を引きだし、それを終えれば、ちょうど役目を果たしおわったあの昆虫の雄みたいに、どこかへ立ち去って死ぬことができるはずなのだった。そこで彼は相手の肩から手をはなし、背を向け（いまは彼の仕草にはどこかほとんど狂暴な、的確であるけれどもせかせかしたところがあって）、片足を鐙にかけ、ついで鞍にまたがり、手綱を片手にまとめ、急いで上着の皺をなおし、それと呼応して従卒が馬勒をはなして脇によけ、中庭の石畳がすでに馬の足音で反響し、交叉する二本の革紐で×印のはいった肩幅の広い背中が遠ざかってゆき、ついで正門を出る時上半身が鞍の上でぐるっとまわって後ろ半身になり、

一秒の何分の一かのあいだどうにかまだ見えたのは横顔と、四角い顎髯と、最後の仕草として上げられた片腕だけで、そのあと馬と乗り手は右に曲がり、あとはただがらんとした通りから立ちどまった何人かの通行人が、パーティとか結婚式とかのときみたいに開けたままになった正門から、物見高い視線を投げただけで、その昔山羊髯をはやした、帝政時代の巨漢の将軍の最後の後裔である老人が年に四回所有地を視察しに行く馬車の出発したあとと同じだった。すなわち、箱植えの矮小な二本のシュロの木、何本かのモクレン、一列にならんだ装飾的な草木、ヴェランダから垂れさがったキヅタがあるだけのがらんとした中庭で、そのまん中に男が取りのこしたそのままの場所に黒い両手で子供をかかえ、汚れひとつない亜麻の長衣をまとった異様で野蛮な女神がぽつんと立っていた。

ついで彼女が動き、姿を消し、ややあってヴェランダの左側にあらわれ、やはり立ちつくしている女をかこむ人群れといっしょになるが、この女も両手でバルコニーの手すりを握りしめたまま、依然として開けたままの正門や通りや野次馬を見ていたが、目にはいっているわけではなく、そのうちにやっと群れのなかのだれかが身を乗りだして、なにか叫び、そこで門番が正門のほうへ歩いていった。それは甲状線腫を黒サージのスカーフでかくした痩せた女で、黄色い小鳥みたいな顔つきで、鼻が嘴《くちばし》みたいにとがり、薔薇色の肉のたるみにはさまった、爬虫類の死んだような目をしていた。彼女は引きずるような足どりで中庭を横断し、虚弱な体でふんばって一方また一方と、どでかい扉板を押し、それに閂《かんぬき》をかける重い掛け金をおろし、それから左の扉板に開けた通用口を閉めた。全体はどっしりとして、濃い緑色に塗られ、頑丈な垂木《たるき》や金具で補強されていた。通用門は回

転式の掛け金で閉めるのだった。女に押され、自体の重みも加わって、それは鉄床《かなとこ》を叩くような音をたてて閉まった。持ち場の小屋へもどるために振りむいた門番は、みんながヴェランダの上で、黒人女の腕からレースのかたまりを取りもどした女を、そっと寝室のほうへ押してゆくのを見ることができた。それからすこしたって、だれかが寝室からまた出てきて、右から左へと柱廊のまん中まで進み、左腕が開けたままの中央の窓の片面をつかみ、右腕がもう片方の面を引っぱろうとして伸ばされ、一秒の何分の一かのあいだそのシルエットは、両腕をひろげた磔刑像《はりつけぞう》みたいだったが、ついで窓が閉まった。

VIII

一九三九年〜一九四〇年

ちょっとした群衆がいまは使われなくなった工場の鉄柵の前でひしめいていて、売春宿がいくつかかたまっているそのすこし先なのだが、そこに騎兵隊の動員本部が設置されていた。ちいさなトランクとか雑嚢とかを手にしたおよそ二百人ぐらいの男で、大部分は若くて、前日とか夜のあいだに列車に乗りこんできた連中とはおよそ似たところがなく、まるで黒いカーテンで窓を目隠しされたちいさな駅同様、明け方の霧、濡れそぼった林、かすかに波打つ陰気な風景も、いわばこれらのすでにむくんだ、時にはすでにやつれた顔を論理的に前提しているかのようで、ほとんどみんなおなじ鍔つき帽をかぶって無器用に刈りあげた髪がはみだし、むっちりと太った体にきつすぎるおなじ上着、きっちりと襟のボタンをとめたおなじシャツを着こんで、ノー・ネクタイか、それとも場ちがいな晴れ着を着てけばけばしい色のネクタイを締めていたが、みんなどことなく不安げで、どことなくみじめな表情をたたえ、なにか雹とか洪水といった自然災害のあとで村の広場に、あるいはだれかの葬儀の際に教会の前に集まる人群れとおなじで、黙りこんだり、漠としたざわめきのなかで小声で話しあったりしていた。

時々軍服を着た連絡兵が鉄柵をすこしあけて一度に二十人ほど中にはいらせ、あとの者は何メートルか、足ぶみし、トランクをもちあげたり、黒い鉱滓《スラグ》の地面の上を足で前へ押したりしながら前進し、ついで彼らの会話、つつましやかで受け身のざわめき、取り入れをすましていない収穫物や、耕地や、引っこぬくべきビート大根や、徴発された馬などについてのつつましやかで受け身の計算を再開するのだった。

　霧がまた降ってきて、いまは耳にもはいらないほどのかすかな音をたてながら、黴みたいに、灰色の微小な雫となって農民たちの衣類や帽子や上着の上、空いばりし、ときどき冗談を飛ばし、知り合いがいると騒々しく呼びあう何人かの町の人間のジャンパーの上にとどまってゆき、そんないきなりの大声もしずまり、まるでひとりでに、まるで霧のなかに、呆気にとられ、忍耐づよくひそひそ囁きあう声のなかに吸いこまれるかのように消えていった。隣のガス会社のつよい臭いが大気を満たしていた。吹きぬけの倉庫の内部には、カード箱や帳簿やファイルでおおわれた組立式の長いテーブルが並べられ、そのむこうに正装の将校たちが控えていて、帳簿の横に引っくり返して置かれた軍帽の裏から、彼らの手袋がはみ出していた。

　それから二十四時間後（いまは快晴で、夏の終わりの傾いた日差しが草の上、木々のまだ緑色をした葉の上にきらきら光り、青みがかった靄がはるかに、なだらかな起伏を見せる丘々をかすませていて）予備役兵、というかむしろ伍長は（というのも、新しい軍服を着て——なにもかも新しくて、服装も、靴も、鞣《なめ》したばかりでまだけばだっている革脚絆も、工場のケースから取りだした油

でぬるぬるして黒い銃も新品で、斧で断ちきって冷凍し、アルゼンチンの衛生局が三年か四年前に捺した紫色のスタンプ印のついている牛肉のブロックも、それに添えられた、やはり今起こっていることを予測してこれまた何年も前から何千トンも貯蔵されていたにちがいないねばねばした米も新しく）、むりやり配られた青いウールの山型記章を彼の上着の袖に縫いつけている最中で、それが彼に飼い葉集めの作業を指揮したり、厩舎当番や掃除当番や炊事当番を指名したりする——つまり、彼が指揮することになる五名の騎兵と相談ずくで話しをつける——権利を与える（というかむしろ義務を押しつける）はずだったが、彼はその騎兵たちといっしょに納屋の藁の上で寝、ねばねばした米を食べ、居酒屋へ飲みにゆき、日々の仕事を散文的に分担しあっていて、それだけのこと、というわけで果樹園の草の上に三人で、つまり彼とほかの二人で坐って（一人はひよわなユダヤ人で、フラン＝ブルジョワ街の羅紗《ラシャ》店の使い走り（か、店員か、会計係）で、もう一人は騎手だが——フランス陸軍に動員されたとはいえイタリア人、というかイタリア名前で——障害馬術専門、つまり、平地競走の馬上によく見かけるような、縮こまって、青白くて、矮小な、あの燻蒸保存したみたいな小人、小猿みたいな男ではなくて、普通の背丈で、中世イタリアの傭兵隊長か刺客みたいな四角い顔をし、美術館の額縁入りの絵からまっすぐ出てきたみたいで、天然痘のあばたがあり、ところどころ茂みをまだらに散らした真珠色の丘々を背景に、赤い服を着て側面から描かれた公爵とか伯爵とかの肖像画の物思いに沈んだ目、薄い唇をしており）彼がまやかしの階級章を縫いつけるために何度もやりなおすのを（糸が切れたり抜けたりし、また糸を湿し、目を細めながら針の穴にとお

し、ふたたび糸が抜け、またはじめるのを）見ているところで、三人とも土色のおなじ軍服を着ていて、それを着るとユダヤ人は（なにしろひよわだから、彼らに近づいた余所者《よそもの》は彼を競馬騎手と勘ちがいしたろうが）短く刈った髪、横に張った耳といい、広すぎる上着の襟から出た痩せた首といい、毛をむしられた鶏か兵隊の服を着たハツカネズミみたいにみえ、まるで馬鹿にしたみたいな大きな長靴をはいて、やはりふわふわ浮いているかのようだったが、、それでも最終的な検査をへて軍務に適格と判断された、つまり応召兵の列にならんで待ち、ついで彼の番になってずりさげたズボンを膝に引っかけ、サスペンダーをぶらぶらさせたまま、無器用に田舎の役場のちっぽけな部屋まで進みでると、そこでは軍医殿がつぎつぎに農場の作男やビート栽培の農民の睾丸を触診していて（もしかしたら多少のためらいもあって、まるで渋々のように、合格の通告が交付されたのかもしれず、こんな兵科（騎兵）にユダヤ人を（衛生将校が、帳簿をつける看護兵の呼んだ名前の響きだけでなく、いきなり押しひろげたシャツの下に自分の目でたしかめて、はたと悟ったのだったが）配属させるなどということはなにかの手違い（ときっと将校は考えたにちがいなく）そうでなければなにかの痛烈でふざけた悪意（つまり、この兵科、騎兵隊の軍団全体にたいする悪意）、そうでなければさらには動員局の側からの故意の侮辱）でしかありえなかったはずで、三人の予備役兵（というかむしろ、すでに騎兵で、そのうちのひとりが、手のかかる縫いつけ作業をし終えれば伍長の権限を授かるはずだったが）、三人のうちで正直言って変装しているように見えないただひとりが（つまり、兵站部から支給された乗馬ズボンを、たとえ仕立てがわるくても悠々とはきこなし、革脚

絆でも拍車でも、母親の腹から長靴をはいたまま出てきた、というかむしろ人間と馬との中間の生き物、特別の種族に属してでもいるかのようにしっくりし、まるで牧羊神ファウヌスや半人半獣のサチュロスのように、人間の脚のかわりに踵や蹄の形をしたなにかをつけているみたいな）イタリア人だったが、無器用な針の行き来を真剣な顔をして見はりながらも、彼のほうは十三歳の時のはじめての勝利の褒美に、どんなものすごい往復びんたと、ほとんど尾てい骨が砕けそうになったほどの足蹴を食らったか、それというのも調教師は運わるく勝ったその馬を、次のレースでの予想配当率を下げさせるためだけに雇ったからで、などと話して聞かせていて、彼は大きな声ではしゃべらず（いくぶんしゃがれ声の、ちょっぴり不良っぽい感じがするしゃべり方で）それも急《せ》かされた時だけにかぎり、急かす伍長にしても、手間のかかる針仕事と格闘していただけでなく、正直言って二十六年というのではなく、なにしろそこからごく幼い頃と、すでに軍服に似たいかめしい制服を着た宗教系私立校ですごした年数を差し引かねばならないから、きっちり数えて十年あまり、というか別の計算の仕方をすれば、無為と欺瞞と無能の積み重ねである百二十か月という歳月の虚しさの意識とも格闘し、自分自身にその無価値さをごまかそうとしていて（だからベルリンの夕暮れ、というかむしろ深夜のフリードリッヒシュトラッセ駅を思い出すことができ、メキシコ人と彼はすでに寝台車に乗りこんでいたが、ワルシャワ行の彼らの列車はまだホームに横づけになっていて、そこから離れた別のホームでは荷物をかかえた男女や子供のうようよする群衆が三等車だけから成る列車に乗ろうと待っており、彼らふたりの呑気な観光客は、最初は異国をおとずれたただの観光

客の物見高さで眺めていたのだったが、ついでしだいに増大する居心地のわるさを感じ、ついで（制服を着た何人かの人影が荷物やトランクや子供たちのあいだを縫って歩き——べつにとくに乱暴というのではなく、それどころか忍耐づよく、といっても機械ならそうするように容赦なく、悠々と——時折は彼らが荷物もろとも乗りこもうと伸びあがるのを助けてやったりもし、最後にドアを閉め、がらんとしたホームのあちらこちらに突ったっているのを見たとき）事情を察し、そこでメキシコ人が罵声をあげ、ふたりとも一緒にカーテンをおろし、すでに用意された下段のベッドにならんで腰かけてひと言もかわすことができず、薔薇色のちいさな電球のともっているマホガニー張りの車室で、顔を見あわせることさえできずに、じっとしていたもので）——というわけで、十年という歳月が（少年時代というキルティングした繭《まゆ》のなかですごしたそれ以前の十六年間に重なって）、いまはその完成を（認可を、と彼は考えたが、しかし騎手もひよわな小男のユダヤ人も同様にそれをつけてはいて）ちいさな鎖で手首に結わえつけた卵型の真鍮のバッジのかたちで見出したのであって、そのバッジには横長の方向に点々と穴があけられ、たやすく折れるその正中線の両側に彼の軍籍番号と名前がパンチャーで打ちぬかれており、「こいつのおかげで、と騎手は言った、やつらは半券を取っておいてその時点々々での兵員リストを作成できるし、もう一方を遺族に送れるってわけさ。ついでに言っとくと、と彼は付けたすのだったが、もしかしたら勲章といっしょにな。たしか、死後受勲ってのは自動的らしいぜ。それを額縁に入れるやつもいる。馬にはその権利はないんだよなあ。おまけに、馬は軍籍番号を彫りこんだ蹄を斧でぶったぎって、袋にいれて経理部に

送らなくちゃならん。盗まれたんじゃないってことを証明するためさ。しかし、あんたとかおれみたいな男を盗もうってやつはいるかね？　それとも馬にまたがった恰好が石鹸にペニスをおっ立てたみたいなユダヤ野郎をな。怒るな、怒るな、レビ、どうせみんなおなじ風呂ん中さ」彼は《風呂《バン》》という言葉ではなく、もっと汚ない言葉を使った。「おれの名前はレビじゃないぜ」と、小男のユダヤ人は言った。――「そりゃあ、おれの名前だってマカロニじゃないさ。それでもちびだったころ、近所の餓鬼どもはおれのことをそう言いやがったからな。それなのに、ちゃんと一年の兵役についてオイッチニ、オイッチニやらされたし、いまもここにこうしているじゃねえか。やつらがおれたちを送りこもうとしてる場所じゃあ、レビも、イサクも、アブラハムも、ブルムも、マカロニも、モハメッドもみんなおんなじさ。どうしようもないのさ。ただ、言っとくが、鎖のおかげで手首をちょんぎられる心配はない。連中が、やくざ馬みたいに、おれたちの手の甲に番号を入れ墨しようと思いつかなかっただけでも幸いさ。参るぜ。兵員局の事務所が切りとった手でいっぱいだったらどうする？　おまけに、そいつを綿でくるんだ箱を受け取ったときの家族の反応も考えてくれ……」

彼は決して《馬たち》とか《この馬》と言わずに、《やくざ馬ども》とか《このやくざ馬め》と言い（時に、それが牝馬だと《この老いぼれあまめ》で）、いつでも大きな声ではしゃべらず、まるで神経質な馬が相手みたいで（というか、神経質な調教師――というか馬主――相手にしゃべるときみたいで）、つまり十一歳のときに、大家族を引きつれてイタリアからやってきた石工の父親に見習い小僧として就職させられて以来、だれ相手だろうと教わってきたそのままのしゃべり方で、すなわち、

かすかにしゃがれた声も鐙革《あぶみがわ》で引っぱたかれながら彼が鍛えられた乱暴でごまかしの多い世界で身についたもので、馬たちの横の藁の上で眠り、彼らといっしょに起き、同時に就寝し、いわば食事もいっしょにし（というか、もっとはっきりいえば、彼らに飼い葉をやってから食べ）、ただちがうところといえば、腹持ちのする燕麦《えんばく》の飼料のかわりにブリキの飯盒《はんごう》に盛った、冷めたひどい代物をがっついただけで、だからそれは冷やかすでもなく攻撃的でもない、といってことさら心もこもっていないおなじ口調であって、ちょうど馬主に彼の馬がびっこを引いているとか、これだけの距離はもたないだろうとか報告するときと変わらず（馬主といっても、モード雑誌のグラビアなどでよく見かけるような、淡灰色のシルクハットをかぶりフロックコートを着たインドの王侯でもなければ、どこかの新聞社とかミュージックホールの大御所でもなくて、肉屋とか博労《ばくろう》の旦那、ブルターニュとか南西部フランスの田舎紳士たちで、彼はそういう地方の木造スタンドの競馬場に出場し、時折はスタンドさえなく、時折はさらに競馬場すらなくて、ただの原っぱにコースをつくり、杭に結えたテープとかロープでかこんだだけで、馬券売場として木造のバラックがあって、家畜商人たちがポケットから、その朝町の市で手にしたそのままの、赤みがかったゴム紐でとめた分厚い札束を取りだしたりするのであって、時折は怒り狂った競馬マニアたちに追われて野原を一目散に逃げなければならないこともあり——そうでないと手首か腕か脚を折られて担架ではこばれ——二十六歳ですでに合計六か所の骨折を経験していて、彼の固い筋肉ごしにその痕の仮骨に触れることができ）、抑揚のない、落ち着いた、あざわらうような調子すらない声が、フラン＝ブルジョワ街のユダヤ人会計

係にむかって、「お前みたいな名前だと、向かい側のやつらはなんてったってああだから、つかまって捕虜になんかならんほうがいいぜ」と言い、騎兵に変装したハツカネズミ、ミッキー・マウスみたいな男は「わかってる。メルシー。気をつけるさ」と答え（実際には、彼は捕虜に、それもいちばんばかげた手順で捕虜になるのであって、賜暇中を緊急召還された兵たちをのせた列車が目的の駅に着くと、そこでいきなり車室のドアがあいて、丸い鉄兜をかぶり、黄緑色の軍服を着、軽機関銃を小脇にかかえたごきげんな猛者どもが乗りこんできて、喉にからむ彼らのおどけた声で、「ホラ！　オリロ！　ミナ、オリル！……ソドヘ！　ハヤク、ハヤク！」とわめいたのであり――そしてそれからこういう場面。すなわち、暗い、息が詰まるような、馬で八頭、人間で四十人乗りの貨車のなかに、すでに二時間前から彼と同類の七十五名といっしょに伍長は閉じこめられていて（いまは夜更けで、ベルギーのちいさな町の駅の待避線にはいっていて、どのバルコニーもあの執拗な黒い標識を染めだしたあの執拗な赤い三角旗をはではでしく掲げているこの町に、彼が着いたのは、最初ベルギーの南半分を馬で横断し、ついであいかわらず馬で（といっても爆弾や重機関銃の斉射に追いたてられて、時折はギャロップしながら）逆方向に横断し、ついでまたもう一度（行きのときとほぼおなじ経路をたどったが、今度は徒歩で、武装した護衛もなく、喉のかわきで死にそうになり、胃が痙攣でちぎれそうになりながら）横断し、ついで最初馬でそれ以上つづけられなかった行程を（ある夜、野営のために集結させられた牧草地で草を食べたりしながら）その先まで行ってからのことで、ついで赤旗で飾られたちいさな町の小学校にまる一日閉じこめられ、そしていまはこの貨車のなかで、手足

も動かせない状態でいて、もしそのどれかを動かせばほかの体に属している、からみあった十か十二の手足が連鎖的に動かざるをえず、たちまち罵詈雑言、卑猥なことば、呪咀の声がわきおこるといったありさまだったが、そこへ突然引き戸がだしぬけに外から開けられ、夜のつめたい空気がはいりこみ、混ぜこぜになった体のねばねばした臭気とたたかうのと同時に、ひとつの影が戸口の闇に黒ぐろと浮きだし、すると乱闘みたいなものが起こり、まるで身ぶり手ぶりのパントマイムとでもいったもののなかで、人影が内側の窒息しそうな臭気と外の空気の澄んだ冷たさとの対決、葛藤、闘いをなぞっているみたいで、彼（伍長）がすぐ聞きわけた声が、観念したというよりはうんざりした、悲しげというよりは憤然とした、まだよく響く調子で、外側から押してくる人影にむかって言うのか、逆方向に押し返そうとする影に言っているのかわからなかったが、「なにも殴らなくてもいいじゃないか！　おれは……べつに……」と言うのだったが、がなりたてる声の合唱がそれを呑みこみ、かき消して、「もう七十五名もいるんだぞ、死ぬぞ、もうこれだけで……」とわめき、滑り金具つきの引き戸が大きな音をたてて閉められ、闇がもどり、外側からかちかち差し錠をかける音がし、喉にからむ声の主たちが遠ざかり、まだ殴りあう音や罵声が戸口に近いほうから聞こえつづけてはいたが、もと通りの静寂が帰ってくると、伍長は大声で下の名前を（下の名前だけを）叫び、自身の名前を叫び、「こっちだ！　こっちへこい！　いいから、通してやってくれってんだ！　通してやれよ、畜生、おんなじレンタイ……仲間なんだよ、ナカ……」と叫び、拳骨が雨あられと降りかかるのでじたばたもがきながらもなおもわめきつづけ、ひらめきの一瞬やれやれこいつらは人間じゃない！　ラバを

積みこんだようなものだ！……と考え、ついでどちらもどうやってそううまく行ったのか言えそうもないのだが、いまは並んで坐っていて、体をさぐりあい、抱きあい、伍長が「驚いたなあ！　驚いたよ！　貴様はいったいどうやって……いや、驚いた……」と繰り返し、なにかぬるぬるした、生温いものがふたりの体の上を流れ、あえぐようなふたりの呼吸が空気を求め、闇のなかで見えないふたりの顔がなにか塩からい液体みたいなもので浸され……）。

だが、彼らはまだそこまではいっていず、彼（伍長）は袖に二重の山型記章を縫いつけおわった上着を、襟をつかんで空中にかかげ、平らにするために生地と階級章をはたはたとはたき、そこで騎手が、「ブラヴォー！　とにかくやっつけたじゃないか……」と言い、ついで草の上にひっくり返って、伸びをし、だれも取りにこないので、彼らのまわりの果樹園の地面に散らばっているプラムのひとつまで腕を伸ばし（最初の日、農場にとどまった主婦と子供たちは町から籠——洗濯物籠ほどにも大きい籠——を、出発したときとおなじくらい一杯のまま持ちかえって、中身を一本の木の根もとにぶちまけたもので）、他方いまは立ちあがった伍長は上着に腕をとおし、ベルトのバックルを締めながら、「あの居酒屋のかみさんがオムレツかなにか、食えるものを作ってくれないか見に行こうぜ、いっしょにいかないか……」と言うのだった。

そしてさらにそれから四日後、彼（伍長）はある貨車の大きく開けはなされた戸口の縦木に肩をもたせかけ、じっと突ったっていて、騎手は分隊の馬といっしょに、彼らが積みこまれた列車の後尾の貨車に残っていたので、ユダヤ人は彼の横の床にうずくまり、脚を折りまげ、貨車の囲いにも

たれ、黙って、伍長の脚や、脚を外に垂らして坐っている四、五人の騎兵の上体ごしに、時々外に一瞥を投げたものだったが、その騎兵たちは朝から、列車が走っているときからずっと叫んだり、歌を歌ったりしつづけていて、畑にいる農夫たちや、駅員たち、娘たち、踏切とか通過駅のホームで立ち止まって彼らを眺める人々に大声で呼びかけ（列車はギャロップする馬とそれほどちがわない速度で走っていたから）酒瓶を振りかざし、ほんとに酔っていないとしても、自分たちの歌声や叫び声に酔いしれていた。あたかもこの四日（売れないプラムが散らばった果樹園のある村に宿営して、彼らが被服や銃器を受けとり、あらためて上官の命令や馬たちに慣れるのにすごした四日）のあいだに、おだやかでおずおずした農民とかおだやかな商店員として、ちいさなトランク片手に、従順にガス会社の鉄柵の前にむらがり、なにかの災害、なにかの宇宙大の天変地異の被災者みたいに、ひそひそ小声で、気づかわしげに話し、あたりに不安な視線をなげかけていたのが、いったん軍服を着、拍車のバックルを締めるや、同時に匿名で雄々しい偽装とでもいったものをも着用し、それに庇護されていまは攻撃的な憤怒、攻撃的な怨恨を手ばなしで発露させ、世界に挑戦してでもいるかのごとくで、それというのも一週間もたたない前はまだ彼らのものであったその世界が、いまは彼らを閉めだし、断罪し、なにか家畜の避けがたい運命にむかって、家畜といささかもちがわない状態で彼らを運んでゆくからで、そんな運命にたいして下品な言動や卑猥な歌のかたちで、最終の非力な抗議の声をあげていたのだった。

宵闇がせまり、冷たい、金属的な灰色をした低い雲が駅をかこむモミの木立の上を走っていて、

駅にはしばらく前から土色っぽいピンクの果てしなく長い車両の列が停車していたが、ホームの反対側に民間人の列車、緑色の長い客車をつらねた特急がきて停まり、窓ガラスのむこうに、窓枠にかこまれて乗客たちの顔が見えたが、彼らは無言の狼狽の表情でま向かいの、滑り車つき引き戸を開けはなったなかにひしめいているだらしない連中にじっと見いっていて、だれはじめ、鎮まりかけたその連中の身ぶり手ぶりや歌声が、まさにそんな狼狽の表情で元気づけられ、かきたてられ、というかむしろ煽られたかのようで、特急からおりた家族連れのそれぞれが、たもとか釣り竿とかでもかつぐみたいに、防毒マスクを肩から斜めにかけているのを見て、まるで挑戦、挑発、カーニヴァル的で我慢ならないパロディーに刺激されたみたいに、さらに勢いを増したので、その家族連れはまるで荒々しい連続的な喧騒に追われ、どんどん追い立てられるみたいに大急ぎで地下道のほうへむかい、トランクをさげた父親と母親はしゃにむにの遁走のなかで、まるで見るにたえない嘆かわしい情景が目にはいらないよう守ってやろうとしてか、二人の少女を前へ前へと押してゆくのだが、少女たちは振りむき振りむきし、そこでこういう場面。すなわち、やはり特急からおりた乗客の一人が出口のほうへむかいながら、突然、伍長が戸口の縦木にもたれ、足もとで騒いでいる酩酊した連中の頭上で突ったっている開口部の前に立ちどまり、そこで一ページ目をわめきつづける連中にむけ、両手で新聞をひろげたのだが、その大見出しは今度はとてつもないでっかい活字で印刷されていたので、二語のそれぞれがページの横幅全部を占め（そして全体がほとんど縦の全部を占め）、**MOBILISATION GENERALE**（総動員令）とあった。

その後もながいあいだ、彼（伍長）は突ったったその男のことを覚えていて、ひろげた新聞が顔を隠していたので、大見出しの上にはふたつの目しか見えなかったが、その目は一種の憤怒、非難、報復的な悪意とでもいったものをこめて彼を凝視していた。ほどなく民間列車と軍用列車はほとんど同時に、反対方向めざして発車した。やがて時をへずして夜のとばりが下り、それとともに、まだ九月のはじめだったにもかかわらず、まるでどこかで嵐でも起きたように、突然の涼しさがやってきた。貨車のなかでは、興奮が陰気な沈黙にとって代わられ、一日中戸口に陣どって宙に脚をぶらぶらさせていた連中も、貨車のなかへもどってほかの連中同様腰をおろし、囲いに背中をもたせかけ、膝をなかば折りまげて黙りこくっていた。だれかが床に置かれた角燈に火をともし、それがいまはじっと動かず、声もない三十名ばかりの男たちを下から照らしだしていた。寒いのでしばらくして半分閉められた戸口の長方形のなかに、ほとんどまっ暗な空をバックにモミの木立のぎざぎざのはいった、いまでは完全に暗くなった梢の線がゆらめいているのが見えた。

＊＊＊

夜更けて列車がとまったときには細かい雨が降っていて、どうやら原っぱのまん中らしく、じっさいいくつかの強風用ランプかそれよりもかぼそく、姿の見えない携帯者の行き来につれてここかしこと飛びかう、暗闇のなかではかない懐中電燈のほかは、建物も明かりもまったく見えなかった。

しばらくの間、短い命令、点呼があっただけで、ついで押しやられる滑り車つき引き戸のごろごろ
いう音がきこえ、ついでどっしりした勾配板をかついで体を折りまげた男たちの叫び声や呼びかわ
す声がきこえ、ついで一頭また一頭と、ファンタスティックで嘶きをあげるシルエットがあらわれ、
一瞬闇のなかで、標識燈のまわりにきらめく雨を背景に、逆光で浮かびあがり、最初抵抗して小勒
を反対方向にひっぱり、臀部で踏んばるのだが、ついで突然身をおどらせ、勾配板を蹄でみじかく
打ち鳴らしながら早跑足で傾斜面を駆けおり、しばし車輪の輻みたいに旋回する光の束にかこまれる
が、ふたたび暗闇に呑みこまれたのだった。闇のなかで手探りで、騎兵たちは馬の背に装具やサーベ
ルで重くなった鞍をもどしはじめた。いまは彼らは黙りこくってせっせと立ちはたらき、時折だれか
が革紐に引っかかったり、バックルの針で指を傷つけては罵声を押しころすのだった。

　支度が完了すると、彼らは踏み荒らされた鉱滓の泥のなかで乗馬の頭のところに整列してひかえ、
肩や背中でだんだんと汗が冷えはじめるのを感じた。依然として降りつづく雨でかすかにきらめく
鉄兜の庇の下で、彼らの顔は見えず、暗いシルエットの首が長い外套の襟にめりこみ、拍車にかす
かな反射光が引っかかって、彼らは鉄の嘴と鉄の蹴爪をそなえ、羽毛が濡れそぼった鳥とでもいっ
たものに似ていて、将棋盤みたいに規則的な間隔をおいて、彼らの黙示録的な生き物のそばに突っ
たっており、馬たちは雨の重みに打ちひしがれたみたいに長い首をたれ、雨が彼らの毛をだんだん
とへばりつかせて、暗いしみが刈りあげたてがみの両側や臀部にゆっくりとひろがっていった。
時々標識燈の明かりが黒い水たまりの表面に際限なく浮かび、消え、またあらわれるかのような銀

VIII
一九三九年〜一九四〇年

色のちいさな輪を照らしだした。

それまで、馬たちを貨車からおろし、集結させ、鞍をつけることにかかりきりだった彼ら（騎兵たち）は、雨が降っていることに気がつかなかった。というか、すくなくとも意に介さなかったのだった。いまは静寂と闇のなかで、ひっきりなしに空の貨車や、鉄兜や、鞍の革や、鞍袋の上に雨が降る音を聞くことができた。厳密に言って、それが気がかりだったというのではなかったが、ただ、彼らはそれを意識した。だが、ほかのこと同様、彼らはそれをも受けいれた。あたかも雨が、彼らにとっては、家や農場を離れたそのときから彼らがすでに同意していたことの、避けがたい一部分をなしてでもいたかのごとくであって、彼らは自分の衣服をすて、軍から支給された衣服を身にまとうのと同時に（いちばん個人的な——シャツやパンツなど——いまは彼らの肉や汗に直接ふれるものまで（いまこの時から彼らの肉、彼らの汗そのものも彼らのものではないということをはっきり思い知らせるためみたいに）こせこせした偏執狂的な綿密さで主計部の帳簿に、そのおなじ肉体を養うのに必要な軍用パンとかほかの肉体を破壊するための弾薬とひとしなみに登録されて）、不安と茫然自失のあとにきたなにか、いまは受け身の憤りというか、抗《あらが》いがたいもの、既成事実のたんなる記録にすぎないものを身にまとっていたのであって、おなじように彼らは、どことなく啞然となり、とはいえ本気でおどろくでもなく、もしかしたらすっかりはその意味を理解すらできなかったのかもしれないが、数時間前に彼らの目の前にひろげられた新聞の第一ページ全面に大きく、喪章みたいな活字で印刷された大見出しをも、死亡通知（彼ら自身の死の通知）みたいに、

ただ記録しただけだった。

そしていまはただたんに、万事がとどこおりなく運ぶようにと、夜の闇とともに召喚されて、この待ち合わせに雨も加わらなければならなかったとでもいうようで、つまり、窓ガラスごしに降るのを眺める雨とか屋根をはたはた打つのを聞きいる雨ではなくて、立ったままとか馬にまたがったまま、降りたいだけ降るにまかせてまるで降ってなどいないかのようにじっと身動きしないでいる、そんな雨なのだった。暗闇を切り裂く機関車の短い（意地悪で、皮肉たっぷりで、軽蔑的みたいな）汽笛のあとで、連結車両のがちゃんがちゃんとぶつかりあう音を立てながら、空《から》の列車はまた発車して、取りかえしのつかない孤独と悲惨のなかに彼らを置きざりにし、まるで彼らと彼らの過去の生活とをつなぐ鎖（というかむしろ臍《へそ》の緒）の最後の区ぎりが彼らから解きはなたれたみたいで、いまは彼らには何時間も前からそこにいて、どうみても永遠にそこにとどまりつづけ、ずっと立ちつくしたままゆっくり溶け、分解してゆくよう宣告されたみたいで（きっとそれは、足からはじまって、ただの時間の問題にちがいない、と彼は考えたもので、彼はそのことを学ばねばならなかったのだった。すなわち、こうなっては時間というのは意味をうしなった概念だということ、昼や夜の何時であれ、眠ったり覚めたままじっとしていたり歩いたり食べたりできるし、どんな状況、闇のなかだろうと、日向だろうと、雪のなか、暗がり、夜明け、夕暮れだろうと、乾いていようと骨まですぶ濡れだろうと——凍えていようと——構いはしないのだということであって）、いずれは彼らも彼らの時代錯誤的な馬も、水たまりの点在する鉱滓《スラグ》のここかしこに盛りあがっている、原初の泥

に帰るしかないちっぽけな山積みとしてしか名残りをとどめないはずだった。

ついで、それでも最後には馬上の人となり、雨はあいかわらず密に、間断なく、容赦なく降っていたが、それでもいまは（と伍長は考えたもので）足は乾いていて（といっても彼も時をへずして、よこしまで陰険な雨がどこからふたたび襲いかかってくるのか思い知らされたのであって、つまり、もうすこし上、燕麦《えんばく》をいれた鞍袋と鞍とのあいだに挟まった膝の二面角に、ささやかな水流が道をつけ、そのため今度はズボンのスポンジ質の布がびっしょり濡れて冷えこみ）、そして彼らががくんと動きだすかださないかに、伍長はその音、歴史の奥の底から聞こえてくるかのような太古以来の音を耳にしたのだったが、それは最初はちっぽけで、いわくありげな、かすかにネズミのかじる音みたいで、はじめはジージーというその音が、馬たち（縦隊の先頭の馬たち）がアスファルト道路に入っていったとき、雨の音につけ加わっただけだったが、ついで彼の前をゆく騎兵たちが次から次へと順番に道路にはいってゆくにつれ、だんだんと強まり、大きくなってゆき、ついですぐそばになり、ついで彼の乗馬の四つの蹄鉄がいまは真下のアスファルトをたたくのを聞くことができ、今では遠くまた近く、彼の前だけではなくまわりの四方八方で起こる無数の衝撃音に分解することのできたその音、ぱかっぱかっとはじける音が膨張し、かさを増し、そのために彼はしまいには、何百という蹄鉄をつけた何百という蹄が上がったり下がったりしながら地面を打つあのただならぬ、それでいて悠々としたどよめきに完全に溺れ、先行され、追撃され、ぱかっぱかっというその非情な、無数の、とぎれることのない音が夜の闇全体をいっぱいにし、恐ろしく、まがまがしく、それ

か顎とかがぶつかる音みたいで）、その音はまた、黒い雲となって舞いおりて畑を食い荒らし、あるいり、ぶつかりあう金属のかすかにこすれる音などして、まるでかぶと虫の鞘羽根《さやばね》がこすれたり、胸とクのような暗闇に一様に呑みこまれていて（時折なにかがちゃがちゃといったり、かちんと鳴ったりにひろがり）そんな広大な足踏みの音、というか蹄鉄のぱかっぱかっという音に満ちたこのイン窮屈なところでも（森か、集落か?）通っているみたいで、ついでまた正常にもどり、ふたたびあたもしれないものにかこまれ（時折、ぱかっぱかっという音のこだまがかすかに変化し、なんだか狭い、（疲労に堪え、眠気とたたかう努力でないとしたら）、もしかしたら畑や牧場や耕地や木立だったかて、というかむしろ見えない生き物の背にまたがっているだけで、彼ら自身どんな努力もはらわずと、前進のもくろみさえ感じさせることはなかった。ただ彼らはその場に、ほぼ身動きもせず、坐っ遅かれ早かれふたたび夜が明けるなどと期待させるようなものはなにもなく）前進を感じさせるこ自足していて）、彼らのまわりの書き割りのどんな目につく変化も（ただ暗く、不透明で、底知れず、だけが垂直に、密に、執拗にとかがむしゃらにとかいうのですらなく降りつづけ、降ることだけにあの人工の馬に乗っているのとおなじなのだった。走るときのどんな風、どんな空気の動きも（雨ちは床に螺子《ねじ》でとめられ、精妙な機械仕掛で並み足の馬のいくぶんぎごちない腰振り運動をまねる、移動も進行も感じさせなかったからだった。だから（受け身で、雨と疲労に背中をまるめ）騎兵たでいて動きもなしにひろがってゆくかのようなのだった。

　というのも、彼らをつつむ濃い闇のなかで、その音はどちらかの方向への、なんらかの速度での

は、と伍長は考えたものだが、上になり下になりしながら、すでに腐臭のするなにかの死骸の上にひしめく無数の虫の漠としたざわめきにも似たジージーという音ともいえ、すなわち、その死骸とは《歴史》の子宮ではなくて（まるでその起源と終焉とを同時にふくんででもいるかのごとくで）《歴史》の黒い死体なのだった。ついで彼が考えたのはその反対のことで、《歴史》のほうが彼らを食い荒らしつつあるのだということで、生きたまま、装具や鞍や銃器、さらには拍車まで、馬も騎兵も生きたまま混ぜこぜにして、その無感覚で絶対に穴のあかないダチョウの胃のなかに呑みこみつつあって、胃液と錆が尖った歯のついた拍車の歯車をふくめていっさいを、彼らの軍服の色そのもののような色のねばねばした黄色っぽい粥状物質《マグマ》に還元する役目を果たし、それらはだんだんと消化されて、最後にその年老いた人食い女の皺々の肛門から排泄物のかたちでひり出されるというわけだった。

のちに雨はやんだが、彼にはそれがいつか、やんでからどれだけの時間がたったかも言えなかったにちがいなく（そんなことに注意を払わなくなっていたからで、きっとだんだんと小降りになったのにちがいないが）、さらにもうすこしたつと、月さえあらわれたのだったが、それもあまり冴えわたってはいず、靄がかかり、凹凸《おうとつ》も輝きもなく、曇りガラスをかけたみたいにただ青白いだけで、脇の部分がかすかに平たい円盤にすぎず、それでもいまは騎兵たちはそのおかげでぼんやりとして黒い、丸みをおびたかたまり（灌木の茂み、生け垣、樹木の群れ）が、牛乳状で同時に暗い野原に据えられたまま、道路の両側をゆっくりと横に流れてゆくのを識別するのに十分で、それとともに

前を行く騎兵のシルエットや二列の鉄兜の上のほの白い反射光がゆらゆら揺れるのも識別することができ、いまでは自分たちが運動と行動にまた差しもどされたことを突然意識した。そんなふうにしてさらに一時間ほどすぎたのだが、そのあいだ、どうやらおなじ丸みをおびた樹木や茂みのシルエットがほとんど無感覚に、たがいを隠したりあばいたりし、ぽつんと孤立したり群がったりしながらすべりつづけ、まるでなにかぐうたらな流れに運ばれ、よどんだ水の表面を重さもなくふわふわ漂ってでもいるか、それともまた死んだ天体の灰色がかった生命の気《け》のない固い皮の上の奇妙な鉱物質の凝結物みたいなのだった。さらに後《あと》になると、先頭でわめかれた命令があり、つぎからつぎへと伝達されたが、それを馬たちのほうがきっと、彼らにまたがっている夢遊病者的な影より先に理解したにちがいなく、彼ら（馬たち）が勝手に右側に集結したので、あいかわらず並み足で進んでいたにもかかわらず、騎兵たちには突然速度が倍加したような気がしたもので、それというのもいまは道の反対側をつぎつぎに去ってゆくのは、もはや樹木や茂みのおぼろなシルエットだけではなくて、影絵みたいに浮きだした車や家畜や男や女たちの行列で、ある者は馬車の馬の手綱をもち、他の者は荷車の上にまるく縮こまっていて、それらの荷車の上には食器棚、テーブル、椅子、分解したベッド、マットレス、鶏籠（あるいはただ脚をしばって荷物の包みとごちゃまぜにほうりだされ、恐怖で沈黙した雌鶏や雄鶏）などといった、ぼんやりした品々を積みあげたらしいもの、さらにはまたでっかいトマトとかでっかいかぼちゃに似てふくらみ、それらの葉っぱもまだくっついてでもいるみたいに、四隅を毛布でしばった耳がつきだした荷物がでこぼこに盛りあがっていた。

いまはぱかっぱかっと鳴る蹄の音に、油のきれた車軸のきしむ音や車輪の下で小砂利がはじけるちいさな音が混じっていた。そしてそれだけのことで、この二重の流れ、逆方向にすすむ二重の行列があるだけで、騎兵たちの顔はどれもおなじ動きで左側を向き、彼らの寝ぼけまなこは天災（地震、竜巻、洪水）の主役たちのあの陰気な落ちこんだ気分で、彼ら自身のいわば陰画でもあり同時に相補体でもあるものが目の下をぞろぞろ歩いてゆくのを眺めていた。つまり、一方には黙示録的な蹄鉄のぱかっぱかっという音と金具のかちあう音にかこまれ、というかむしろ不吉なアウラみたいに背後から照らされながら進む馬たちと武装した兵たちのながい暗い縦隊――他方には、雑多な車（干し草用の荷車、がた馬車、砂利運搬車）の土色をしたゆっくりとした行列があって（その色は、暗闇のなかでも匂いを嗅げるのとおなじで、薄暗がりのなかでさえ見てとれるなにか、車や山になった荷物や衣服にもとからついているなにか、すなわち、毛布や車輪にこびりついた泥や牝牛、仔牛の膕《ひかがみ》の上のそげた固い皮などの地味な茶褐色で――時折黒い色のかたまりが羽根布団とか刺し子布団の赤を示すだけだったが）、それに積みこんだ、紐でしばった溢れそうな荷物、革紐でうしろにつないだ家畜、荷物包みのあいだに坐ってこれまた荷物に似た女たちが見え（彼ら――騎兵たち――は時折こわばった、非情な、不幸そのものみたいに生気のない物質で彫刻された横顔をちらっと見ることができたが）、牛馬を引く男たちも、やはり横顔だけだが、やはり一種の強情な一徹さとでもいったものをこめてまっすぐ前方の闇のなかの黒っぽい女たち、男たち、子供たち――すくなくとも段ボール箱や大急ぎで紐でくくった台所用品にはさまって、毛織のものに埋まり、眠っては

いない子供たち――を見つめていて――まるで一様におなじ茫然自失状態に陥っているかのようで、呪いをかけて家から追いたてられ、真夜中に道路にほうりだされて、山と積んだ長持や羽根蒲団やミシンや珈琲挽きやその上に横倒しにした、さながら骸骨か、複雑な、クモみたいで、角《つの》のあるかたちの昆虫の骨みたいな古自転車を引きずって歩くのだった。

そしてある時（まるで彼らの不幸のなかでは、どんなかたちにしろ、書類を携えるとか、軍帽なり鉄兜なりをかぶるとかして、彼らを家から追いたてたいっさいが、つまり、何時間か前、新聞がそのどでかい大見出しを印刷していたそのときに、彼らの戸口をノックした村役場の職員とか村の憲兵もいっしょくたになったみたいに）、依然歩きつづけてはいたものの、荷車を引っぱっていた一人の男が騎兵隊のほうにむかって顔をあげ、しゃがれた、喉にからむ言語で叫びはじめ、彼らに理解できない単語を猛烈な勢いで並べたてた。もしかしたらそれは警告か、脅迫か、罵倒か、それとも同時にその三つかもしれなかった。ついでおなじ言語で、そのあとにつづく連中の一人も――といっても今度はその男にむかって――あいかわらずおなじ荒々しい、乱暴な口調で叫び、すると彼（最初の男）は黙りこんで、荷車を列にもどした。実際は、ふたつの縦隊がすれちがう速度（つまり、並み足の馬の速度の倍）では、騎兵のめいめいがいくつかの単語、というかむしろ並べたてられたいくつかの音をとらえるのがやっとで、それらの音もやはりなにか泥まじりで、原始的で、鈍重な言葉に聞こえ、つまり国語のできかけ、方言、というかむしろ国語の退化したもの、国境の両側の住民がそれを通して理解しあえるあの地方語みたいなものに思え、両側で正確におなじとはいえな

くても、そんな言語でも原初の粘土や泥を十分保っているので、従兄弟同士が日曜に一本のワインを前に坐ることができるし、村のダンス・パーティで若い男女が、国境のあるなしにかかわらず、おたがい何を望んでいるのか分かりあえるものなのだ。最後尾の荷車のうしろには革紐でつながれた牝牛ではなくて、前の泥よけに紐でつながれて、黙って歩く犬がいるだけだったが、狼みたいなそのシルエットが車輪の輻《や》で線影をつけられていた。きっとフライパンだろうが、積みこみ方がまずかったのかぶらさがって、揺れながら道の凸凹のたびに金物同士ぶつかる音をたて、近づいてきて、大きくなり、通りすぎ、小さくなっていった。しばらくの間なおも鐘の音《ね》のようにそれがかんかんなる音が聞こえ、それと平行して車軸のきしむ音がだんだん遠ざかってゆき、まるで最後の抗議の声、ますますかすかに、かぼそくなってゆくしつこい呻きみたいだったが、ついにはそれもかき消され、蹄の単調な響きだけがふたたび闇をみたす唯一の音となる。

あたかも彼ら（騎兵たち）が二度打ち捨てられ、否認され（一回目はあざわらうような汽笛の音をたてる機関車によって、であり、この機械文明の世界のシンボルは客車を引っぱっていってしまい、真夜中に雨の降るなか、その客車から引きずり出された彼らは、名前すら知らない土地に置きざりにされたのであり、二回目はまさに彼らがこれから向かおうとする、やはり名前も知らない土地から追いたてられた住民たちによってで）、それどころか呪われてさえいるかのごとくで（というのも、明白な事実だが、さきほど荷車を引いた男が彼らにむかって叫んだのも、たしかに憎しみのこもった言葉かなにかだったからで）、これこそは（駅で彼らにむかって新聞をひろげて見せ、どで

かい大見出しの上から、暗いと同時に怒り狂った目で彼らをじっと見据えた男について）一日のうちで、というかむしろ（月の位置から判断するに、つぎの一日にすでに食いこんでいたから）彼らの旅で二度目の呪詛ということになる。

あたかも彼らを（ちょうど家畜や運搬用の牛馬を、若さと体力というおなじ基準にしたがって選ぶみたいに）指名したその共同体がすでに、彼らを切りすて、嫌悪をもって自分たちから引きはがし、締めだし、共同体の外縁部にある、彼らの接近と同時にそこから住民を追いだした部族領土のぎりぎりの端っこに彼らをほうりだしたかのごとくであって、最後の荷車は決定的に遠ざかりながらなおも背後に、弔いの鐘が鳴りおわってもあとあとまで空気が振動しつづけるのとおなじで（いまはずいぶん前から怒り狂った声もだまりこみ、ずいぶん前から騎兵たちの耳には車軸の軋みも、車輪の下で小砂利のはじける音も、さらにはフライパンのがちゃがちゃ鳴る音も聞こえなくなっていたのだが）その受け身の憎悪の余韻を漂わせていた。いまでは彼らは眠気とたたかい、腰や膝が痛み、馬のあゆみの一歩ごとに背後に断層がひろがってゆくのを感じることができ（というかひとつの壁で、新聞の男が彼らと彼のあいだに、彼らの追放を告げる宣告みたいに、とてつもない大きな活字で印刷され、いわば隙間も裂け目もない石と化した、薄い一枚の紙をひろげたのとおなじで）、今後はそれが彼らを文明社会の残りの部分から遊離させ、純潔を強いられた彼らの去勢馬や牝馬ともども、人けの絶えた僻地に閉じこめられた、鉄兜をかぶった宦官の世界に放逐したのであって、それを遠くから憲兵たちやことさらそのためにアフリカの奥地から連れてこられた、白い歯が輝き、

頬におきまりの刀傷がはいって、小銃に銃剣をつけた大男の黒人兵たちが監視して、彼らの背後で第二の防禦カーテン（というかむしろ交通遮断線）を閉じて、いまでは彼らが救いようもなく切りはなされたその世界を防衛しようとするのだが、それもべつにありえない反乱の下心を恐れてではなくて、その世界自身の罪の意識のために彼らを切りはなしたわけだ。ついで、月が隠れた。いずれにしろ彼らは月が見えなくなって、しばし戸惑ったが、それというのも光が（というかむしろ、ぼんやりとした白っぽいほの明かりが田野に漂い、そのなかでおなじ丸みをおびたかたちの黒いかたまりがあいかわらず横に流れていくようで）なおも残って、どこから射してくるのかに関して、それ自身しばし戸まどっているかのようだったからで、ついでしっかりした明るみになり、といっても月のせいではなくて自分勝手にそうなったのであって、いまでは牧草地が霧氷でおおわれたみたいで、ついで（前を行く馬の毛の色を識別しはじめるのと同時に）彼らはそれが霧氷ではないということを悟り、だんだんと耕地や収穫後の畑や放牧地も識別でき――そしてもはや黒いかたまりではなくて生け垣や灌木の茂みや樹木が（すこしも風が吹かないのに）だんだんと息を吹きかえし、かすかにひくつくように見え、まるで暗闇からわが身を引きはがし、引きずりだそうとでもしているみたいで、夜の雨が木の葉からしたたり落ちるのと同時に、闇も潮が引くようにそれらのそばから引きさがっていって、まだところどころにひっかかった霧が枝のかげや木立のまん中に踏みとどまってはいるものの、しばしのあいだ灰色がかっていた田野も、やがてだんだんと多色化し（まるでさまざまな色素がかき混ぜられた液体の表面に浮上し、色ごとにわかれ、元どおりまとまりでもするみたい

で）、牧草地は雨で活気づいたみずみずしい緑に、耕地は褐色に、生け垣はもっとくすんだ緑色に染まってゆくのだったが、それとともにここかしこでは、早くも秋の気配に打たれてこちらの茂み、あちらの樹木がすでに赤茶色になっており、ついである曲がり角で、彼らは前方に、黒檀の尻尾がゆらゆら波うち、たてがみも黒檀という恐るべき黒檀の馬にまたがった、あの恐るべき中隊長を先頭に、泥の色をした軍服姿のながい縦隊、おなじ鉄兜をかぶり、おなじムスクトン銃でおなじななめの筋がはいった背中のながい反復、扇型にひろがり、ほとんど足までたれたおなじ外套からはみだす、革脚絆をはいたおなじ脚のながい反復を見ることができ、その足がおなじ鐙に掛けられているその踵にはちっぽけな銀色の閃光みたいにおなじ拍車が光っていて、その下では疲れを知らない何百という脚の疲れを知らない往復運動が、なにか背中が黄土色で腹が赤褐色のながい毛虫の脚みたいに行ったり来たりし、濡れた道路のアスファルト上におちた影の上を、華奢で、軽やかで、優雅に、コンパスみたいに交叉し、離れ、ふたたび交叉して、彼らには聞こえなくなっていた（というかすくなくとも注意を引かなくなっていた）けれども止むことのなかったあの蹄の音で風景を満たしていて、といってもいまではちがった音で、もはや拡散的でも脅迫的でもなく、いわば勝ちほこった、雨で洗われた大気のなかで澄んだ、その上まるでテンポも早くなった音で、まるで馬たち自身も生け垣や木立の彼方でふたつの丘のあいだにはさまれた、葵色の瓦をふいた大きな屋根々々や、鐘楼や、村の最初の家々を認めたかのごとくで、それらの家々の納屋の扉には、班や分隊や小隊の番号がチョークで書きつけられているはずだった。夜が明けたのだ。

＊＊＊

そして翌々日も、朝の点呼はほかの日とほとんど変わるところはなかった。正方形の三辺に中隊が整列し、あいた一辺のまん中に中隊長が突ったち、すこしさがって四名の小隊長、そしてすこし離れてわずかにもうすこしさがったところに軍医と日直軍曹が居ならび、革具で体を締めつけた日直軍曹は、鉄兜の顎紐が顎をふたつに切りわけていて、肘のくぼにサーベルの鍔《つば》をひっかけ、それぞれの分隊下士官がおこなう厩舎番や雑役当番や病兵の数の短い報告に耳を傾け（というか傾けるふりをし）、ついで回れ右をし（日直軍曹が）、中隊長のほうへ進みでて、三歩前で停止し、鋼鉄のかちんという音をたてて踵を打ちあわせると、それが吹きぬけの納屋に沿った農家のこの裏庭にかすかな金属音とともに反響するが、それも雫をしたたらす樹木のひっそりとしたざわめきにかき消される。夜のあいだに、またしても雨が降ったのだが、いまは霧雨だけ、というかむしろ、朝の冷たい空気中にふくまれて、ちっぽけな水滴のヴェールが下りてくるだけで、濡らしさえせず、ただ葉群の光沢を維持するのみで、灰色の粉みたいに、手でもさわれない水銀の雫みたいに、軍服の生地の上にたまり――そして下士官たちの、ついで日直軍曹の、ついで中隊長がしゃべるときに彼の口から、そのたびにかすかな靄が流れだし、煙草の煙ほどの濃度もないのだが、たちまちかき消え、まるで規定どおりの決まり文句の短い交換が一種の水族館とでもいったもののなかで行われるみた

いで、水族館でも魚たちが音もなく口を開けたり閉じたりし、時折銀色の数珠《じゅず》みたいな泡を吐きだすが、きっちりと決められたしきたり以上のどんな現実性も意味ももちえないのと同じで、役者たちのだれひとりとして、つぎからつぎへと口をあけ、たちまちかき消えるちっぽけな湯気の雲を吐きだすということ以外なにひとつ期待していないらしく、中隊長が日直軍曹に礼を言って略帽に片手をかかげるが、銃をもった軍曹は敬礼はせず、ただ九〇度回転し、三歩進み、もう一度九〇度回転して中隊長の右側のおなじ線上にならび、ついで完全に回れ右して、不動の姿勢をとり、踵をそろえ、磨きあげたサーベルのきらきら光る鍔をあいかわらず肘のくぼに引っかけたまま凝固し、中隊長の声が「休め」という命令をはっきり下したあともなおそのままの姿勢でいて、そこで正方形の三辺上で漠としたくつろぎの空気が生まれたが、ついで騎兵たちはふたたび不動の姿勢をとり、彼（中隊長）は喉のあたりを掻いていたが、しゃべりはじめるとともに、赤まだらの、肉づきのいい、多血質の彼の顔がすこしだけ余計に赤くなり、すると静寂のなかで彼の声がくっきりと大きくなり、ひとつひとつの母音、二重母音、子音を区切って発音するたびに、たちまち消える蒸気のちいさな雲を押しだし、そんなわけで騎兵たちにはいま彼らが聞くことができたこと（つまり、たんに戦争がはじまったということ）も、すこし前避けがたい拍車のかちあう音で終わった、中隊長と日直軍曹のあいだの規定どおりの決まり文句の交換以上の意味も具体的な現実性もないような気がするのだった。しゃべりおわったあとも何秒間かのあいだ、彼（中隊長）はおなじ姿勢をたもち、彼の分厚い、肉づきのいい顔がいまはなおいっそう赤く、真紅になり、眉をしかめ、気がかりなと

いうかむしろ気づまりな表情になっていて、あるいは彼自身が、おなじこの時刻に世界中の新聞の大見出しにでっかい活字でのさばっているいくつかの単語を口にしたという事実が、彼にその意味をなおいっそう強烈に感じとらせたせいなのか、それともまたそれに添えるためになにかじっくり計算した決まり文句を用意したのだが、いまは不動の姿勢で黙りこくっている中隊を前にして、突然それが十分雄々しくなく（あるいは雄々しすぎ）、あるいは十分に温情がこもっていない（か、こもりすぎている）と思えたせいか、ためらい、いまは顔が紫色になり、ついでいきなり、悲嘆のあまり、まるで痺れをきらしたかのように（というか救いを求めるかのように）日直軍曹のほうに顔をむけ、そして軍曹がその命令ではなくて表情で示された頼みに気がついたようにさえみえないのに、声（軍曹の声）がいまはわめきたて、すなわち、ふたたび分節のはっきりしない、しゃがれた、短い、けものがあげるような叫び声で、とはいえ恐怖も怒りもふくんではいず（声をそなえた時計の機械仕掛かなにかがあげる叫び声みたいで）、それに答えて銀でもぶつかりあうような三百の拍車の澄んだ響きが一斉に鳴り、整列した騎兵たちで形成された正方形の三辺がふたたび突然凝固し、中隊長は手を略帽にもっていって敬礼し、ついで声（叫び）がもう一度響きわたるその前から、出しぬけに背中をむけ、すでにこの庭が所属している家の背後のあいたままのドアのほうへ大股に歩きだしていて、戸口が一瞬、彼の幅広い背中でほとんど完全にふさがれ、彼がそのなかに呑みこまれると、四人の小隊長がぞろぞろとその後につづき、彼らにつづいて一瞬、客の荷物をさげ、最後に回転ドアへはいってゆくドアマンの縁なし帽みたいに、しんがりを勤める軍医の暗紅色のビロード

の軍帽がまだ見え、そのあとでドア（あのガラス部分にレースのカーテンがつけられ、装飾的な金具細工で保護された種類のドア）が閉まった。

そして、それだけのことだった。騎兵たちは解散し、彼らの馬が待っている納屋や馬小屋や牛小屋にもどり、二人か三人（町から来た商店員や会社員）がためしに、聞き手もいないのに、二、三の空いばりじみたり気味悪かったりする冗談を口にしてみたが、ひょうきんで自信のなさそうなその声も宙に消えて、やみ、午前中ずっと黙って、目を据え、放心して、何時《いっ》にない、細心な、強情な集中心で没頭して、すでに掃除ずみの宿所を掃除し、装備をきれいにし、すでに磨いてある鐙をやっきになって磨き、すでにグリースをかけた手綱にグリースをかけながら、彼らは命令を待ったのだったが、やがてそのうちにやって来たのは、正確に前日と同様、馬に鞍をつけよという命令だけで、そしてさらに正確に前日と同様、あいかわらずのはだか鞍で、馬を散歩させることだけで、それから颯爽とした並み足で泥まじりの道やまだ雨で濡れている下草のなかを走らせ、あいかわらずしゃべったり顔を見あわせたりするのを避け、鞍の上で機械的に跳ね上がったり下りたりして、時折そっと東のほうへ顔をむけたり耳を澄ましたりするのだったが、馬の息せききった呼吸や蹄鉄が小石にあたる音をのぞけば、とてつもない、異様な静寂しか知覚できず、それだけのことで、翌日もおなじで、さらにその翌日もおなじで、そのあとの一週間も、そのあとの一月も、そのあとにつづく何か月かもおなじだった。すなわち、がらんとした、メランコリックな田野、メランコリックな森があるだけで、木の葉がだんだんと黄色くなり、枯れ落ちると、森はあかあかと光る秋の絢

爛さのなかで、湿気の多いかすんだ光のなかで、雨のなかでだんだんと裸になってゆき、風もだんだんと冷たくなり、ついでほんとに冷たくなり、ついで凍えるようになり、ついで膝のところで鞍袋とズボンの生地とのあいだに流れこむ怪しからぬ水の流れもなくなるかわりに、溶けかかった雪となり、どうやら田野も世界全体も白一色のひっそりとしたむらのない雪の層に埋まり、麻痺してしまったかにみえ、いまは森も生け垣も薄紫がかった褐色か、黒くなっていて、彼らはあいかわらず時代錯誤的な馬にまたがっていたが、彼（伍長）が割りあてられた栗毛の優雅な純血馬は、一月たって、果てしない宿営地から宿営地への移動で憔悴しつくし、彼が鐙に足をかけても逆らったり、棒立ちになったり、後脚で蹴ったりすることなど思いもよらないほど骸骨みたいに痩せて、死んでしまい（そして、その馬同様イタリア名前の騎手もいなくなったのだが、それは事故で、中隊長が集合した中隊全員にむかって宣戦布告を通達したその翌日、彼ら（彼の班の六名）が寝ていた納屋へ登る梯子の格《こ》に運悪く踝《くるぶし》をひっかけてしまったためで、彼自身の言い草では、骨折のひとつやふたつ気にしないとのことだったが、担架に横になり、その担架が彼を運ぶ救急車に滑りこむとき、最後の別れの合図を送ってやったのだが、彼（伍長）は物に動じないその傭兵隊長の顔のなかで、合図を返してよこした片方の目がかすかにまたたいたかどうか、いまとなっては言えそうもなく）、そして伍長は栗毛の代わりに不格好だが頑丈な（いざという時に、拍車が脇腹を傷つけ、サーベルからはずれた下げ緒が臀部をめった打ちしても、そのことを証明してみせる）牝馬をあてがわれ、ほとんど息もつがずに十五キロをギャロップして見せるほどの馬だった——だが、その後この馬も

乗り捨てねばならなかった。

そんなふうにして、がっちりとした農夫や怪力無双のビート大根栽培者らが、だんだんと痩せてゆき、ついで病気と認定され、ついでいなくなるのを見てきたが、それでも耳が横に出っぱり、鶏みたいな首をし、下っぱ店員の貧相な様子をしたひよわなユダヤ人の小男は日ましにますます不屈となるかのようで、おなじ憤然とした様子で、泰然自若として、徒歩なり騎馬なりでの何キロもの行軍にも、厩舎当番にも、インドシナ銀行からの米とアルゼンチンの億万長者から供給された牛肉をベースの糧食にも耐えたのだった。彼らはたいていの場合納屋で寝るのだったが、時折運がいい時には、農民たちが立ちのいた家のこともあって、彼らはそういう家の薪小屋を荒らしたり、家具をこわしたりしたが、馬上で眠ることもあれば列車に積みこまれることもあって（いまはもうだれも身ぶり手ぶりしたり歌ったりせず、あけたドアのところに坐って脚を垂らし――といってもドアは寒さのせいで四分の三は――あるいは全部――閉められていて、停車のたびに彼らのうちのだれかがわずかに重い戸板を滑らせて、駅の名前、町の名前を知ろうとするぐらいがせいぜいで（たいていの場合交叉しあった引込み線や、彼らのとおなじような家畜運搬車、シートをかけた無蓋貨車、あるいはまた柩に似た不思議な恰好をした鉱石運搬車の果てしない長い列しか見出せず、雨のなかでレールも車両もシートも青白い反射光できらめき）、それ（駅の名前）を肩ごしに三十人か四十人の、静まりかえり、無関心で陰気な、外套にくるまって縮こまっている男たちにどなり）、彼らは最初南下し、山中を騎行して、粗野な農民たちが暮らしている集落などで宿営し、また出発して、峡

谷を抜け、よく見えない橋を渡ると蹄の音がいっそう音高くひびき、のっぺりと乳色の闇のなかでどことなく燐光をはなっている大河を渡り、ついでもう一度北上して、家々の屋根が灰色で、兵舎とか、マロニエの黄色い葉っぱが散り敷いたちいさな広場などがあるわびしい町に到着した（それがセダンで、東方に、秋の日に黄金色に染まった城壁みたいに、ものすごい森のものすごいはずれが見渡すかぎり広がっており、ある演習の途中、彼らが町の出口の丘のふもとに立つ、灰色がかった荒塗り壁のちいさな家の前を通ると、その家にプレートがかかっていて、バゼイユという土地だったが、灰色がかった荒塗り壁の正面に貼りつけた大理石のプレートに、《最後の弾薬》〔七二〕と書かれていた）。厳寒がおとずれはじめた頃、彼らはやっと腰を落ちつけたが、そこはほとんどすべての住民が立ち退いた村で、泥だらけの広場のまん中に水飼い場があり、家々の前には汚物の山が放置されていて、一軒の居酒屋があった。クリスマスに、将校たちがパーティを催し、缶詰のパテや鶏肉や発泡性ワインが供された。福引があり、だれもが万年筆とかライターとかすぐに狂う腕時計かなにかを当てた。それから程なく、彼（伍長）が賜暇からもどってくると、真夜中に中隊が臨戦態勢をとっていて、馬にはすでに鞍がつけられ、ふたつの納屋の炎が革や鞍袋や馬のきらきらする尻に反射しながら燃えていた。彼らはバケツ・リレーで火事を消し、ついで夜の闇のなかを出発して、ある森まで行き、そこで馬からおりたが銃ははなすなと命令された。気温零下二〇度で、馬をつないだあと、雪の上で体をくっつけあってどうにかこうにか夜を過ごした。しかし、これが本番ではなくて、翌朝、ふたたび宿営地にもどれとの命令がくだった。

冬が終わったとき、彼らは国境の森のなかの池のほとりに野営していた。池の一方の端に、脱衣小屋や飛込み台や蔓棚の下にならべた木のテーブルなどをそろえたちょっとした遊泳場があった。ドアがあけっぱなしの脱衣小屋やペンキがはげた蔓棚は、シーズンオフにこうした種類の設備がみせるおきまりのうらぶれた、打ち捨てられた感じがただよっていたが、それにしてもなにもかもが慌てて、いわばパニック状態のなかで打ち捨てられたようにみえ、ちょうど夏の夕立の最初の滴がぱらぱら落ちると、母親が子供たちを呼び、編み物やおやつを片づけ、売店の親父が金庫の金をざらっと袋にあけて、台所に鍵をかける手間さえかけずに行ってしまうのとおなじで、なにもかも逃げだした連中が放置したままの状態で、それが冬の何か月かでなおひどくなり、雨や寒さや風がだんだんとペンキを傷め、ドアも蝶番がはずれて夜の闇のなかで勝手にばたんばたんと鳴っていた。

池はたいていの場合とろんとした、金属的な灰色をしていた。この灰色と空の灰色のあいだに、岸辺にはえた藺草《いぐさ》がえがく黄色い水平の帯と、もうひとつの紫色がかった褐色の帯が横にのびていて、こちらは森だった。冬は終わったところだったが、木々はまだまるはだかで、鉤爪のついた枝をぎごちなく空に揺らしていた。幹と幹とのあいだに、地面の傾斜にしたがって、カーキ色のテントが階段状にならび、幹から幹へと張りわたされたロープに首輪を結わえつけられた馬たちの赤褐色の毛並みが見えた。時々ラッパの響きがわきおこり、森のなかに甲高いこだまとなって響いた。一週間もたつと、ぐんにゃりとして濡れた地面を踏む馬の蹄が、あまりにも土をこねまわしたので、所によっては踝《くるぶし》までめりこんだ。規律が目立ってたるみ、仕事は野営に欠かせない労役だけにかぎ

られた。毎日馬に森のなかを散歩させ、夕方になると騎兵たちは水を飲ませに馬たちを池へ連れてゆき、鞍なしで、一頭か二頭の引き馬の手綱を握りながら、陽気に泥のなかをギャロップさせた。脱衣小屋や白いペンキのはげた蔓棚がある遊泳場だったところでは、池のほとりの黒っぽい、踏み荒らされた泥に、半月形の蹄鉄の痕がたがいに重なりながら深くきざみつけられ、底に水がいっぱいたまっていた。日中は池のむこうに盛りあがった丘の上を遠くまで見わたすことができ、明るい作業服を着た植民地連隊の兵たちが鶴嘴《つるはし》をふるい、手押し車を押し、アリみたいに行ったり来たりしながら幅のひろい塹壕を掘り、鉄条網を張っていた。

だんだんと雑木林は、いつとはなしに、最初は塵みたいな、霧みたいな、ちっぽけな緑色の点々でおおわれ、ついで葉でおおわれてゆく。クマシデの葉はまん中の葉脈の両側に、ぎざぎざになった縁からの繊細な折り目の縞がはいっている。天候がしだいによくなり、泥も乾きはじめる。のちになっても彼（伍長）が思い出すのは、鞍なしで乗った馬たちや、消灯合図のラッパのこだま、ほの暗くなってゆく森のなかでのオレンジ色のキャンプファイヤー、腐葉土の匂い、あたりの闇のなかで目にこそ見えないがまるで耳に聞こえるかのように、抗《あらが》いがたい勢いで樹液のたちのぼってゆく気配、時折真夜中に喧嘩しあう馬たちのいななき、それを引きはなそうと駆けつけた当番兵の叫び声、いっそう暖かくなった大気のことなのだった。分隊の兵たちはちいさな空地に木のテーブルとベンチをしつらえ（それとも水浴び場から盗んだか？）、そこに坐って食事をとることになる。ある朝、彼の班がシャワーを浴びにゆく支度をし、馬にもすでに装備なしで鞍をつけ、伍長は小隊の

三人の兵が耕地や農作業のことで軍曹と議論するのを聞きながら、自分の革脚絆にワックスをかけている最中だったが、その時警戒命令が出る。いいお天気で、すでに大きくなり、みずみずしい緑やエメラルド・グリーンやレモン・イエロー色にきらきら光っている木の葉のあいだで陽光がたわむれている。飛行機が時々、ほとんど見えないくらい空高く通りすぎる。伍長はブラシを手にしたまま、しばらくじっと動かず、まるい缶の中のねっとりと赤いワックスや、赤地に黒でライオンの顔がかいてある缶の蓋を見つめていて、その蓋のまわりは交互に黒と赤の線で飾られている。彼はいよいよ来たか、いよいよ……と考えた。短い、そっけない、せかせかした音を何度も繰り返すラッパの吹奏も耳にはいらず、空地のまん中に突ったってすでに軍曹がどなっている命令も耳にはいらず、野営地の突然のあわただしさ、たちはたらく騎兵たちの行ったり来たりをぼんやり知覚するだけだ。彼の心臓はもしかしたらいくらか早い鼓動をきざんでいるかもしれない。彼は自分が軽くなって、興奮しているのを感じる。彼は死のことを考えるが、興奮しすぎていて、やることが多すぎ、彼もテントにむかって走りだす。

IX　一九一四年

それは夏が尻ごみし、ぐらりと傾き、いわばみずからの重みで、自分に飽いたずしんとして有無をいわさぬ重苦しさでへたりこみはじめる時期で、日ましに一日が短くなるにつれ、夕べの訪れのたびにノスタルジーをともなった光の喪失感がやってきて、暑さが段階的にしずまり、背後にいままでそれ（夏）が膨張するもととなっていたあの怪物じみたなにかを置きざりにしたのだったが、ちょうど妊娠した女みたいに、あのおなじ茫然自失、あのおなじ惚《ほう》けた誇らしさをもって、月満ちるまでその怪物じみたものを大事に育ててきて、軍用ラッパや酔っぱらいどもの喧騒のなかでそれから解放され、すでに怖気《おじけ》をふるって、それを見捨てる気でいるものの、やがて一年後に、成熟したそれと再会するときにはそれは泥でおおわれ、それ自体泥と化し、糞便や膿汁や分解したけものの死骸の悪臭とともにもどってきた陽光のもとで、首まで生き埋めにされるか腐りつつあるかしているのだ。

だが、いまはまだまったくの始まりにすぎなかった。事が起こってからまだひと月もたっていず、猫背のボーイ長たちは物憂げに見捨てられたテーブルのあいだをそぞろ歩きし（もはやディナーを

とる客もなく――あるいはほとんどなくなり――テニスに興じる客も、スパイク・シューズをはき、夕方騒々しくロビーを横ぎる遠足客もいなくなり、静まりかえった野外音楽堂にひしめく客もなく、いまではサージのおおいをかけてある賭博台のまわりにも、賭事をする男たちも肩をむき出しにしたり、タフタのスカーフをかけたり、白いカーネーションをつけた女たちもいず）、そして若いドアボーイたち（大急ぎで掻き集めたものの、役に立たず、どうにかこうにか仕立て直しても大きすぎる制服を着た隣村の小僧たち）と芝生を飾る円形花壇の手入れをしつづける庭師たちとのあいだには、いわば切れ目、空隙《くうげき》とでもいったものがうかがたれ、まるで男たちの世界はいまでは子供と老人だけで構成されているとでもいうふうだった。

都会のゆとりある連中がうだるような夏を避けてやってくるこのちいさな温泉町では、まるでなにひとつ変わったことはないかのようだった。すなわち、庭園の木蔭にはおなじ涼しさがあり、どこにいてもおなじ小川のせせらぎが聞こえ、午後になると日によっておなじ八月の夕立雲がはるかかなたの峰々のまわりにかたまり、砕け、落ちつきはらって堂々とした雷のこだまが轟き、谷あいの両側の、ところどころ切り株や骨みたいな岩が飛びでた禿げた斜面に反響するのだったが、目を下に向けるにつれ、その斜面にもだんだん木が多くなって、やがて栗とプラタナスの豪奢な植生《しょくせい》となって、その豪奢な葉群から雫がしたたり落ちる芝生のまん中に、まるでデコレーション・ケーキみたいに、どでかいアジサイの花々をしとねに、どでかい突飛な建物が建っていて、看板の金文字（ホテル・イブラヒム・パシャ）が、ガラスと鉄張りの扇形の庇のカーブにそって描かれ、その突拍

子もない場ちがいな性格をいっそう際だたせていて、泡だてた生クリームみたいな建物の質感といい、パティスリーの傑作を飾るあの砂糖デコレーションにも似たアジサイの土手でいわば水色とピンクのリボンをかけた白さといい、まるでここ、ピレネーの峡谷の奥に、オリーブ色の顔でトルコ帽をかぶり、ふっくらした指に指輪をはめた、でぶのバカラ賭博者かだれかの気まぐれで（ないしは彼への感謝のしるしに）でも建てられたというみたいで、ナイル河のほとりかボスポラス海峡から来たその男も、彼の愛顧とチップとどことなくいかがわしい豪奢さでこのホテルの名誉となってくれたか、それとも（もしかしたらどこかのカジノで、袖にカードを隠していて捕まった素人いかさま師で、むりやり連れてこられ、否も応もなく、あとで帳場に返す四角や丸のチップを毎晩賭博台に投げだす役を仰せつかり）、言うなれば場面が、全体が、欠けるところがないよう余興として登場させられたのかもしれず、まるでどっしりとした建築、観葉植物で飾った玄関ホールの体面がちょっぴりエキゾチックでどことなく淫蕩な気配を要求でもするかのようで、トルコ帽の赤い色、鏝《こて》でカールさせた黒い口髭、てらてらして丸い顔がこの場に、およそ温泉場たるものに不可欠のコスモポリタン的でどことなく胡散《うさん》くさい格式を付与する役をになわされたのかもしれず（そのお菓子、デコレーション・ケーキ付属の庭園のひっそりとした小道を、黒人女とヴィクトリア女王みたいに頬のたるんだ老女とまだ若い母親が散歩に連れ歩いた子供――その子供がその後少年となり、ついで成人し、ついでふたたびもっぱら動物的な関心事、食べたり飲んだりすることだけにかかずらって生きる生き物、というかむしろ有機体と化して、捕虜収容所のラウド・スピーカーによって、そ

れ（デコレーション・ケーキ）が一挙に、一夜のうちに、まるで魔法の杖のひと振りで消え、地球の表面から抹殺されたということを知ることになるのであって、それはあたかも二十六年の間隔をおいて天災と悲嘆がもう一度おなじ場所を襲ったかのごとくで、といっても今度は黒人女が押す乳母車について歩く一介の散歩女を喪につかせ、引き裂き、死ぬほど痛めつけるためではなくて、場所そのものを（それも千キロ北方で破裂していた砲弾や爆弾にもできないほど徹底的に）襲うためで、せせらぎの小川がたちまちのうちに怒り狂い、轟音をたてる急流と化して、その通過のあと（それは数時間しかつづかなかったが）テラスも、玄関の庇も、バルコニーも、アジサイの土手も、近東のパシャの思い出も跡形もなくて、あとには幅二百メートルの石ころだらけの川原しかなく、小高い場所に建設された村の住民たちは、ふたたび太陽が昇ったときにそれを発見して唖然となったのだった）。

そしてもしかしたら、最初の数日が過ぎてから（腰を落ちつけるのに必要な三日か四日を、トランクから荷物を取りだし、ドレスなどを洋服ダンスに吊るし、老女がホテルの二階に借りたアパルトマンの家具の配置を彼女たちの好みで変えたり、いっしょに連れてきた黒人女と料理女の部屋を決めたりしてついやし――じっさい料理女もいたのであり、あるいはホテルが年とったボーイ長らに、ただ皺々で、猫背で、物憂げに、黒い制服を着て、ディナー客のいないテーブルのあいだに突ったつためだけに給料をはらうことを断念したせいか、それとも老女とその娘が人前に出たがらず、食卓で若者たちや無関心な外国人たちと隣りあわせになる不都合をきらい、閉じこもって暮らして、

子供を散歩させるためにしか外へ出なかったせいかもしれないが）もしかしたらそれから彼女が例の少女時代の友だちに（彼女は惰性的で浅薄なコケットリーから、その友だちにはまだ汚れを知らなかったころの思い出に忠実に、スペイン語で手紙を書きつづけていたが）その突飛な建物を写した絵葉書を送ったかもしれず、ガラス製鞘羽根《さやばね》みたいな庇の下の玄関の階段にずらりと、支配人と彼をかこむ上席シェフやコックの面々が居並んでいる写真だが、その裏面に（おきまりの「愛しいニニータ」からはじめて）彼女は新しいアドレスだけ書いて、子供の健康のためという理由しか記さず、ほかのこと、それに先だったことは遠慮して（あるいは誇り高く）黙っていたにちがいなく、この転居――というかむしろこの遁走、世間からのこの厳しい、尊大な撤退の本当の動機、別離、出発、中庭の馬、出陣の身支度をした男、ヴェランダのバルコニーに集まった家族にはふれず――その日彼女が劇場のボックス席でみたいに最前列のまん中にいたのは、バルセロナで彼女の大好きだったあの血なまぐさい残酷な見世物を見物したときとおなじなのだが、ただ今度は青ざめ、それでも涙は流さずに、歯を食いしばって、戦さにむかう男が黒人女の差しだす子供を受けとり、頬に接吻し、革紐が筋かいになっている胸にしばし抱きしめてから黒人女にかえし、馬にまたがり、拍車をかけて消えてゆくのをじっと見つめていて、そのあいだ彼女はその場に立ちつくして、指の関節が白くなるほど手すりにしがみつき、正門のぽっかりあいた空間を見つめつづけていて、最後の一瞬騎上のシルエットがそこに枠どりされたが、それこそは彼女が二十五歳になるまで待ち、ついでそのあとの果てしなくながい秘密の婚約の四年間のあいだ、偏見や悪評や老女の悲嘆に暮れた顔

（もしかしたらそのお説教や哀願）にも堪えぬき、あらゆる異議にあの彫像のような受け身の粘り強さ、あの愛想のいい、にこやかでしかし不屈の無気力で答えながら、ずっと待ちつづけた男なのであって、その四年間のあいだ、彼女が彼をしのぶよすがとしたのは、せいぜい遠い国から送られてきた、仏教寺院とか、水田とか、客船とか、ピラミッドとか、ラクダ、投げ槍をたずさえた未開人とか、焼けただれたりジャングルでおおわれた山とかをあらわした絵葉書だけで、その裏には細かい字で、名前につづけて日付だかしか書いてなかったのだが、それでもついに揺るがぬ決意が勝ちを占め、そこであの輝く四光年、袖のないゆったりした衣を着た黒人や飼い馴らされた王蛇《ボア》のふんだんにいる熱帯の島でのあの祝婚飛翔、あの解放、あの恍惚があって、ながいあいだ閉じこめられていた彼女の肉体がひらき、ふくらみ、いわば合法的な略奪によって彼女をさらった男をみずからのうちに迎え入れるのと同時的に、群衆や野生動物や見知らぬ花がうようよしている、多数性の、無尽蔵の、色とりどりの世界の、啓示、というかむしろ彼女の人生のなかへの闖入があって、彼女はそんな世界のなかへ、茫然として、もしかしたらへとへとになって（サナギが蝶になって、段階的に殻から抜けだすにいたり、一息つきはしたものの、養分だったねばねばした液がまだ体にまつわりつき、羽をひろげて飛びたつ前にまだみずからの変身に呆気にとられていて）、それまで彼女がくるまっていた（というか、彼女の生まれと環境と教育がいわばコルセットみたいに、そのなかで彼女を締めつけていた）他愛なさと愚にもつかぬ気どりからなるあの保護カバーをまだ捨てきれずにいて、いまはうっとりして、彼女が投げた小銭を拾うために黒人の子供たちが海に飛びこむのを眺

めたり、黒人奴隷たちがかつぐ駕籠に乗ったりし、母親に送るために、総督官邸での晩餐のメニューを構成するコンソメや円筒形のパイやフォワ・グラやホロホロ鳥やシュプレーム・ソースや円錐形アイスクームなどといった果てしない皿数を、舌舐めずりするように書き写したり、彼女が顔を輝かせ、かたくなに大げさな帽子をかぶり、裾のすぼまったスカートをはいて（まるで女たちと建築家たちは、どんな緯度の土地へだろうと、シャンティイのファッションとかアジャン〔七三〕のキャフェや温泉場のカジノの建築様式を平然と持ちこむというあの能力を、共有してでもいるみたいで）家中の召使たちにかこまれ、バンガローの回廊に坐っている写真を送ったりするのだったが、隣に坐った、白い麻地の軍服を着て、軍帽もヘルメットもかぶっていない男は五人目のボーイ（か執事）に見え、顔にあの謎めいて、上席ボーイ長とか筆頭猟犬係とかみたいに、子供っぽい気まぐれや子供っぽい感激で始末におえない旧家の娘にたいする、寛大で同時に面白がっているような表情を浮かべていて――なにしろ彼のほうは何年間かの熱帯林での暮らしや、測地学的調査や、湿地から解放されたところで、女たち、彼を抱きしめたあの赤銅色ないし黄色の肌の従順でやわらかい肉体には、うんざりしたとまでは言わなくても飽きていて、マドラス地方〔七四〕のスカーフをかぶり、細い目をした甘美な顔の彼女たちの写真を（寄港地や宿営地の行きずりにではなくて、そんなエキゾチックな蘭の花が彼の夜だけでなく昼間も相手してくれ、彼の食事を給仕し、もしかしたらほかの使用人たちをも指図し、小鳥のさえずりみたいなおしゃべりで彼の気を紛らせてくれたりすると）時折姉たちにも送ったものだが――彼方、雪と雨に閉ざされた地方で、小学校教員と農民という二重生活に明

け暮れしていた謹厳な山育ちの未婚の姉たちは、厚紙シートの家族のアルバムのなかにマドラスのスカーフや花のような娘たちも整理し、したがってそのアルバムには、金縁でかこんだ、こめかみのところからきつく引っつめ髪に結い、胴部に鯨骨を入れ、顎まできっちりボタンをかけた従姉妹《いとこ》たちや伯叔母《おば》たち、晴着を着た男たちのかしこまったポートレートが、クレオル〔七五〕の女たちや跳ねっかえり女たちのポートレートと交互に貼ってあって、写真屋は半分はだかで連れてこられたそんな女たちに、だまし絵ふうに描いた手すりを背に、丸テーブルかなにかに肘をつかせる前に、留針と何メートルかのタフタ布を使って（すくなくとも正面側だけは）インドやカスティリオーネ〔七六〕の女帝じみたドレスを仕立ててやったのだった。

いまは日曜日ごとに（彼女はカトリック布教団の教会という、熱帯の太陽の下では突飛な、というかむしろ不謹慎なくらいの、えせゴチックふうの醜悪な煉瓦建築の写真も送ってきたが）彼も彼女といっしょにミサに出かけ、彼女は例のシャンティイふうの帽子をかぶり、彼はメロン・カバーに似た植民地スタイルのヘルメットを脇の下にかかえて行くのだったが、それまで彼は教会などに足を踏みいれたことは一度もなく、父から息子へ、母から娘へと、山国特有の厳格主義《リゴリスム》的な伝統にしたがって、彼の一家はおよそ僧侶とか祈禱とかに類するいっさいのものにたいして、強情な、不屈の拒否のなかに立てこもっていて、そうした場所へはいって行くということは、この一家にとっては、まさに不誠実さのしるしと見なされていた。そしてたしかに、彼が言葉のあらゆる意味で彼を育ててくれ、その昔宮廷や軍職での出世を期待された男の跡取りのために、妹たちをむりやり修道院に閉

代物、それは夜も昼も枕の上のおなじ場所を占めていて、口に砂糖入りの牛乳をすこし流しこんでひらひらのついたナイトキャップの下の林檎ほどの大きさに縮んだあの（人間というよりはむしろ）にむかって、つまり、皺くちゃで、土色をして、顎まで引っぱりあげたシーツからはみ出ている、彼から自分のもくろみを伝えた手紙を受け取ったとき、それを読みあげたほうは（といっても母親（「カトリック信者」）を措定、というか内包していない場合の話なのであって、だから内輪の場で、て越えがたい障害をなすもの、つまり、それ自体が彼女たちの尊厳にたいする侮辱を意味する語たちがそれを（社会的身分、境遇の相違を）受けいれたとしても、それはこの相違が彼女たちにとっ道院みたいに引きこもっている連中だけに限られていたのであって、もしかして万が一にもこの姉譜を誇れ、やはり自分と同様偏見と先祖以来の古い館という、あの過去の栄光の御霊舎《みたまや》のなかに修その老女にとっても世界とは、自分とおなじようにもったいぶった衣裳を着た祖先の果てしない系世界のひとじゃありません」と）、もう一方の老女が娘にむかって唱えたのとおなじ異議であって、会の人じゃないわ！」と言ったときにちがいなく、それはまた言い方こそ違え（「彼はあたしたちの家族アルバムにも貼りこんだというのに）はじめて思いきって声を荒らげ、「彼女はあたしたちの社もふたりともごく自然に、マドラス産スカーフの混血女たちや子供みたいな安南女たちを受けいれ、と対決せざるをえなかった唯一の機会というのが、まさにその一方が（きっと姉のほうで――しからぶつかったたった一度の場合、すなわちたった一度の意見の対立、彼がそんな清教徒的な非妥協じこめたのとおなじように、彼のために身を引き、すすんで世間から抹消された二人の女と正面か

やるときとか、排泄物をきれいにしてやるときしか動かさない体が、毛布を持ちあげさえしなくなっていたのだが、その母親にではないが）きっと発音するのをためらい、声を低め、最後にきっとなにかの悪癖とか、遺伝的欠陥とか、恥ずかしい病気とか、顰蹙《ひんしゅく》すべき出来事とかの話をするときとおなじで、狼狽しながらその一語を言いはなったにちがいなく、それはあたかも彼女たちが彼のうちにゆだねたすべての希望が（彼女たちの誇りと野心の追求を代行するという、あの委任状みたいなものので、それを介して彼女たちが到達しようとしていたのは、一家の社会的地位のなんらかの上昇というより、労役獣としての身分からの脱出、解放だったわけだが）一挙に潰《つい》えたかのごとくであって、あたかも農民、縦挽き製材工や葡萄畑労働者という一家の血統が、悪にたいする善の闘いとみなすよう彼女たちに教えこんできたいっさいが否認されたかのごとくで、なにしろこの一家では、やはり灰色がかった光線を扇形に放散する朝日を背景に、農夫とか鍛冶屋とかを描いた寓意的な絵で飾った、灰色がかった表紙の小冊子類が聖書のかわりになっていたからなのだった。

そして、もしかしたらふたりの一方（またしても姉のほう？）が彼に言った――か、手紙に書いた――のが、姉妹差しむかいで、打ちのめされ、顔を見あわすことも避け、やっと遠慮を乗りこえ、慎み、誇り、優しさも押し殺して、それでも小声でしか口にする勇気のなかったことで（そして手紙だとしたら、便箋と小学校女教師の丁寧な書体をとおして、まるで彼女の、というかむしろ彼女たちふたりの、すでに衰え、いくぶん角ばり、肉も皺だらけになりはじめた顔が、不安げな、悲嘆に暮れた、ほとんど脅えたような様子でじっと彼に見いるのが目に見えるようだったにちがいなく）、

そこで彼がそれに答えて、例の寛大な人のよさ、小学校以来、ついで高等中学《コレージュ》で、受験クラスで、奨学生の擦りきれた服を着て、ついでサン＝シールで、障害にぶつかるたびに見せることを学んだあのおなじ微笑、侯爵や男爵の称号をもった同級生の（彼らにとっては羽根の前立てのついた軍帽、白い手袋、剣の佩用《はいよう》は地位の向上のしるしではなくて、権利、当然の分け前、彼らの揺籃《ゆりかご》のなかに最初から置かれていた小道具だったから）いじめにたいしても見せたはずのおなじ、忍耐づよくゆるぎない微笑で彼女たちをなだめ、彼女たちの異論、依怙地《いこじ》な沈黙にたいしてもなおもおなじ陽気な、おもねるような調子で答えて、まるで子供相手にしゃべるかのようで（下の姉ですら彼よりも十歳も年上であったのに）、もしかしたら彼女たちを共犯に仕立てあげようとでもするみたいに言葉に目配せさえそえ、ぱっと払いのけるような仕草で（要するにただの形式的手続、見せかけ、ばかばかしいしきたりへの譲歩にすぎないと説明しながら）ひどすぎる言葉とかイメージとかを退けたりして（じっさい、洗礼を受け、頭をさげ、彼女たちにとっては頽廃と邪悪さの権化であるあの法衣をまとった男たちの前でひざまずかねばならなかったことはたしかだから）、そして最後には彼女たちにも勝ってその同意をかちとり、もぎとったのであって、それがなければ（口先だけでしぶしぶ、睫毛のへりに涙を揺らせながらの同意であれ）もしかしたら彼は婚約をあきらめ、破棄して、どこか世界の果て、どこかのジャングルか、砂漠か、焼けただれた山地の奥に去ってしまったことであろう。

　そしてこれと対をなして（四年にわたって彼が、ふたりの姉の謹厳で迷信的な先入主を克服する

ことに専念していたあいだ、彼女たちは、男の役目をつとめる姉のほうが古着から仕立てたボール紙みたいな服を着ていて——じっさい彼女はそういうことができたし、そればかりか安売りチュールや真珠を使って、漆黒の羽根の小鳥で飾った、襞つきベルベットの帽子さえ作れたのだったが）、対称的なもうひとつの対決があって、ある時はカイロから、ある時はセイロンから、アデンから、シンガポールから、さらには聞いたこともないような、ラン・ソンとかロ・ビンとかいう喉にひっかかるような名前の、翡翠《ひすい》とか阿片の吐き滓に（名前が）似た土地から規則的に絵葉書が届くと、老女は一言も言わず、もしかしたら溜め息をこらえながら若い娘、といってもすでにもう若くはなく、あいかわらずなおも泰然自若として晴朗で、おとなしくて、気心の知れない娘に手わたし、娘はさりげない手つきでそれを受けとると、しばしラクダの市とか、ヤシの木のはえた浜辺とか、藁葺小屋の村とかを見つめてから、もしかしたら裏に書いてあることを読みさえしないで、老女といっしょに朝食をとるテーブルの上に置き、それ以上気にする気配もないのはほかの郵便同様で（もしかしたらもう一通絵葉書があって、老女はひそかな期待をもって同時に彼女に差しだしたかもしれず、その裏には走り書きで、アルプスに小旅行したり、新しい車に試乗したり、騎兵連隊の演習に参加したりした親しい親戚のだれかがひねりだした、例の陽気で艶っぽい愛の言葉が——時には詩のかたちで——したためてあったかもしれないのだが）、あいかわらずあのおなじさりげない様子で、うわの空でいながら、その背後にはあの受け身だが恐るべき決意がかくされていたので、やがて最後には七百キロの距離をへだてて、洋服代も倹約する在家の助修女みたいな姉妹と、寝室に十字架

をし、キニーネとアプサンでもっているみたいなあの男たちがいて、うやうやしく夫人たちの手に湿気のために階級章の色がいくぶん艶を失った白い麻の軍服を着て、いかつい顔、熱っぽい目つきの道士たちとか、強欲な貿易商とかが袖すりあわせ、そして砂漠の砂とか沼沢地帯のじっとりとしたたいな外観の官邸の庭園などの枠のなかで、フリーメーソン的な総督とか、カトリック布教団の修けたもので、その社会では、鏡で飾ったマホガニー張りの《グラン・キャフェ》とか、温泉会館みかれみだらだったり、多かれ少なかれ重苦しかったりする会話に、面白半分の寛大さで耳をかたむり、ぼうっとして、こうした土地柄特有の雑多な交際社会ならではのへんに社交的で、多かれ少な生まれてはじめて、老女ならどんなことがあっても門を開きはしなかったろうような人種とまじわにまじり、本土から着いた最新号の雑誌から黒人の器用な手先がコピーした服などを着て、彼女はの社交的催しに顔を出したりしたのだったが、そんな席で高官たち、役人たち、農園主たちの細君品などの買物をしたり、田舎じみて、しゃちこばって、それでいてどことなくいかがわしいその県腕にもたれて、そんな市場で奇妙なかたちと味の果物とか、刺繡入りの布とか、いりもしない籐製分の体内に新しい生命がうごめくのを感じながら）、彼女は日傘をさし、四年間のあいだ待った男の群衆、あの市場があって、ぐったりとして、肉も満たされ（そしてほどなくぼってりとたるみ、自カのあの切れ端〔七八〕、黒い顔を麦藁帽子でかくして、ゆったりとした長衣《トーガ》で身をくるんだあの聖書的なというわけで、あの四年間、あの島、フカとトビウオのいる大洋のなかにほうり出されたアフリを飾っているヴィクトリア女王的な老女は、ともに観念し、あきらめ、敗北を認めるにいたる。

接吻するのだったが、彼女たちもまた、閲兵式の日など、花模様のはいった日傘のかげから、彼らが暗い色の上着を着て、ブラシをかけられ、磨きあげられ、熱帯のすさまじい太陽のもとで不動の姿勢をとり、抜き身のサーベルをかざして整然と整列するのを眺めたもので、ハエにうるさくつきまとわれる馬をやっとのことで制御しながら、彼らはメロン・カバー状ヘルメットをかぶって盲人のようで、ごわごわした口髭やドイツ人傭兵みたいな顎鬚の先端だけがやっと覗くのだった。

というわけで四年がたち（それと、その前の二十九年間――というか、若い娘たちがそのうち自分のブラウスのホックをはずしてくれ、浴室の鏡でひそかに眺めた自分の体のあの部分にさわり、入りこんでくる男のことを夢想しはじめるのが、十五歳か十三歳のころからだとすると、むしろ十四年間（か十六年間）という勘定になるが）、そこで突然、まるですべてが現実味を欠いた間奏曲、蝶のあのはかない飛翔（というかむしろ目が眩み、なにも見えなくなって、ランプかなにか、夜間標識燈かなにかのガラスにぶつかっていって羽根を焦がす蛾の飛翔）ででもあったみたいに、いきなり、一挙に（というのももしかしたら彼はまだ彼女をたぶらかし、目つぶしをくらわせ、最後の瞬間まで彼女に手加減をくわえることに成功したからかもしれず、気づかわしげな（それとも、だれにわかろう、激烈な、待ちきれない？……）三人か四人での（あいかわらず白麻の軍服を着て、そのあいだも、客船は暑熱の海原をゆっくりと航路をえがき、焼けただれた山が両側からせまる狭い海〔七九〕を目指して北へとすすむのだったが）船内の通路の隅とか、喫煙室に居すわっての密談をだしぬけに中断し、だしぬけに話題を変え、彼女のほうへ進みでながらあのおなじにこやかで、心やす

まる顔を見せたのかもしれず、それとももしかしたら、暗黙の了解、暗黙の遠慮から、それぞれ――彼女と彼――が芝居を演じたのであって（それにしても寄港地ごとに、彼女が新聞にとびつく態度には焦りが見えすぎたし――もしかしたら、また、彼の知らないところで、コケットリーのあの手この手を駆使して、冗談を言い、にせの呑気さをひけらかしながら、船の電信技師から彼女の知りたいことをこっそり聞きだそうとしたのかもしれず）、そこでもう一度――今度が最後で、いわば逆向きだったが――、船長との会食、黒人の子供たちに機械的に投げてやる小銭、市場の近東風の出店、いりもしない雑貨などの買物があり、たがいにいりもしない喫煙具セットとか化粧道具一式とか、ボール箱やケースに入れたままになる運命にあるものをプレゼントしあい（というかすでに相手の亡霊にプレゼントし）、彼女がそれらの箱やケースをあけ、決心して中身を取りだしたのは十年後、彼女自身が死ぬ直前で、顔にも皺が寄り、かわいたうつろな目で、ひとつひとつ仕切りにはいった七宝や、ブルーやピンクの羽根の小鳥とかエキゾチックな花で飾った刻み煙草入れ、金槌《かなづち》でたたいた真鍮の盆などに見いったものだったが）、そんなわけで、一挙に、ふたたびあの無感動、あの待機の状態におちいった、というかむしろ突き落とされ、回帰したというわけで、あわただしく見捨てられたあの温泉場というまどろむような避難所では、峰々や森や芝生は常とかわらず、夢遊病者みたいな手つきの老いたる庭師たちがアジサイの花壇の上にかがみこみ、山からかけおりる小川のせせらぎがどこにいても聞こえたのだったが、その涼しい木陰に、彼女があいかわらず虚勢をはるみたいにあのあっと言わせるような帽子をかぶり、やはり巡りあわせ、運命にたいして虚勢をはり、

意地をはって、彼女が熱帯の太陽の下で着用していたあの明るい色のドレスを着て、ゆっくりとした足どりで歩くのを見ることができ、まるでその固定した、放心した眼差し、表情の凝固した、いくぶんぼってりとした顔ともども、彼女はながいスカートの上に、あの素朴な彫り方をされ、守護聖人の祝日などに、梶棒にのせて苦行信者たちの肩にかつがれる胸像、金色の光の矢を背負い、両の乳房のあいだの刳《く》りぬかれた胸のなかに、ガラスをはめたちいさな覗き窓をとおして、なにかの聖遺物、茶色くなった小骨かなにかが見える胸像みたいな上半身をはこんで歩くのだったが――ほかならぬその彼女がのちに、彼女をきつく抱きしめ、四肢を彼女の四肢とからめた男の墓石のかわりとして、どんな骸骨の断片、一本の椎骨《ついこつ》、一本の肋骨すら見つけだすことができず、控え目に黒枠で縁どった長方形の厚紙に、ほっそりとした十字架と、その下に名前、日付（それも毎日おなじ時刻に、規則的に、一年もたたない前はまだ彼女の腹のなかにいた子供を乗せて、乳母車を押す黒人女といっしょに外出した日々のうちの一日だったが）、オザナンかヨブ〔八〇〕の短い章句と、もしかしたら彼女の喉にわきおこり、息詰まらせ、窒息させそうになった文面（叫び）を印刷させることしかできなかったのであるが、それにたいしていまは、砂利を敷いた小道を掃くようなながいスカートの下で、脚がふらつきそうになるのだったが、それでもホテルの玄関階段の前にとまったその怪物、鞘羽根《さやばね》がブリキで、目が飛びだし、金具が黄色い黄金虫とでもいった自動車に目を釘づけにして歩みつづけ、運転用の大きな眼鏡を手にして、まだダスターコートを着たままの運転手が、庭用テーブルのそばに坐った老女とならんで立って、老女もやはり見

つめていて――といってもその涙ごしに、不意に老いさらばえた頬をうわ薬のようにおおうきらきら光る薄膜、落涙の無言のスクリーンごしに、彼女（老女）が暗い緑を背景に明るいふたつのかたち以外を識別できればの話で、その色がぼやけ、大きくなるにつれてどうにか（老女も）立ちあがって、自分もつぶらな目をしたその死んだような女のほうへ歩いてゆくと、相手の無言の唇が機械的に動くのだが、ただひとつの音も発することができず、ただなにか言おうと開いたり閉じたりするだけで、それを言おうとする女のほうも（というか、言おうとさえせず、水から出された魚が、半分窒息しながら、むなしく口を開けたり閉じたりするのとおなじで、機械的にその言葉を頭に浮かべ）いまでは（あるいはまだ）その意味を理解できず、やはり意味を欠いた物音（葉群を揺する風のシューシューいう音、はずむ小川のせせらぎ、小鳥のさえずり）にまじって聞きとれもせず、ただ隙間をおいていくつかの単語がならべられただけで、ちょうどそれはのちに、大理石とか石材にきざまれるのではなくて、トランプ・カード以上に大きくも重くもない灰色がかった死亡通知の裏面に印刷されたときとおなじで、唇だけが勝手に、かすかに、まるで神経的な痙攣、震えで、ひくひくするように動きつづけ、果てしもなくおなじ文句、おなじ無言の、胸を引きさく悲鳴を繰り返してなぞり、しかし響くのは枝々の無関心なそよぎ、おなじ一羽の鳥の単調な鳴き声、嗜眠状態の庭師の一人があやつる除草用熊手の単調ながりがりという音だけで、あたかも嗜眠状態の宇宙全体、ゆっくりと周航をつづける地球や、切れぎれになり、かと思うと凝集し、またちぎれちぎれの峰のまわりで切れぎれになる、鉤爪のついた雲や、山々や、谷間が、喉から外へ出ることのできない言葉のつら

なりを、つぎからつぎへと薄め、吸収し、消し去り、無効にするかのごとくであったが、それでもなおつまずき、ばらばらになり、またもどってきて、連禱みたいに、狂女の、痴女のつぶやきのように、それは言うのだった、「主の御心のままに……主の御心のままに……主の御心のままに」

X　一九四〇年

それは不意に、彼がふたたびその馬（猛り狂った騎兵が彼に手綱を差しだした馬）にまたがったその時から起こったのだが、まるで冷たい水を振りかけながら顔から引きはがそうとしたあのねばねばして生ぬるい膜がすぐさま再生され、前よりももっと不透過性をつよめ、ほぼ板ガラスの厚さと彼は見積もったのだが、外の世界から彼を隔ててしまったかのごとくで、といっても疲労と垢と睡眠不足を板ガラスみたいに厚さで測れればだが、それにしても彼は試してみた、つまり片手を顔のところまであげて、顔に近づけてみたのだが、それに触れるにはいたらず、まるで指の皮膚と、その指がさわろうとする頬の皮膚とのあいだに目に見えない物質の層が介在するみたいで、というか双方の皮膚（指骨の皮膚と顔の皮膚）が感覚を失いでもしたみたいで、指がなにか緊密なもの、上着の生地とか鉄兜の顎紐であっても不思議でないものに触れたということを知覚し、頬がぼんやりした、といってもはるかな距離のある圧迫感みたいなものを感じたというだけで――そしてしばらくして鐙革の長さを縮めようという意志がひらめき（それと同時に、これで結局彼が死者の馬に乗るのは、四日で二度目だとも考え、それはつまり彼が四日のうちに二頭の馬を失ったということ、

あるいは逆に二頭の馬がおなじ期間にそれぞれの乗り手を失ったということ、さらにいえば、どうやら彼が死者の後をおそってつぎからつぎへと馬をかえる運命にあるらしいということでもあって、最初の馬は革紐がながすぎ（というかむしろ、乗りつぶしてしまった牝馬から最初の代え馬に移した鞍が、その馬にはながすぎる革紐がついていて、そのため炸裂音、叫び声、混乱、いななき、ギャロップする馬、罵り言葉のまっただ中で彼が鐙に足をかけたとたん、鞍やサーベルやまるめた毛布、鞍袋といった装備一式がぐるりと一回転してしまい、それが彼が棍棒のようなもので一発がんとやられる前に覚えていたほぼすべてで、ついでわれに返ると打ち倒された兵士や馬の死体に取りかこまれていて、そこで走りだしたのだったが）、二頭目のこの馬は今度は鐙革がながすぎたので、とどのつまりは彼の下で馬がべつの馬に取りかえられただけ、というかまたしても逆に、乗られる馬の視点に立てば、ひとつの重みがべつの重みにかえられただけで、ちょうど股を半円形にひらいた寸分もちがわぬおなじ姿勢で鋳造された騎兵を、鉄兜も革装具も拍車もそのまま（ただしいまは、あのやくざなムスクトン銃だけは厄介ばらいしたが、と彼はさらに考えたものだったが）一頭の鉛の馬からべつの鉛の馬に移したのとおなじだなと考え、警戒の叫びとほとんどただちにその後につづいて中隊におそいかかった最初の斉射が、さっき彼を引きだしたあの受動的なまどろみの状態にふたたび落ちこみ（まるであのあとの生け垣のかげへの彼の疾走、装甲車のあいだをすりぬけたこと、森の中を歩いたことも、いわばすでに閉じられた括弧みたいなものしか形成せず、空想とまではいえなくてもすでにまったく現実的とはいえず、いずれにしろ大佐の目には、彼が自己申告したとき

こちらに向けた（いや向けたのでさえなく、苛だったとまではいえなくてもかすかにむっとした、迷惑そうな様子さえみせて、彼を刺しつらぬいた）眼差しから判断するかぎり、まったく取るにたりない些事であるかのようで）、そしていまはまた、数時間前と正確におなじように馬にまたがり、蹄の単調な音に揺られ）、死んだ騎兵の寸法にあわせた鐙の長さだけが差しあたっては彼の唯一の関心事をなしていたのだが、しかし鐙革を短くするためには腿を片方ずつ交互にもちあげ、かがみこまねばならなかったろうから、つぎつぎになさねばならない動作を思い浮かべただけでもすでに面倒すぎ、そこで彼はそのままの状態をつづけ、靴底がやっと鐙にとどく程度だったがそれでも十分で、なにしろ彼がなすべきことといってもせいぜい（いまとなっては彼は、なにも決定せず、彼の前数メートルの眩しい逆光のなか、おそろいのふたつの臀部の上でいっしょにゆらゆら上体が揺れているのが見える、二人の将校のあとについていけばいいだけなので）自分自身の上体を鞍の上にほぼ垂直にたもつことぐらいだからで、袋詰めの荷物みたいに前後にぐらりぐらりと揺れ、あの垢じみたガラスというかむしろ黄色いセロファンとでもいったものにすっぽりくるまれ（ちょうどあの飴玉をくるむ、バナナ色だとかレモン色のパラフィン紙とおなじで、と彼は考えたが）その折れ目を皮膚の襞ごとに感じることができ、同様に睫毛のまたたきのそのたびになにか熱くて痛いものが彼の目の前にきらりときらめくのだったが、それでも瞼をしかめながらも目をあけていようと懸命になり、結果としてセロファンにすこしよけいに末広がりの襞をつけただけなので、剃刀みたいに鋭い角々が両側のこめかみにあたって、全体が（黄色い包み紙、ガラスの破片の角、なまぬるい

べたつきが）彼といっしょに鞍の上でねじりを入れようとして回転すると、それが彼の胴とあばらに斜めにパラフィン紙のとがった角々を押しつけ、その一方で彼は背後の花が咲いた牧草地をぬって、うねうねとうねるリボンみたいながらんとした道路がゆっくりと収縮するのを眺めていて、彼らの後についてくるものといえばのんびりペダルを踏むふたりの伝令兵しか見つからず、並み足の馬とおなじ速度をたもつためにS字型を描く恰好はちょうど酔っぱらって足がふらつく自転車乗りみたいで、というかむしろ彼らもまたうとうとしているみたいで、まるでなにもかもがスローモーションで展開しているみたいで、だから彼はこうしたことを話して聞かせようとしたとき、彼は自分が形の定かでないもの、芯棒のとおっていないもののかわりに、正常な頭（つまり、ベッドで眠り、起きて顔を洗い、服を着、食事をすました人間の頭）が、約束ずみの音や記号の確立された使用法にあわせて、あとから、冷静に再構成するようなたぐいの出来事の物語をでっちあげたのだと悟ったもので、つまり、ほぼ鮮明で、秩序だって、たがいに区別できる映像をつぎからつぎへと出現させていったのだが、実際にはそれにははっきりした形もなく、名前も形容詞も主語も目的語も句読点もなく（いずれにしろ句点《ピリオード》はなく）、きちんとした時間性も、意味も、質感もなくて、ただ彼が閉じこめられている多かれ少なかれ透明なガラス器ごしに見てとれるもののねばねばした、濁った、ぐにゃぐにゃで、おぼろな質感しかなく、砲声もやはり（彼にはいつそれがはじまったか、というよりむしろいつそれを意識しているということを意識したか、言えそうにもなくて、ただある時からそれが規則的に響きはじめたのだったが）スローモー

ションで、ゆっくりと響き、それも一門だけが（というか一発の砲弾の炸裂で、それも発射音なのか弾着音なのかも言えそうになく）ぽつんぽつんと、かなりあいだのあいた一定の間隔をおいて、春のにこやかな自然の風景のなかで、どうやらはっきりとした理由も目的もなく、メトロノームの規則正しさで聞こえてくるだけで、まるで国王の即位式とかどこかの国家元首の葬儀の際のおごそかな礼砲みたいで、彼の注意はそれと同時に、最後尾の引き馬を誘導する兵の罵声にひきつけられ（その一方で彼は、本能的に、乗り手のいない鞍の両側にぶらさがった鐙の長さを測ろうとしていたが、たとえ馬を乗り換えるためだけであれ、連隊長がきっと小休止を許さなかったろうことはべつとしても、それは彼の余力をこえる努力の量を意味していて）、彼（誘導する兵）は必要もないのに何度も繰り返して手綱をぐいと引いて、馬の口を痛めつけるので、馬はいまはカニみたいに横にすすみ、脅えて踊るみたいに蹄を鳴らし、かすかに桃色のまじった灰色のよだれが唇から泡だち、時折ながい糸を引いて垂れて日光にきらりと光り——そしてある時、騒音で気が散り、うるさいと思ったのか、連隊長がかすかに振りむき、眉をしかめ、苛だった様子で一瞬横顔を見せ、かさかさの頬を斜めに顎紐の暗い筋が走っていたが、それでも彼はなにも言わず——というかもしかしたら「おい、おい！……」かなにかだけ言ったのかもしれないが、彼の声の響きも映像同様たいへん遠くから、黄色く埃だらけのガラスの（ないしセロファンの）分厚い壁ごしに、おなじくらいかぼそく、疑わしく聞こえ、ついでふたたび彼の鉄兜の背面しか見えなくなった。それでもやはり、引き馬を誘導する兵が虐待することをやめたのは、きっとこの警告によって騎兵としての、馬係の兵として

の自尊心をあるいは傷つけられたためかもしれず（彼は中隊には——すくなくとも汚れたガラスの壁ごしに同定することができるかぎりでは——属していず、すでに皺だらけの顔は大きすぎる鉄兜のかげで拳骨よりそれほど大きくはなく、両の目はビー玉みたいで同時に人を見くだすようでいて憤慨しているようでもある表情をうかべ、きっと連隊長が従卒として自分付きに配属させたあの競馬騎手なのだろうが、手も小さいし、脚もあまりにも短いので鞍の両側にあとから足したようにみえ、ちょうどあの垂れ布つき木馬に乗った子供の上半身が穴から出ていて、その両側にぶらさがった長靴をはいた人工の脚みたいで、彼から発散する情け容赦のない冷酷ささえなければ、さながら子供が兵隊の服をまとって変装したみたいで）、それともまた恐怖に脅えた現場を押さえられた（ことに傷ついた）せいかもしれなかったが、そのあとは体裁をつくろって、あと二、三度、なおも意地わるく、といても罵声は浴びせずに引き馬の口を痛めつけるだけにとどめ、そこで怒りの矛先《ほこさき》、彼の恐怖のとばっちりを、いまは彼と並んで馬をすすめている新しい仲間にむけて、「なんなんだよ、そんなに後ろばっかり見て？　ラッパ手先頭に連隊が勢ぞろいしてやってくるとでも思ってるのか？」と言い（いやもしかしたら言いさえせず、憤怒の度がすぎ、人を見くだしすぎて、もしかしたら連隊長の従卒という身分から頭の中では一種の貴族階級、カーストとでもいったものに属し、なみの一兵卒に声をかけるには位が高すぎるとでも思っていたのか——それとももしかしたら音が（すくなくとも語として発音された音が）ガラス器の蓋で遮られ、猛り狂った顔の表情だけが勝手にしゃべったのかもしれなかったが）、それともまた巡りあわせがいまは彼に押しつけたその仲間の姿

を見るだけで（泥で迷彩をほどこされ、でこぼこになった鉄兜といい、裂けた外套といい、まだ濡れているズボンや脚絆といい）彼には侮辱的で無礼と感じられたのかもしれず、なにしろ彼のほうは連隊長に負けずおとらず非のうち所のないくらいブラシをかけ、てかてかに磨きあげていたから（まるで連隊のほかの騎兵たちが追い詰められ、飢えて、やっとのことで後退したこの四日間を、連隊長につきしたがって怪我ひとつ負わず、汚れも知らずに過ごしたとでもいうみたいで）、彼が恐怖の腹いせにいじめた馬同様、その埋めあわせの憤怒を覚えたのもかもしれず、だから連隊長に質問するなどはもってのほかとしても、黄色いガラス器のなかに閉じこめられた伍長は、連隊長と彼がどうやってあの待ち伏せ攻撃から無事脱出できたかなど、あえて尋ねたりせず（その上彼の好奇心もそこまでは思いいたらなかったのだが）、そもそもは彼（連隊長）が夜のしらしら明けに例の壮麗さと尊大な無敵さの後光につつまれて中隊の先頭に姿をあらわし、中隊をあの待ち伏せ攻撃に突入させたのであるが、ただ数時間前に彼が忽然とあらわれ、疲労困憊した騎兵たちを叱咤激励しながら早跑足《はやだくあし》で縦隊の先頭へと走らせたときの、あのマホガニーの家具みたいにてかてかに磨きあげた颯爽とした純血種の馬のかわりに、いまは彼（連隊長）もどっしりとした不潔な重機関銃車の副馬《そえうま》に鞍なしでまたがっていて、汗で毛並みが貼りついて、暗赤色のみっともない斑点をつくり、断ちきられた（か、はずされたか、ちぎれた）引き綱が尻の両側から地面に垂れてかすかなちりんちりんという金属音（はずれたバックルの音？）をたて、埃にまみれた尻に二本の筋をつけていた。とはいえ、当のその時は、自分の鐙の長さばかり気にしていた伍長には、彼（連隊長）がどうみても

発狂しているという考えがすぐには頭に浮かばず、したがって騎手が誘導しているちゃんと鞍を置いた二頭の馬がいるにもかかわらず、なぜ連隊長が頑として、そうやってどっしりとした副馬に乗りつづけるのかと理由を問いもせずに、ただ（驚きもせず、というかむしろ驚きという概念そのものが彼の頭から消滅してしまうほどの驚きの連続に、さらに付けたされたおまけの驚きとして）こういう映像を記録するだけにとどめたのだった。すなわち、ぎごちなく腰振り運動をする荷馬の頑丈な臀部と、やはり色がさめたみたいな、つやのないブロンドのながい尻尾、その全体の上にのっかっている上半身が骨ばっていてどことなく優雅で、つまりただこわばっているというのではなくて、内的なしなやかさかなにかで馬のずっしりと重い動きを吸収し、それとない優美な体の揺れに変えていたかのごとくで、抜き身のサーベルの刃が荷馬の腹の横できらきら光り、二人の将校の優美なシルエットがいまでは絨毯のように地面をおおう無数のガラスのかけらの目が眩むような反射のなかに黒々と浮きだしていて、蹄が踏みつけると、時折ガラス板が割れるみたいに、それらの破片が砕けて粉々になるのだったが、セロファンのマントの夢遊病的ななま暖かさにくるまれた伍長は、いまでは（もしかしたら彼は眠ったのかもしれず、瞼と同時に垂れさがる熱くて暗いなにかとともに一瞬目を閉じたのかもしれなかったのだが）自分たちがもはや牧草地や森や生け垣のあいだではなくて、両側に壁みたいに煉瓦造りの建物が立ちならぶなかを進んでいること――というかむしろ（というのも、すべてがあのねばねばした緩慢さのなかで進行しつづけたからなのだが）彼ら（四人の騎兵と五頭の馬）は進みもしないでただ足踏みしていて、ガラスのはまっていない、まるで無傷

の家の内側からつき破られたみたいな窓ばかりの建物が右から左へと去ってゆくところだと了解したのであって、副馬のちぎれた引き綱が時折ガラスのかけらをひっかけて、鈴のようなちりんちりんという音をたてて何メートルか引きずってゆき、ついで放りだし、二人の将校の馬と彼らの黒い影がいまは空高くのぼった太陽にあぶられていて、そのため鉄兜とながい騎兵用外套が（まだぬげという命令が出ていなかったし、じっさい、夜間はそれらも邪魔ではなかったのだが、いまこの時はものすごく重く）伍長が閉じこめられているガラス製メロン・カバーと一体となっているかのようで、ポロの試合みたいにゲームの休止ごとに馬を取りかえるので、それでいまは荷馬というのなら話はわかるが、と考え、それとも名誉を守りぬいた有無をいわせぬ物証として手放さないでいるのなら別だが、とも考え（通りは——というかガラスの絨毯は——幅がひろがり、わずかにここかしこに破片がきらめいている石畳の広場を横断し、ついで建物正面がふたたび接近し、通りも広場もともに焼けつくような太陽のもとで人けがなく、せいぜい規則的な炸裂音のあいまあいまに（いまはどんな煙の雲も見えず、どこの壁も崩れはしなかったが、砲弾はすぐ近くで破裂したから、どうやら姿の見えない大砲の照準はこの町に合わされているらしく）壁にそって、ゴキブリの行列みたいなのが形のはっきりしないいろいろな物を引きずったりかついだりしながら這いすすみ、炸裂音がするたびに戸口のくぼみや玄関口や見えない穴のなかに消え、ついでまたあらわれ、ふたたび何メートルかすすむのが見えるだけで、砲撃間隔はいかにも規則正しかったので、彼ら（ゴキブリたち）も着弾と着弾のあいだにどれだけの時間的余裕があるか正確に知っているみたいで）さらにま

たそうやって荷馬に固執するのも、意気揚々として荷馬、二騎の騎兵、二名の自転車兵を引きつれ、赫々たる威光につつまれて司令部の入口に出頭するつもりだからなのか、とも考え、連隊長が要するに発狂しているのだという考えにはまだ思い及ばなかった。あとになって（つまり、ふたたび理性をもってそうしたことを考えることができるようになったとき）彼が思い出さざるをえないのは、最初の疑いが彼の頭をよぎったのは、連隊長のそっけない金属的な声が三度目に、「頼むからこの防ぎ馬〔八一〕をすぐさま開けて、通してくれたまえ！　君から忠告なんか受けるいわれはない。わたしは命令を受けた通りのところへ行くだけだ。即座にこのジグザグ柵を開けたまえ！」と叫んだときだということで、行く手をさえぎるみたいに両手をひろげ、彼を見あげて突ったった国土防衛軍〔八二〕の兵士が、狼狽《ろうばい》したように四名の騎兵、荷馬、戯画的な騎手を見つめ、なにか聞きとれないことばを繰り返すものの、音はガラス器の壁にさえぎられ、ついで下を向くと同時に腕もおろし、もうひとりの国土防衛兵に合図して、そいつに手伝わせながら、町の出口の道路半分をふさいでいる横木にのせた鉄条網の巻きついた長い梁材《はりざい》を回転させる作業にとりかかったものだったが、連隊長は彼らに一瞥すらくれず、ふたたび晴れやかな顔になって、彼の馬に爆弾の落下跡の大きな漏斗《ろうと》状の穴を迂回させることにかかりきり、なにしろ打ち倒された電柱と髪の毛みたいにからみついた電線を脇にどける余裕があったのだから、その穴もどうやら古い穴らしかったが、手袋をはめた手で御されたどっしりとした荷馬もまさに調教馬場でみたいに優美な半円を描いてみせた。何か所も防ぎ馬をもうけた林があったが、ほどなく太陽がまたしても伍長の鉄兜に照りつけ、彼を打ちのめし、彼が

あらためてこの馬にまたがり、足が鐙に届くか届かないかの鞍に尻を落ちつけたとき以来彼をおそった、あのなかば捨て鉢の昏睡状態にふたたび彼を突きおとし、そこであとになってだって彼がおれたちに演じさせようとした役柄からすりゃあどっちだってたいしたちがいはないんだおれがしばられて尻尾のほうをむいてロバにまたがりシャツ姿で《公然告白の刑》に処された連中を愚弄するため町の通りを引きまわすときみたいに両手で蠟燭《ろうそく》を持たされようとあるいは演技担当が手綱を引くちっぽけなポニーの背にまたがり爆笑の渦のなかをサーカスのリングに登場するあの道化みたいであろうと構いはしないのさ、ただ彼が行こうと決めたところへ連れていくにはもうすこし戦闘的な人間が必要だっただけでちょうど東方の専制君主があの世へ行くにあたって寵愛する家来や馬を道連れにしたのとおなじだな、それならきっと中隊長と騎手だけでも足りたんだそれだからこそふたりの自転車兵がどこだかへずらかったたって気にかけさえしなかったたってわけさだからこそもしかしたらおれが泥だらけであんなぼろぼろの外套を着てグレイハウンドにくらべた糞《ふん》まみれの犬じゃないがとてもその手のパレードにはお呼びでない恰好をしているのを見てあの当惑したみたいな表情を抑えられなかったたってわけだあの時彼を悩ませた唯一のことってのはきっと自分の隣に垢だらけであの世の果てまでひどい臭いのするおれの幽霊がいるだろうっていう展望だったたろうからなと考えたのだったが、ただ差しあたって彼（伍長）はこの時は考えることとそのこととまでは言えなくても、とにかく脈絡のとれたことは何であれ考えられなくて（もし考えるという言葉で、判断とか推理とか観念の多少なりとも構造化された総体を意味するならばだが、それができるくら

いなら彼はなすべき唯一のこと、つまり、馬を最初に出くわす間道にはいらせ、全速力でこの道路から遠ざかったはずで）、まるでおよそ論理というもの、脈絡というものは彼がげんに生きつつあることとは相容れないかのごとくで、とはいえ彼はますます驚くということ、さらには彼がいまではその脈絡のとれない相貌のままにノーマルとさえ判断する傾きにあった事態にたいして、反逆することができなくなっていて（五日たつうちにふだんはなんらかの作為によって隠されている（ないしは、それ自体のただの横着さから眠っている）いろんな力が発動し、不抜の権利をとりもどし、同時に盲目的で、投げやりで、おおまかでもある恐るべき残忍さにかりたてられ、天然の力、自然の法則に固有のあの有無をいわさぬ論理、有無をいわさぬ脈絡にしたがうさまを、まのあたり見せつけられているのだと、だんだんと認めるようになっていて）、だか窒息するようなガラス器に閉じこめられ、その汚いガラス板で外界から隔離された彼は、依然として彼の下でゆっくりあゆむ馬の背から、いまは無関心に、牧草地や森をぬって蛇行するのではなくて、いまではかすかに起伏する野原をまっすぐに走り、五月のぎらつく陽光にあふれた道路の両側に点々とつらなる、二重の漂着物の列を眺めていて、まるで増水した川かなにかが車も動物も人間もいっしょくたに押し流し、脇に押しやり、水が退くとそのまま岸辺に放置したとでもいうみたいで、時にぽつんと孤立し、時にはまたなにかの障害物に引っかかってかたまり、破れた包みやトランクのちりぢりになり色褪せた中身（下着類、刺子《さしこ》の掛布団、くしゃくしゃになった新聞）にまじってからまったりしていて、まるで巨大な除雪車かなにかが、町の出口や時には野原のどまん中に見かけるあの廃車の墓場を走りぬけ、

トラックやぼろ車や手押し車や乳母車や真っ赤なリムジンを右に左にと押しのけて道を切りひらいたかのごとくで、あるものは溝に引っくりかえって腹を宙にさらし、ほかのところでは見たところ無傷だったり、時にはまだぺしゃんこになったままで、ゴムの焼けるいやな臭いをたてながらゆっくりと燃えつきたりしていて、物ぐさな煙がここかしこから立ち昇り、ちょうど自然発火の絶えない塵埃処理場とおなじなのだったが、ついで彼自身そこに腹ばいになり、汚物でよごれたざらざらした草に顔を押しつけていて、エンジンの轟音で耳ががんがんするなかで重機関銃のぱちぱちはじける音がし、ついで上体を起こし、人形みたいに地面から体をもぎはなし、肩や腕が半分ぶらぶらしながらも、手は依然として、恐怖でいななき、狂ったような目をして跳ねあがり、ついでいやいやをする馬の手綱を握りしめていたが、騎手も他の二頭の馬と格闘していてエンジンの轟音はすでに小さくなり、消え、平和で事もなげな田野はあいかわらず春の陽光に満ちていて、停止した荷馬にまたがって道路のまん中で悠然と構えた連隊長は、ただ「さ、用意はいいかね?」と言うだけで、それにたいして伍長は足で鐙をさがしてぶざまにぴょんぴょん跳ね、やっと体をもちあげてふたたび鞍にまたがり、ぱちぱちと陽気な焔につつまれたトラックを茫然と眺めるのだった。ついで馬の単調な歩みにつれてふたたび単調な揺れがはじまり、いまは自分のなかにあの、脈絡のとれた論理的な語彙の中では恐怖という名をもつにちがいないものを感じることができたが、ただそれはたとえば手綱をゆるめて全速力で遁走するといったような論理的で分別にかなった行為ではあらわされずに照りつける太陽のもとでは逆に名づけようのない空っぽで、冷えびえとし、とりかえしが

つかないといった感覚のかたちをとり、もし色があるとしたら灰色がかった鉄の色をしていて、あたかも彼がいまはいわば事実上の死の状態にはいりこんだかのごとくで、ふたりの優雅な将校のあとにつづいて並み足で歩みつづけるその大きすぎる馬にまたがって（というかむしろ揺られて）、考えたのは（というかもしかしたら声に出して言ったかもしれないのだが、いずれにしろ騎手には——というかすくなくとも彼が騎手と想定していた男には——なにも聞こえなかったようで、いまは彼も引き馬を虐待するのを断念し、渋い顔をして、あいかわらず猛り狂った様子で、鞍の上で小猿みたいに縮こまっていて、もしかしたらそれも彼にとっては、乱暴な仕打ちで馬にあたらなくなった今では、彼自身の恐怖をこらえるもうひとつの方法だったかもしれず）、というわけで言ったのは（というか声に出して考えたのは）「それじゃあ、彼はおりもしなかったってことか……せめて形だけでもなんとかすりゃいいのに……あの道路のどまん中のいちばん目立つところにじっとしたままで、相棒もじっとしたままで、のほほんとおれが、おれたちが、飛行機が……」ということで、それだけではなくて、彼らを殺そうとした飛行機の突然の攻撃でもなくて（といっても、ほんとうのところ、とくに馬上の四人を狙ったのではなくて、道路とそこに動くいっさいのものに——というか動きもしないものにさえ機銃掃射を浴びせ、（さらに、ほんとうのところを言えば、彼ら（馬上の四名）しかそこを通ってはいなかったのだが）、というわけでいわば惰性的に、あえてこう言えるとすればぞんざいに機銃掃射を浴びせてはきたのだが、そもそも六日前から、彼らはそんなことには慣れっこになっていて、馬から飛びおり、いちばん近くの塹壕にかけこみ、そこに平べったくなることとな

どあまりにも決まりきった反射運動になっていたから、筋肉にいちいち命令する必要もなかったくらいで、おまけに連隊長は振りむいて彼らが起き上がるのを眺め、ぐっと抑えた焦れったさ、苛だちの感じられる、高飛車とはいえ、いわばそれなりに寛容で、心のこもった声を響かせたのだが）、それとちがって彼（いまはふたたび鞍の上にある伍長）が見ることができ、それ以降もまるで彼自身の死の宣告を読むのとおなじくらいくっきりと、震えあがるほどの魅惑のうちに網膜にきざみこんだのが、黒々と浮きだしたもう一方の将校の完全に不動の背中（ぴかぴかに磨かれて陽光にきらめく鉄兜、両肩、まるでコルセットで締めつけたみたいなほっそりとしたウエスト、長靴《ちょうか》をはいてやはり完全に不動の馬の臀部をはさみこんだ両脚といい、まるで全体がブリキを切りぬいたみたい）で、べつに振りむくことを潔《いさぎよ》しとしないのではないが、そんなことを思いつきさえせず、ただ連隊長が彼の横にもどるのを待ち、それから自分の馬の脇腹をそれとなく締めつけて、ふたたび歩きだし、ふたりの将校はふたたび並んで悠然と歩をすすめ、彼らののどかな会話をまたつづけ、焼けこげたトラック、引っくりかえったベビー・カーや自動車にも、彼らの背後で響きつづけ、陽のあたる大気をうち震わせるが、それでもだんだん小さくなってゆく、孤独で無益だが執拗な大砲の規則的な砲声にも無関心で、時折道ばたから彼ら（ふたりの将校）にむかってわきおこる、時には泣き言めいた、時には哀願するような、時には脅えた声にも耳をかさず（そしてある時彼のガラス器の壁ごしに、引っくりかえったぼろ車のまわりで（ないしは横たわった人間のまわりで——といってもそういうものは彼は見ないようにつとめたが——かりにそういうものがあっても、機械で

あれ何であれ、ほかの漂着物とまったくおなじように彼の視野をただ左から右へと横ぎり、ついでその外に出てしまうのだったが）動きまわる連中のなかから、伍長はひとりの男、民間人が帽子もかぶらず、脚にからみつく赤い毛布を胸に抱きしめながら、あいたほうの腕を大げさに動かして道路や生け垣や灌木の茂みを指さし、連隊長の長靴に駆けよって、口をあけてなにか怒鳴り、ついでまた走り、馬を追いこし、振りむいて連隊長と向きあい、今度は後ずさりして歩きながら、国土防衛兵がやったとおなじように、腕で彼の行手をさえぎる振りをするのを見ることができたのだが、依然として会話をつづける連隊長ともうひとりの将校は、そこで馬をそっと斜めにすすめ、その男を迂回し、それはまさしく爆弾の掘った穴のまわりをそっと迂回するかのようで）、そして後になると（といってもきっと彼はふたたびうとうとしたにちがいなく鐘のかたちのガラス器はますますガラスが厚くなり、ぬるぬるした、ねばねばした外の世界はますます疑わしくなってきて、内側にはいまはこわばって容赦なく、あの灰色がかった、冷えびえとしたものが陣どっており）依然として雑談をつづけてはいたが、ふたりの将校はいまでは共に上体をそらせ、片方の足に重心をかけ、もう一方の足をかすかに前に出して、居酒屋とでもいった建物（というか、水飼い場があって、彼ら（やはり馬からおりた伍長と騎手）が五頭の馬に水を飲ませ、水のなかで馬たちの鼻の穴が騒々しい鼻嵐を吹いたのだから、農家）の中庭に突ったっていて、茫然とし、度肝を抜かれた顔のスモックを着た給仕女（ウェートレスというより農家の娘）が盆にのせて四本のビールの小瓶をもってくると、連隊長はその一本をとり、グラスに空けてそれを相手の将校に差しだし、ついでべつの二本の

瓶の首を片手でつかんで水飼い場のほうを向き、ふたりの騎兵のほうにかかげ、騎手がまるめた手綱を伍長の手に突っこんで駆けつけ、ついでもどってきて手綱を受けとり、ふたりの騎兵はなにか生ぬるくてにがいものをラッパ飲みし、いまは遠くなったとはいえ砲声が、依然としておなじ執拗で心なごむような規則正しさで響いていたが、連隊長はふたつ目のグラスにビールをあけると、それに唇をひたし、ついで壁際に積みあげたレモネードの空のケースの上にそれを置き、片手をポケットに突っこんで、そこから（あいかわらずのあの念のいった、おそるべき沈着さ、夢遊病者とか狂人に特有のあの焦りを知らぬ手つきで）薄いケースを取りだし、日光が一瞬その上にきらめいたが、その蓋をあけて相手の将校に差しだし、ついで自分の口にも細い葉巻をくわえ、それに火をつけて鼻の穴から青い煙のかたまりを吐きだすのだったが、そのあいだも相手の将校との会話を中断するわけではなく、取り乱した顔の女がべらべらまくしたてる声で彼に言おうとしていること（国土防衛兵が彼に言ったのと、赤い毛布の男が身ぶり手ぶりをまじえて何度も彼に繰り返したのともおなじこと）に耳をかす気配もなく、ただ「ウイ、マダム、ありがとう。全部でおいくらですかな？」と言って財布を取りだし、小銭を数える用意をしただけで、そこで女の顔が引きつり、目が突然空を振りあおぎ、ついで連隊長がさしだす小銭もほったらかして呻き声をあげ、くるりと背中を見せて、家のほうへ駆けだして戸口に吸いこまれてしまい、ふたりの騎兵も乱暴に馬たちを水から引きはなし、どうにかこうにか吹きぬけの納屋の安全なところまで引っぱっていこうとしたが、エンジンの轟音と重機関銃の断続音《スタッカート》がたちまち近づいてきて、ひとつの影が暗い稲妻みたいに中庭をはしり、

折れまがり、壁をよじのぼり、すいと消えたのだったが、連隊長と相手の将校はグラスを手にしたまま、おなじところに依然として突ったっていて、ただ顔をあげて、今度は前よりも高いところを飛び、道路のむこう側のなにかを機銃掃射しながら、すでに見えなくなった三機の飛行機を見送っただけで、連隊長はビールを飲みおえると、汚れひとつないハンカチで口をぬぐい、それをまたポケットにしまい、半分喫っただけの小型葉巻をぽとりと落とすと、長靴で念入りに踏みつぶし、ついで騎手に合図し、くるりと向きをかえて、すでに左足をあげ、膝を折りまげ、駆けつけた騎手の両手にそれをのせ、ついでふたたび馬上の人となって、水で薄めたワイン色のどっしりとした荷馬にまたがっていて、背後にちょんぎられた馬具の二本の引き紐を引きずり、五頭の馬はふたたび並み足で、依然として両側のここかしこに漂着物が散らばっているまっすぐな道路をすすんでいて、そしてあとになって（というかほとんどそのすぐあとで、村の家々が道路の両側に並んでいて、どれもほぼ似たりよったりの低い煉瓦建てで、時にはたがいにくっつき、時には庭で隔てられていたが）伍長は騎手が罵声をあげるのを聞き、そちらを見ると、引き馬の首の上に片腕をまわし、赤茶けた髪の脅えた赤ら顔で、脚をあげてその馬にまたがろうとするのだが、馬が後脚で空を蹴っていて、この時になって中隊長が鞍の上で後ろむきになって、「その馬からおりろ！　すぐだ！　ソ・ノ・馬・カラ、オリロと言ってるんだ！　即座に！」と怒鳴り、そのあいだ騎手は、片方の鐙から足がはずれ、引き馬の脇腹にばたばた足蹴をくらわせながら、いまは鞍の上に腹ばいになった上体に追いつこうとし、馬が頭を高く突きあげ、彼がぐいぐいと乱暴に馬銜《はみ》を引きつけるので、ふたたび

むちゃくちゃに口を痛めつけられ、狂ったようになっていたので麻袋みたいに揺さぶられるのだったが、連隊長のコルセットをはめたみたいにこわばった上体はうしろを向く気配すらなく、あいかわらず直立して、いわば盲人みたいで、「まるで、と伍長は語ったもので（半年後のこの時、彼は裸で、痩せこけてはいたが傷ひとつ負わず、淫売宿の一室で、娼婦とならんで横になっていて、その女はどことなく心配げな様子で、というかただたんに退屈して、老人か病人がくどくど戯言《たわごと》をならべるのを聞くみたいに、彼の話を聞くふりをしていたのだが）……まるでそんなことは連隊長がいちいち首を突っこむべきでないぶしつけななにか、それともこの時彼の気にしていたこととは無縁のなにかみたいで、まるで中隊長との優雅な会話をちょっとだけ中断して、事のついでに呟いただけみたいに、《その男をその馬からおろしてやれ》と言っただけなんだ、ちょうど《その犬をむこうへやれ》と言うのとおなじ口調でね、それ以上なにも言わず、まるで一介の歩兵卒なんかに直接声をかけるいわれなんかない、まるでそんなことは彼にとっては、彼の階級にふさわしい行動にもとること、いわば名を汚すことだとでもいうふうだったんだな。なぜなら馬に乗った二人の男、競馬の騎手と伍長とやらが――それも伍長のほうはうす汚れ、無精髭をはやし、というかむしろ一週間前から髭を剃っていず、拍車は錆び、鉄兜も泥まみれだったから――彼のあとにしたがい、彼の道連れの役をつとめる――あるいは彼の長靴を磨く――ことぐらいはどうにか認めてやることはできても、馬上で戦死した連隊長たちの待っている天上界《アンピレ》で、一介の歩兵卒とまた顔つきあわせるなんて、どう考えても我慢できないからなんだ、だけどおれはなんで君にこんな話をしているのかなあ、君

にとっちゃあどうでもいい話だからな、だいいち一般的に言ってどうでもいい話だからな」と言うと、その女は「いいえ、そんなことないわ、ちゃんと聞いているわよ。あんたの言った《天上界《アンピレ》》って、どういう意味なの」と言い、そこで彼、「《天上界《アンピレ》》?……ああ……天国とか、まあそういったもんだよ……ただ、特殊なんだ。だれでも行ける天国じゃあないんだな。天国の特別な一角、位が上の一角っていうかな。まあ、会員制の倶楽部とでもいうかな。騎兵連隊の連隊長だけが出入りできるところさ。彼らが長靴をはき、拍車をつけて馬に乗り、やんごとなき尻を鞍にネジでとめたままはいってゆく権利のある専用倶楽部てわけさ。もっともあのばかは、荷役用の頑丈な馬かなんかで乗りこんでったがね。きっと彼の超ぴかぴかの純血種が、彼をのせたままやられたってことをひけらかしたかったんだろうな。だから彼の入場は、彼に武勲章を授けようと待ち構えていた(というかすくなくとも待っていてくれると彼が想像していた)なみいるお洒落な連中のあいだで、きっとセンセーションを巻きおこしたと思うぜ。アザンクールとか、パヴィアとか、ワーテルロー[八三]の勇者たちさ。ただ、残念ながら、ライヒスホーフェン[八四]の攻略なんていう恰好のいいもんじゃあない。あの屠殺場なみのひでえ道路を並み足で歩いたっていうだけのことでね。なにしろ、おれの思うに、《フランス騎兵隊は退却しない》ってわけなんだ。大砲の弾丸が飛んできたからって、馬を速歩に変えたり、小道に避難させたりなんかするものかね。まさにその見本だったなあ。どっちにしろ、勝手にくたばっていただくさ。いやはや、それにしても君はなんともかわいいおっぱいをしているなあ!……」と言い、まだ彼の体とからみあっている華奢な裸の体、青かったり翡翠《ひすい》色だったりする

血管が走っているのが見えるすべすべして透きとおった肌、彼の片方の脚の上にのったままの乳色の脚を眺めて、「いやはや！」と考え、「しかし、川のなかをさっと魚が過ぎた程度のことか。おれとも言えるし彼女とも言えるし。彼女を通過したもの。おれたちを通過したもの。というかむしろおれを通過しなかったものというか……」と考え、なんとか思い出そうと（といってもすでに不可能なことだったが）、ふたたびどんなふうに五月のまぶしい光のなかであの大きすぎる馬、というか長すぎる鐙の馬に乗っていたか、すでに生きているものの影ひとつなく、受け身になってあのあっという間もなく、乱暴におそいかかる、灰色がかった黒いものを待っていたかを思い出そうとしていて、それがいまにも彼のいるところまで届き、はげしい勢いで彼にぶつかり、彼を馬から投げとばすはずなのだったが、彼は地面に落ちるときにもショックさえ感じないだろう、大鋸屑《おがくず》とか穀物とかを入れた袋がコンクリートや石畳に投げだされて感じないのとおなじようにと考え、ただしすでに土色をしている軍服地の穴とか裂け目からは、流れだすのは大鋸屑《おがくず》や穀物ではなくて（それも彼は感じないだろうが）、彼の血で、彼の体はゆっくりと空《から》になっていって、最初は赤くてきらきら光っていたその血が、ついで凝結し、固まり、吸取紙みたいに服地に吸いとられ、暗い褐色のしみがだんだんと大きくなり、あのおなじ陰惨で捨て鉢の皮肉をもってしてもやられたのが腹だったら流れだすのはさっきのやくざなビールだろう、とも漠然と考え、恐怖の彼方とでもいったその状態（なにか胸の裂けるような憂愁、胸の裂けるような苦悶）のなかで、急いでがぶ飲みしすぎたビールの形づくる稠密《ちゅうみつ》なかたまりが空っぽの胃のなかで重々しく揺れ、消耗しきった彼の体が骨組みのご

わごわした軍用鞍の上で、ゆっくりと前へ後ろへとゆさぶられ、まるで鞍ごしに、両腿のあいだにたくましい骨、彼を運んでゆくやはり消耗しきった馬の骨格をも感じとれるかのようで、道路の舗装をぱかっぱかっと打つ十対の蹄の単調な音、規則的に大気をゆるがしつづけるが、いまはすっかり遠くなった大砲の荘重なこだまを知覚していて、ふたりの将校の一部分重なる黒い影が、地面を這いずりながら形がゆがみ、道路脇や漂着物の上で波うち、ついで一斉射撃のダダダダとはじける音が（それも数機の飛行機のごうごうという響きや重機関銃の炸裂音とくらべれば、紙火薬ピストル、玩具のピストルみたいな軽い、かすかな、咳ばらいみたいな音にすぎなかったのだが）聞こえたのと同時に、彼が腕を伸ばしてきらきら光るサーベルをかかげるのが見え、乗り手と馬とサーベルの全体が、ちょうど鉛の兵隊の根もと、両足が溶けはじめるのとおなじように、ゆっくりと横にかしいでゆき、なおもかしいで、日差しのなかにサーベルをかかげながら果てしなく崩れてゆくのが見え、そのあいだに彼は、自分自身の馬に方向を変えさせ、鐙で蹴りつけたという意識さえないのに、騎手の横を駆けぬけ（というか彼の馬が騎手の馬の横を駆けぬけ）、生け垣のかげにひそんだ敵の射撃手はなおも挿弾子を空《から》にしつづけ、いまは彼らに流れ弾丸《だま》の雨を浴びせていて（騎手はやられたと称していたが、それもズボンの横のかすり傷にすぎず）、興奮した三頭の馬はスピード競走を演じ、かすかに先行し、手綱を引っぱる引き馬を先頭に、いまは全速力で、逆方向に、彼らが歩いてきたばかりの道を走りぬけ、そのうちにやっと馬たちを制御して並み足にもどし、馬たちが音立てて息をはずませ、伍長がはずした鐙にもう一度足をかけようとしていると、騎手があいかわら

ず猛り狂った憤然とした声で、「ああ、畜生め！　いい加減にしろってんだ！　糞ったれ！　あのとんまのひょうろく玉め、あのとんまの……」と言い、ついで片方の手のなかに手綱をひとまとめにし、もう一方の手でズボンの横を撫でて、その手を見、ついで何度も撫でなおし（しかし血は出ていず）、「あの糞ったれを見たか？　あのとんまのひょうろく玉め！　もうすこしのところで、おれも……ああ畜生のこん畜生め！……」と繰り返し、ついで三頭の馬も停止し、依然として息をはずませ、脇腹が盛りあがったりくぼまったりしていたが、そのあいだ彼ら（伍長と騎手）は二人の兵士が土手の斜面に仰むけに、道路と直角に、奇妙なおなじ姿勢でならんで横たわっているのを眺め、両手両足をなかば折りまげながらひろげ、まるでカエルみたいな格好でまだかすかに呻いていたが、騎手が「見てくれこの間ぬけなやつら！」と言い、伍長が「なにが間ぬけだ？」と聞いたので、騎手はあいかわらずあのおなじ怒り狂った、屈辱に堪えるような声で、「この間ぬけな自転車兵どもさ！　こいつらは要領よくやったつもりでいたのさ。ところがどっこい、やられちまったじゃねえか！」と言い、世界、事物があいかわらず黄色く黒く目も眩むような日差しのなかの分厚い眠りのガラス器のむこう側にあって、ガラスの壁でものの形もたるみ、部分的に重なっていて、この時彼は一軒の家から走りでた兵士のシルエットがゆがみ、交互に伸びたり縮んだりするのを見ることができ、まるで昼寝か食事のまっ最中にいきなり立ち上がりでもしたみたいに、銃ももたず、鉄兜もかぶっていない、上着のボタンもはずしたその兵士は腕をふりまわして、「あんたらは道路のまん中でそんなぼろ馬に乗ってぼけっとしていて、頭がいかれてるんじゃねえのか？　何さまだと思って

るんだ。いかれてるんじゃねえのか？　そこらじゅうにいるんだぞ！　ほら、あそこの納屋の角のかげにも一人隠れてるぞ！　そいつがすでに一人やっつけたんだぞ！　あんたら……」と怒鳴り、ついでよろめいてかがみこみ、蛇かオレンジの皮みたいにほどけた巻きゲートルを引きよせ、一瞬うずくまり、それでもあいかわらず顔をあげたまま、「そんなところにいるなって言うんだ、そんなところに！　あんたら、完全にいかれてるんじゃねえのか？　ほら、見えないか？　あそこだ！　今度はまた隠れやがった！　発砲しては場所を変えてるんだ。やつらは……」と叫び、ついでゲートルを留めるのはあきらめ、それでも怒り狂ったみたいに腕を振りまわし、なかば身をかがめ、脚をおさえてびっこを引きながら出てきた家のほうへ逆もどりし、その中へ吸いこまれた。左手の果樹園と果樹園のあいだに狭い道が通じていた。「貴様はいいかげんいかさまのでたらめのばかげたことを抜かしてるんじゃねえのか！」と騎手は罵り、「さあ、いくぜ！　ハイドウ！……」と彼らは馬の脇腹に鐙をめりこませて、ギャロップでその道へ飛びこんでいった。

XI　一九一〇年〜一九一四年〜一九四〇年……

ふたりの姉妹、このふたりの女は何歳も年下の弟のいわば母親役をつとめたのだったが、どんな男も触ったことのない彼女たちの乳房から乳を与えたというのではなくて、言うなれば彼女たち自身の肉（というかむしろ彼女たちの肉の欲望の拒否）で彼を養ったのであって、それにつれて彼女たちの肉体も、不妊というのではないがこの近親相姦的で厳しい熱情のために犠牲に供され、供え物として保持されたその処女性をたもったまま、かさかさに干からびてゆき、男役をつとめたほうは菜園の土を掘っくりかえし、プラムの木の枝を刈りこみ、木を挽き、ウサギのために草を刈り——そして他方は、弟が七つの海、熱帯の島々を経めぐっているあいだ（というのもそれが彼女たちの知っていたほぼ全部で、熱病とか蚊とか焼けつくような、ないしはうだるような気候は知らず、ただ月夜のシュロの木やピラミッドや従順なアンチル諸島〔八五〕の女たちの写真の写っている絵葉書を見ただけで）、日曜ごとにもどってきて、野良仕事を手伝い、夜になって冷えびえとした列車に乗り、冷えびえとした駅で別の冷えびえとした列車を待ち、その列車が夜中に彼女を鉄の冷たさをもった山の中におろし（彼女の話したところによれば、両側の雪の壁のあいだを歩いたあとで、土曜日から

書館長室に招じ入れられた——書館長はにこにこと愛想よく、まずマリユスに食事をすすめた。
マリユスはもう空腹を感じていなかった。書館長はマリユスの着物のよごれているのを見て、着かえをすすめた。マリユスはまた、着かえる気持ちもなかった。ただ茫然として書館長のすすめに耳を傾けていた。
書館長はマリユスの気持ちを察したのか、さっそく仕事の話をはじめた。
「君の目前にある仕事はだね、」と書館長はおもむろに口を切った。「ここの図書を整理することだ。目下のところ、まず書目をつくることだね。これは大変な仕事だよ。いちいち本を手にとって、一つ一つ書名をひかえてゆかねばならんからね。ま、気ながにぼつぼつおやり。一日の仕事の時間は、朝九時から午後五時までだ。(まったくその間、夢中になって仕事をしていれば、なにも考えることはあるまい。)しかし、無理をしてはいかん。疲れたら休みたまえ。食事は朝、昼、晩、三度、きちんととりたまえ。ときどきわたしも見まわりに来るから、困ったことがあったら、なんでもわたしに相談するんだ。」

書館長はそういって、丁寧に図書室のなかの案内をしてくれた。それから自分の部屋へ帰ってゆくと、マリユス

ない石の階段、一トンもあろうかと思われる大理石で彫られ、ローマ風の衣裳をまとった帝政時代の将軍の胸像がでんと構えているとてつもないサロン、油やパステルで描かれ、額にはいっていたり、細密画だったりする先祖の男女の肖像画がふんだんに飾られた壁、室内栽培用のシュロ、ヴェランダを飾る観葉植物の森があって、彼女たちはそのヴェランダで、大勢のいかめしい老女たち、金モールつきの軍服を着たり、白ネクタイをしめたり、口髭をはやし、金泥張りの椅子に傲然とかまえて葉巻をくわえたりした男たちにかこまれて坐って、写真屋のためにポーズしなければならなかったのだが、遊び人とか暇人、老若の年金生活者といった顔つきの男たちのなかには借金で暮らしている男もおり（べつにそう教えてもらったわけではないのだが、金銭というものは呼吸する空気や毎日食べるパンにおとらず、おろそかにすべきでないと考える彼女たちだけに、そんなことも感じとることができ、同様に彼女たちは、自分たちに向けられる視線や、話しかけられる言葉の作法を守った思いやりも感じとれたのであり、なにしろ彼女たちはやたらと刺繍やリボンや襞縁をつけた、重すぎるごわごわのドレスを着ていたからだが、それも彼（彼女たちの弟）がなんとしても彼女たちに出席してほしいと言いはり（その必要を説き）、怒る真似までして要求したのと同様、むりやり彼女たちにプレゼントすると言いはって、パリのデザイナーの名前とアドレスを教えたドレスで、彼女たちも最終的には、自分たちが払うというはっきりとした条件付きでその店へ行くことを承諾したものの、その値段は彼女たちが二年間かけて貯金できる額のほぼ二倍にも匹敵し、それでももしかしたら（こちらのほうが大いにありうることだったが）彼が前もってデザイナーか店と

打ち合わせしてあったのかもしれず、フロックコートを着てカイゼル髭をはやし、縞のズボンに折りカラーといったいでたちのその店の店員は、彼女たちに型見本を見せながらも、あまりにも念入りにブラシをかけ、あまりにも念入りに折り目のついた彼女たちの衣服や、彼女たちの手のあかぎれに気がついたそぶりなど見せはしなかったのだが）、その冬は河川という河川が氾濫し、そのため彼女たちはじめじめして、風通しのよすぎる駅で発車許可がおりるのを待ち、いざ発車しても列車は錫《すず》にも似たひろがりに樹木の列や牧場の囲いが点線となって突きでているなかを用心深く進み、まるで式を挙げるその前から、この四年間しか持続せず、その主役（四角い顎鬚をはやし、すさまじい風土の痕跡を顔にきざみつけた男）も、金色の肩章をつけ、やはり金色のラベルをはめた葉巻をくわえる何人もの無頓着な招待客も、四年以上は命がなかった結婚式が、予兆として自然の大災害によって先触れされねばならなかったとでもいうみたいで（といってもそれも四年後に起こることになる災害が、雨や旱魃や疫病や凍結とおなじ程度に自然なものでないとしての話だが）、同様に三十年後にはまた、まるで人間の体（後家が広々とした荒廃した土地をあちこちむなしく捜しまわった体）も土地もなにひとつ存続すべきでないとでもいうふうに、ピレネーの山からほとばしった奔流（というかむしろ、いつの時代にもおだやかな小川でしかなかった川）が、突然怒り狂い、訳もなく瀑布《ばくふ》の規模にまでふくらみ、骨をばらまいた原っぱにも似た石ころだらけの荒野しかあとに残さないことになったのだが、その場所こそはトルコ帽をかぶり、バカラの愛好家だったエジプト人（か、トルコ人か、レバノン人）の加護のもとに、芝生や土を盛った花壇や庭園にかこまれてホ

テルが建っていたところで、その庭園の涼しい木蔭を、結婚して四年たつかたたぬかの若妻が、黒人女に乳母車を押させて、すでに父親のいない子供を散歩させていたものだった。

とはいえ、暗褐色をした、かすかに色のさめた写真の上にはどことなく非現実的なはかない人物たちの陽気ではかない集まりにまじって、依然として彼女たち（女帝と女神の名前をもった、姉妹である二人の女性）の姿が見え、矮小なシュロの木や葉蘭や生い茂る鉢植えの植物に囲まれ、拷問にかけられたみたいにぎごちない姿勢で、金泥の椅子に腰かけているのだが、冷やかし半分みたいに女優や高級娼婦たちを写した当時の写真資料などに見られるぼてっとした刺繍入りのドレスを着せられて、微笑を浮かべた顔もどっしりした髷《まげ》の下で押しつぶされ、男みたいな手をもてあましていて、彼女をつつむ鯨骨のはいった胴部、ずしっと重い生地のスカートは、まるで甲羅か、昆虫の鞘羽根《さやばね》か鎧を思わせた。

＊
＊　＊

グループの中央に控えている男の顔にもどことといって変わったところはない。鉈《なた》で彫ったようにごつごつして、野戦とか狩猟とかの大気で日焼けした顔は、労働者とか農民の顔といってもよく、ちがうところといえば、当時ドイツでもサン＝ジェルマン界隈でもある種の階層ではやっていた、端をぴんとはねあげたカイゼル髭と、頭にかぶった、暗色の金属でできていて、真鍮の部分だけぴか

ぴかに磨きあげた、とんがりつきの鉄兜だけなのだ。彼のまわりにいるのも彼と似たような恰好をし、彼と似たような髭をポマードでかためたほかの人物たちで、ある者は頭巾つきの長外套、他の者は飾り紐でかざった軍服に首をめりこませ、やはりとんがりつきだったり、白い羽根飾りの房が垂れさがったりした鉄兜をかぶっていて、時折風がその羽根飾りを脇に押しやる。羽根飾りや鉄兜やきらきら光る長靴やこれらの人物の突然で予測不可能な姿勢の変更が、彼らをなにか鳥みたいなもの、冠羽根をいただき、鋼《はがね》の嘴《くちばし》と爪をそなえ、断続的にぎくしゃく動く、荒々しくて落ちつきのない、同時に浅薄で支離滅裂でもある家禽類に似させている。時々彼らは乱暴な動きでぐるっと体をまわしてたがいのほうを向き、老人がよく聞こうとするときみたいに頭をかたむけ、ふた言み言かわして、ふたたびぐるっと体をまわし、もとの不動の姿勢にもどる。中央に控えた人物は人形の腕みたいに萎えた腕の先のちいさな手を、サーベルの柄の上にのせている。彼らはしばしそうやって、金属板を切りぬいたみたいにぎごちなく、くすんだ生地の軍服を着、引きつったような瞬間的な動きに見舞われながらも、うつろな目をしてじっとしている。そのうちに一台のオープン・カーが到着する。つまり、だしぬけに、なんの前ぶれもなしに、無からいきなり物質化してそこに現われ、黒い雨みたいに、すばやい描線で縞模様をつけたスクリーンの幅全体を占めている。やはり動くというのではなくて、運動を分解してひとつの固定した姿勢からもうひとつの固定した姿勢へと順次移行しながら、運転手のとなりに坐っていた将校が座席から飛びあがり、うしろのドアをあけ、そのそばで直立不動の姿勢をとる。依然としてぬいぐるみの人形をかかえるみたいに萎えた腕を体

につけたままの、カイゼル髭をはやした男は、ぴょんぴょん跳ねながら車のほうへすすみ、それに乗りこむ。しばし（将校がドアを閉め（すなわち、ドアを閉める男の恰好で、一秒の何分の一か停止し）、ついで運転手のとなりの席にもどる、すなわち順次回れ右の最中、ついでなかば上体をかがめ、ついで着席する姿が見える）あいだ、しばしカイゼル髭の男が車の床の上に、彼の人形みたいな腕をぴったり体にくっつけて直立するのが見え、ついでだしぬけに、後部座席に着席し、そして車が走りだす。実際は、彼が坐るのではなくて、車の突然の発車の勢いでぐいと逆の方向に引っぱられ、両膝のくぼみがシートの角にぶつかり、その勢いで膝が折れ、背中が革のクッションつきの背もたれに突きあたったのであるが、そのあいだも上体は依然として直立して、ぴんと立ち、髭の先端もぴんと跳ねて上をむき、あいかわらず手がサーベルの柄を握りしめているちいさな腕もぴんと張って、まるで体にぴったり結わえつけられているみたいで、まっすぐ前を見つめたまま見えなくなり、その時にはすでに二台目の自動車が一台目の自動車のあとを占めていて（進んできたのではなくて、すでに占めていて）、それに乗るサギとかツルとかに似た男たちが順番に席に坐り、彼らのながい軍用外套の裾がきらきら光る蹴爪《けづめ》のまわりでひらひらし、彼らの鉄兜の羽根飾りとか真鍮のとんがりが前に傾いたり、またまっすぐになったりし、その車もすぐに似たような車にとって代わられ、ちょうど幻燈の操り手が順ぐりに水平に交替させる映像みたいに、どれもが一台また一台とだしぬけに左に引っぱられ、運びさられ（車、鳥たち、冠羽根、前立もろとも）、そしてかき消える。

＊＊＊

真夜中ごろ、列車ががたんと動きだした。頻繁にあちこちでながいあいだ停車しながら、列車は翌日一日中、ついでその夜一晩中と、さらに翌日の夜の大部分を走りつづけた。停車するごとに、頭で車両の端のせまい天窓の枠をほとんどふさいでいる四、五人が、閂《かんぬき》をかけた車両にそって、敷砂利（ないしは鉱滓《スラグ》）の上を闊歩している歩哨に、水をすこしくれと懇願したが、その甲斐もなかった。夜も昼も、そのたびに彼らの哀願するような声がそれしか知らないらしいたった三つのドイツ語の単語を、単調な哀訴のかたちで繰り返すのが聞こえるのだったが、それに伍して彼らの背後や足もとから彼らにむけてわき起こるのは、汗みどろで、呼吸もくるしく、空気をもとめて窒息しそうな体の漠としたからみあいのなかから噴出した、呪詛と罵声の合唱だった。

時折、闇のなか、あるいは昼間だとぼしい光のなかで、土色をした汚れた軍服をまとい、手足がからまりあった体のぼんやりしたかたまりのなかで言い争いが起きたが、やはり土色をした、どれも似たような彼らの汚れた顔には、二週間前からの無精髭がはえ、目は真っ赤だった。あたかも燃え残りの暴力の火かなにかが、突然ここかしこで再燃し、とたんに大声をあげ、罵声を爆発させたかのごとくで、まるで捕虜たちの構成する形の定かでない、ぼんやりした凝塊があちこちで無力な奮起にゆさぶられたかのように、激昂するのだったが、それもほどなくひとりでに力つき、勢い

を失い、ふたたび静寂がもどり、それでもなおわき起こるなにかの罵声、なにかの呪詛でわずかにかき乱され、何人かの声がなおしばらく受け答えし、たがいに憎々しげに卑怯者、裏切り者と非難しあい、ついで罵りあうことにも飽き、ついでなにも言わなくなり、沈黙だけ、つらそうな呼吸の音だけがあとに残る。

今度は、列車は原っぱのまっ只中に停まったのだった。だんだんと近くへ、ドアの外側の掛け金がはずされる音が聞こえ、そのうち喉音の多い声と、長靴の下できしむ敷砂利の音が彼らの耳までとどき、今ではすぐそこに、彼ら自身の車両の外壁のすぐむこうにいるようで、滑り戸がだしぬけに引き開けられ、外気と同時にふいにはっきり聞きとれる声も侵入してきて、いわばその声もやっと呼吸できる空気の強烈さをおびているようで、そのなかで彼らは酔ったようによろめきながら、ぶざまに地面に落ちるままになり、動かなくなった長い車両の列を見ることができ、ぽっかり開いたそれぞれの戸口からは、まるで排泄物みたいに土色の軍服を着た男たちの房がぽとりぽとりと落ちつづけ、彼らはつまずきながら土手をずり落ちて、下に着くとうずくまるのだった。

平和で、さわやかな、一日の終わりである。線路は土手より低い牧草地にそっていて、その牧草地はなおもかすかな傾斜をなしてくだり、それからまたかすかに隆起してモミの鬱蒼とした森のはずれに達している。森を迂回する道の上を一組の男女が歩いていて、その前を明るい色の服を着た、髪のながい少女が、やはり明るい色の毛並みの犬とふざけながら走っている。散歩者たちは遠すぎるので顔だちは見わけられない。彼らはゆったりとした速度ですすみ、列車やその脇にずらりとう

XI　一九一〇年〜一九一四年〜一九四〇年……

309

ずくまっている兵士たちにも気づいていない様子である。少女が走ると、そのブロンドの髪がうしろにひらひらする。犬は疾走し、彼女が投げてやるなにかをくわえたようで、全力疾走でもどり、また走りだす。少女の前で犬はわんわん吠え、後ずさりしながら歩く。遠すぎて口が開くのまでは見えないが、吠えるたびに体全体が跳ねあがり、その楽しそうな声が、一瞬の間《ま》をおいてたそがれの平安のなかで、いわば時の不透明な厚みごしに捕虜たちのところまで聞こえてくる。

＊＊＊

砲兵隊が砲撃をやめてからすでにだいぶたち、大木の林のかげであたりは真っ暗になった。遠くに、隊列がやってくるのが見えた。先頭の車にはライトが点灯されていたが、それも四、五メートル先ぐらいしか照らさず、その明かりがながいあいだ、かすかな振動でゆれるふたつの蒼い月みたいに闇のなかに宙吊《づ》りになって、すすむとも見えず、それでも森のなかの小道を近づくにつれて少しずつ大きくなった。砲列のそばまでくると、先頭の小型トラックが停まり、そのうしろで車の列が停止した。二人の将校がおりて、彼らの地図をひろげながら砲兵隊の無線車に近づいていった。後部で幌の隊列をなす小型トラックにはどれも幌がかけられ、なかで動くものの気配はなかった。後部で幌のシートがあけられ、そばへ寄った砲兵や騎兵たちには、縦の方向に向かいあって座席に坐った二列の兵士たちが見えた。といっても実際は、車の後部にいちばん近い、それぞれの列の手前の何人か

が見わけられただけで、そのうしろの闇のなかには黙りこくって動かない人影の存在、呼吸と、それから発散されるなにかべつのもの、沈黙よりももっと静まりかえったものが察せられただけで、というかむしろ沈黙と闇それ自体がなにか手でさわれるものでもあるみたいで、そのなにかよんだ、緊密で、息が苦しくなるようなものが二列にならんだ兵士たちを包んでいた、というかむしろ彼らから滲みでて、その暗い幌のなかにこもっているかのようなのだった。子供みたいにたがいに身を寄せあい、おとなしく向かいあって坐り、触れあう膝のあいだに銃を垂直に立てて、まるで脅えた小動物たちが檻の奥にちぢこまり、じっと動かず、ウサギみたいにやっと息をしているというふうなのだった。騎兵たちは彼らに、たえず援軍として到着が予告されていたあの北アフリカ歩兵旅団の者かと聞いたが、彼らは沈黙を守りつづけた。もしかしたら彼らはフランス語がわからなかったのかもしれないし、それとも見知らぬ人間の問いに答えることを禁じられていたのかもしれない。暗くて、北アフリカ人かフランス人かを判別することもできなかった。ただなんとはなしに、彼らが非常に若いということだけは推測でき、彼らから滲みでて、彼らを万力みたいに締めあげているものを感じとることはできた。彼らの目がきらきら光り、闇のなかで虚空に宙吊りになったままふわふわ浮かび、どれもが車の後部を向いているのも見えるようではあった。しばらくして、将校たちが先頭の小型トラックに乗りこみ、それにつづいて隊列全体がエンジンをかけ、森のなかの道のわだちにがくんがくんと揺れる、気の毒な脅えた小動物たちの積荷をのせて、ゆっくりと夜の闇のなかに吸いこまれてゆき、ほどなくエンジンの音さえ聞こえなくなった。

次の夜、撤退を援護した騎兵たちは爆撃によって道路上に釘づけになった車の列とすれちがったが、何台もの車がまだ燃えつづけていた。炎の明かりに照らされて、まだ坐ってハンドルを握ったまま炭化した運転手たちの体が見てとれた。何台かの小型トラックは横転していて、幌が半分焼けこげ、内部にからまりあった山がぼんやりと判別できた。オートバイ兵もいて——というかむしろ炭になったオートバイ兵の死体だが——依然として横に倒れた車体にまたがって、その手はまだハンドルを握っていた。騎兵の一人が、これは前夜道をたずねたトラック部隊だと言ったが、だれかが異論をとなえて、オートバイ兵はいなかったぞと言った。だれも返事しなかった。先頭の車は交差点のどまん中に爆弾があけた、噴火口みたいなどでかい穴で進路をたたれ、何軒かの家がかすかなぱちぱちという音をたてて、燃えつきるところだった。騎兵たちは馬にその穴を迂回させるために、一列にならねばならなかった。青や黄色の鋸《のこぎり》の歯状にちらちらする炎がくずれた木組みの梁の上で追いかけっこをしていた。

＊＊＊

いくつかはきっと石ころとか岩のかけらとかにぶつかったのだろう、先端がつぶれたり鉤《かぎ》みたいに、ないしはナイトキャップ、角笛みたいによじれたりして、ちょうど大鋸屑《おがくず》をつめた人形の手足みたいで、黄色い金属のぐにゃっとへこんだ部分がかすかに錆びつき、灰色がかった黄土色になっ

ていたが、それでもなにか固い分子とこすれたためにできた細かいかすり傷のあたりでは、真鍮が彫金の擦筆跡（さっぴつあと）みたいにきらきら光っていた。

その場所を発見したのは彼（四歳の少年）ではなく、いわんや目にやにをため、歳よりはやく老いさらばえた顔をしたふたりの女でもなかったが、木靴とか重い編み上げ靴とかをはき、その上に毛糸の分厚いソックスがアコーディオン状に垂れさがっていたその片方の女は、彼につきそって、片手でシャベル（ジャガイモを掘るとき彼女が使ったシャベル）の柄のまん中をつかみ、手の平にたこができ、指にもたこができているもう一方の手には少年の手を握っていて——すくなくとも彼女と少年が村と、車が往き来する道路の外に出るまで、というかすくなくとも彼が飛びだして、先に走ってゆくのを防げるあいだはそうしていた。

そして彼女たち（あいかわらずくすんだ服を着ていたふたりの女）がその場所を知っていたとしても（実際はみんながそこを知っていて、秘密でもなんでもなかったのであり、ひと月前、訓練のために召集された若い新兵たちの連隊が、隣町の小学校に宿営し、週に二度谷を見おろす岩だらけの高い絶壁が射撃のこだまを反響させたもので）、それについてなにも言わなかったのは、迷信的な恐怖のせいだったかもしれず、あるいは軍当局のなにかの決定でその場所に近づくこと（ましてや掘りかえすこと）が禁止されていたせいか、さらにはまた、彼女たちがもうひとりの女（毎年夏になると、子供をつれてふたりを訪問した女で、その前には四回も真夜中に列車を乗り換えるという果てしのない長旅をしなければならなかったが、そのうちの一回はだだっぴろい（リヨンだったが）、

XI

一九一〇年～一九一四年～一九四〇年……

313

ガラス天井が闇のなかにかすんでいるような駅で、眠気で目が腫れぼったくなった少年もすっかり目を覚まして、あらゆる兵科、あらゆる人種の兵士たちでごったがえしているホームやさらには食堂の内部にまで興奮して見とれたもので（ある者は赤いシェシア帽〔八六〕をかぶり、玉房《ポンポン》のついた縁なし帽をかぶった水兵もいれば、頬におきまりの刀傷が走っている大男のセネガル兵、アラブ兵もいて）彼らはぶらぶらしたり、こっちのホームからあっちのホームへとうろついたりし、時にはじかに地面に、一人ないしは数人で袋みたいに横になり、まるめた毛布や雑嚢を枕がわりに、機関車の汽笛や緩衝器のぶつかりあう音が間合いをとる広大で漠とした喧騒のなかで、ぐっすり眠りこんでいたもので、黒いヴェールをかけ、彼の横のモレスキン革のシートに坐った女は泰然自若として、不屈のブルボン王家風の横顔といい、眼球の飛びでたそっけない目といい、例の王侯然とすると同時に屈辱にたえた表情で、傲然とまっすぐ前を見つめていて、騒々しい食堂、植民地兵、水兵、砲兵、憲兵の軍服を着た男たちの群を超越して、まさに伝達不可能な、崇高で砕かれた夢の亡霊そのものと見えた。

弾丸《たま》を掘りだせる場所へゆくためには（彼――子供――はとにかくそこへ連れていってもらうことに成功したのだが）、ちいさな谷間に通じる坂道を登らねばならず、その谷の奥で地面は急傾斜をなしてせりあがっていて、そこが射撃演習の標的として使われたところだった。弾丸は障害物に出あうか出あわないかで、いろんな深さにめりこんでいた。一個見つけるたびに、女はこびりついた土を拭きとってから子供に差しだした。シャベルは時折土の湿り気で黄色くなった、骨のかたちをし

た小石にぶつかり、それを引きよせた。乾くと、それもすぐに白くなった。弾丸がそんな石のひとつにぶつかったときは、それを砕くと同時に弾丸自身もねじれていた。

夜、食事がおわってから、彼がポケットから体温で生暖かくなったちいさな弾頭部をとりだし、テーブルの上に並べると、それは石油ランプの明かりの下で、鉤型だったり、平べったかったり、ねじれたりしながら、かすかにきらめくのだったが、そのあいだ編み物をしたり刺繡をしたりしながら、三人の女たちは彼女たちだけで、落ち着いた、おだやかで絶望に浸された声で話しあっていた。時折、彼女たちのだれかの目が食卓を見やると、彼は衝撃がひしゃげさせなかった一個か二個を、不器用な手つきでまっすぐに立てようとするのだったが、それも九柱戯〔八七〕のピンみたいに倒れて、半円をえがきながら転がった。しばしのあいだ、瞼の赤くなった目がそのまま金属のかけらをじっと見つめ、まるでそれからなにか幻惑的で、猥褻で、堪えがたい、毒をふくんだものでも発散しているかのようなのだった。

＊＊＊

（もしかしたら、とどのつまりは、彼が彼の階級のほかに彼の男爵という爵位にふれていない命令や文書を読むことを拒否したとかいう伝説も、それほど出まかせではなくて、もしかしたら彼は戦闘をするとかそれに似たことをする機会すらなしに、日がたつにつれて彼の連隊が雲散霧消するの

を見る前から狂っていたのかもしれず、もしかしたら彼が愛馬を引っぱってこさせ、あんなふうに第一中隊の陣頭に立ったのも、怒り狂った挑戦、侮蔑とでもいったものにかられて、騎兵隊の伝統は不意の攻撃に出会ったときにいかに振舞うべきと解しているかを、兵たちや将校たちに身をもって示そうとしたためかもしれず、もしかしたら勇気の絶対的な優位についての本心からのばかげた信念のおかげで、彼は伏兵攻撃の渦中に飛びこんでいったにもかかわらず、無事にそこから脱出できたというのだろうか？　もしかしたら彼は、十分の果敢さと冷静さがあれば、どんな状況からも無事脱出できると確信していたのかもしれず、それとももしかしたら、結局のところ、狂ってなどいず、死体が点々と転がっていたあの道路上でもなお、危険の蔑視にくわえた男爵という爵位が、彼を不死身にしているという、晴れやかな自信に満ちていただけなのだろうか？

＊＊＊

集めることができた証言は曖昧で、一発目の弾丸が彼のどこにあたったかを知ることは不可能だった。もしかしたら脚かもしれず、とにかく彼はそれ以後、演習のときのように突ったっていることができなくなり、戦争の初期のあのころはまだ、将校たちはそうやって突ったって、双眼鏡ごしに敵軍の動静をさぐる習慣だったが、彼の部下たちは彼を森のはずれまで運んでゆき、一本の木の根もとに坐らせねばならず、そこで背中を幹にもたせかけて、彼は指揮をとりつづけた。それと

ももしかしたら胸をやられたか、あるいは腹だったのかもしれない。いずれにしろかなりの重傷
だったので、彼はそんな姿勢を観念せざるをえず、戦場（かすかに波うっている風景、ビート畑、
刈りとられた麦、木立、小川が流れている窪地）にたいする彼の視野はいやおうなしにせばまった。

二発目の弾丸は額にあたった。当時はまだ鉄兜の着用は制度化されていず、戦闘員はぐにゃぐ
にゃの軍帽をかぶっていただけで、将校の場合は赤い頭頂部に金モールで編んだ、四つの環を十文
字に重ねた装飾模様の飾りがついていた。連隊番号は、帽子の前の部分に、やはり金メッキした銅
線で縫いとりされていた。目庇は煮沸処理した革でできていた。証人たちは銅とタングステンの合
金でできた弾丸が目庇の上の額にあたったか、下にあたったか、はっきりは言わなかった。とはい
えあとから未亡人に返送された中隊長用双眼鏡は無傷だったから、弾丸はかなり上のほうにあたっ
たと推定されるが、ただし彼がその時双眼鏡を使っていなくて、それを握った手を腿の上において
いたか、脇にぶらぶらさせていただけだったらべつだ。いずれにしろ革と布の断片を巻きぞえ
にして、蛋形をした熱い金属が額の骨を粉砕し、その衝撃でいくぶんねじれながら、いくつかの小
骨といっしょに脳にくいこんだものと推測することはできる。死はまちがいなく瞬間的なものだっ
た。軍はそのとき、シャルルロワの敗戦のあとの全面撤退の最中で、死体は埋葬もされずにその場
に打ちすてられ、もしかしたらあいかわらず木にもたれかかったまま、顔がねばねばした血の膜で隠され、
その血がだんだん濃くなり、眼窩をふさぎ、口髭の上にたまり、だんだんゆっくりと四角い密な顎
髯や暗い色の上着の上にしたたったのかもしれない。彼をその場に置きざりにする前に、副官かそ

XI　一九一〇年〜一九一四年〜一九四〇年……

317

れとも中隊の指揮をひきついだ将校のだれかが、それでも手首に結わえつけられている、彼の氏名と軍籍番号をしるした、灰色がかったブリキのバッジを丁寧にはがしとったのだった。そのバッジはのちに、双眼鏡や軍公報に記載の戦死公告といっしょに未亡人に送られ、その後ほどなく死後受勲のかたちで、レジョン・ドヌール勲章が授与された。

それだけだった。連隊はその後すさまじい数の死者を出し（この戦争中何度もすっかり再編成されねばならなかったくらいで）、この事件の直接の証人を捜して問いただすことなどほとんど不可能で、詳細が欠けていたから、一発目の傷の正確な性質に関しても、二発目に関しても依然として曖昧さが残り、未亡人や姉たちにむかってされた話（というか、彼女たちがのちにそれについてした話）も、きっと善意から発したものだろうが、もしかしたら事態をいくぶん美化した、というかむしろ芝居がかったものにしていたかもしれず、そのもとになったのは歴史の教科書の挿絵とか多かれ少なかれ伝説的な戦士の死を描いた絵画などが、彼女たちの想像力にきざみつけた紋切り型で、ほとんどいつでもそういう戦士たちは草むらになかば身を横たえ、頭と上体だけ木の幹にもたせかけて絶命し、それをとりかこむ騎士たちは鎖帷子《くさりかたびら》をまとい（ないしは羽根飾りのついた二角帽を手にもっていて）、悲嘆の姿勢で地面に片膝をつき、鉄の籠手《こて》をつけた片手で、うつむいた顔をかくしているさまを描いているものだ。

というわけで、そんな漠然とした話以外なにもわからず（もしかしたら人づての、哀れみか思いやりから、未亡人におもねるため、というかむしろ可能なかぎり慰めるために、事実をもしかしたら

詩的に粉飾したかもしれない話で、あるいはまた証人たち自身——その場に立ち会った連中ないしはその連中の話をつたえた連中——が、多かれ少なかれ自分も参加した事件を超越したいというあの欲求にしたがって、すすんで錯覚し、自慢話に変えたのかもしれず、実際はなばなしい武勲をたてた人間がもっぱら、できあいの手本にあわせたいという無意識の目標めざして、それでもちゃっかり自分の得になるように、事実をゆがめる例などざらで）、というわけで敵軍の兵士たちがその場に到着したときも（これまた憔悴しきって、汚れ、埃とか泥とかにまみれ、三週間も前から休む間もなく歩きつづけ、闘いつづけ、寝不足で目の縁が赤くなり、瞼がちりちりし、おきまりの短い長靴をはいた足も血まみれの兵士たちだったが）そんな状態の彼、つまり、あとで未亡人に話して聞かされたように、中世の騎士か帝政時代の連隊長みたいに、依然として木にもたれたままの《額の真正面に的中した》弾丸という月並みな表現すら、事態をいっそう不確かにするだけで）彼を見つけたということを保証するものはなにもなく、それよりももっと確率が高いのは、多かれ少なかれ泥と血でよごれ、形もくずれた堆積が目に映る際の取りとめのない状態だったかもしれず、その場合最初に目にはいるのは、たいていの場合、死体が仰向けになっていたらV字型、あるいはさらに死者が地面に顔をくっつけて横たわっている場合は平行にならんだ、いずれにしろ異様に寸法のでっかい靴で、まだ土と草のまじったかたまりがこびりついた靴底を見せていて、それともまた折りまげた脚のために両方の靴が尻のそばまで引き寄せられて左右くっつき、体全体も胎児の姿勢でちぢこまっていて、やってきた兵士の足でうわの空で引っくりかえされたりするのだが、しかし金モール

の階級章をみて突然その兵士の注意がひきつけられ、そこでもしかしたらかがみこんで、べとつく上着のボタンをはずして、参謀本部発の書類とか進軍命令とか、うっかり忘れられた地図とかなにかを探したか、それともたんに、時計を探したりしたかもしれない。

* * *

イタリア人の競馬騎手がユダヤ人小男の馬の乗り方を冷やかしたのも、べつに間違っていたわけではないし、とくべつ意地わるくからかったのでもなく——ひよわそうな外見が予想させるほど、肉体的運動のいっさいが苦手だったのでもなくて（なにしろ町のバスケットボール・チームの一員だったくらいで）、ただ、事が鞍の上での身の処し方となると、この小男は最初から見事にきっぱりとした、本能的な反発を示して、むしろ苦しみ、トロットであろうとギャロップであろうと、苦痛にたえながら馬と逆のテンポで揺られるにまかせたということで（並み足のときでさえ、鞍袋や装具でつっかえをいれたときでも、どういうわけか、男のペニスと石鹸のかたまりについて騎手がうまくイメージ的に言ったような恰好になり）、まるで受け身の怒り狂った抗議——というかむしろ憎悪——とでもいったものにかりたてられていたみたいで、ちょうど東洋の一部の国では敵に恥をかかせるために自殺するのとおなじで、彼はそんな誇り高い抵抗、そんな侮蔑的な嫌悪で、将校や下士官たちばかりでなく彼らの彼方にあって、ひとりの人間をまるでサーカスでみたいに、否応なし

に動物の背にのせてみっともなくも引きずりまわさせるなんてことを考えついた軍隊と社会という
システムが、彼に強いるものへの彼の拒絶の意志を示していたのだ。

＊　＊
＊

……実際は──彼らはそのことを知らなかったのだが──その時通過したのは装甲旅団のそっくり
一部隊で、直立して司令車からそれを指揮していた将軍は、血に染まった包帯を頰にななめにかけ、
車の振動に体をはずませ、弾丸よけにかじりついて、泰然自若とし、エンジンと炸裂音の喧騒のな
かで、赤い縞模様が飛びかう夜の闇を配下の装甲車が全速力で疾走しながら、火器のすべてをあげ
て四方八方に撃ちまくるのをとめることもできなくっていたのだが、その将軍（のちに元帥に叙
任された）こそはその後四年間にわたってものすごい勢いでおなじように突進し、砂漠にあっても、
砂地でも、さらにもっと灼熱の太陽のもとでも、行く手をさえぎるすべてを掃討し、なおもべつの
さまざまの道路、さまざまな道を、べつの廃墟、煙のたちのぼるべつの残骸、べつの死者たちのあ
いだを縫って突進しつづけ──そしてのちには今度は後退するときも、あいかわらず物に動ぜず、
落ちつきはらい、危険ななにかをはらんで、昂然と顎をあげ、きれいに髯を剃り、マネキン人形み
たいにまっすぐに立って、猛禽みたいな目、革でできたみたいな顔をし、伝統的な片眼鏡のかわり
にオートバイ乗りのサングラスを額か元帥帽の目庇の上にずりあげ、なおも立ちむかうのであった

XI　一九一〇年〜一九一四年〜一九四〇年……

321

が、やがて命令にしたがい（四年ものあいだ彼はおなじがむしゃらな豪胆さをもって、毅然として、覚めた態度で、とりすまして、そんな命令に服従してきたのだが）自分でピストルの銃口をこめかみにあて、引き金を引いたのであって――しかしあの五月の朝は、騎兵たちはなにも知らなかった。彼らは十時間ぐらい前から、両軍の配置がいわば前後転倒してしまっていたということを知らず、そのおかげで連隊は（というかむしろその生き残りは）退却することもやめ、その名残り（というか残りかす）はいまでは敵に背を向けているつもりで敵の背後で、他愛なく、あまされ物みたいにうろうろしていたのであって、ふらりふらりと飛ぶ飛行機だか、生け垣の背後に待ち伏せする狙撃兵のいいかげんな斉射の餌食になるのが落ちだった。

***

毎晩注射器を漬けた湯を沸かすことを繰り返しすぎたので、縁がでこぼこにへこんだちいさなアルミ鍋の底と内壁には、石灰質の湯垢がこびりついている。端が壁にかけられるように環になっている柄は、かすかにふくらんだ、ニスも塗っていない（というか、いずれにしろ、ずいぶん前からいっさいのニスの跡が消えている）木の把手《とって》がついているが、それもだんだんと緩んできている。まだ熱い鍋はいまは空っぽである。注射器と針をとりだし、湯を捨てたあとなので、せいぜい三日月形をした水分が、急速に収縮しながら、内側の根もとの片側に残っているくらいだ。鍋は浴室

の洗面台と、いまは閉まっている寝室のドアのあいだにある、灰色の縞目のはいった狭い大理石の小テーブルの上に置かれている。大理石の板の上のほうの壁はぴかぴか光る、磁器タイルを模した壁紙が貼ってあって、規則正しい正方形が、真珠みたいなちいさな丸い円を散らした淡いブルーの細い帯で左右を区切られている。それぞれの正方形の内側には、やはり淡いブルーの花がひとつずつあり、花心を開ききった花弁の輪がかこんでいる。交互に、この輪が左向きだったり右向きだったりしている。正方形や花模様をかたどる帯は、クリーム色の地に浮きだしている。鍋をのせてあるちいさなガスレンジのあたりだけ、磁器を模した装飾壁紙にはかすかな焼け焦げのあとが見えるが、それも上にいくにしたがって薄れている。

寝室に通じるドアが閉まったときから、少年はじっと空っぽの鍋や、大理石の板や、その横にまだ転がっている、先端が割られた、オレンジがかった黄色のモルヒネのアンプルに見いっている。ハツカネズミの喉からでも出そうなかすかな叫び声が、ドアの戸板ごしに聞こえてくると、少年ははげしい勢いで両手を耳にあて、自分の血の脈動を聞くことができる。ほとんどすぐにドアがあき、彼の手も下におりる。いまは彼は豆電球に照らされたベッドや、ぼんやりとした影を見ることができ、ぼんやりとした声を聞く。今ではシーツが引きあげられたベッドの右の壁には、セピア色の写真を拡大したものが、幅広い刳《く》り形をほどこした褐色の木の額にはいっている。ぼかしのはいった光暈のなかに、頭頂部がふかふかで金筋のはいった軍帽をかぶって、四角い顎鬚とはねあがった口髭をはやし、果敢で陽気そうな目をした男の顔を見ることができる。

＊＊＊

二人の兵士は仰向けになって、劇場のななめに傾いた書割とか陳列台とでもいったものにのっているみたいに、土手の斜面に平行に横たわっている。一方は膝をひろげ、踵をくっつけているので、脚がカエルの脚みたいに菱形をつくっている。もう一方の兵士は右脚を折りまげ、その踵がぴんとまっすぐに伸ばした左脚のふくらはぎにほとんどつきそうになっている。この角度からだと、鋲を打った靴の踵を見ることができる。二人とも腹部、というかむしろ胃に傷を負っていて（といっても、それもただの偶然か？）、彼らの手がそれをおおっている。彼らの一方は鉄兜をなくしている。みたところ生きている唯一のしるしは、のけぞった頭を、地面に後頭部をつけたまま右に左にころがす緩慢な運動だけで、すくなくとも無帽のほうはそうなのだが、もう一方の兵士の鉄兜は、庇のうしろが首筋と土手のあいだにはさまっているので、額の上にもちあがり、顎紐でとまっているだけで、その顎紐もいまは顎からすべって、顎の下、首の付け根でぴんとV字型にはりつめ、きっとかすかに負傷兵の首を締めあげているにちがいない。二人とも目を閉じている（あるいは、閉じていないかもしれず、もしかしたら、きわめて明白だがなにもとらえてなんかいない目がじっと動かないことからくる、たんなる印象かもしれない）。かすかな呻きと脈絡のとれない音が、開いたままの彼らの口から出てくる。それでも哀れっぽい声でくりかえされる「病院車……病院車……病院車

はどこにいる?……」という言葉だけは聞きとることができる。まだ鉄兜をかぶった頭が動くたびに、日光が一瞬兜の突端できらめき、閃光をはなつ。頭と同様、手ももしかしたらかすかな動きというかかすかな痙攣でひくついているのかもしれないが、振幅が微々たるものなので(たとえば片手の指が交互に折れまがったり扇形に開いたりするが)ほとんど感知できない。一見したところ(すくなくともこうして、三、四メートル離れたところから行きずりに見たかぎりでは)どこにも傷は見あたらず、血のしみも見えない。

＊＊＊

儀式は終わっていた。しかしながら、片腕が萎えた皇帝が立ち去ってずいぶんたってからでも、軍隊は行進しつづけた。灰色のいかつい建物のあいだを、つぎつぎに隊列がつづいて、ひょろりとしたタイヤの、ライトが目玉のように飛びでた、両翼が昆虫のひろげた鞘羽根《さやばね》に似て、四角い車体が辻馬車みたいに高いところにある数すくない自動車とゆきちがうのだった。兵士たちの列もおなじぴょんぴょんはずむような足どりですすみ、まるでわけのわからない緊急の必要にでもかりたてられ、競りあってでもいるみたいで、猟師みたいに銃の負い革を肩にかけ、背嚢を背負い、頂上がとんがった鉄兜にかけた家具カバーとでもいったものが彼らの無表情な、そんなわけのわからない突進にだけとりつかれているかのような顔の上で皺々になっていて、時折彼らの一人が手前側の列で

撮影技師にむかって片手をちらりとあげ、見えなくなり、まったくおなじ恰好のつぎの兵士にとってかわられ、その一方でときたま一人の女性が、スカートに足をもつれさせ、明るい色のブラウスを着て大きな帽子をかぶって近づき（スクリーンの左側から飛びだし）、はずむように隊列の横を走って、だしぬけの、まるで意地悪な手つきで兵士たちに花束を投げるのだったが、まるで花束で兵士たちをたたくみたいで、まるで彼らの顔になにか石ころかひとつかみの砂利でも投げつけるみたいで、時折はまた一人の兵士の腕をつかんで抱擁し、何歩か彼といっしょに歩き、兵士のほうではばつのわるそうな微笑をうかべ、しばらくのあいだはそれでも女がねじこんだ花束を手に持っているのだが、それをどう始末していいかわからずに、ぽとりと落とし、花びらと茎が地面にちらばり、散乱し、長靴《ちょうか》の機械的な足並みに踏みにじられ、やがて灰色になるのだった。

*
* *

あの嘴《くちばし》がむやみとでかくて首の毛がぬけたエキゾチックな鳥が、動物園の檻のなかの糞のこびりついた枝かなにかに止まっているみたいに、四人の人物がバラックの側面にそったベンチに、上体をまっすぐに立てて坐っている。大ざっぱに鉋をかけただけの貫板《ぬきいた》を打った板壁には、はっきりと木目や節が浮きだしていて、タールでも塗ったか、黒に近い茶色をしている。上半身がやせこけた人物の一人は、オリーブ色の破れたポロシャツを着ている。ほかの三人はぼろぼろでしみだらけの

カーキ色の軍服の残りというかむしろ名残りをまとっていて、上着のボタンをはずし、これまたカーキ色の垢でごわごわになったシャツを覗かせている。かすかにうしろにのけぞり、盲人の目みたいに、飛びでた半分閉じた目がほそい青みがかった輝きしか通さない彼らの無表情なマスクからは、ちょうどあのぼろを着せ、頭のかわりに棒の先に斜めの板をくっつけた案山子《かかし》みたいに、なにか無気味で陰惨なものが発散している。骨ばった丸刈りの頭蓋や頬骨やくぼんだ頬では、はりついた皮膚は、もとの色が引っこんで灰色がかった、というかむしろ灰そのものの色にあとをまかせたとでもいうような、多かれ少なかれくすんだ革みたいなものに似ている。狭くて後退している額といい、癩病かなにかに食いあらされたみたいなひしゃげた鼻といい、ぼってりと肉厚の唇までとほうもなく引き延ばされた顔の下半分といい、彼らはケッテイとかラバ〔八九〕といった、鋤の梶棒のあいだで従順に首をゆらゆらさせる、受け身で、夢遊病者的だが陰険でもある、あの異種間交配の産物を連想させる。石油缶を手の平でたたいている男の両手が離れると、ちらりとその内側が、まるで褪せたみたいにきたたないピンク色をしているのが見え、これまた皮膚のもとの色が薄まり、汗や摩擦で飛んでしまったかのようなのだった。禿頭病《とくとうびょう》にかかったみたいな彼の頭には、ところどころ短い、まばらな、綿毛みたいな縮れ毛となって、髪の毛がまた生えはじめている。彼は時折石油缶のかわりにブリキの飯盒《はんごう》をたたいたが、その外側をおおっている黒い塗料（だか煤《すす》だか）の層がここかしこはがれて、銀みたいにぴかぴか光る金属をのぞかせている。ほかの楽器は、かすれた音をたてる葦笛と、二本の木の切れはしからなり、これを打ちあわせると、釘箱のざわざわ尾を引く音と対照的な、

うつろで乾いた音をたてる。飯盒をべつにすれば、全体が（バラックの側面も、楽士たちも、彼らの衣裳も、顔も）すべて土色がかった色彩を基調としていて、わずかに潑剌としたトーンをもたらしているのは、上着の襟にまだ残存している毛の襟章だけで、その一方は赤の地に黒の番号、もう一方はグリーンの地に赤の番号を記している。

案山子みたいな顔の四人の楽士の上半身は完全に直立し、四つの顔も完全に平行していて、盲人みたいなねぼけた彼らの眼差しもまっすぐ正面に向けられている。楽器をゆすったりたたいたりする手の動きが、彼らの肩や顔をかすかにゆらす短い振動となって波及しなければ、彼らはまるで居眠りしているようにみえたろう。外の世界同様、彼らはおたがいの存在すら無視しているかのようで、どんな協調のしるしも見せず、うわの空で、野性的で、忍耐づよく、葦笛奏者がどうやら予告もなしに、べつのメロディーを吹きはじめるとごく自然にテンポを変え、そんな反復的なメロディーの単調さそのものが、打楽器のいろいろなコンビネーションを下支えするのである。石油缶をたたく、手の平がきたないピンク色の手は、やせ細り、関節が節くれだった長い指をしていて、その先端にこれまたピンクの明るい爪が、水玉模様を貼りつけたようにみえる。痩せた手首が動くたびに、ぼろぼろの袖から螺旋状にたれさがった毛糸の毛玉が、こまかくひくつきながらねじれる。

凝固した四人の顔からと同様、葦笛で奏でられるしゃがれた調べや、それをささえてほかの楽器が伴奏しながらつけるリズムからも、悲哀とか喜びとかは発散してこない。やせ細った体の、やはり皺々でよごれた軍服をだぶつかせたほかの人物たちの幽霊じみた群れが、何人かずつかたまって、

バラックが両側にならんでいる道をゆっくりぶらついている。芥子《けし》色の彼らの上着の背には、赤い塗料で三十センチぐらいの丈に、KとG〔九〇〕という二つの文字が書かれているのが見える。たいていが通りがかりに立ちどまって、陰気な顔つきで、しばし四人の楽士に見いり、時には集まって人だかりをつくるが、ついでまたぶらぶら歩きをはじめる。時折、看守のだれかも立ちどまる。彼は明るいグリーンの制服を着て、目庇のない帽子をかぶり、念入りに磨いた黒のみじかいブーツをはいている。彼の上着の肩当ては銀モールで縁どられている。彼もベンチにならんで坐った四人の白黒混血児に見いり、ついでまた歩きはじめ、何度も振りかえり、肩ごしに得心のいかない視線を投げてよこす。見物人たちには無関心に、あいかわらず目を半分閉じて、鬱々とした、とりつくしまのない表情で、頭をうしろにゆすりながら、楽士たちは演奏をつづける。二本の木切れをたたく規則的でシンコペートされた音は、その場から遠ざかってもまだながいあいだ聞こえてくる。二棟のバラックの黒い側面のあいだから、鉄条網の囲いのむこうに、地平線にむかって沈もうとする太陽のオレンジ色の円盤が見える。それは沈んでいくにつれて大きくなるかのようで、オレンジ色がだんだん赤系統に変わってゆく。空はさらさらとした繊細な灰色をしていて、その下では砂地の多い平野のそこここに貧弱な松林の影が浮きだしている。さらに沈みながら、円盤は木々の梢をかすめる。ついにそれはピンク色になる。

XII　一九四〇年

三日たってからようやく、彼はそのことを思いついたのだった。というかむしろ、彼の体が思い出したのだ。すでにベッドにはいり、枕もとのスタンドも消し（彼は早寝する習慣で、服をぬぎ、シーツのあいだに滑りこんで、本とか新聞などは持ちこまず）、横になるかいなかにスイッチを押し、待ちさえせず、焦ることもなくじっとしていて、眠りがほとんどすぐにやってくる、その闇の分厚い覆いの中にではなく、下に彼を呑みこむと知っていたからだが、そういうわけで身じろぎもせず、闇のなかにしばらくじっとしていると、その闇のなかにだんだんと、窓のほの白い長方形がぼんやり浮かびあがり、重さもなく、ふわふわと宙吊りになり、その一方でゆっくりと、夜の乳色の明るみが家具の曲線とか、額縁の突起部を浮きださせ、ところどころに反射光をかぎろわせ、ついで二百年来凝固した遠い先祖の男女が画家のためにポーズしたときの衣裳の淡い色の部分（銃をもった男のシャツ、女が着ている夜会用ドレスのふっくらした袖の切りこみ）が浮きあがるのだったが、それら金縁の額にはいったおごそかな肖像画は、遺産分割の結果この寝室に流れついたもので、やはり遺産分割の結果彼が住んでいるアパルトマン（というかむしろ、住んでいないのであって、彼

は年に二、三週間、葡萄の取り入れの時期に、子供のころそこで育った広大な田舎屋敷にもどってきたとき、そこに泊まるだけで、やはり子供のころ、そこから去った彼は、そんなふうについでの時にしか帰らないのであり）、そこへ（そのアパルトマンへ）、彼の相続分となった家具や絵画が彼のために運びこまれたのだが、彼はそれには手をつけなかったから、そこに、この前の春以来住んでいるのは、まだ北から南へと運行していた最後の列車の一つに乗ってやってきたふたりの老女だけで、彼女たちは遠くに聞こえる、爆弾のにぶい炸裂音に追いたてられ、まるでそれがぜいぜいあえぐ列車とおなじ速度でやってくるような気がしたもので、家畜運搬車とか一等車とかが混ぜこぜのその列車も、子供や女たちや大人や泥酔した脱走兵など、いっさい区別なしにぎゅう詰めになっていた。彼が知っているかぎりいつでも皺だらけの顔をした、目の縁がピンク色のふたりの老女は、ドアを開けて、彼が踊り場に突ったっているのを見たとき、目からなにか銀色のきらきら光るものがひっそりと流れだして、老齢の女性がよく使うあの灰色がかった白粉《おしろい》を溶かしたものだったが、それというのもそのとき彼は一週間というもの髭を剃っておらず、手の爪はひび割れ、垢だらけで、自分でもそうと気づかずにがたがた震えていて、着ているものといえばこの十一月はじめというのに、全部あわせてもサロペットとズック靴だけで、それは彼の脱走の相棒と彼が真夜中にドアを押しあけた（というかむしろこじあけた）農家の男がくれたもので、ふたりが牛小屋で着替えするのを見つめながら、その男は手に持った金の婚約指輪と腕時計の目方をおしはかり、編み上げ靴やラシャ地の温かい乗馬ズボンを吟味し、背中に赤い印のついた上着をぐるぐるまるめ、ひっきりなし

に繰り返したものだった。急ぐんだ！　早くしろ！　終わったら出ていけ！　出ていけ！　とっと出ていけ！……。

そして闇のなかから今度は、顔や手のぼんやりとした形（銃の用心鉄《ようじんがね》の上に置いた、手入れの行きとどいた、ほとんど女みたいな手とか、指で仮面をつまみ、その仮面にさらに黒ビロードの半仮面がかけてあるのを持ったもういっぽうの手（女の手））が浮きだしてくるのを、判別するひまさえないうちに、彼は眠りこんでいた。すなわち、完全に真っ暗な、不透明で、ほとんど手でもさわれるような眠りが、彼の上にのしかかって、夢を見る余裕も、ただの反射運動の余地も残さないのだった。時折目が覚めても、自分が動いていず、眠りが彼をおそったときの姿勢のまま、依然として仰向きに寝ていることを了解するだけのことで、そこでけものみたいな唸り声をあげてうつ伏せになって、また眠りこんだ。それも、最初の夜、清潔なシーツのあいだに清潔な彼の体を滑りこませたときからそうで、その体が、まるで自分のものでないかのように、浴槽の透明で緑色をした湯のなかに、重さもなくぷかぷか浮かぶのを、彼は驚きのような感情をこめて眺めたもので、べつにがりがりでもひょろひょろしてもいず、ただ痩せているだけで、無傷で、そのおなじ体で五か月前から毎晩、薄っぺらな藁布団に横になり、三段に重なったほかのやつらの体にまじって、空気がむっとして、とても呼吸できないバラックのなかの、棺桶よりそう広くもない簡易ベッドで寝てきたのであり、彼は毎晩おなじおぞましさ、おなじ克服不可能な嫌悪をもって、彼の体の上でもぞもぞする何百というシラミの無数のうごめき、がむしゃらで貪欲な、微細で無数の嚙み傷を感じることが

できたのだった。

ところがいまはすべすべしたシーツにくるまり、事もなげに悠々と、まっすぐに体を伸ばして裸で寝ているのであって、ただ、沈黙の、猛り狂った、冷たい笑いとでもいった、まさに陽気さとは正反対のものに取りつかれていて、それが彼のうちに巣くったのは四日前、ちょうど彼らが納屋を捨てたときで、その地点の警備を指揮していた軍曹の保証にもかかわらず、彼はその納屋では一晩中、干し草のなかで輾転反側《てんてんはんそく》し、はっと飛び起きて目を覚ますと、寒いにもかかわらず薄っぺらなサロペットしか着ていないのに汗びっしょりになっていて、彼らの追手の足音と喉にからむ声が聞こえた気がしたのだった（というかもしかしたら、目を覚ましたのではなくて、目を覚ました夢を見たのであって、あるいはまた眠りながら目覚めたのかもしれず、あるいはまた疲労と行動が人間を、一瞬のうちに眠りから運動へ、またその逆へと移ることのできる野生のけだものの状態に帰らせる、あの夢遊状態のなかで、完全に目覚めながら眠っていたのかもしれない……）。

何か月も前から、彼は女たちの存在すら忘れていた。すなわち、肉や手足や肌や湿り気や息吹や唾や匂いとしての存在だ。何か月ものあいだ、彼は簡易ベッドに坐って鉛筆でデッサンをかき、オラン［九一］で売春宿を経営していたユダヤ人を介して、看守たちに、収容所の通貨である煙草の箱と引換えで売りつけたものだった。日曜日ごとに辛抱づよく、彼が繰り返してかいたのはおなじカップルかおなじ女が（彼は彼女たちにさらさらとした髪の毛と、子供っぽい顔を与えることをおぼえたが）交接とかアナル・セックスとかフェラチオの体位をとっている絵で（そして最後には――これがいち

ばん受けがよかったのだが——女がひざまずいて、上体をそらせながら尻を突きだしている姿勢ばかりで)、デッサンにたいすること、石鹸が石とか木の根にたいするがごとき代物だったが、だんだんと陰気な背徳趣味が高じて、細かい部分や陰影にも凝り、陰毛まで細密にかくようになったものの、まるでレンズを磨いたり中庭を熊手でかきならすみたいに、そうしたことを機械的にやり、枝を刈りこむ人間や左官がやるみたいに、うしろにさがってぼかし具合をはかったり、全体を判断したりしたもので、時折不思議に思ったのは——ついで不思議にさえ思わなくなったが——いったいどうして彼の目にも、またオランの売春宿の亭主にとってもこんなに興味索然たるものに、三、四箱の煙草ほどのとんでもない代価を払ったりするのかということで、オランの売春宿主人などは、ただ物思わしげな目で値ぶみし、尻とか陰門とか舌とかペニスとかを頭のなかで、《ポルト=リコ》か(それが最高級煙草の銘柄で、黄色い空にゆらゆら揺れるシュロの木の上に赤い活字で書いてあり)配給のパンではいくらになるか換算するだけだった。

ついで、オランの男は特別任務につかされた(罰として、ユダヤ人としてではなく、といって彼はべつにユダヤ人であることを隠さず、自慢してさえいたくらいだったが、それにしてはおそらく一回も、ユダヤ教寺院《シナゴーグ》に足を踏み入れたことなどなかったろうし、《キプル》[九二]の行《ぎょう》も守りはしなかったろうが、ただ一度だけ、子供殺しどもが彼らを監視しているこの収容所で、暗黙裡の先祖伝来の良心かなにかと、やくざとしての誇りに刺激され、尊厳と挑戦の反射本能にしたがったのだった。要するに彼らは中央の広場に正方形をなして整列し、足もとに彼らの持ち物全部を入れた雑嚢を置

くように言われ、ゴム長をはき、革の鍔のついた帽子をかぶった職工長や農場主たちがゆっくりと彼らを視察し、彼らの筋肉をつまんだりして歩き、きっとオランの男が彼らの期待する仕事にいちばん向いていると思われたのだろう）それで万事休す——すなわち、尻とか陰門とかさらさらした髪に縁どられた子供じみた顔とかをかく仕事はおわったのであって（彼はそんな髪の房にブロンド特有の反射光をきらめかせることをおぼえ、それを乱雑にちらばらせ、逆毛を立てさせ、素敵な顔をなかば隠させることもおぼえたのだったが、それでも鉛筆のとがった芯で念入りに陰影をつけた陰門も乳首も腹も、彼にとっては《ポルト=リコ》の煙草の香りや、彼が交換できるもの以外のどんなものをも意識させなかった）。幸運なことに（彼の胃にとって幸運なことに）ほとんどすぐあとで、彼が配属されたのが（電気工事人が二名求められ、彼のもう一人の仲間で、これまたオランの娼婦のひもが、ミュージック・ホールの照明係だか売春宿のなんでも屋だかをも職業にしてきたこともあって、コードをつないだりヒューズを取り替えたりぐらいはほぼできたのだが、彼を相棒に引っぱってくれたので）ドイツ軍キャンプで、そこでも彼はおなじ鉛筆のおなじとがった芯で、今度はおなじ機械的な精密さ、おなじ完全な興味の欠如をこめて、肖像を頼まれた特務曹長《フエルトヴエーベル》たちの胸のある種の勲章を飾る、ちっぽけな剣が交叉した模様をかいたのであって、電気工事を免除されたばかりでなく（オランの男はべつの助手を配属してもらったので）、あらゆる種類の労役や作業もまぬかれ、そんなわけで彼の胃袋の必要のために即座に召しだされたのとおなじくらいすばやく、挿入を待ちかまえるやわらかな肉体も、ふくらんだやわらかな陰門も、ものほしげな唇をした子供っぽい

顔も、たんに紙の上だけでなく、どうやら彼の記憶、意識からも存在することをやめて虚無に、あの完全な現実性の欠如のなかにおいやられ、三重の鉄条網で区切られた四辺形の外側にあるものはすべて、そのなかに消え、無化されていて、こちら側に具体的に存続していたのはもっぱら食べるということと脱走するということにたいする、ふたつの排他的で憤然とした執念だけだった。

というわけで、まだたった三日目だった。それもしばらく間をおかないと（あいかわらずその前の幾夜と同様闇のなかに横たわり、彼の感じでは動物ですらなく、機械仕掛、ながい距離を走ったあとの自動車とか、車庫にもどった機関車みたいななにかが感じるような欲望以外のどんな欲望もなく、静寂《しじま》のなかでかすかなみしみしという音を立てながら、ひとつまたひとつと彼の金属製の器官が冷えてゆき、段階的に騒音や運動の記憶までかすんでゆく音に聞きいり、いわば物体のただの不活性状態のほかなにも望まず）……というわけでしばらく間をおかないと、この晩闇のなかで彼を目覚めたままにし、黒々とした眠りの覆いが彼を呑みこむのを妨げているものがなにか、理解できなかったのだった（いまは彼の目は十分の余裕をもって、暗闇のなかでガラス玉のように、銃をもった男や仮面をはずした女のよそよそしくて、上品で、どことなく非難するような顔のなかの瞳の暗い色を判別できるようになっていて、そのはるか昔の二人の祖先も二百年前まくりあげられた下着の衣ずれの音、あえぐ声や折りまげた白い太腿の動きのなかでむつみあったのであり、それも放出された精液のほんの微量のそのまたほんの微量、彼らの血管を流れた血液のほんの微量の成分がなおも、いまは眠りにつけずに彼らの下のほうで横になっている男の血管のなかを流れるように、

というのであったが）、いまでは彼が感じているのは、彼の目をそのように開きっぱなしにしているのが、もはやあの小おどりするような気分、そら見ろといった意気揚々とした感情、彼がどんな目にあわされたかと考えたときのそら見ろといった憤激ではなくて（「ヤギさ！」と、あとになって彼は話したもので（あとになってはじめてで、彼がほぼ正常な人間、つまり、話し言葉になんらかの力、物語ること、言葉を使っていわく言いがたいものを現出させようとすることに、他人にとっても自分にとってもなんらかの利害があると考える（というか想像する）ことができる人間にもどったときのことで、だからあとになってからなのだが、当のその時点では彼は、ふたりの老女や彼を問いただした連中にたいして、彼の連隊が潰滅した、なにもかもが、と言うにとどめたのであって（戦闘——そんな言葉を使うことをまだ彼はためらい、あの優雅な春の新緑のなかで起こったこと（あの——だが、なんと呼べばいいのか、狩り出し、追跡、追い込み、茶番、追い詰めたぞという勝鬨《かちどき》？）、そこで彼が獲物の鳥か何かの役を演じた出来事にこの名を与えるべきかどうか迷っていたのであって——そのあとにつづいたことといえば、捕虜としての森や丘を蛇行する果てしない屈辱的な行列、列車、みんなの体がもつれあった家畜運搬車、ひりつくような飢えと渇き、ずらりとならんだバラックの上に不断にただよう腐ったジャガイモの鼻をつく臭いで……）、だからなにもかもが厳しかったとだけ言い、「そう、ヤギ」と、のちになって彼は、まさに笑いの反対みたいな例の短い笑いをみせて語ったものだった、「猟師がオオカミを森から出てこさせるために、杭にしばりつけるヤギでね。というかヤギを食いおわっても、オオカミがその辺にとどまってはくれないかと期待したりして——

せめて消化するあいだでも。おまけに話をいっそう滑稽にしたのは、あのカーニバルみたいな変ちきりんな恰好で、くたばってる馬にまたがってたってことでね。ただ、ヤギとちがうのは、ヤギにはそれでも身を守るための角が二本あるけど、その変ちきりんな恰好には、ブリキのサーベルと五発しか撃てないハジキしか付いてなかったってことでね。それに、もうひとつちがうのは、オオカミがもうすでに森から出ていて、ヤギを食らいおわると、当の猟師も食っちゃったってことでね。ただし、ぼくの了解したところだと、その猟師さえいなかったのかもしれない。だとすると、あのやくざな白兵戦用サーベルをぶらさげた、間ぬけのきたないとんちき野郎は……」）いまは、そんなヤギもオオカミも猟師も彼の頭からは消えていて、そこでシーツをはねのけ、彼の体はいまでは飢えとか渇きとかとおなじくらい憤然とし、おなじくらい本源的で、おなじくらい有無をいわさぬなにかに動かされ、まっ昼間、歩哨がむこうを向くやいなや地面に身を伏せ、鉄条網の下をくぐりぬけることを可能にした、というかむしろ彼に強いたあのがむしゃらさ（というかむしろ動物性）を取りもどしていて、身をおどらせ、森のなかを犬みたいに四つ足で走りまくり、手に傷をしてもなにも感じず、彼には葉群や折れる枝のすさまじい喧騒と思われたもののほかには、彼の肺、彼の喉を焼きつくすような彼の呼吸のおそろしいほどの騒音、彼の耳のなかでがんがんする血のどよめき以外なにも聞こえず、そのうち血も筋肉も肺も心臓も腕も脚も循環したり機能したりすることをこばみ、つまり、勝手に反発し、といって彼の理性、彼の意志に反発したのではなく、こちらはそれら（筋肉、体）が動きだす前からすでに抗議していて、なおも抗議しつづけながら腕や脚がすばや

く動いているあいだも、恐怖をもって、銃声のこだま、彼を撃ちぬく弾丸の衝撃、焼けるような痛みをいまかいまかと待っていた。ついで雑木林のなかで、あいかわらず四つんばいになり、息を切らして停止し、そこでこれは吐くのにいい姿勢だと考え、いまもし吐けば出てくるのは肺か、心臓のかけら、どっちにしろ血でしかありえないと考え、同時にこうなってはやつらも急ぐ必要はないわけだ、悠々とやってきて、おれの首に綱をかけ、それからあいかわらず四つんばいのまま連れもどせばいいわけだと考え、そのあいだにもすこしずつ、彼の器官のものすごい喧騒が段階的におさまり、森の細かい物音、松の梢を風の吹きすぎる悠然としたシューシューという音がまた聞こえはじめ、ほかには物音ひとつせず、その一方で彼の体と理性も和解しはじめ、理性のほうが指揮権をとりもどして、すくなくともいまは、なおしばらくのあいだ、腕と脚にその四足動物的前進を慎重につづけさせるだけの睨みをきかせ、そのうちやっと彼は用心深く起きあがり、ひっそりとした森のなかを見まわし、それから姿勢をただして、大股に遠ざかっていった。それから三日間森の木《こ》の下《した》道を、彼とそのあと出会ったもう一人の男は歩かねばならなかったのだが、この男はナイフの刃みたいな恰好ののっぽで、アルジェリア生まれのフランス人とのことで（コンスタンチン出身だと話したが）、彼もアラブ人でいっぱいの（「アラブ野郎《クルーユ》」と彼は言ったが）列車の一両にうまくもぐりこんで、エルベ河[九四]から、砂地の多いザクセン[九五]の平野から、大西洋岸まで二日二晩のろのろと走ったとのことだった。さらにその後、ふたりは遠くに一人の黒人が、やはり背中に赤い塗料で、KGと大きな字をかいた軍服を着て、彼らとおなじ方角に歩いているのを見たが、彼らが合図すると立

[九三]

ちどまり、彼らがだんだん近づいてくるのをシダの葉ごしに見つめていて、そのうちにやっと彼らも、胸のところでこちらへ突きだしたままの手のなかで、光の反射をきらめかせているものの正体を知り、鋼の刃を見て立ちどまり、黒人とふたりの逃亡兵は茂みの上からしばしたがいの顔を見つめ、高価な木材の色をした丸い、きらきら光る、完全に無表情な顔は、太陽にきらめくナイフの刃の上で彼らを見つづけるだけで、ついでその黒人は一言も言わずに向きを変え、また斜めに歩きだして彼らから遠ざかり、その姿は孤独で、野性的で、動物じみ、船のマストとおなじくらいまっすぐな松の木の平行した薄赤い幹がそれに線影をつけていたが、やがてすっかり見えなくなり、ふたりがまた歩きはじめると、コンスタンチンの男は憤然となって罵倒し（あのニグロのやつ、見たか？　と言い、そうよ、おれたちを殺《ば》らす気でいたんだぜ！　と言い、あいつ、あのナイフで、畜生め！　おれたちを……わかるよ、そりゃああいつがどうなろうと、おれたちの知ったこっちゃない……そりゃそうだしかし太陽がどこだか見ろよもっと左へ行かなくちゃと言い、セネガルのやつらめ！　あいつやあいつのチョコレート色した仲間が、畜生め、賜暇で出かけようとすると、銃剣つけて線路ばたで監視してやがるんだ！　おれなら、あいつら全員最前線に送って、逃げようってやつには一発ぶっ放してやるさそうすりゃあこんなひでえ目に遇いはしなかったぜ……と言い、まずいっ、しくじった！　この壕のばか野郎！　こんなシダの売女《ばいた》めの下にだれがそんなものがあると思うんだ！　なんの役に立つってんだ……おれだってお前だって、こんなやつに落っこちて、脚でも折ったら笑いものだぜ畜生その地図を見せろ……と言い、秋が黄葉させはじめた、もつれにも

つれた、背の高い草のあいだを道を切りひらいていったのであって、草は胸まで、ときにはさらに肩まで達し、ふたりはまるで泳ぐみたいにそれを腕で押しのけねばならず、銘々が交代し、リレーしながら、やっとのことで通路をつくるのだった。最初の晩（その晩彼らは例の農民の家に押しいり、薄っぺらなサロペットを着こみ、出発する前に郵便局の暦の背に貼りつけてあった県の地図をはぎとったのだが）、彼らは人けのない道路上を四十キロ近くも走破したが、それも収容所と自分たちとの距離をできるだけ大きくするためというよりは、酔っぱらったように、身も軽く、三日前からほとんどなにも食べていなかったのに（農夫はそれでもパンのかたまりを一個くれたのでそれをかじりながら歩くことはやめず）疲労も寒さも感じずただ歩いたからで、明け方近くなると、白い霜がだんだんとサロペットの裾を踝のまわりで重くし、ついにはひびのはいった薄いかさぶたみたいになった。朝になってべつの農夫が納屋で眠ることを許してくれたときに、それが溶けて水になってもそれを彼らは感じず、それでもそのあとは彼らは道路を避け、太陽の位置をたよりに、まったく平べったい地面に見わたすかぎりひろがってみえる、丈の高い秋のシダの海のなかを、歩くというよりは泳ぎ、頭上では松の梢をゆっくりと揺らす息のながい風がのんびりとシューシューという音を立てるだけで、まるで不動のだだっぴろい森が居眠りから覚め、武者ぶるいし、動きはじめたかのようで、ついでそれがやってきて、彼らの頭上を、押しころした、重々しく、おごそかな唸りをたてて通過し、遠ざかってゆき、ここかしこでわずかな葉ずれがそれにとって代わり、ついでなにもかもが静まり、やがてまた西のほうであらたなゆっくりとした音のうねりがきざすのだった）。

日が射していた。日中は（すくなくとも歩いているあいだは）大気はおだやかだった。彼らが世界のはじまりに、最初の森を歩く最初の人類だとしてもおかしくはなかった。黒人をのぞけば、彼らはただのひとりも生きた人間、森番にも木こりにも出会わず、例のたくましくも重々しいシューシューという風の音を別にすれば、どんな音も聞こえず、わずかに姿の見えない、彼らが名前も知らない小鳥のさえずりだけが響いた。その後彼らはある沼地にはまりこみ、そこから抜けだすのに相当時間がかかったが、それでも煙突から煙が出ているのが見える農家にむかって救いを求める勇気はなかった。二日目の昼頃から森がすこしずつまばらになり、あちこちでちぎれ、畑に、ついで葡萄畑にかわり、それと同時に地面がなだらかに谷の様相を呈してきたので、彼らは細い道を通り、生け垣ぞいに忍び歩きしたり、葡萄畑のなかを身をかがめて歩かねばならなかった。彼らは依然として疲れは感じなかった——というかむしろ何か月も前からそれが完全に彼らの一部になりきっていたので、それに気がつかなくなっていたのであり、寒さにしても——さらには、日中は飢えとか渇きとかも感じず、打ち捨てられた庭の熟れすぎたトマトを盗んだり、一人の女がかくれて彼らにもってきてくれたパンを分けあったりし、小川の水とか、一度などは沼の泥まじりの黒い水も飲んだ。時には農夫たちは彼らを追っ払ったが、納屋で眠らせてくれたのもいたし、べつのある女などは彼らに温かい料理など本式のの食事を出してくれ、トマト同様彼らはなにを食べているのかもわからないままにそれをむさぼり食いながら、外の物音に耳を澄まし、竈に火が入っていて台所は温かかったにもかかわらず、習慣的に自分でも気がつかずにがたがた震えていたもので、おなじひとつの国の

なかでいまは国境となっている道路〔九六〕から百メートルのところで、葡萄畑に午後の半日をかくれてすごしたときにも、彼らはのどかにおなじように震え、葡萄畑をふちどる松林の上の西の空で、雲が色づきはじめるのを待っていると、その枝々のなかでおだやかな風が忍耐づよく、切れ目なく、おごそかに緩慢なシューシューという音を立てつづけ、そのうち火がついたような黄金の氾濫のもとにまず茂みが、ついで木々の梢がだんだんと暗くなってゆき、いちばん高いあたりの雲がまずブロンド色、ついでサーモン・ピンク、ついでピンク、ついで突然灰色になって、青灰色の空を背景になおしばらく浮きだし、ついでなにもかも真っ暗になった。松林も葡萄畑も、彼らが這ってゆく大地も、堀もまっすぐな道路も真っ暗になり、巡察隊の車のバウンド、疾走、そのライトを見たときにはすでに遅く、銃声、さらに疾走し、柵囲いをよじ登り、耕された畑、こじんまりとした森、ついで牧草地を抜け、依然として銃声がしたが、なおも疾走し、懐中電灯がすでにこじんまりした森をさぐり、その時牛小屋の明かりが見え、牝牛の乳をしぼっていた男が立ちあがって、早く。こっちへ。ついて来なせえとだけ言ったのだった……。

そしていままでは、むこうの端でふたりの処女のまま老いた女たちが眠っている静まりかえって黒々とした、だだっぴろい屋敷のなかで、彼は手さぐりでスイッチをさがし、それを見つけ、明かりが一挙に暗闇を部屋の外に追いだし、いまは彼に棲《す》みついたあの冷ややかな落ちつき、凍りついた平常心とでもいった態度で衣服に袖をとおし、ふたたび現われた仮面をはずした女と優雅で役立たずの猟銃を手にしたはるか昔の先祖の眼差しも意に介さなかったが、髪粉をふった優雅な髪、若

い娘みたいな首、薔薇色の頬にくわえて、絵具のひび割れが開いたかにみえる例の血まみれの傷口がこめかみから発して、頬やむき出しになった首にそって走り、最後に無造作《むぞうさ》にボタンをはずしたシャツの襟を汚していて、それはそのまま彼が暖炉の前で息絶えて横たわっているところを発見された時の傷にちがいなく、そのおなじおだやかで、晴々とした、もしかしたら自分がいまとった行動に自分でびっくりしてでもいるみたいに、いくぶん呆気にとられた目つきで、このおなじ邸内の夜の静寂《しじま》にとどろいた発砲の音に駆けつけた召使たち（それにもしかしたら細君）の顔をじっと見つめたのであって、指を銃床にかけたままのまだ煙の出ている騎兵用ピストルで、ある戦さに負けた夜、優雅なウズラ撃ちの猟師は自分でこめかみをぶち抜いたのだった。体をふたつに折って、いまは靴の紐を結ぶのにかかりきって（ところがそのうちの一本が切れたので、片方の靴をぬぎ、それを明るいところにかかげて、口のなかで悪態をつきながらちぎれた端を穴に通さねばならなかったのだが）、あいかわらず落ち着き、冷ややかで、いま取りくんでいることに没頭して考えることすらできなかったが、しかしこんなにいっぱい血が出てるのは覚えてないなあ。ひょっとしたらこの絵具のやつがよけいひびが入ったのかもしれないぞ。あの彫刻とか、聖者像とかがええとどこだったかなイタリアかな特別のときに血を出し涙を流すのとおんなじだな、死後何百年の儀式とかかな。天災に襲われたときかななどと考え（というかむしろすくなくとも言葉では考えさえせず、それでもあいかわらずおなじ冷ややかな笑い声をたて）、なおも（といってもどうにかこうにか、いまは穴ふたつ飛ばして、短くなった紐の端を結ぶことに成功していたが）、ただ、おれは負け戦さは経験し

なかったな、畜生！　そもそも戦争ってものをしなかった。でなけりゃ、戦争ってのは真っ昼間にへたばった馬にまたがって、二列にならんだ焼けた車や死人のあいだを並み足で悠々と散歩していてそのうち生け垣のかげで待ち伏せしていた野郎が面白半分に射的ごっこをやるだけのことだってのか。ちぇっ！　たったそれだけじゃねえか。やつらはチャンスひとつ与えてくれやしなかった。ただの散歩ときた。だけどきっとあの間ぬけは殺される以外の名誉ある解決ってのを見つけられなかったんだな。ただ、なんの権利があっておれたちまで、このおれまで……と考え、なおも口のなかで悪態をつきつづけながら、いまは彼は体を起こしてだぶだぶになってしまった上着に腕をとおすところで、ネクタイを結ぶ手間もかけず、ついで電気を消し、闇のなかにもどった仮面の女と謎めいた自殺者をあとに残し、その先祖代々の御霊舎《みたまや》では過去の栄光、失われた名誉が将軍のおどろおどろしい大理石像やその子孫である金利生活者、土地持ち、アマ芸術家やながい髪を縦ロールにカールさせた女たちと対話しつづけていたが、いまは音も立てずに壮麗な階段をおり、中庭を横断し、正面玄関の扉を用心深く外から閉め、ついで照明の薄ぐらい通りから通りへと歩き（走るのではなく歩くのだったが急ぎ足で）、明かりを消したキャフェのテラスの前を通りすぎ、時たま何人かのかたまりとか抱きあったカップルとすれちがったり追い越したりしたが、たとえ現実的存在感を欠いたぼんやりした影とすれちがってもそれ以上の注意を払わなかったろうし——いずれにしろ彼とはべつの種族に属している生き物で（せいぜい、彼らもやはり早足で歩き、外套にくるまって襟を立てていたことぐらいしか気がつかず（彼はまだ外套を買うひまがなかったというかむしろそん

なことまで思いつかなかったが）、そのことはたしかに寒いことを意味していたのだが――しかし彼は寒さも感じず、それは三日前に、薄っぺらなサロペットを着てがたがた震えながら列車からおり、駅のホームに立ったときもおなじだったが、怒りもなく、敵意もいわんや愛想もなくぼんやりと、あいかわらずあのおなじ短い笑い声をあげて、映画だ！……そりゃあもちろん……！　色事も……どこがわるい？　と考え（というかむしろ思い出し）、早足で歩きつづけるさまはまるで、時折見かける犬たちが建物の前や野原を規則正しい足どりで、脇目もふらず道草もせず、本能かそれとも記憶のなにか得体のしれない回路によって、確実に餌とかさかりのついた牝とかごみ箱とか、彼らに必要なものが見つかるとわかっている場所にむかってちょこまかと歩いてゆくのとおなじだった。彼が知っている二軒は（いまは彼には、時々そこへ行ったのも彼の生涯のファンタスチックなくらい遠い昔――というかむしろべつの人生、いわば先の世の人生だったような気がし、なにか（場所も――当然おなじ場所だし――人間も――やはりおなじ人間たちだったが、そこで、その人間たちにまじって生きたことを覚えてはいるものの）どことなく非現実的で、浮薄で、ちぐはぐなものと思われたもので）閉まっていた。彼はその閉まった扉、明かりのついていない建物の前にしばらく立ちつくして、いまは堪えがたい憤怒、堪えがたい失望の感情のとりこになり、自分のなかにパニックのようなものがふくれあがってくるのを感じて、駅の食堂のボーイが彼の前の受け皿に、砂糖のかわりに置いたちっぽけなふたつの錠剤みたいなものが目に浮かび、彼の出征中にやはり法律でもつくるか政令でも施行して閉鎖してしまったのかといぶかしみ、いきりたったみたいに執拗に呼鈴

のボタンを押しつづけついでノッカーをつかんで、猛烈な勢いでノックし、二人の深夜の通行人の冷やかしにもめげずに、静まりかえった通りにノックのあられが爆発音みたいに響くのに聞きいり、ついでまたノックしはじめた。鎧戸のむこうで女が罵声を浴びせている窓のほうにも彼は顔をあげず、すでにふたたび歩きだしていて、彼自身も口のなかであられもない悪態をつきながら、城砦のほうへ登ってゆく網の目のような露地をたどって、なおも悪態をつこうとしたところで、彼がノックした今度の扉は開いた。

今度ははじめからかすかに半開きになって、中から洩れる薔薇色がかった光の帯をのぞかせていたのだが、チェーンがドアをロックしていたので、彼は呼鈴にすら目もくれず、最初のノックの返事も待たないで、ニスもかけていない（先程のドアとはちがって、ぴかぴかに磨いた真鍮のノッカーもついていなかったので）きたない栗色に塗った戸板をどんどん叩きはじめた。そこは二流どころか三流のクラスの売春宿で、彼は来たことはなくて、はいったことはないが何度も前は通ったことがあるキャフェとかホテルを知っている程度に知っていただけだったが、植民地軍の下士官とか旅まわりのセールスマンとかが出入りするたぐいの場所で、あとになって彼はこういった場面を思い出したものだ。すなわち、疲れたような足音がし（女はハイヒールをはいてはいたが、まるでスリッパみたいに足を引きずっていたようで）、光の帯がじろじろ彼を吟味する目のついたなにかでふさがれ、みじかいやりとりがあり、どちらの声もともにつっけんどんで、愛想がなく、敵意さえこもっていて、彼は自分の声がいきりたった上機嫌とでもいったもの、あいかわらずあの声にならない、おだやかな

笑いをともなったあのおなじ意気揚々とした、意地でも引っこむものかといった感情をこめて自分のなかから出てくるのを聞き（酔っぱらっている？……なるほど、酔っぱらうってことねえ……そいつも忘れてしまっていたなあ……と考え）、それは薔薇色の帯が消え、チェーンをはずすかちゃかちゃという音がしたあとで、扉の片方が大きく開かれ、室内を照らすとぼしい明かりのなかに疲れた女の顔をあばいたときにもなおつづいていて（おどけてみえるくらい紅を塗りたくられ、毛がざんばらになった鬘《かつら》をかぶっていなければ、さんざん笞をくらった雌ラバもかくやだ、と彼は考えたが）、玄関に突ったって、彼をはいらせるために道をあけながらも、その女は甲高い声で騒音をたてたことや夜が更けていることについてなにか繰り言をいいつづけ、そのあいだもずっと苛だたしげに彼の顔を穴のあくほど見つめていたが、その表情の背後に彼は、あいかわらずあのおなじ内心の笑いとともに、誇り高い満足をもって（といってもその女と、彼女の職業をなんら蔑視していたわけではなく、むしろ逆にいわば安全な場に立ちかえり、三日前から感じていたあの気づまりから解放され、雌ラバの顔とそこから出てくる声に感謝とでもいったものを突然感じて、すべてがふたたび単純で、きびしく、本源的で、容易な気がしたもので）、同時に脅え、かつ憎しみにとらわれた感情を認めたのであって、それは彼が駅の食堂のボーイの目つきとか、彼を郷里へ運んだ列車のなかで、ドアを開けたときにコンパートメントの乗客たちの目にも読むことのできたあのおなじ感情で、彼を見るなりその乗客たちは言うなれば身をすくませ、縮こまり、唯一あいている席から本能的に身を引き、そのうち彼が乱暴にドアを閉めても依然としてガラスごしに、近いほうの席の連中の視線

が彼を頭のてっぺんから爪先まで凝視するのが感じられたもので、そこで彼は廊下のリノリウムの上に横になり、頭の下に雑嚢をあてて眠りこんだものだった。

そして彼はなおもこういうことを思い出すことになった（まるで彼がおなじ注意ぶかく冷ややかな狂暴さに駆りたてられて、相次ぐ障害や試練にぶつかりながら、ひとつまたひとつとそれを克服してきたかのごとくで、鉄条網、木の下蔭の密生したシダ、夜の闇のなかの銃声などが一瞬彼の意識に書きこまれ、ついで消えたのであって）、すなわち駅の食堂であり、彼の前に置かれたカップのなかで湯気をあげている代用コーヒーのいがらっぽい味で、その時ボーイは（ずんぐりした中年の男で、まるい充血した顔をしていて、欠けているのは口髭だけだったが）じっと彼の顔を見つめ、客車のなかで縮こまった乗客たちとおなじあの憎々しげで、同時にびくびくした目つきで、よごれた薄っぺらなサロペット、一週間前からの無精髭、血のかわいた切り傷が縞になっている手をじろじろうかがいながら、「砂糖？　サ？……じょ冗談じゃナ……」と言い、というかむしろ吠え、彼に返事のひまさえ与えずに、「いや、クロワッサンなんかあるもんか！　それなら何だって？　ここをどこだと思って……」と言い、台詞《せりふ》をおわりまで言う手間さえかけずに、憤然として、チョッキのポケットから釣り銭を出し（三等車の乗車券といっしょに復員本部の主計軍曹がよこした札の釣り銭だが――その軍曹もやはり中年の栄養のいい男で、非の打ちどころのないほどしっかりブラシをかけた軍服を着て、ピンク、ライトブルー、ライトイエロー、ライトグリーンのパステルカラーのちいさなカードを貼りつけた掲示板の下で、黒塗りのテーブルに向かっていたのだが、汗と垢で湿っ

た軍人手帳（というかむしろ軍人手帳のかたちをしたぼろ）を嫌悪の表情でめくり、ついでそれをきびしい、それどころか非難でもするような様子で彼にかえして、領収書に署名させ、ついで金を数えたのだが）、金属の貨幣がテーブルの大理石の上で鳴り、垢じみた札がそれにくわわり、食堂のボーイはすでにむこうを向いて遠ざかり、外からぶつかりあう緩衝器の音が聞こえてくるがらんとした店内を横ぎっていた。ホームに面した窓からは、停止した貨物列車の赤みがかった側面が見え、車両がときどき短い振動に揺れて、何メートルかずつ交互に前進したり後退したりし、そのあいだも居眠りでもしているみたいにふらふらした足どりの駅員がカンテラを下げ、これまた不可解なテンポで行ったり来たり、立ちどまったりしていて、まるで煤けて黒いガラス天井の下で、ぶつかりあう金属の音がこだまとなって反響するなか、なにか陰惨で、みじめで、同時に不条理な儀式でも繰りひろげられているかのようなのだった。

ふたりの老女はまだ眠っているはずだと計算して、彼が食堂にはいっていったときにはまだ夜は明けていなかった。シャツを腕まくりしたボーイは、引っくりかえして脚を上に、上板の上にのせてあった椅子を、しぶしぶのようにひとつのテーブルからおろして、彼が腰をおろすあいだ彼の前に突ったたち、眉をしかめながらじっと彼の顔を見つめて、彼が「コーヒー」と言うまで待っていた（このおなじ駅、おなじホームに、十四か月前のほとんどおなじ日、客車の横でひそかな返し波をまじえながら、不安にとざされ、涙に濡れ、まだ信じられないといった驚愕をあらわにした顔の群衆が、大波のように打ちよせていた）。今ではボーイは、彼の前でタイル張りの床の端の大鋸屑《おがくず》を掃い

ていた。レジの前を通るときに、彼はそこにひかえて、ちいさな紙片の束を調べては金属の軸に突き刺している最中の女にふた言み言言い、すると今度はその女が眉をひそめて、コーヒーカップからまだ湯気が出ているテーブルのほうへちらと視線を投げ、ついでまた仕事にとりかかった。壁にかかっている飾り枠つき掛時計は、まだ七時十五分前をさしていた。だんだんと丸天井のガラス屋根の色がうすくなりだした。いまでは貨物列車はいなくなっていて、そのむこうで平行の細い縞をつくっている鋼鉄のレールがきらめきだしていた（青くなってゆく冷たいガラス屋根の下には、虚空に宙づりになって、耳に聞こえない役立たずの抗議の声、耳に聞こえない嗚咽と別れの言葉のどよめきみたいなものが漂っているようで、がらんとしたホームでは目に見えない亡霊の雑踏がひしめきあい、それを空になったカップを前にして、まやかしのコーヒーのまやかしの温かさにもかかわらず、依然としてぶるぶる震えながら、いまでは冷ややかで、非情で、無関心な目で彼はながめ、だんだんと黄色っぽい光の色がうすれ、鉄の梁やアーチ状の桁が最初はくすんだ青だったが、ついでしだいしだいに澄んでくる空を背景に、黒々と浮きだすのを待っていた）。彼は時計に最後の一瞥を投げて立ちあがり、戸口のほうへむかい、立ちどまって、「何？」と言い、「お釣り！」と繰り返しているボーイのほうを振りむき（ただの「お釣り」であって、「お客さん、お釣りを忘れてますよ」ではなく）、そこでテーブルにもどって、手の甲で大理石の上に残っていた垢じみた札を小銭もろともさっと払うと、それは散らばり、タイルの床をころがって、掃きよせられた大鋸屑《おがくず》のきたない泡のなかにまぎれこみ、ついで外へ出ると、外では駅から下《くだ》っている並木道が、やはりがらんとして

非現実的にながく延びていて、両側には透明で淡灰色の暁の空気のなかにまどろんだ建物がならび、いまは彼はそこを歩いていたが、寒さではなくて憤怒で震えていて、それでも軽やかなうきうきした気分で、ながいあいだ汚れ、シラミにおおわれ、疲労というものがどういうものかわからなくなっていた体なのに、足もとで野生動物みたいに脚がたやすく動くのを感じ、倉庫やシュロの木のかげになった庭園の柵や、ちいさな塔のある別荘、いまをときめく葡萄酒商人が眠っている切妻屋根、まだシャッターをおろした商店などの前を通りすぎた。一日の最初の市内電車が、がらがら音を立て、駅のほうを目ざして、窓にまだ明かりをつけたまま彼とすれちがった。シャベルをもった二人の男が、馬に引かせたごみ運搬車のまわりでゆっくり立ちはたらいていた。ごみの山からごみの山へと、その荷馬車が動きだすごとに、静寂のなかにかぼそい鈴の音がちりんちりんと鳴った。ひとりの女がドアを開けてごみ桶を外に出し、バケツの水を戸口にあけて、そこを洗いはじめた。彼はあの意気揚々とした気分とでもいったものにひたって歩み、口のなかで下品な悪態をつきつづけたが、それでも彼のなかの例のものがふたたび、いやもおうもなく、やみくもに笑いはじめた。並木道の行く手のロココ風の屋根のあるデパートの上に、丸みを帯びた輪郭のちいさな雲がゆっくりと流れ、最初の日差しを受けてだんだんと薔薇色に染まっていった。

そしていまはそこはかとない台所の匂い、ネギや気のぬけたビールや安物の香水の匂いがしていて、赤、グリーン、薄紫の色ガラスで縁《へり》をとった屋内のドアは中心部分が例の霧氷を模したガラスでできていたが、それをとおしてむこう側についている明かりがきらきら光るスパンコール状に分

解され、そして女が彼を案内したときには、おきまりのけばけばしい豪奢さ、網目レースをかけた一本脚の丸テーブル、型押しビロードの肘掛のあるサロンではなくて（まさに満員の三等車の車室、客車の廊下のよごれたリノリウム同様、と彼は考えたものだが、この場にふさわしいような）、二個のどんよりとしたグローブ電球で照らされた、むきだしのどんよりとした部屋で、駅の食堂の夜向けの、仮借のない、性病がらみの複製に（その部屋は）似ていて、モレスキン張りのシートといい、キャフェ用のテーブルといい、おなじ程度に親しみや温かみに欠け、ついで（ビールのグラスの出し方もおなじで、彼はそれには手をつけずにぶくぶくと盛りあがる泡がゆっくりと外壁をすべりおち、木の上板にたどりつき、だんだんと脚のまわりにひろがるのを見ていたものだったが）今ではおなじようにシートにいきなり物質化して、二人の女、二人の娘というのではなくて、乳房と太腿と腰のどっしりと重みのある現前《プレザンス》（香り、呼吸、生暖かさ、流しこんだような白さ、濃密さ）があって、彼はそれをおなじ上機嫌さ、おなじおだやかな勝利の感覚をもって手をのばしさえすれば、薄っぺらなガウンの下にさわり、まさぐることができたはずで、彼の横で、ふたつのグローブ電球が投げる青白い光のなかに、チューブからひねりだした絵具みたいな翡翠《ひすい》色のたまりが首の繊細な付け根から斜めにくだって、キモノの襟がはだけはじめる個所にいたり、幅をひろげながら、まるで半透明の練りものでできているみたいなむきだしの肉の上をすべり、そのうねうねしてよく動く輪郭は息をするごとに変わるのだったが、アンズ色、赤、オレンジ色の木の葉や果物を描いた薄い衣類の両方の布のあいだに、液体の流れみたいにはいりこみ、きちんと合わさっていないそのキモノの縁《へり》はしどけなく

結んだ帯からはみだし、せまい隙間から腹のたるみをのぞかせ、ついで組んだ太腿の上ではだけてアンズとプラムと桃にはさまれたそのくぼみに、干し草色のもじゃもじゃの茂みが泡だち、ブロンズ色に反射していた。

そしてしばらくのあいだ（というかもしかしたらそれも数分間しかつづかなかったのかもしれず、その証拠に彼が立ちあがったときには、どちらの娘もおなじ盛りあがる泡があふれている追加のグラスを口にもってゆく暇がなく、もっぱらおなじしつこく従順なお義理の口調で（もしかしたら雌ラバの顔をした女が、淫蕩な、生暖かい、うとうとする彼女たちをベッドから引きずり出したのかもしれず）おなじ永遠の聖書的ポテパル〔九七〕ならではの気を引くような質問をあびせることにかかりきっていて、というわけでしばらくのあいだはほかになにも起こらず、まるで一種の麻痺状態のなかで、ネルのガウン姿のプリアポス的パロディーのただなかで、そうやって彼女たちにもふれずに、ただ坐っているだけで満足しているかのようで、それにたいして化粧をこらした三対の目が（二人の若い女と雌ラバの目で、雌ラバのほうはビールをつぐと、部屋の奥のカウンターのむこうに引っこんでいて、そのカウンターの横ではたたんだタオルの山が米松《べいまつ》製蓄音機ケースと対をなしていたが、彼女は蓄音機をかける手間さえかけず）、いまは彼がネクタイを締めていないのをのぞけば普通の服装をしていたのに（ただ、おれは外套をきていないな、と彼は考えたもので、もしかしたらそのせいかな？）彼をじろじろと、あのおなじ疑りぶかい警戒心、どことなく敵意がこもり、どことなく不安にとらわれた、彼女たちの職業ばかりでなく、たしかに、いま彼から発散しているなにかにも

特有の警戒心をもって彼を見つめていて（雌ラバはどうやらいつでもどこかのボタンを押す構えでいて、それを押せばポマードで頭をてかてかにし、鰐革のぴかぴかの靴——それとももっと確かそうなのは碁盤縞のスリッパをはいた人物が（もしかしたら彼女は、そいつもベッドから引きずりだしたのかもしれないのだが）姿をあらわすはずで）——「それとももしかしたら、隠れどあらわるってことかな？」と、さらに彼は考え、突然あの憤怒、あの我慢できない憤りにふたたびおそわれ、「ひでえやつだよ、あれは……あっさり、自分で自分の頭にピストルをぶちこめばそれでいいじゃないか？……それを、むりやりおれたちに……おれたちを……」と考え、ついで思い出したのは、ある時（しかしあれは彼らにあのビールを奢ってくれた前だろうか後だろうか——それとももしかしたら、二名の自転車兵のいなくなったことに気づいたときだったか？）彼が彼らのほうをふりむいて、例のそっけない、わずかに皮肉、軽蔑のこもった声で、「さあ、つづけるかね？」、ないしはもしかしたら、ただの「どうだね、若い諸君？」とだけ言ったということで、そこで競馬騎手が——それとももしかしたら彼自身がうつらうつらの状態、あの腑ぬけた意識朦朧の、意欲喪失の状態のなかで、「はい、連隊長どの……」とかなんとか答えた、というかむしろもぐもぐ言ったのかもしれないが、そこで顔をあげると、突然、正面の壁、空っぽのシートの上にはりめぐらした鏡の一つに自分が映っているのを発見した。止め金で支えるだけの、横長で枠のない何枚かの鏡で、それぞれの丸みを帯びたてっぺんがひとつづきのアーチ模様を描いていて、ななめに削った縁も薄切りの映像を反射していたから、どんよりとした光のなかで彼は何重にも自分の像を見ることができた。すなわ

ち、全体像、ついで虹色にきらめく縦の帯に細切れにされた像で、まるい頭蓋はほとんど丸刈りにちかく、無表情な顔のなかでは、彼が微笑と思いこんでいたものがせいぜい片方の口の端を横にまくりあげていただけで、「おれはもしかしたら笑い方もわからなくなったのかなあ?……」と考え、赤毛の娘が彼の耳元にささやく露骨な言葉に耳を傾けながらも、「そうとも。まったく、そうだとも! あのとんちきのばか野郎! おれたちを、おれを……」と考え、それでもあいかわらず動かず、帰還以来はじめてくつろぎ(差し出されたはだかの肉体、みすぼらしい書割にかこまれ、みだらな口説《くぜつ》に耳を傾けながら)、いまでは心やすまる、気を許せる世界のなかで(まるで五日前に彼が息をきらせて飛びこんだ警備隊詰所を出、ついで小粋なちいさな町を見つけて、そこで主計軍曹から三等車の切符を手渡され、乗客たちが彼を見て脅えたあの列車に乗りこみ、夜のしらしら明けに駅前の眠りこけた並木道をくだって以来、彼はますますたかぶる憤りをもって、スキャンダルに満ちた、堪えがたい世界を通ってきたかのようで、雌ラバ面《づら》の女が開けてくれた戸口をまたいだときに、もう一度そこから脱出できたわけで)、金銭ずくの惑わしのキルケー〔九八〕もだんだんとシートの上でしどけなくなり、そのためいまは彼は劇場のカーテンなみにずり落ちてゆくガウンの布のあいだで、細い帯状のはだかの肉体の幅がひろがり、翡翠《ひすい》色の影も同時にすべり落ち、収縮するのを見ることができ、やがては垂れさがる襞となってかたまるオレンジやプラムや桃の左右の積み重なりのあいだには、つるつるした肉の表面の中央に、まるで寄生植物みたいなあの草むら、干し草とブロンズの色をした叢生しか残らなくなり、いまはひろげた太腿のあいだのその野生の茂みで、血の色をし

た爪がなにか色のさめた花みたいなものを細めに開けていて、そこで立ちあがって、ポケットをさぐり、紙幣を出して、雌ラバの顔をした女に、「いいよ、ふたりとも。いっしょに。ああ。え？　いくら？　いいよ。ほら……」と言い、ついで薄明かりのなかを一歩ごとにゆらゆら揺れる尻につづいて狭い階段を登っていったのだったが、その尻の上のほうで、大輪のケシの花がたるんだりゆがんだりし、交互に反対方向に引っぱられるので、いまはその産毛のはえた葉柄がねじれたり、扇形に襞をたたんだり、細くなったりし、ついで黒い花芯がふたたびひろがったりするのを見ることができた。黒い幅広の布がガウンの裾を縁どっていて、アンズ色の踵や、薄明かりのなかで燐光を放つような白いふくらはぎの上でふわふわしていた。まるで彼のあらゆる能力が彼を置きざりにし、どこかに引きさがった、というかただひとつの能力に凝集したとでもいうようで、まるで彼が片方の手、手の平、指でしかなくなったみたいに、上のほうへ登ってゆき、指先に太腿の絹、筋肉を感じて、あとになってこの瞬間について覚えているすべてといえば、あの鳥の巣、あの野生の草むら、あの折りたたんだ襞、あの湿りけだけで、そのあいだも抗議の声をものともせず、手の位置も変えず、まるでこの肉叉《フォーク》でよろめく体をぐいぐい押し、前に運ぶみたいで、彼は自分の笑い声、ようやく陽気になった自分の、もしかしたらいくぶんしゃがれた声が、「大丈夫とも！　落っこちさせたりしないさ！……登っていけ！……登っていけってば！　どんどん登っていけ！……登れってば！……」と言うのを聞くことができ、笑いつづけながらも同時に小声で、サーベルを振りかざしている最中の時代錯誤の馬上の男や、おびえた乗客たちや、食堂のボーイや、シュロの木蔭のいまをときめく

別荘などをいっしょくたに罵倒しつづけるのだったが、ついで不意にそれも忘れ、外部世界がだしぬけに廃絶され、吹きとばされ、彼の意識からかき消されて、はだかのふたつの体の上に倒れかかり、それらに混じり、というかむしろ生暖かい肉の跳ねかえりのなかに溺れ、いまは彼があれほど何度も冷めた熱中をこめて描き、冴えない色の紙の上に、鉛筆のとがった芯で、すべすべしたぼかしを入れたあの乳房でも、腹でも、陰門でもなくて、なにか生き生きとしてよく動くもの、毛の束、粘膜、陰唇、舌、からみあう舌、目、声、息づかいだけになり、嘘のない、信頼できる、彼の手のなかで従順な肉が動き、開き、口をあけ、孤独も死も疑いも祓《はら》いきよめられ、打ち負かされ、ついでさらにはあの殺到、あの渦潮以外なにもなく、同時に彼の体中のすべての粒子が彼を置きざりにして、突進し、彼の下腹部、彼の腹の前面で耳ががんがんするような騒擾のなかに結集して、破裂し、なにか熱い、底知れない、終わりのないものとなって噴出した……ついで無となり、空虚、平安だけで、いまは仰向けに横になって、まだあえぎながら、肋骨の飛びでた彼の胸があわただしく高くなったり低くなったりし、心臓がだんだん正常なテンポを回復するまで、「いやはや！　いやはやまったくもっていやはや……」とだけ考えるのだった。

あとになって、彼は鉈鎌《なたがま》で彫ったような荒けずりの顔の、きつい、黒い目をして、ケシの花の模様のガウンを着た女、そのなかに彼がぶちまけた、というかむしろ炸裂した女を引き退らせ、ようやく煙草に火をつけ、仰向けにもどって横たわり、片方の手がはだかの肩を愛撫し、彼の上にかがみこんだ顔からへこんだ彼の腹や彼の太腿を掃いているブロンズ色の髪をはらいのけ、そうこうす

るうちに従順な手、従順な口がだんだんと、彼のうちにふたたび目覚めさせ、ついで結集し、ついで凝集し、凝縮し、沸騰し、爆発し、彼のいちばん奥深くからほとばしらせたのは、たんにあの泉、あの乳液にとどまらず、まるでこの四肢、痩せて筋ばった体の実質そのものとでもいったもので、さらにあとになって、電燈も消し、彼の横の規則正しい呼吸に聞きいり、依然として横たわりながら、彼は自分の筋肉がいまは弛緩し、静まったのを感じることができて、ふたたび、「いやはや、いやはや、いやはや！……」と考え、バラックの濃密な臭気のなかでぎゅう詰めになった体や、シラミのうごめきや、鉄条網や、監視塔のひょろりと脚のながいシルエットやおおまかに削られ、生皮をはいだみたいで、ところどころに樹皮の舌が突きだしている、暗赤色の松の生木でできたその支柱のことを考えた。

彼はそこには翌日ではなく、つぎの晩に舞いもどった。おなじ店で、おなじ赤毛の女だった。いまは彼は顔見知りだった。雌ラバはあいかわらず疑り深い、警戒心のつよい、強欲な目つきをしていたし、女とは彼は露骨なふた言み言か、うわべだけはしゃいだ、うわの空の、とんまな冗談しかかわさず、彼女もまたそれを聞きながらあのおなじ困惑したような、どことなくおずおずした様子で彼を観察し、彼の手に筋をつけているかさぶた状の切り傷のまわりのほてる肉を、もの思わしげに指でたどり、面白半分に手で彼の頭をなで、「いったいどこでこんな頭にしたの？」と言うのだった。彼は早めに彼女とわかれ、開いている行きあたりばったりのキャフェでいがらっぽい、にがい液体を飲み、またベッドにはいって、さらに昼まで眠り、ふたりの老女といっしょに昼食をとり、

家を出てシュロの葉蔭になったキャフェの日向のテーブルに坐り、おなじいがらっぽい代用コーヒーのカップを前に、悲しげな顔をしたユダヤ人たちが越境仲介人たちに、宝石箱からとりだした薄葉紙にくるんだダイヤモンドらしい輝き方のちいさな石を見せているのを眺めるのだったが、こっそりと薄葉紙をひろげる彼らの表情はひどくびくびくして、陰気で、悲劇的だった。二日に一回は彼は売春宿に通って、ぞっとするような背景のおなじ部屋に泊まったが、あるものといえば全部あわせても、ピンクの色があせ、しみが点々とついている、毛ばだった布《きれ》を張った幅のひろい背なしソファーと、洗面台と、ビデと、一脚の椅子、衣類を吊るさげるための帽子掛けだけで、それをくっつけてある壁には金色のほそい筋で仕切られた赤と黒の垂直の縞模様のある、ぞっとするような壁紙が張ってあった。ここかしこで、湿気が壁紙を浮かせ、ふくらんだり破れたりしていた。おなじフラシ天の厚いカーテンでかくされた窓もあって、ある朝彼がカーテンを開けると、そこはまるで井戸みたいで、向かい側の灰色がかったきたない壁は、二メートルと離れていなかった。どこか下のほうで、女が鼻唄をうたっていた。夜が更けると、彼は心身ともすっかり空っぽになって横たわり、そこはかとない幸福感にひたって、肉体や白粉《おしろい》や安物の香水のこもった匂いを嗅ぐのだった。

捕虜生活にしろ、危険にしろ、飢えにしろ、オランの売春宿経営者のでっぷりした落ちつきをかき乱すものはなにもないみたいで、あまり多弁でないこのユダヤ人は、どっしりとした瞼のあいだの炭のかけらみたいな二つの目が、人が良さそうで同時に鋭く、威厳があって、顔ははちきれそうだし、昼は近東人のように分厚かったが、看守たちのところへ行っては、日曜日ごとに辛抱づよく

かかれた裸で交接する肉体を売りつけるのだったが、三重の鉄条網でかこまれ、飯盒《はんごう》と、スプーンと、刃がこぼれたナイフと、石鹸をのぞけばいっさいの品の個人的所有が禁止されていた方形の土地のなかで、彼がどうやってその紙を手に入れたのかは不明だった。どうやらそこに（バラックのなかだけでなく収容所全体に）閉じこめられた連中のなかでも、戦闘を経験した稀なひとりらしく（べつにほかの連中がとくべつ卑怯とか臆病な態度をとったわけではなく、その機会がなかっただけのことで、グリーンの軍服を着て鉄兜をかぶった、大声で笑い、がなりたてる男たちに、賜休列車をおりたところで捕まったり、兵営とか、指揮する連中が前線はここだろうと思いえがいていた場所から三十キロも四十キロも後方の駐屯地でまだすやすや眠っているところを急襲されただけだったが）、ある時（一度となく、たった一度だけだったが）彼（オランの男）が話して聞かせたのは、彼がすすんで志願した遊撃隊とか、巡察、深夜、接近、待ち伏せ、突進とか、白兵戦でどうやって二人のドイツ兵の喉を掻き切ったかといった話で、彼はすばやい、聖書じみた、無言の、血なまぐさいその仕草をしてみせた。すなわち、左手を前に突きだしてその場にいない敵に猿ぐつわをかませ、架空の見えない短剣を握った拳でさっと彼自身の喉もとを切りつけ、彼の分厚い唇がまくれあがって、砕けるほど噛みしめた狂暴な歯をむきだしにしたのであって、そのあとで、バラックの入口に充満している排泄物と小便のひどい臭気のなかで、その場にいて吸殻の吸殻を吸い、むだ話にふけり、恨み言をならべ、よごれた軍服の名残りをまといながら自慢話をしたりしていた五、六人はふっと黙りこんで、彼がポケットから四分の三ほどいっぱいになっている刻み煙草入れとライス

に、彼に送ってよこしたひょいと瞼をもちあげる仕草、ぎょろりと光る目つき、無言の警戒信号で、も思い出せた。すなわち、オランの男が情け容赦のない、無表情な顔をしたごろつきたちの頭ごしとか、分配されたばかりのあのおなじ大鋸屑《おがくず》を固めたパンだった。そして彼はさらにこういうことだか（おそらくはその三つをかけあわせた男）で、賭けられるのは収容所の通貨ともいうべき煙草たオラン出身）で、高利貸しみたいな顔をしているポルトガル人だか、ユダヤ人だか、スペイン人ポーカーの勝負が行われたのだったが、その胴元をつとめたのは死体なみの骨皮筋右衛門《ほねかわすじえもん》（これまと、脂でよごれた垢じみた木のテーブルで垢じみたカードを使って、これまたおなじくらいきびしいそれを彼（オランの男）があいかわらず平然として、聖書じみて、堂々とした態度で監督する）あの（濡れた大鋸屑《おがくず》にも似たパンを、即席の秤《はかり》を使い、ながい時間をかけてきびしく分配するのだが、巻き連にかこまれて、一種のクラブ、賭博場みたいなものを運営していて、日曜日とか夕方の食事のまわりでオランの女衒《ぜげん》のなかの貴族階級とでもいった連中がちんぴらクラスのうやうやしい取りき出現するかしれない戸口からいちばん遠い部分に、テーブルがふたつとベンチが四つ置かれ、そられ）、彼はこういう場面を思い出すことができた、つまり、バラックのあの奥、看守がいつなんどに見えるような気がし、というかむしろ騒々しく、乱暴で、黴くさく、無邪気で、陰気な彼が感じ暗闇のなかで、若々しい金銭ずくの肉体のそばに横になりながら（暗闇のなかでさえ、彼の姿が目して差し出されたのだった。そしてぞっとするような壁紙を張りめぐらした四つの壁にかこまれ、ペーパーを綴じたのをとりだし、くるくる煙草を巻くのを見つめ、いくつもの手が火をつけようと

たまたま彼がベンチにまたがって、カードを配ってもらいたそうな顔をした日のことだったが、それというのもその男（オランの男）は彼を仲間に入れ、同時にほかの連中、つまり朋輩たち——というかむしろ子分たち、ほそくとがったずるそうな、ないしはやくざの酷薄な顔をした一統——にもそれを認めさせたようだったからで、といっても保護者としてそうした（仲間に入れた）のではなくて（それなら彼（オランの男）にはひとりアラブ人、というかむしろカビリア〔九九〕出身の男がいて、ほとんど赤毛で、農民ふうのだだっぴろい顔をしていたが、飯盒を洗うとか下着を洗濯するといったこまかい用を足してくれ、召使というのでもなく、犬みたいなものとして扱っていて、「おい、ラトン〔一〇〇〕」と呼んでいたが、べつに意地悪とか軽蔑のせいでもなく、要するにアラブ人にたいするほかの呼び名を知らなかっただけのことで、その男にはだれでもが飼い犬にたいして感じるあの無限の思いやり、あの内臓からくるような愛情を見せ、それが極まると——二、三度そういうことがあったが——呆気にとられた一座の見ている前で、まだ半分はいっている飯盒を彼に差しだし、「どうだ。おれは腹が空いていないんだ。喰え……」と言ったくらいで）、だから仲間に入れたというよりは対等の、それどころかかすかに目上としての、というのは言い過ぎかもしれないが、対等の資格を認めたということであって、それも彼が鉛筆を駆使して男や女（というかむしろかわいこちゃん）たちの裸体をかくことができたからというのではなくて、彼にたいして、たとえば売春宿の亭主が彼の店に通うとてつもない金持ちだとか、とてつもない身分の客——それともまた利益を折半する客——に感じるような一種の敬意を示したのであり、だから（あいかわらず赤地に黒の、いまは見え

ないがぞっとするあの格子縞に取りまかれて）「だとすると、そのせいでここにいるときだけ、こうやって気分がいいのだな。もしかしたら彼らは……おれは……」と考え、自分が感じていることをうまく言えず、午後になると町から出て、ひとりで田舎を歩きまわり、最初はただ歩くためにだけ歩き、それはちょうど収容所を脱走した最初の晩四十キロ以上を歩いて踏破したのとおなじで、イトスギやゲッケイジュでかこわれた野菜畑のあいだの路上で、時折一台か二台のぼろ馬車に出会ったものだった。秋の赤茶けたぼーっとかすんだたそがれに、かすかな風が枯葉を焼くいい匂いのする焚火の煙を、横にながい雲みたいにたなびかせていた。葡萄畑もすっかり葉をおとし、ふたたび大地をあらわにして、オレンジがかった褐色の枝を交錯させていた。道路はがらんとしていた。通るのは稀なトラックだけでその音が静寂《しじま》のなかで大きくなり、ついで小さくなるのを遠くから聞くことができた。すべてがおだやかで、無垢で、不変だった。夜ははやく寝た。すぐに眠りにつくこともあるし、そうでなくて眠りがなかなかやってこないときには、彼は起きて、服を着て、音をたてずに外出し、売春宿にもどった。赤毛の娘がふさがっているときには、のんびりと煙草をふかしたり、女たちのだれかとふた言み言かわしながら待つのだったが、彼女たちが使える語彙はごくごく限られていたし（彼が十四か月前から中隊の騎兵たちやバラックの捕虜たち相手に使っていたのとおなじで）、おきまりのビールのグラスを前にして坐っていると、泡が縁からこぼれ、ゆっくりと滑りおちてゆくのだったが、それに手をつけることはなかった。ある晩彼は映画館にはいったが、十分後にはそこから出た。彼は列車に乗って（その後自転車を買ったが）自分の葡萄畑を見に、と

いうかむしろ新任の差配に会いに行ったが（前の――つまり、いつ見てもしっかり鍔つき帽をかぶっていた老奴隷商人の後任――はブルターニュのある駅が爆撃された際、となりに並んでいた弾薬補給列車が爆発したので、連隊の半数といっしょに戦死したのであって）、その男は大げさな、まるでやはり脅えているみたいな、当惑した、卑屈な丁寧さで彼に応対し、葡萄園でおこなわれた作業を見せてくれたが、彼のほうは依然としてどれが自分の畑で、どれが親戚たちの畑かも正確には知らず、その親戚たちが彼の畑の世話も引き受けてくれ、彼が成人したときから規則的に三か月ごとの小切手を振りだし、過ぎた十四か月間も、あいかわらず彼名義の銀行口座に預けてくれていたので、したがっていまは彼は、まず最初雨や雪の降るなか、ついで一週間は爆弾の降るなかを馬に乗ってうろうろした八か月、それに加えるにザクセンの砂の多い地面に下水溝を掘ったり、電線を敷設する真似事をしたり、交接やフェラチオの場面につづいて特務曹長《フエルトヴエーベル》たちの肖像画をかくことで過ごした五か月のあいだ貯まった金をつかうことができた。彼はなにひとつ、新聞すら読まず、老女のどちらかがその日の新聞を差しだしても、冷ややかな、完全に無関心な目で、爆撃や空中戦や艦船の魚雷攻撃を告げる大見出しを眺め、この地方の村々に関するニュースやスポーツニュースに目を通すのだったが、全部で五分以上はあまりかからず、新聞をもとどおり畳んでテーブルの上に置くのだった。ある日、それでも彼はデッサン用の紙挟みと、紙と、二個の大型クリップを買い、散歩の途中どこかに坐って、枝つきの木の葉とか、アシとか、草むらとか、小石とかをかき、できるだけ正確に、どんな細部、どんな葉脈、ぎざぎざ、縞、折れ目も逃さず写生することをはじめた。葡萄

の枝にまだ引っかかっている葉は、すくなくとも葉脈にそっては、ときにピンク、ときにグリーンに近いあざやかな緋色だった。黄色ないし褐色の腐食がその縁とか、時折は内側にまでおよび、そこにいくつも穴をあけていた。彼はまた幹に白いまだらのはいったプラタナスの星型の葉もかいた。地面に落ちてやはり褐色になったそれらの葉は、ボール紙の固さになり、突風に吹かれて何百と、狂ったように、角々で跳びはねながら運ばれていってどこかの石塀とか溝とかに積み重なった。だんだんと野原には、イトスギの垣根とか、くすんだ色の葉っぱが炎みたいに波うつゲッケイジュ以外には、緑がなくなった。ある風の強い日、彼は古ぼけた市電に乗って浜まで出かけ、ノルマンディーふうの木組みがむきだしで、もったいぶった屋根やもったいぶった塔のある、鎧戸がしまり、なかば砂をかぶった何軒かの別荘が立ちならぶ前に坐って、砂の色をした黄色い波が耳をつんざくような壮大な音をたてながら打ちよせ、砕けるのを眺めた。波は水平線上の無尽蔵の奥底からおやみなくやって来て、時にはその水平線にも、空に向かって間歇泉みたいな、液体の爆発みたいなものが立ちのぼることがあり、たがいの上に乗り、馬みたいに髪振りみだし、ギャロップし、それ自身の傾斜をなだれ落ちて、自分から丸まって、スピードをきそい、砕け、最後に泡立つながい平面となって、なおもぷつぷつはじけながら、砂に吸いこまれるのだった。それには始めも終わりもないようで、むらのない、豪勢で、のんびりした音、というかむしろ轟音にしても同様だった。町に帰ると灯がともっていて、彼は新聞社の玄関ホールの前も止まらずに通りすぎたが、そこでは夕方になるとひとりの社員が、チョークで地上軍の戦死傷者や砲撃された艦船の数を黒板に書きこんでいた。冬が

来た。風がイトスギのほっそりとした先端をたわませ、青空に白さのまぶしい巨大なプラタナスの幹をゆっくりゆすっていた。ある日風がそのうちの七本を一挙に倒し、つぎからつぎへと九柱戯みたいに将棋倒しにして、折れた枝々の引きつったような髪の乱れるなか、それらの木はとてつもない骸骨みたいに横たわっていた。彼ははじけた樹皮の剝片がつくる、緑青色で、入江や湾のようなくぼみがあり、ぎざぎざで岬を突き出しているうねうねした島のかたちのまだら模様を写生した。いまは彼は売春宿にも行かなくなっていた。妻（彼が賜暇休暇のあいだに結婚した妻）がいまでは国をふたつに分けているあの国境を越えて彼と合流したからで、それは彼のために服をぬぎ、忍耐強くモデルになり、十四か月前駅まで彼を見送って、薄葉紙にサンドイッチを包んでくれた女で、彼は結局それを食べられなかったが、その後彼とならんで市役所の部屋の肘掛椅子に坐り、テーブルのむこう側ではせかせかした助役が流れ作業で司式していたもので、いかにも短い、お役所的で、陰惨な儀式、というかむしろ手続だったが、それが行われた場所は滑稽なくらいもったいぶって、滑稽なくらい仰々しかったので、戸口で行列しているカップルたちにとっては侮辱的なくらいで、女たちは顔を緊張させ（そのひとりは赤ん坊を腕に抱えていたし、もうひとりは幼い子供を連れていたし）、男たちはすでに平服を着る習慣を失っていたが、彼は前日買った三つ揃いを着、彼女は指に、、、、、、ひとつ嵌めダイヤの指輪をはめていて、それはその日の朝彼が銀行へ取りにいって、彼女が泣きだしたときに四つに折った遺書、金庫の鍵と同時に冗談みたいに出しぬけに手のなかに押しこんだものだった。そしていまでは彼は彼女やふたりの老女といっしょに、老女たちが夏のあいだ彼に送り、

都市を爆弾で粉砕し、無数の人間存在を抹殺していた軍隊の主計軍曹たちが、平然と、「収容所に所在せず」と付記して、すこしでこぼこになっただけで、そっくり発信人に返送してきたソーセージやチョコレートやクッキーの小包を分けて食べていた。何日かの好天の日、日向で、シュロの木の騒がしい枝々をぶつかりあわせる風の吹かないときをのぞけば、いまは寒すぎてキャフェのテラスに坐ることができず、悲壮な顔つきのユダヤ人たちも、だんだんとそこから姿を消していた。冬の狂暴な風が空の雲を一掃し、毎晩凍りついた、無言の、仮借のないおびただしい数の火、おびただしい数の星が、なにか目に見えない、仮借のない機械仕掛で動かされる、宙づりになったダイヤモンドの塵みたいに、緩慢に移動していった。彼が相続して、謎めいた祖先たちの肖像や、嵌木細工の洋簞笥や、金銀を象嵌した短銃や、金泥縁の鏡などといっしょに、屋敷の彼の住んでいる部分に運んでもらった書棚のなかに、彼は何冊かの世紀はじめのアカデミー会員たちの小説と、革装で背がやはり金泥で、三方の小口が薄赤いルソー全集の端本を見つけた。ここかしこのページの欄外に、細いペン先とインクで書いた注釈がはいっていて、もしかしたら女みたいな首の、こめかみから血を流している猟師が書いたのかもしれなかった。ある古書店で、彼は赤褐色のモロッコ革で装丁した、十五巻だか二十巻の『人間喜劇』を買い、喜びもなく、一冊また一冊と、ただの一巻も飛ばさずに、風が音立てて屋根をこすりどこかで鎧戸をばたばたさせるのを聞きながら、辛抱づよく読んでいった。数少ない親戚をのぞけば、彼はこの町では、間断なく酔っぱらっていて、おなじ果樹園の花盛りの桃の木を果てしもなく繰り返し描いている老画家しか知り合いがなく、その家で、彼と

おなじようにここへ流れ着いた何人かの人と出会った。だんだんと、彼は変わっていった。彼はふたたび新聞を読みはじめ、それにのっている地図や、戦闘が依然としてつづいている町とか、海岸とか砂漠とかの名前を眺めた。ある夜彼は一枚の白紙を前にテーブルに向かった。いまは春だった。部屋の窓はほの温かい夜の闇に向かって開いていた。庭に生えている大きなアカシアの木の枝の一本がほとんど壁に触れていて、電燈に照らしだされたいちばん近くの梢が彼にも見え、ペン先に似たかたちの葉が闇を背景にかすかにひくつき、楕円形をした小葉が電燈の明かりでどぎつい緑に色づいて、時折冠毛みたいに動き、まるでそれ自身の力にうながされているみたいで、まるで木全体が目覚め、武者ぶるいし、気合をいれるみたいで、それからすべてが鎮まり、葉群ももとの不動の姿を取りもどすのだった。

訳註

〔一〕三二頁　**マリア会**　カトリック教団のひとつで、一八一七年にシャミナード神父によってボルドーに設立された。聖職者と在家信者から構成され、簡素な信条にもとづいて、主として教育に力をそそいできた。わが国でも、東京の暁星学園などを経営している。

〔二〕三四頁　**伏魔殿 pandémonium**　『失楽園』の作者ミルトンが地獄の想像上の首都に与えた名前で、あらゆる腐敗と無秩序の巣窟とみなされる。

〔三〕四一頁　**クラナッハかデューラー**　クラナッハ（ルーカス）はドイツの画家（一四七二～一五五三）。デューラー（アルブレヒト）もドイツの画家・版画家（一四七一～一五二八）。

〔四〕四六頁　**カッサンドラ**　ギリシア神話。トロイアの王プリアモスとヘカベの娘で、事あるごとにトロイアの滅亡を予言したが、狂人扱いされ、だれも耳を傾けなかった。かつて太陽神アポロンに愛され、予言の才を与えられたのだが、そのあとアポロンの愛をはねつけたので、だれも彼女の予言を信じないようにしむけられたのである。

〔五〕四九頁　**サン=ジェルマン界隈**　サン=ジェルマン=デ=プレ大修道院を囲む砦の跡やその周辺にできた郭外町だが、十八世紀から貴族・金融家たちがきそって豪邸を建て、十九世紀末まで流行の先端をゆく界隈とみなされた。バルザックの『人間喜劇』などでも、貴族社会の代名詞扱いされている。

〔六〕五〇頁　**アプサン absinthe**　ニガヨモギで香りをつけた緑色のリキュールで、アルコール度七〇％。フランスでは、現在製造が禁止されている。

〔七〕五〇頁　**サン=シール**　現在ブルターニュ南部モルビアン県のサンシールコエキダンにある陸軍諸学校のうち、とくに《サンシール陸軍特殊学校》を指す。一八〇三年ナポレオンによってフォンテーヌブローに設立され、一八〇八年パリに近いオワーズ県のサンシールレコールに移ったが、一八一五～一八年閉鎖され、

その後復活した。ここでの記述は同地にあった時代に相当する。一九四〇年以降エースクアンプロヴァンス、シェルシェルなどを経て、現在地に移転する。陸軍の中枢となる将校の養成を使命とするので、《士官学校》とも訳される。

〔八〕五二頁　**マレンゴとかマラコフとかバゼイユとかラン・ソン**　マレンゴは北イタリアの村で、一八〇〇年六月皇帝になる前のナポレオンがオーストリア軍に大勝利をおさめた。マラコフは黒海に面したロシアの都市セバストポリ防衛のための強力な砦だが、一八五五年九月マクマオン将軍のフランス軍に奪取された。バゼイユはベルギーとの国境にあるアルデンヌ県の町で、セダンの郊外。一八七〇年の普仏戦争の際フランス軍がバヴァリア軍と激戦をまじえ、ヴァソワーニュ将軍の率いる陸軍海兵隊が町の家を一軒ずつ奪取していった。後出の《最後の弾丸の家》が、この戦闘を記念する博物館になっている。ラン・ソンは中国に接したヴェトナム北部の町。

〔九〕五四頁　**カルル大帝**　スペイン王カルロス一世（一五〇〇～一五五八）。相続によって、オランダ公国、シチリア王国、フランシュコンテ、ゲルマン帝国、南米植民地も領有し、神聖ローマ帝国皇帝となった。カトリック教による宗教的統一を軸とした《世界王国》を目指したが、新教ドイツの諸侯の抵抗とトルコ軍の進入にあい、挫折した。

〔一〇〕五四頁　**ヴァルミー**　マルヌ県の村。一七九二年九月、革命政府軍がプロシア軍に大勝した。

〔一一〕五五頁　**二角帽**　ナポレオンらがかぶった、プリムが前後二方向に折れあがった軍帽。

〔一二〕六〇頁　**バカロレア**　大学入学資格試験。リセの第一学年（最上級の下）修了時にフランス語の学力をためす一次試験と、最上級である哲学もしくは数学級修了時におこなわれる二次試験があった。ただし、一九六九年からは一回だけとなった。

〔一三〕六一頁　**ジュネーヴのきびしい改革論者**　フランスの宗教改革者ジャン・カルヴァン（一五〇九～一五六四）を指すものと思われる。ジュネーヴをプロテスタンティスムの中心地とするために活躍した。

〔一四〕六二頁　**鉄色の細い革紐**　後出のマムシを指す。

〔一五〕六四頁　**ポリテクニック**　高等理工科学校。一七九四年に国民公会によって設立された、国立の理工科系専門学校。今日もなお、フランス独特の少数英才教育制度である《グランドゼコール》のひとつとして、科学研究と産業技術の領域で幾多の優秀な人材を輩出している。

〔一六〕七〇頁　**オシアン**　三～五世紀ごろの古代ケルト族の勇者で詩人であるオシアンが歌った叙事詩を英訳したと称して、イギリスの詩人マクファーソンが、一七六五年『オシアン作品集』を出版し、ヨーロッパ

中にひろく読まれた。その後彼の創作と言われたが、正確には彼の《脚色》とみなすべきだろう。

〔一七〕七二頁　**プリアポス**　ギリシア神話の豊穣の神で、転じて男根を意味するにいたる。したがって、《プリアポス的》を《男根的》と訳すことがある。

〔一八〕七六頁　**ロリアン**　ブルターニュ半島モルビアン県の町で、漁港であるとともに潜水艦や海軍航空隊の基地でもあり、造船業などの工業も盛ん。

〔一九〕七七頁　**マルチニック**　南米ベネズエラに近い小アンチル諸島（註八五参照）の仏領の島。

〔二〇〕七七頁　**マダガスカル**　アフリカ南東部モザンビークから同名の海峡をへだてて、インド洋に南北に浮かぶ大きな島。仏領。作者クロード・シモンは同島首府タナナリヴで生まれている。

〔二一〕七七頁　**メロン・カバー**　メロン栽培で、防寒用にメロンにかぶせるガラス器。

〔二二〕七七頁　**ラン・ソン**　註八参照。

〔二三〕八五頁　**ムスクトン銃**　銃身の短い旧式銃。

〔二四〕九六頁　**防ぎ馬**　騎馬の進入を防ぐための防御装置で、太い軸のまわりに尖った横棒をつけ、有刺鉄線をはりめぐらしたもの。

〔二五〕九九頁　**副馬**　二頭立ての馬の右側、御者の乗っていないほうの馬を指す。

〔二六〕一〇八頁　**メルセス会**　モーロ人の捕虜となったキリスト教徒の救出を目的として、一二一八年聖ペドロ・ノラスコによってバルセロナに設立された修道会。

〔二七〕一〇八頁　**フィゲーラス**　地中海側のフランス国境から三〇キロほどはいったスペインの町。

〔二八〕一〇九頁　**ディアーヌ賞**　一八四三年以来、シャンティイ（註四五参照）で毎年行われている競馬レース。

〔二九〕一〇九頁　**アラゴン王**　話者の邸宅があったペルピニャンは、地中海側のスペイン国境に近い都市で、もとマジョルカ王国の首都（一二七六〜一三四四）だったが、その後スペインのアラゴン王国に併合され、一六五九年フランスに譲渡された。

〔三〇〕一一〇頁　**ヴォーバン**　セバスチアン・ル・プレートル・ド・ヴォーバン（一六三三〜一七〇七）。フランスの元帥、築城家。一六七八年ルイ十四世から城塞総監督官に任命され、フランス国内の三〇〇以上の城塞を修復強化し、四〇の新しい城塞を建造した。

〔三一〕一一〇頁　**ロワン川**　パリ盆地を流れるセーヌの支流。

〔三二〕一一一頁　**四旬節**　《灰の水曜日》から復活祭までの四〇日間カトリック教徒は、節制と断食によっ

て、復活祭を迎える準備をする。この期間を《四旬節》と呼ぶ。キリストが四〇日間荒野で断食と祈りに没頭した故事にならう行事である。

〔三三〕一一二頁　**コードベック**　コードベックアンコー。北フランスのセーヌマリティーム県にある町。フランボワイヤン様式のゴチック教会がある。

〔三四〕一一二頁　**リモージュ**　中西部フランス、ヴィエンヌ県県庁所在地。古くからリモージュ焼の陶器の産地として知られる。

〔三五〕一一二頁　**シャテル＝ギュイヨン**　フランス中央部ピュイドドーム県にある町。消化器・泌尿器・婦人病に効くといわれる温泉がある。

〔三六〕一一二頁　**トラファルガー広場**　ロンドンの中心部にある有名な広場。

〔三七〕一一二頁　**ランド地方**　フランス南西部の広大な地域で、砂丘群を隔てて大西洋に沿い、延々と続く松林で知られる。

〔三八〕一一二頁　**ルルドの洞窟**　フランス南西部オートピレネー県にある町。一八五八年マサビエルの洞窟で、農婦出身の聖女ベルナデット・スビルーの前に聖母マリアが出現して以来、世界中のカトリック教徒が巡礼に訪れる聖地となっている。

〔三九〕一一二頁　**セギュール伯爵夫人**　ロシア出身のフランスの女流作家（一七九九～一八七四）で、嗜虐的傾向のある少女小説で一世を風靡した。

〔四〇〕一一二頁　**アンデルセン**　デンマークの童話作家（一八〇五～一八七五）で、民話から取材した童話で世界中に知られる。森鷗外訳で有名な『即興詩人』の作者でもある。

〔四一〕一一二頁　**アルベール・サマン**　高踏派と象徴派の中間に位置するフランスの詩人（一八五八～一九〇〇）。

〔四二〕一一三頁　**カマルグ地方**　南仏のローヌ河河口にある沼沢地帯。馬、牛、米、塩の産地として有名。

〔四三〕一一三頁　**ディエップ**　英仏海峡に面したセーヌマリティーム県の漁港。

〔四四〕一一三頁　**ブライトン**　英仏海峡に面したイギリスの保養地。

〔四五〕一一三頁　**シャンティイ**　パリ北方オワーズ県の町で、壮大なシャトーがある。一五三一年モンモランシーのために建てられ、大革命中損傷したが、一八四〇年以降コンデ公爵家のために再建された。現在は学士院に寄付され、貴重な美術品や資料を保管している。また、シャンティイには、とくに十九世紀に貴顕がきそって集まった競馬場がある。《パドック》とは試合前に騎手の体重をはかるかたわら、出走馬の顔見

せをおこなう看貫場。

〔四六〕一一六頁　**バッファロー・ビル**　本名ウィリアム・フレデリック・コディ（一八四六～一九一七）。ゴールド・ラッシュや南北戦争時代の伝説的英雄で、《バッファロー・ビル》はそのニック・ネーム。インディアンとの戦いで勇名をはせ、多くの小説に登場する。みずからも三〇年にわたって、西部開拓劇の劇団をひきいて巡業した。

〔四七〕一一七頁　**サロニカ**　現在はテッサロニカ。マケドニア地方にあり、エーゲ海に面したギリシア第二の港。

〔四八〕一一七頁　**ドゥルイド教**　ローマ人が征服する以前に、ガリア（現在のフランス）とイギリスに住んでいたケルト族の原始宗教。

〔四九〕一一九頁　**ディエゴ＝シュアレス**　マダガスカル島北端の都市アンツェラナナの旧名。

〔五〇〕一二二頁　**ホブルスカート**　一九一〇年代に流行した裾がつぼまり、ひらひらする飾りのついたスカート。

〔五一〕一二三頁　**リムザン地方**　リモージュ（註三四参照）を中心とする地方。

〔五二〕一二三頁　**シャンボールとかポルニシェ**　シャンボールにはロワール河流域のシャトーでも最大規模の壮麗なシャトーがある。フランソワ一世の命で、一五一九年から一五三七年にかけて建造された。ポルニシェは大西洋に面した西フランス、ロワールアトランティック県の避暑地で、ヨットハーバーなどがある。

〔五三〕一二六頁　**マオ＝ソン**　ヴェトナムと中国の国境にある山（作者の説）ということだが、詳細不明。

〔五四〕一二八頁　**ビュロガス**　作者によれば、どこかの植民地の人種名とのことだが、詳細不明。

〔五五〕一二九頁　**ソマリー人たち**　アフリカのソマリーランド、エチオピア、ケニヤなどに住む人種。

〔五六〕一三一頁　**ソミュール**　ロワール河沿いの古い町。一七六六年ショワズールが《ラ・フレーシュ乗馬学校》を設立して以来、乗馬の町として知られる。その後身の陸軍騎兵学校は、ヴェルサイユ、サンジェルマン、ヴェルサイユと移転したのち、一八二五年以来ソミュールに定着、騎兵隊の幹部将校を養成している。

〔五七〕一三六頁　**マジョルカ島**　地中海にあるスペイン領バレアレス諸島のなかの最大の島で、避暑地として知られる。

〔五八〕一三六頁　**マニャック＝ラヴァル**　フランス中西部オートヴィエンヌ県の町。十二世紀に建てられた教会がある。

〔五九〕一四〇頁　**焼けた岸と岸のあいだ**　スエズ運河を指す。

〔六〇〕一四二頁　**あら皮**　バルザックの小説『あら皮』（一八三一）の中心主題となっている護符で、所有者の欲望をなんでもかなえるという魔法の力をもっているが、そのたびに皮が縮まり、それと同時に所有者の寿命も縮まる。

〔六一〕一五五頁　**ペルシュロン馬**　北仏ペルシュ地方産の大きくて頑丈な荷馬。

〔六二〕一六三頁　**シルク・ペーパーだかライス・ペーパー**　ともに薄葉紙の一種。

〔六三〕一六五頁　**キリル文字**　ロシア語などスラヴ系言語の字母の母体であるアルファベット。

〔六四〕一六九頁　**クモに似たもの**　ナチスの記章である鉤十字。

〔六五〕一七〇頁　**ババロアのケーキを食べるってわけだ**　《ババロア》は西ドイツのバヴァリア（バイエルン）地方を指す形容詞。

〔六六〕一八〇頁　**国軍の総司令官を銃殺していた**　一九三七年六月トハチェフスキー元帥らソ連国軍の最高幹部七名が反逆罪で銃殺された。スターリンによる赤軍の《大粛清》のはじまりで、その犠牲者は全将校団の五分の一に達した。

〔六七〕一九八頁　**リヴィエラ**　地中海沿岸のフランスのカンヌからイアリア北西部までの、風光明媚で気候温暖な保養地の総称。そのフランス側の部分を《コート・ダジュール》（紺碧海岸）と呼ぶ。

〔六八〕二〇一頁　**言葉の二重の意味**　ravissementには、《略奪》と《恍惚、歓喜》の二重の意味がある。

〔六九〕二〇二頁　**ミルフーイユ**　生クリームをはさんだ多層のパイ菓子。

〔七〇〕二〇四頁　**グルナシュ**　南フランスで産する黒いブドウからとったワイン。

〔七一〕二〇九頁　**神明裁判**　中世に行われた裁判の形式で、直接神の裁きを求めるので《神の審判》とも呼ばれた。被告は、裁判官の前で原告と決闘するとか、あるいは単独で赤く熱した鉄、熱湯、潜水などの試練を受けるとか、さまざまな形式があった。服毒の試練は今日でもなお一部の未開民族のあいだで行われている。

〔七二〕二四八頁　**《最後の弾薬》**　註六参照。

〔七三〕二六一頁　**アジャン**　フランス西南部ロトエガロンヌ県のガロンヌ河に面した町。

〔七四〕二六一頁　**マドラス地方**　マドラスはインド東南部のインド洋に面した港。イギリス人が最初に定着した土地である。

〔七五〕二六二頁　**クレオル**　白人で、熱帯地方の旧植民地生まれの者の呼称。

〔七六〕二六二頁　**カスティリオーネ**　フランソワ・ヴェラシス伯爵の夫人、通称《ラ・カスティリオーネ》（一八三五〜一八九九）のことを指す。婚前名ヴィルジニア・オルドイニ。フィレンツェに生まれ、美貌で

知られた高級娼婦で、イタリア統一のためオーストリアにたいするフランスとの共同作戦を画策した政治家カヴール伯爵の諜者としてナポレオン三世に近づき、その愛人となった。シャンゼリゼに豪邸を構えていた。

〔七七〕二六六頁　**ロ・ビン**　ヴェトナム北部の中国国境に近い小さな町。ラン・ソン（註八参照）から二〇キロほど東南に位置している。

〔七八〕二六七頁　**アフリカのあの切れ端**　マダガスカル島（註二〇参照）を指す。

〔七九〕二六八頁　**焼けただれた山が両側からせまる狭い海**　スエズ運河手前の紅海を指す。

〔八〇〕二七〇頁　**オザナンかヨブ**　いずれも旧約聖書中の人物。とくにヨブは伝説的な義人で「ヨブ記」の主人公として有名。

〔八一〕二八四頁　**防ぎ馬**　註二四参照。

〔八二〕二八四頁　**国土防衛軍**　一八七二年から一九一四年まで存在した在郷軍人から成る軍隊。

〔八三〕二九四頁　**アザンクールとか、パヴィアとか、ワーテルロー**　アザンクールはパドカレー県の小さな村。一四一五年十月、訓練の不十分なフランス軍がヘンリー五世の率いる少数精鋭のイギリス軍に大敗し、その結果アルマニャック派とブルゴーニュ派の抗争に明け暮れていたフランスの広範な地域が占領されるきっかけとなった。パヴィアは北イタリア、ロンバルディア地方の都市。一五二五年二月二十四日の《パヴィアの戦い》で、ミラノを奪取した勢いをかって攻め込んだフランスのフランソワ一世が、二万六〇〇〇の大軍を投入したにもかかわらず、作戦の失敗から敗北し、みずからも捕虜となってスペインのマドリッドへ移送された。ワーテルローはベルギーのブリュッセル南方の町。一八一五年六月十五日の有名な《ワーテルローの戦い》で、エルベ島を脱出して帝位に復帰したナポレオンがイギリス、プロシアの連合軍に大敗した。その結果、彼の《百日天下》が崩壊し、最終的に彼が退位し、セントヘレナに流される端緒となった。

〔八四〕二九四頁　**ライヒスホーフェン**　ドイツ西部の小都市。一八七〇年八月六日、マクマオン元帥の指揮する三万五〇〇〇のフランス軍が、一三万のプロシア軍に歴史的大敗を喫したことで有名。

〔八五〕三〇一頁　**アンチル諸島**　中部アメリカのカリブ海と大西洋のあいだに点在する群島で、バハマ、大アンチル諸島（キューバ、ハイチ、ドメニコ、プエルトリコ）、小アンチル諸島（英、仏、米、オランダ領）に分かれる。

〔八六〕三一四頁　**シェシア帽**　アラブ人がかぶる赤い毛の丸帽。

〔八七〕三一五頁　**九柱戯**　丸くけずった九本の木の柱に球を当てて倒す遊戯で、今日のボーリングの原型。

〔八八〕三一七頁　**シャルルロワ**　ベルギーの町。一九一四年八月ドイツ軍がフランス軍に大勝した。

〔八九〕三二七頁　**ケッテイとかラバ**　ケッテイは雄ウマと雌ロバとの雑種。ラバは雄ロバと雌ウマの雑種。

〔九〇〕三二九頁　**KとG**　ドイツ語の**Kriegsgefangener**（捕虜）の頭文字。

〔九一〕三三六頁　**オラン**　地中海に面したアルジェリア北部の大都市。

〔九二〕三三七頁　**《キプル》**　正式には《ヨム・キプル》。ユダヤ教のいちばん重要な祭りで、断食と祈りによって罪を贖う日。信者はいっさいの肉体的快楽の自粛をともなう断食の行に服し、エルサレムの大寺院の盛大な儀式では、大司教が民と聖職者とみずからの罪をおごそかに懺悔する。そのあと、イスラエルのもろもろの罪を象徴的に担わされた贖罪の雄ヤギが砂漠に送られる。

〔九三〕三四二頁　**コンスタンチン**　アルジェリア北部の町。

〔九四〕三四二頁　**エルベ河**　ボヘミヤ地方から発して、チェコスロヴァキア、ドイツを流れ、ドレスデン、マグデブルグをへて、ハンブルグで北海にそそぐ大河。

〔九五〕三四二頁　**ザクセン**　ドイツ東部の地方。ドレスデンを中心に旧東ドイツの四分の一の面積を占める。

〔九六〕三四六頁　**おなじひとつの国のなかでいまは国境となっている道路**　当時のフランスは、傀儡政権であるヴィシー政府が統治するドイツ軍の占領地区と、非占領地区（自由地区）に分かれていた。

〔九七〕三五七頁　**ポテパル**　旧約聖書「創世記」のなかの《ヨセフ物語》と呼ばれる部分の主人公ヨセフは、古代イスラエルの族長ヤコブの子であるにもかかわらず、兄弟たちのねたみから奴隷商人に売られ、やがてエジプト王（ファラオ）の護衛隊長ポテパルの下僕となる。その妻がヨセフを誘惑しようとして撥ねつけられたため、彼女を力づくで犯そうとしたと讒言されて投獄されるが、やがて夢解きの才能を王に認められて出世し、エジプトの宰相となる。

〔九八〕三五九頁　**キルケー**　ギリシア神話の太陽神ヘリオスの娘で、オデュッセウスの部下たちを豚などの動物に変えてしまう魔女。

〔九九〕三六六頁　**カビリア**　アルジェリア北部、地中海ぞいの山岳地帯で、ベルベル族系の少数民族カビル人が住んでいる。

〔一〇〇〕三六六頁　**ラトン**　元来は《子ネズミ》の意味であるが、《ちびネズミ野郎》といった語調で北アフリカ人にたいする蔑称として使われる。

訳者あとがき

本書はClaude Simon : *L'Acacia*, 1989, Les Éditions de Minuitの全訳である。作者十九冊目の著作にあたり、小説としてはいちばん新しい作品ということになる。一九一三年に生まれ、今年八十二歳になるシモンのこれまでの作品歴については、拙訳『三枚つづきの絵』（白水社、一九八〇年）もしくは集英社ギャラリー世界の文学『フランスIV』（一九九〇年）の巻末等を参照いただきたい。

ノーベル文学賞受賞者としてのクロード・シモンの名は、ことに最近フランスの核実験再開に関する大江健三郎氏との応酬もあって、かなり広く知られているが、さて彼の作品はというと、そのほとんどがすでに邦訳されているとはいえ、必ずしも多くの読者を得てきたとは思えない。ありきたりの小説形式になじんだ普通の読者を拒否する書き方から、《難解》というレッテルを貼られているせいでもあろうが、本書がその誤解を解く機会となれば、訳者としてこの上もない幸せだ。しかし、そのためにはすこしは助け舟を出す必要があるかとも思うので、楽屋のカーテンのかげに隠れているべき訳者としてはさしでがましいかもしれないが、以下に簡単に読書ガイドのようなものを記しておく。

この作品の構成は、シモンにはめずらしく十二章に分かれ、左のようにそれぞれ、中心となる事件の年代が付されている。この年代にとくに注意いただきたい。

（〔　〕内は訳者の註記）

Ⅰ　一九一九年　〔戦死した父の遺骨探し〕
Ⅱ　一九四〇年五月十七日　〔戦場での主人公〕
Ⅲ　一九一四年八月二十七日　〔父の戦死〕
Ⅳ　一九四〇年五月十七日　〔敵の急襲〕
Ⅴ　一八八〇〜一九一四年　〔父と母の出会いと結婚〕
Ⅵ　一九三九年八月二十七日　〔主人公の出征とソ連旅行〕
Ⅶ　一九八二年〜一九一四年　〔老いたる主人公〕
Ⅷ　一九三九年〜一九四〇年　〔貨物列車と野営〕
Ⅸ　一九一四年　〔温泉場〕
Ⅹ　一九四〇年　〔大潰走〕
XI　一九一〇年〜一九一四年〜一九四〇年……　〔断章〕
XII　一九四〇年　〔脱走と天職の発見〕

エピグラフとして巻頭に掲げられたエリオットの『四つの四重奏曲』の一節「現在という時間も過去という時間も／多分未来の時間のなかに現前していて」云々でも暗示されているように、シモンの作品のなかでは、過去・現在・未来という時間がつねに相互嵌入式に複雑に重なりあっているから、右の区分もたんなる目印にすぎないが、それでも十二章に細かく分かれているために、ノーベル賞受賞のきっかけとなった前作の『農耕詩』（一九八一）や、代表作とみなされている『フランドルへの道』（一九六〇）にくらべても、相当読みやすくなっていることはたしかである。

ご覧の通り、第一章では第一次世界大戦に戦死した父の遺骨を探して、まだ荒涼とした戦場跡を母と子と、父の二人の姉が彷徨するのであるが、第二章では一転して、成長した主人公が第二次世界大戦に従軍し、ドイツ軍の挟み撃ちにあうまでの戦場の経験を描いている。一九四〇年五月十七日というのは、フランス軍の誇る騎兵部隊がドイツ軍の圧倒的に強力な機械化部隊に席巻され、決定的な敗北を喫した一夜である。

第三章の一九一四年八月二十七日というのは、右に触れた主人公の父が、中隊長として出陣したベルギーの原野でほとんどの部下を失い、木に凭れて戦死したとされる日だ。筆はそこからさかのぼって、ジュラの貧しい農村に生まれた父が、小学校教員をつとめる二人の姉の献身的な援助のもとに、士官学校を卒業し、アジアやアフリカの植民地勤務の困苦にたえながらも、やがて南フランスの由緒ある旧家の娘と結婚するにいたる経緯をたどりなおしている。

第四章では、ふたたび時間は第二章とおなじ日にもどり、『フランドルへの道』でも濃密な筆致で事細かにしるされた敗走の際の混乱が、ちがった角度からもう一度描きなおされる。砲声や機銃の音と対置される山野のおそろしいほどののどかさと静寂。かつてド・レシャック大尉として描かれた連隊長のほとんど狂気じみた沈着な態度。そのふたつが、主調低音としてこの章を支えている。とくに、ランボーの有名な十四行詩「谷間に眠る男」を連想させる前者は、『農耕詩』では壮大な交響曲的規模で演奏された根本テーマでもあるが、シモンの戦争描写に不可欠の要素で、人間が業のようにして持っている戦争への傾斜と、それにもかかわらず絶えず甦る生命への讃歌が、写実そのもののようなイメージの積み重ねのなかからおのずと浮かび上がってくる。

第五章《一八八〇〜一九一四》では、ピストル自殺した大革命時代の高名な将軍（『フランドルへの道』『農耕詩』）を先祖にもち、大きな葡萄園を経営する裕福な家に育った主人公の母が、あどけない純真な娘として温室の大輪の花のようにのびやかに暮らしていた過去から、偶然の機会に知り合った海兵隊（陸軍）の若い将校と恋に落ち、「およそ努力ということに根本的に無能力な」おおらかな性格にもかかわらず、双方の家族の抵抗を乗りこえ、「植物の開花にも似たオルガスム的極快感の状態」のなかでただ待つことで、恋を成就させた顚末が詳述される。

結婚後、夫とともに植民地生活を経験し、アフリカ沿岸の島で主人公を生んで帰国した彼女が、やがて出征する夫を泣きながらの微笑で送りだす場面で、話は第三章に連通する。

第六章の一九三九年八月二十七日に、今度は主人公自身が予備兵として召集される。集結地に向かう駅頭や車中の情景が、それまでの二十六年の主人公の生涯、ことに二年前、古ぼけたジャンパーを羽織り、ポーランドからソヴィエト・ロシアへ入国した時のおどけた列車の旅や、さらにその前年贋の党員証をもって、市民戦争の渦中にあったスペインに潜入した過去を回顧させる。

注目すべきは、この出征の日が、多分作者の体験通りだろうが、ちょうど十五年前彼の父が戦死したのと同月同日だということだ。おなじ《出征》という事実で、この章は前の章と呼応し、しかし出征するのは父と子だという点では、第三章とも結びつく。そして列車の旅という類似の状況が、出征とポーランド=ロシア旅行、スペイン旅行という異なった時点をも連結させる。そのように織りなされる多元的な関係の網の目こそ、シモンの制作の基本的方法を示唆するものだ。

第七章では、いまは年老いた《彼》が、相続後半分を手放した広大な屋敷でかつての母や祖母の面影をしのび、また田舎の別荘では、そこに住んでいた父の姉たちの老残の姿や、その家で二百年前にピストル自殺した先祖の将軍の風貌を思いえがく。伯母たちとそのサロンで雑談しているうちに、話題はひとりでに父の戦死の報がはいった日のことに移っていって、その日幼い《彼》はピレネー山麓の温泉場にいたが、そこで知らせを受けた母の動転した様子、さらにさかのぼって父が出陣した日の模様、その前に父が結婚するまでになめた植民地暮らしの辛酸などなどへと、連想ふうに場面は移ってゆく。

第八章は第六章につづき、他の予備兵たちとともに、騎兵隊動員本部に到着した主人公は、生地商の店員だったちびのユダヤ人や競馬騎手のイタリア人(『フランドルへの道』のブルムとイグレジア)ら五名の部下をもつ伍長(班長)に任命され、彼らに冷やかされながら、慣れない手つきで軍服に階級章を縫いつける。彼らは家畜みたいに貨車に詰めこまれて《避けがたい運命》にむかって運ばれてゆき、やがて霧雨の降る深夜、列車から下ろされ、前線から避難してくる住民たちの列とすれ違いながら、「世界と切りはなされたかのような果てしない強行軍」を強いられるのだが、そのあとしばらくは、森の中でのけだるい野営生活がつづく。

第九章では、ピレネー山麓のさびれた温泉場を背景に、両親が結婚のために堪えしのんだ試練がもう一度回想され、無神論者である父の姉たちと代々カトリックである裕福な母の家族との宗教的軋轢が、幼い少年の周囲に重苦しい影を投げかける。

第十章では、またしても一九四〇年の《大潰走》の混乱。疲労困憊のなかで行軍して伏兵に襲撃され、《彼》も至近弾を受けて倒れるが、幸いにして生命に別状はなく、連隊長と副官、《彼》とイタリア人騎手の四名で落ちのびる。しかし、あらたな伏兵に遭遇して、狂気じみた毅然とした態度をとりつづける連隊長が落命する。その話を、のちに《彼》が売春宿の娼婦に話して聞かせる二重構造になっている。

問題は第十一章だ。この章では絵葉書や写真などをもとに、以上のさまざまな場面と関係があったりなかったりする描写が、二頁から五頁の十三の断章のかたちで提示され、反復と攪拌のなかで、いっそう全体を混乱させると同時に、そこに漠とした統一性を生じさ

せるかのような印象も生む。もともと別個のスケッチとして書かれた断章群らしいが、連想による飛躍と断片的不連続性が、いくつかのおなじテーマに繰りかえし回帰することによって、これまでの章と相まって混沌としたひとつの濃密な総体、歴史と呼ぶべきか世界と呼ぶべきかわからないが、まさにその中にわれわれが生きているある《総体》を現出させる。

第十二章では、捕虜収容所を脱出して帰国し、相続した屋敷にたどり着いた主人公が、故郷までの道のりをを何日もかけて走破した思い出をたどり、また、夜中に目覚めて三流の売春宿に通ったりするが、やがてルソーやバルザックを読みふけり、かつての立体派的芸術観をすてて、草木の葉や花や石をできるだけ正確綿密に写生しようと試み、最後に小説を書くことを思い立つところで、全体が閉じられる。

ある夜彼は一枚の白紙を前にテーブルに向かった。いまは春だった。部屋の窓はほの温かい夜の闇に向かって開いていた。庭に生えている大きなアカシアの木の枝の一本がほとんど壁に触れていて、電燈に照らしだされたいちばん近くの梢が彼にも見え、ペン先に似たかたちの葉が闇を背景にかすかにひくつき、楕円形をした小葉が電燈の明かりでどぎつい緑に色づいて、時折冠毛みたいに動き、まるでそれ自身の力にうながされているみたいで、まるで木全体が目覚め、武者ぶるいし、気合をいれるみたいで、それからすべてが鎮まり、葉群ももとの不動の姿を取りもどすのだった。

シモンの作品について、こんな《粗筋》めいたものを書きつけること自体実は無意味で、むしろ誤解を招くおそれすらあるのだが、ある程度シモンに親しんだ読者なら、この作品でも彼のこれまでの小説のなかで繰り返し描かれてきた人物や事件や情景が頻繁に再登場していることに気がつくはずである。『フランドルへの道』や『農耕詩』での戦闘場面や、いつもぴかぴかに磨きあげた長靴をはき、敵弾の飛びかう中でも馬上で毅然と構えている連隊長ら、あるいは作者の育った南仏の先祖代々の古い屋敷（『草』『歴史』）、そこでの二百年前の将軍の自殺（『農耕詩』）などは言うまでもないとして、小学校教員をつとめて弟の学費を出すために働きづめに働く姉妹（『草』）とか、「パリのど真ん中で、レストランのテーブルについていた彼の国の政治的指導者を倒した殺し屋」（『ル・パラス』）とか、「兎のための草を積んだがたぴしの乳母車を押して道を行き来する老婆（『三枚つづきの絵』）など、細部までつきあわせれば、おそらく枚挙にいとまがない。

最後に窓から眺められるアカシアの木のイメージにしても、これが初出ではなく、シモンが革新的な小説家として歩みだす以前の『綱渡り』（一九四六）の冒頭でも触れられ、さらに『歴史』（一九六七）も、ほとんどこれと同文の描写で書き始められている。一九八八年にドイツのロンメルスキルヒェン書店から限定出版された写真集『ある素人写真家のアルバム』の扉にも、アカシアかどうかわからないが、窓から庭木の葉群が見える自筆のデッサン（左頁参照）が、窓のかたちに表紙を切り抜いた下から覗いていて、このイメージがいかに固着的なものかを示している。

小説以外のかたちではあまり自己を語らないシモンについて、わずかに知られている伝記的事実のすべてとも、『アカシア』は矛盾しないし、描写から逆算すれば、主人公はシモン自身とおなじ一九一三年生まれのはずだ。その他美術に惹かれて《立体派》にかぶれていたとか、オックスフォードの《贋学生》であったとか、市民戦争時代のスペインに潜入した(『ル・パラス』)とか、《彼》とシモン自身は完全に重なっている。大学を卒業していないのだから、第二次大戦に従軍した際にも、少尉(『フランドルへの道』)であるよりは《伍長》だったほうが、事実に即していよう。

つまり、『アカシア』は三人称で書かれているとはいえ、完全な《私小説》とも言える。出版直後の「リベラシヨン」紙のインタビュー(一九八九年八月三十一日)でも、シモンはそのことを指摘されて、つぎのように答えている。

わたしの父と母の話が、この作品のきっかけです。それが書きたいという欲望を起こさせたのです。だいいち、現実がこれほどにもフィクションを越えるというのに、どうして作り話を書く必要がありますか。わたしの両親はこの世紀のありふれた人物ですが、父の出世とか、しきたりに反した彼らの結婚とかは、作り話よりもずっと感動的という気がしたんですね。(……)その面でのわたしの作品に変化があるとすれば、それは虚構的なものの漸進的消滅ということで、これは操作のはばを狭めるという結果になる。わたしは、もっぱら出来事の話や思い出を書き、事物や映像を描写することに全力をそそいだだけです。(……)あらゆる拘束の例にもれず、フィクションを断念するという

のも、たいへん実り豊かなものです。ただ、もう一度ことわっておきますが、これらの伝記的要素はあくまできっかけです。テクストは別問題です。

この《テクストは別》という留保のなかにこそ、より大きな比重がかかっているのだが、おなじインタビューのなかで、シモンはまた、この作品の題を『感情教育』と題するつもりだったとも言っている。ということは、『アカシア』がこれまでの作品のたんなるリメイク、ないしパッチワークではなくて、はじめて書いた父の遺骨探しの場面から出発して、作家としての自分の《起源》に遡ろうとした結果、右のアカシアの葉群にふたたび回帰した独自の作品だということを意味する。それはプルーストをはじめとしてサルトルら何人もの作家が手を染めた《小説の小説》的循環構造に、またしても到達したということでもあろう。

作家や詩人や画家に絵画などの造形芸術との関係で創造の秘密を開示するよう求めた、スイスのスキラ書店の《創造の小径》叢書の一冊である『盲いたるオリオン』（一九七〇）の扉にも、やはりシモン自筆の同種のデッサンが掲げられている。ただし、そちらのパリのシモンの住居の窓から見えるのは家々の屋根で、窓際のテーブルに向かってシモン自身が原稿のようなものを書いている右手が画面の下方に添えられている。

シモンにとっては、小説を書くとはこのこのように《窓》から外を（記憶を）覗くのに似た行為であり、その《起源》をたどってゆくと、小説を書くことを思いたった南仏の古い屋敷の窓から見えたアカシアの葉群に回帰した。そういう順路になるわけだが、

そのアカシアの葉が《ペン先plume》のかたちをしていて、闇を背景にかすかにひくつき、楕円形の小葉が電燈の明かりでどぎつい緑に色づいて、時折《冠毛aigrettes》みたいに動くというのは、そのまま、若きシモンの手に握られていた鵞ペンを想像させる。それがわずかの風に吹かれて「まるでそれ自身の力にうながされるかのようで、まるで木全体が目を覚まし、武者ぶるいし、気合をいれるみたい」に見えたとき、そこに揺れて動いていたのは、アカシアの葉であると同時にシモン自身にやどったエクリチュールの運動そのものとも感じられはしないだろうか。

先の「リベラシヨン」紙のインタビューで、彼は帰国当時のことを回想して、

ふたたび絵をかきはじめたが、とりわけデッサンに取り組んだ。木の葉や草むらや石ころをできるだけ正確に写生した。（……）自分からいっさいの芸術という観念を追放した。立体派も捨て、幻想も捨てた、無だった。ただ事物だけ。（……）あらゆるイデオロギーは失格となった。ヒューマニズムも終わりだ。きっとわたしがそういう正確そのもののデッサンをかいていた時に感じたのも、そういうことだったにちがいない。もはや、頼るものはない。本源的なもの、基礎的なもの、物質、事物にもどろう、と。手本はポンジュだ、と。

とも述べている。ポンジュとは、事物の克明な描写だけからなる『物の味方』という詩集で知られた詩人だ。

正確に写生するといっても、シモンが試みたのが対象の外形だけを素朴実在論的に写しとった、植物図鑑などに見られるような死んだ植物の絵ではなかったろうことは、現在目にすることのできる彼のデッサンを見ても、推測できる。対象の外形のなかにも運動があり、時間があり、変化があり、運命がある。「だれも歴史をつくらない、草がはえるのを見た人間がいないように、歴史は目に見えない」というボリス・パステルナークの言葉を、彼はエピグラフとして『草』の巻頭にかかげているが、草を写生するとは、草の外形のうちに歴史を読みとる訓練だったともいえる。

アカシアの葉群が「闇を背景にかすかにひくつく」微細な運動をとらえることができるのは、それと同期化し、それとともに顫動する言語のみである。というか、その種の解放された言語のみが、アカシアの葉をひくつかせることができるのである。そして、対象は木の葉のような微細なものにとどまらない。そもそも木の葉や草むらや石ころに目を向けさせたのが、シモン自身の戦争体験だとしたら、草木の成長とアウシュヴィッツのユダヤ人虐殺もおなじひとつの宇宙論的変容の一環にすぎない。

シモンの《写生》とは、つまりは、進歩的と反動的とを問わず、ヒューマニズムの仮面をふりかざすいっさいの政治的・社会的・宗教的・道徳的イデオロギーの外で、宇宙の脈動と同期化した言語を獲得する訓練だったわけで、そのとき言語そのものの特質によって、すべては観念的な因果関係から解き放たれ、記憶は空間化され、空間も歴史のさなかに浸されるから、やはりひとつのイデオロギーにすぎない線型物語の結構が無視されるのも避けがたい帰結であったろう。

むやみと長いセンテンス、比喩や現在分詞の多用、不断の脱線、括弧のなかにさらに括弧をつけ、その括弧のなかにさらに括弧をつけるといった反則、運動の不動場面への分解、おなじ表現の反復と変奏といった文体的特徴が、もちろんここでくわしく論じる余裕はないし、差し控えるべきでもあるが、この作家の目ざす目標と切っても切れない関係にあることは明白だ。「テクストは別だ」という留保もそのことを言っているのであって、読者に読んでもらいたいのはシモンの生い立ちや家族関係の事実性、彼の戦争体験の実態、彼の思想ではなくて、《というかむしろ》とか《おなじ……》とか《もしかしたら……かもしれず》といった無限に繰り返される定型的表現や、現在と過去と未来の交錯する時間構造や、ことさら対比的に配置されたイメージ間の落差が醸しだすエクリチュールの音楽性、悲痛なメロディーの吹奏にとどまらない多声楽的構造の音楽性なのだ。

たえず原点にもどり、末期の目、ないしは生まれたばかりの幼児の目で、原初の混沌を紙の上に現出させようとするシモンのそんな飽くことのない言語的冒険が、ある種の読者には眩暈をおぼえさせ、他の読者には嫌悪ないしは反発を起こさせても当然の結果である。私小説の極致をめざすとしながらも、というかまさにそのゆえに、作者のその《私》は三八〇頁の全紙面に拡散し、リアリズムを標榜しながらも、というかまさにそのゆえに、そこに脈動する現実はあまりにも異形で、奇形的で、誇大妄想狂的だからである。

だが、シモンに親しんできた読者には、この異形のリアリズムこそまたとなくリアル

で、どことなく懐かしく、苦痛とうらはらの痺れるような快感を強烈に味わわせる。というのも、多分、生きてあることの実感と切り離せない、レクイエムにも似た宇宙そのものの奏でるある種の痛切な歌が聞きとれるからであろう。

ともあれ、訳者としては原作の特徴をできるだけ忠実になぞりながら、日本語の文学作品としても読めるよう、最大限の工夫を凝らしたつもりである。いうまでもなく、フランス語と日本語では主語・動詞・目的語の位置をはじめとする統辞論上の決定的な違いがあるから、このような型破りの、息のながい、複雑にからみあった文から成る作品を訳すという作業は、翻訳とはなにかという批評的意識なしには乗り越えられそうにない多くの障害との格闘であった。訳者が個人的目標としてかかげた、元来無理な、日本語のテクストとしての自律性も、振り返ってみればかなり貧しい結果しか生まなかったかもしれないが、それをおぎなう意味で、このようなあらずもがなの長い解説を添え、註もかなり詳しくしたためることとなった。母国語であれば、小説に註も解説も不要というのが原則ではあろうが、シモンの作品にしてはめずらしく無数の具体的な地名がそのまま出てくる上、そのほとんどがフランス人には馴染みの古戦場であったり、フランス植民地主義にゆかりの地であったりすることを考慮すれば、日本の読者には註解の必要があろうと考えたからである。ただし、あくまでテクストだけをまず読んでいただきたいという考慮から、註は全部巻末にまわすことにした。

いまはただ、多くの読者のしなやかな感性が、シモン独特の語りの醍醐味を味わいわけて下さることだけを祈る。訳出にあたっては、シモンのすぐれた研究者である若き同僚江中直紀、パトリック・ルボラールの両君から多くの示唆を得たし、また同学の諸先生からもいろいろご教示いただいた。また、この厄介な作品の編集と校正に真剣に《参加》してくれた白水社の和久田頼男君には多くの無理を聞いていただいた。あわせてここに感謝する。また、このあとがきは本書の冒頭二章を「早稲田文学」本年九月号に掲載した際の《解題》を改稿したものであることもおことわりしておく。

一九九五年十月

訳　者

装幀　緒方修一

訳者略歴

一九二九─二〇〇五年
一九五二年早稲田大学文学部卒
フランス文学専攻
早稲田大学名誉教授
主要著書『消えた煙突』『赤い罌粟の花』（創作）、『迷路の小説論』『文学の動機』『記号の糞』（評論）他
主要訳書：ロブ＝グリエ『迷路のなかで』『新しい小説のために』『嫉妬』『反復』、シモン『フランドルへの道』『三枚つづきの絵』『路面電車』、サロート『マルトロー』『黄金の果実』『生と死の間』、デュラス『木立の中の日々』『ロル・V・シュタインの歓喜』、モディアノ『暗いブティック通り』他

アカシア〈新装版〉

二〇一四年九月一〇日　印刷
二〇一四年九月三〇日　発行

著　者　クロード・シモン

訳　者　©　平岡篤頼

発行者　及川直志

印刷所　富士リプロ株式会社

発行所　株式会社白水社

東京都千代田区神田小川町三の二四
電話　営業部〇三（三二九一）七八一一
　　　編集部〇三（三二九一）七八二一
振替　〇〇一九〇─五─三三二二八
郵便番号　一〇一─〇〇五二
http://www.hakusuisha.co.jp
乱丁・落丁本は、送料小社負担にてお取り替えいたします。

株式会社松岳社

ISBN978-4-560-08403-8

Printed in Japan

▷本書のスキャン、デジタル化等の無断複製は著作権法上での例外を除き禁じられています。本書を代行業者等の第三者に依頼してスキャンやデジタル化することはたとえ個人や家庭内での利用であっても著作権法上認められていません。

クロード・シモン

農耕詩

フランス革命、第二次世界大戦、スペイン市民戦争――三つの戦争をめぐる《彼》らが、二百年にわたり培われてゆく長篇小説。ノーベル文学賞受賞を決定づけた、ヌーヴォー・ロマンの最高傑作。
[芳川泰久訳]

路面電車

路面電車に乗って通学する《わたし》の目や耳にはいる出来事からの連想として、さまざまな思い出が、味わい深く記されてゆく――。ノーベル賞作家による、巧緻きわまりない回想小説。
[平岡篤頼訳]